Michael Blank
EIDOLON

Michael Blank

EIDOLON

Thriller

Impressum

Bibliografische Information der Deutschen Nationalbibliothek: Die Deutsche Nationalbibliothek verzeichnet diese Publikation in der Deutschen Nationalbibliografie; detaillierte bibliografische Daten sind im Internet über http://dnb.dnb.de abrufbar.

Verlag: BoD · Books on Demand GmbH, In de Tarpen 42, 22848 Norderstedt, bod@bod.de

Druck: Libri Plureos GmbH, Friedensallee 273, 22763 Hamburg

ISBN: 978-3-7693-2718-2

Inhaltsverzeichnis

I

PROLOG

Auris erwacht, wie jeden Morgen, in perfekter Abstimmung. Der Himmel ist leicht dunstig, aber wer könnte das mit Sicherheit sagen? Die meisten Bewohner tragen längst ihre AR-Linsen, winzigste Präzisionsgeräte, die sich nahtlos an die Hornhaut schmiegen. Wer sie einsetzt, bekommt den Tag serviert wie ein individuell abgestimmtes Menü: Wegweiser, Marktschilder, sanfte Hinweise auf Sonderangebote, Verkehrsinfos, Warnhinweise. Ein Komplettpaket an Information, jederzeit abrufbar, unauffällig, selbstverständlich.

Noch bevor viele aus ihren Wohnungen treten, haben sich die Linsen kalibriert. Ein leises Summen, fast unhörbar, kündigt ein Mikro-Update an. Irgendwo in den Rechenzentren der Stadt sortieren Algorithmen Datenströme. Für jeden Bürger entsteht eine sorgfältig gefilterte Sicht der Dinge. Niemand nennt es Zensur, die meisten denken an „Personalisierung". Eine seltsame Stille liegt darin, diese Form der Perfektion. Keine verdreckten Hinweisschilder mehr, keine Schmierereien, kein Durcheinander. Die Linsen zeigen nur, was sinnvoll ist, was den Alltag erleichtert.

Unten in den Straßen huschen Schatten über den Asphalt – Drohnen, die Lieferungen und Wartungseinheiten transportieren. Doch die meisten Passanten sehen weniger die Drohnen selbst als deren sauber überlagerte Info-Tags: kleine grüne Symbole, die ihren Weg markieren, einzelne Produkt-Icons, die in der Luft schweben, um auf Neuheiten hinzuweisen. Werbung erscheint passend zum Profil der Betrachterin oder des Betrachters. Jemand mit technischem Beruf sieht vielleicht Hinweise auf neue Gadgets, ein anderer primär Restaurant-Empfehlungen. Was man wahrnimmt, war einst Geschmackssache, jetzt ist es schlicht normal, fest in den Alltag verwoben.

Ohne diese Linsen kann man sich Auris kaum vorstellen. Nicht, weil es gesetzlich vorgeschrieben wäre, sie zu tragen – es ist eher eine Frage der Praktikabilität. Straßenpläne, öffentliche Informationen, sogar offizielle Mitteilungen gibt es fast nur noch digital. Wer keine Linsen nutzt, sieht leere Wände, kaum Hilfen, keine Anzeichen dafür, wohin man gehen soll. Das Leben wäre mühsam, orientierungslos. Die meisten Menschen kommen gar nicht auf die Idee, ohne sie auszukommen. Warum sollten sie auch?

Manchmal, in seltenen Momenten, bemerken ein paar aufmerksame Seelen eine seltsame Diskrepanz: Mal ist eine Fassade am Vortag noch frisch restauriert, tags darauf erscheint sie in einem leicht anderen Stil. Ein belebtes Café wirkt plötzlich leer. In den Nachrichten sieht man flüchtige Unterschiede, je nachdem, ob man morgens oder abends hinsieht. Doch die meisten ignorieren solche Kleinigkeiten. Ein Glitch, ein Update-Fehler, nichts von Bedeutung. Die Linsen sind komplex. Wer kann schon erwarten, dass alles immer gleichbleibt?

Die Hersteller und Betreiberfirmen – Namen tauchen hier und da auf, meist globale Konzerne mit sonoren Titeln – hüllen sich in professionelles Schweigen. Ein paar technische Erklärungen finden sich in den Info-Kanälen: Die Linsen arbeiten mit Echtzeit-Scans, Filtern bestimmte Informationen heraus und legen andere darüber. Ein Dienst am Bürger, so sagen die offiziellen Werbespots, die ebenfalls als Overlays in den Straßen schweben. Alles zu deinem Vorteil, alles für ein reibungsloses Miteinander.

In Auris ist Ordnung ein unsichtbarer Standard. Keine Dramen, keine offensichtlichen Konflikte. Probleme gibt es sicher, aber die Linsen halten viele Reibungen klein, indem sie nicht jeden Kratzer, nicht jede Beschädigung zeigen. In einer Gasse, in der sich früher Obdachlose aufhielten, sehen Passanten nun zumindest ein Schild mit Hinweisen auf soziale Hilfsprogramme – ein Overlay, versteht sich. Ganz ohne AR wäre es vielleicht trostlos, aber wer kann das beurteilen, wenn niemand je ohne Linsen durch diese Straßen geht?

Von Zeit zu Zeit erscheint eine neue Funktion: Anpassbare Stimmenführer, virtuelle Wegmarken, holografische Projektions-Kunst. Die Leute freuen sich, loben den Fortschritt, genießen die komfortable Navigation durch die Komplexität der Stadt. Die Hintergründe, wie die Daten sortiert werden, wem welche Informationen gezeigt werden, bleiben abstrakt und unergründlich. Und wer sich ehrlich fragt, ob sein Nachbar dieselben Dinge sieht wie er selbst, erhält selten eindeutige Antworten.

Allerdings muss man kein Verschwörungstheoretiker sein, um zu ahnen, dass diese Technologie nicht nur Bequemlichkeit ermöglicht. Ein System, das deine Wahrnehmung steuert, kann dich auch lenken. Dass die Linsen gesellschaftliche Prozesse beeinflussen, ist für einige in Auris ein offenes Geheimnis. Doch die breite Masse stellt diese Frage nicht. Warum auch? Der Alltag funktioniert. Die meisten würden sagen, sie haben nichts zu verbergen. Die Stadt ist sauber, effizient, klar strukturiert – zumindest in ihren Augen.

An einer Straßenecke, unter dem projizierten Schild eines Cafés, wechselt das Overlay behutsam den Tonfall der eingeblendeten Hinweise: Ein frisches Tagesangebot, ein dezenter Wink, welches Heißgetränk heute „im Trend" ist. Und in den oberen Stockwerken eines Regierungsgebäudes fließen dieselben Datenströme, die diese Trends setzen. Die Linsen sind Schnittstelle zwischen Bürger und Stadt, zwischen Realität und Design.

Doch hier, im Prolog des Ganzen, reicht es zu wissen: Die Menschen in Auris akzeptieren die Linsen wie ein zweites Paar Augen. Sie haben sich daran gewöhnt, dass Informationen nicht neutrales Gut sind, sondern fließend, anpassbar. Die Stadt präsentiert sich ihnen als harmonische Kulisse, egal wie die tatsächlichen Zustände hinter den digitalen Schichten aussehen mögen.

Ob diese Harmonisierung immer im Sinne der Bewohner ist, steht in den Sternen. Vielleicht ist es nur eine bequeme Form von Ordnung. Vielleicht lauern hinter den AR-Schichten Spannungen, die nur darauf warten, durch einen Riss im System hervorzubrechen. Doch vorerst gleiten die Bürger von Auris durch ihren Morgen, als wäre alles natürlich, selbstverständlich, stabil.

Die Linsen werden getragen, als wären sie ein Teil des Körpers. Man nimmt sie kaum noch wahr. Die Technologie ist einfach da – so wie der Wind, die Schwerkraft, oder der Herzschlag, an den man selten denkt. So beginnt ein neuer Tag in Auris: Die Stadt ist wach, die Linsen arbeiten, und niemand zweifelt ernsthaft daran, dass alles so ist, wie es sein soll. Noch nicht.

KAPITEL 1

Leyla öffnet die Augen, und die Welt ist noch still. Das Licht im Apartment ist gedämpft, aber da sie schon ihre Linsen trägt — nein, Moment, sie hat sie gestern Abend vor dem Schlafengehen herausgenommen. Ein automatischer Griff nach der kleinen, passgenauen Box auf dem Nachttisch: Die Linsen müssen sie wieder einsetzen, gleich jetzt, vor dem Aufstehen. Ohne sie ist alles verschwommen, nicht physisch, aber funktional. Ohne die Linsen würden ihr die Informationen fehlen, die den Alltag in Auris erst einfach machen. Sie setzt sich auf, streckt die Arme und hebt die kleine Box an. Ein leises Klicken, dann gleiten zwei hauchdünne, durchsichtige Scheibchen auf ihre Hornhaut, perfekt angepasst. Ein leichter Druck, es summt kurz. Dann klären sich ihre Sichtfelder.

Sofort erscheinen die ersten Overlays: Ein Datumsstempel im unteren rechten Sichtfeld, ein Wetter-Icon links oben, eine kleine Meldung, dass ihr Terminkalender heute voll, aber „bewältigbar" sei. Das System begrüßt sie, eine sanfte Frauenstimme flüstert: „Guten Morgen, Leyla. Es ist 7:02 Uhr. Heutige Außentemperatur gemäßigt, Luftqualität über Durchschnitt." Nüchtern, effizient, ohne Pathos. Genau so mag Leyla es. Sie blinzelt, atmet einmal tief durch. Heute ist ein wichtiger Tag, hofft sie jedenfalls. Die Gerüchte im Flur — man munkelt, dass im Technikerteam eine Stelle frei wird, ein kleines Upgrade ihrer Position. Sie ist bereit.

Sie steht auf, schlurft zur Küchenzeile. Ihr Apartment ist sparsam eingerichtet, aber keineswegs trostlos. Die Wände zeigen, dank ihrer Linsen, dezente Kunstprints: ein paar abstrakte Formen, die sich leicht ändern, wenn sie ihren Blickwinkel wechselt. In Wirklichkeit ist die Wand wahrscheinlich nackt, vielleicht hellgrau verputzt. Aber wozu sich mit banaler Wirklichkeit abfinden, wenn eine geschmackvolle, personalisierte Ästhetik zu haben ist?

Während sie einen Kaffee bestellt — per Fingerzeig im virtuellen Menü, das nur sie sehen kann — überprüft sie ihre Nachrichten. Ein Overlay rechts oben projiziert den digitalen Posteingang: ein paar Routine-Memos von der Firma, eine Einladung zu einem neuen Fitnessprogramm (gesponsorte Werbung, natürlich), und eine Benachrichtigung ihrer alten Universitätsbekannten, die wieder einmal eine Petition für „mehr analoge Kulturevents" teilen. Leyla scrollt rasch darüber hinweg. Analoge Events sind nett gemeint, aber kommen letztlich immer etwas improvisiert rüber. Sie hat nicht wirklich Zeit für nostalgische Experimente.

Ein Schluck Kaffee — er schmeckt gut, zumindest für ihre gewohnten Verhältnisse. Die Kaffeemaschine ist auf Autopilot und verwendet ihre Geschmacksprofile. Leyla freut sich leise, dass heute nichts Kompliziertes ansteht: Routinechecks im Infrastrukturnetzwerk der AR-Overlays, ein kurzer Testlauf für ein neues Werbefenster in der Innenstadt, dann vielleicht das Meeting mit der Abteilungsleitung, wo sie hoffentlich ihre Kompetenz unter Beweis stellen kann. Die Firma, bei der sie arbeitet — Offiziell nennt sie sich Arion Data Environments, ADE — ist einer der Hauptanbieter für AR-Basisinfrastruktur in Auris. Kein Konzern an oberster Spitze, aber ein solider Player. Leyla hat gute Aufstiegschancen, wenn sie ihre Arbeit ordentlich macht.

Sie trinkt den Kaffee aus, legt die Tasse ins Spülfach und zieht sich an. Ein kostbarer Vorteil der Linsen: Alles, was sie anzieht, kann mit virtuellen Mustern ergänzt werden. Tatsächlich trägt sie eine schlichte Jacke, doch für ihr eigenes Auge glänzt ein unauffälliges Muster am Kragen, hellblau, passend zu ihrem aktuellen AR-Theme. Blau ist überhaupt die dominierende Farbe in ihrer Wahrnehmungsschicht. Seit sie in einer besseren Wohngegend residiert, zeigt ihr System häufiger saubere, elegant gestaltete Overlays in kühler Farbgebung. Ein zartes Symbol an der Hauswand draußen — ein kleines, fast unmerkliches blaues Icon mit geometrischem Muster — signalisiert, dass dieses Viertel als „gehoben" gilt. Ein Statusmerkmal. Leyla erinnert sich noch an die Zeit, als sie in einem einfacheren Block wohnte und die Overlays dort eher in neutralem Grau gehalten waren. Nichts Schlechtes, nur nicht so inspirierend. Hier, zwischen den blauen Codes, fühlt sie sich befördert, wertiger.

Sie verlässt ihre Wohnung und tritt auf den Korridor hinaus. Die Nachbarn grüßen kaum, jeder ist in seine eigene Informationswelt vertieft. Leyla erhält ein kurzes Update: Der Fahrstuhl steht bereit, keine Wartezeit. Perfekt. Sie steigt ein, nickt zu einer holografischen Anzeige, die die neuesten Stadtprojekte anpreist. „Auris — immer einen Schritt voraus", steht da. Leyla weiß nicht, ob das für sie oder für irgendein Algorithmus Konzept bestimmt ist, aber es hat etwas Beruhigendes. Sie wäre wohl nie ohne die Linsen auf die Idee gekommen, dass dieser Fahrstuhl trivial wäre. Mit den Linsen wird er fast familiär — es steht, welche Musikoptionen sie wählen kann (sie lehnt dankend ab, braucht keine Hintergrundmusik), und ob sie die Nachrichten scrollen will.

Unten auf der Straße empfängt sie die morgendliche Geschäftigkeit. Die Menschen bewegen sich ruhig, niemand rempelt. Kleine virtuelle Schilder weisen diskret auf einen neuen Bäckerladen um die Ecke hin — angeblich gibt es dort besondere Croissants. Leyla hat leider keine Zeit mehr für solche Extras. Sie beschließt, direkt zur Bahnstation zu gehen. Ein schwebendes Icon in ihrem Sichtfeld zeigt ihr, dass der nächste Zug in fünf Minuten ankommt. Sie muss sich nicht beeilen, aber trödeln auch nicht. Unterwegs prüft sie nochmals ihre Berufsdaten: Heute soll sie einen kleinen Check am Overlay-System in der Handelszone durchführen. Alles Standard. Ein Feldversuch, um nach Updates zu schauen. Vielleicht trifft sie Riven dort, ihre*n* *Kolleg*in, der/die manchmal an denselben Projekten arbeitet.

Riven ist... interessant. Leyla weiß selbst nicht, was sie genau fasziniert. Die ruhige Art, der analytische Blick? Die Tatsache, dass Riven sich nicht eindeutig positioniert, sondern immer sorgfältig abwägt? Sie hofft, dass sie heute zusammenarbeiten, dann kann sie im Vorbeigehen nachhaken, ob es Neuigkeiten zu der offenen Stelle gibt. Vielleicht weiß Riven etwas, was nicht im offiziellen Feed steht.

Sie steigt in den Zug, oder besser gesagt, in einen fließenden Kabinenverbund, bei dem Overlays routinemäßig Sitzplätze markieren. Es sind genug virtuelle Markierungen frei, um nicht überlegen zu müssen, wo man sich hinsetzen soll. Die Türen gleiten zu, und eine Stimme informiert über die nächste Station. Leyla scrollt nebenbei durch interne Firmennachrichten: Das System zeigt ihr transparente Panels, die über die reale Aussicht gelegt werden. Es gibt einen Hinweis auf Wartungsarbeiten in Arianda Green, einem Viertel, das sie nur vom Hörensagen kennt. Eine Randnotiz:

„Overlay-Qualitätscheck läuft reibungslos." Nichts Ungewöhnliches.

Die Fahrt verläuft ruhig. Draußen sind die Straßen gefiltert, als wären sie makellos. Leyla weiß, dass sie dank ihrer Zugangsstufe manchmal etwas realistischere Ansichten bekommt. Als Technikerin sieht sie hin und wieder Rohdaten, aber diese sind so verschachtelt und technisch, dass sie kaum einen Eindruck von echter Verwahrlosung vermitteln, wenn es diese überhaupt gibt. Ihr ist schon aufgefallen, dass manche Ecken in der unprozessierten Kartenansicht anders aussehen, aber sie hat das nie groß hinterfragt. Wozu auch? Die Firma sagt, es handele sich um codierte Testläufe oder interne Renderfehler. Klar, manchmal kommt ihr ein ironischer Gedanke: Was, wenn hier mehr getrickst wird, als man zugibt? Aber dann lacht sie innerlich über sich selbst. Sie ist doch keine paranoide Spinnerin. Das System funktioniert. Sie hat einen guten Job, ein komfortables Leben, und bald vielleicht eine bessere Stelle.

An der Haltestelle aussteigen, ein kurzer Weg durch eine überlagerte Passage mit Werbebannern — einer preist ein neues AR-Game an, ein anderer kündigt eine Wohltätigkeitsveranstaltung für Kulturförderung an. Leyla registriert es nebenbei. Als sie den Firmeneingang erreicht, legt sie unwillkürlich die Schultern zurück. Heute will sie selbstsicher wirken. Ein Upgrade in der Firma würde bedeuten: mehr Verantwortung, vielleicht etwas mehr Gehalt, vielleicht sogar ein stabileres Overlay-Paket als Mitarbeiterin im mittleren Management. Die AR-Welt könnte für sie dann noch komfortabler werden. Keine Ahnung, ob das wirklich so funktioniert, aber es kursieren solche Geschichten, dass man mit Beförderungen auch subtil veränderte

Wahrnehmungsebenen erhält. Höherer Status, ansprechendere Overlays, gezieltere Informationen.

Drinnen begrüßt sie die Sicherheitsschranke mit einem grünen Symbol: „Zutritt gewährt, Leyla N." Sie nickt kurz, geht durch die Lobby. Ein paar Kollegen huschen vorbei. Ein holografischer Aushang vermeldet ein Firmen-Meeting am Ende der Woche. Vielleicht erfährt man dann offiziell von der freien Stelle. Sie geht zum Aufzug, drückt auf ein virtuelles Panel, und während sie wartet, checkt sie ihre Mails: zwei Routineanfragen, eine Erinnerung an eine Systemprüfung im Westsektor, und — da ist es, eine persönliche Nachricht von Riven: „Morgen Leyla, Overlay-Check in Zone 3 abgeschlossen. Hast du gehört, in Arianda Green gibt es Störungen? Evtl. schaust du heute mal vorbei. - R."

Arianda Green, also doch. Störungen klingen harmlos, sind aber nie gern gesehen. Zumindest ist es kein großes Problem, sonst hätte sie sicher ein offizielles Ticket bekommen. Sie tippt eine knappe Antwort: „Danke Riven, werd ich machen. Heute später? Vielleicht Mittagspause?" Sie formuliert es neutral genug, um nicht aufdringlich zu wirken, aber freundlich genug, um weiter Kontakt zu halten.

Auf ihrem Stockwerk angekommen, geht sie zu ihrem Schreibtisch. Ein minimalistischer Arbeitsplatz, der natürlich im AR-Modus viel umfangreicher wirkt: Virtuelle Bildschirme über dem leeren Tisch, Menüs, Werkzeuge für Datenanalyse. Leyla setzt sich, streckt die Finger und öffnet die Systemkonsole. Während sie einige Skripte durchläuft, um Overlay-Stabilität zu prüfen, bemerkt sie wieder diesen angenehmen Blauton, der ihre Wahrnehmung begleitet. Ein Zeichen dafür, dass sie in einer „gehobenen" Zone ist. Ein heimliches Lächeln huscht über ihre Lippen. Sie hat sich das erarbeitet.

Kurz danach klopft es an ihrer virtuellen Tür. Eigentlich klopft niemand mehr physisch an. Ein Avatar-Icon eines Kollegen, namens Malek, erscheint. Er schickt eine Kurznachricht ins Interface: „Hey Leyla, wir haben ein paar merkwürdige Rückmeldungen aus Arianda Green. Ein Frame-Drop bei bestimmten Overlays. Kannst du später einen Blick drauf werfen? Nicht dringend, aber bevor es eskaliert, wäre's schön."

Merkwürdig. Zwei Hinweise auf Arianda Green an einem Morgen. Leyla fragt sich, ob es ein simpler Rendering-Fehler ist. Das passiert schon mal, wenn alte Datenpakete nicht korrekt aktualisiert werden. Sie antwortet: „Klar, schick mir die Logs, ich geh nachher rüber." Dann widmet sie sich noch ein paar internen Checks.

Eine halbe Stunde vergeht in stiller Routine. Leyla mag diese Monotonie — sie arbeitet konzentriert, klopft ein paar Befehle in die virtuelle Konsole, überprüft Parameter, die sicherstellen, dass jeder Bürger seiner Kategorie entsprechend die korrekten Overlays erhält. Dabei denkt sie kurz nach, wie nahtlos sich die Leute an diese Welt gewöhnt haben. Zeitungskioske gibt es längst nicht mehr, jedenfalls nicht real. Ein Kiosk könnte existieren, aber man würde ihn als Overlay sehen, wenn es sinnvoll erscheint. Nahrungsmittel sind echt, aber ihre Inszenierung als Waren im Raum ist digital. Alles im Fluss.

Sie steht auf, um sich einen Kaffee aus der Büroküche zu holen. Auf dem Weg dorthin registriert sie, dass zwei Kollegen leise über etwas diskutieren — sie fängt Wortfetzen auf: „...Arianda Green... Testserver..." Sie runzelt die Stirn. Schon wieder dieses Viertel. Ist da gerade ein Hardwarefehler? Oder plant das Management dort eine Umstrukturierung?

Mit dem Kaffee zurück an ihrem Platz, überlegt sie, ob sie früher oder später mal einen kurzen Ausflug nach Arianda Green machen soll. Zu Fuß ist es etwas weit, aber sie kann sicher einen Log-in vor Ort durchführen. Das AR-System erlaubt Fernzugriffe. Dennoch, manchmal ist es besser, real hinzugehen und zu schauen, ob der physische Ort irgendein Problem aufweist: veraltete Sensoren, defekte Drohnenstationen, irgendetwas Handfestes, das ein reines Softwareproblem nicht erklärt.

Sie ist gerade dabei, ein paar Analysetools zusammenzustellen, als eine neue Systemnachricht direkt im oberen Bildrand auftaucht. Diesmal ist es ein Standardhinweis der Firma: „Overlay-Störung in Arianda Green – dringend prüfen!" Der Betreff ist auffallend knapp. Kein freundliches „Bitte nachsehen", kein Ticket mit Begründung, einfach nur ein Befehl. Die Nachricht kommt vermutlich von der Systemleitstelle.

„Hm", macht Leyla leise. Nichts Dramatisches, steht da nicht, aber eindeutig eine Aufforderung. Gerade eben wirkte noch alles banal, jetzt taucht innerhalb kurzer Zeit die dritte Meldung zu diesem Viertel auf. Sie nippt am Kaffee. Schmeckt etwas bitter. Wie passend. Die Linsen blenden ihr jetzt einen Wegweiser ein, falls sie vor Ort handeln will: Eine dezent flackernde Pfeilmarkierung, die sie daran erinnert, wohin sie gehen müsste, um zum Bahnsteig für diesen Stadtteil zu gelangen.

Leyla lehnt sich zurück. Das ist ihr erster konkreter Auftrag heute. Vielleicht kann sie durch gutes Troubleshooting zeigen, dass sie für höhere Aufgaben qualifiziert ist. Ein kleiner Stolperstein, den sie schnell aus dem Weg räumen kann. Sie grinst schmal. Ein Overlay-Störfall, nichts Besonderes, aber immerhin eine Gelegenheit, zu glänzen. Sie tippt rasch ein paar Befehle ins System, um die vorläufigen Daten zu sichten.

Die Zeitanzeige in ihrem Sichtfeld rückt vor. Noch ist es früh am Tag, und sie hat alle Chancen, dieses Problem schnell und elegant zu lösen. Und wer weiß, vielleicht hat Riven auch Zeit. Sie wird später fragen. Jetzt heißt es erst mal, diesen kleinen Fehler im System aufzudecken. Ein minimaler Kratzer in der sonst makellosen Fassade von Auris.

Leyla steht auf, macht sich bereit, ihren Arbeitsplatz zu verlassen. Draußen in der Lobby warten saubere Overlays, Blautöne und weiche Formen. Sie atmet durch, ruft ein Transportroutentool auf, und im oberen rechten Sichtfeld leuchtet erneut die Meldung auf: „Overlay-Störung in Arianda Green – dringend prüfen!"

„Schon unterwegs", murmelt sie, halb amüsiert, halb entschlossen. Sie greift ins Leere, wo sie ein virtuelles Datenpaket für das Projekt ablegt, und nickt sich selbst im Spiegelbild eines AR-Panel zu: Heute ist ein guter Tag, um Kompetenz zu beweisen.

Mit einem leisen Summen öffnet sich die Bürotür, und Leyla tritt hinaus in die künstliche Perfektion des Auris-Arbeitstagmorgens.

KAPITEL 2

Leyla tritt aus dem Aufzug auf ihre Etage, den Arbeitsbereich der technischen Infrastrukturabteilung. Es ist noch früh am Tag, Kollegen sind schon an ihren virtuellen Terminals – oder besser gesagt, sie sitzen an leeren Tischen, vor denen ihnen nur die Linsen und interne Systeme Bildschirme, Menüs und Logs projizieren. Die meisten arbeiten stumm, einige nicken kurz, wenn Leyla an ihnen vorbeigeht. Niemand hält Smalltalk für notwendig; man tauscht lieber schnelle Textnachrichten aus, die nur im eigenen Sichtfeld erscheinen.

Sie steuert ihren eigenen Arbeitsplatz an. Der ist wie immer minimalistisch: ein schlichter Schreibtisch, ein Stuhl, sonst nichts. Alles Wesentliche blendet das System ein. Leyla setzt sich, ruft per Augenbewegung ein internes Menü auf und startet das Debug-Tool der Firma. Ein transparentes Panel erscheint, halb schwebend im Raum, angepasst an ihre Sehlinie. Ein paar Befehle, und sie wählt das Areal von Arianda Green aus. Kleine grüne Symbole markieren dortige Datenknoten, violette Markierungen für Sensorstationen. Alles sieht auf den ersten Blick normal aus.

Ihr Auftrag ist simpel: Prüfen, was hinter der Störmeldung steckt. Im besten Fall ist es nur eine falsch konfigurierte Overlay-Grafik, vielleicht ein veraltetes Datenpaket. Leyla kennt solche Probleme. Passiert ab und zu. Sie zoomt in den Code, überprüft Render-Logfiles. Währenddessen flimmert ein News-Icon am Rand ihres Sichtfeldes: Die Firma kündigt wieder irgendein internes Seminar an, aber Leyla schenkt dem keine Aufmerksamkeit. Stattdessen konzentriert sie sich auf den Datenverkehr, der Arianda Green versorgt.

Der Debug-Modus hat eine besondere Eigenschaft: Leyla kann damit zeitversetzt einzelne Frames der Overlays ansehen, so als würde sie kleine Schnappschüsse der AR-Ansichten im Zielgebiet bekommen. Natürlich sieht sie nicht das gesamte Bild – es wäre unmöglich, alle individuellen Profile einzelner Bewohner zu überwachen. Doch das System generiert Testansichten: standardisierte Perspektiven, um zu prüfen, ob alle Grafiken korrekt gerendert werden. Leyla lässt ein paar dieser Testframes durchlaufen, erwartet makellose Fassaden, saubere Gassen. Arianda Green ist eigentlich ein modernes Handelsviertel, soweit sie weiß, mit schön gestalteten Straßen, viel digitalen Werbeflächen.

Doch in drei, vier der durchlaufenden Frames blinkt etwas auf, das nicht ganz passt. Nur ein Augenblick, ein halbes Flackern. Sie hält inne, stoppt den Durchlauf, spult zurück. Ein geisterhafter Eindruck: Statt der polierten Glasfronten, die sie erwartet, taucht kurz ein Bild auf, in dem die Fassade eines Gebäudes schmutzig und rissig aussieht. Das nächste Bild zeigt sogar Graffiti – unübersehbar, aber nur für einen winzigen Moment, bevor das Debug-Tool wieder die normale, geschönte Ansicht liefert.

„Was zur...?" murmelt Leyla. Das kann kein normaler Zustand sein. Vielleicht ein Glitch, ein Testbild, das versehentlich eingespielt wird. Sie neigt sich vor, zoomt näher heran. Bevor sie es genau studieren kann, verschwindet das Frame. Das System springt automatisch auf die nächste Ansicht, in der alles wieder perfekt ist.

Leyla ist irritiert. Sie versucht, die Momentaufnahme im Cache zu finden. Es ist knifflig, denn diese Debug-Ansichten werden meist nicht dauerhaft gespeichert. Sie öffnet eine zweite Konsole und tippt einige Kommandos, um tiefere Ebenen des Codes anzusehen. Wenn tatsächlich ein Rendering-Fehler vorliegt, dann müsste es Fehlermeldungen oder Warnungen geben. Nichts im Ereignislog deutet darauf hin. Keine Fehlercodes, keine Alarmmeldungen.

Eine Kollegin namens Mira kommt vorbei, wirft Leyla einen fragenden Blick zu. Leyla hebt die Hand, als Zeichen, dass alles okay ist, nur ein Moment. Mira zuckt mit den Schultern und geht weiter. Hier wird nicht viel gesprochen. Jeder ist in seine Arbeit vertieft. Leyla beißt sich leicht auf die Unterlippe. Nur ein paar Frames, doch sie lassen sie nicht los. Sie versucht einen alternativen Suchbefehl, filtert nach ungewöhnlichen Datenpaketen. Dabei fällt ihr etwas auf: Die angezeigten Overlays in Arianda Green scheinen gruppiert zu sein. Nicht ungewöhnlich an sich, aber es gibt eine Kategorie Bezeichnung, die sie sonst selten im Klartext sieht: „ProfilSets_U1", „ProfilSets_U2"... was sind das für Bezeichnungen?

Sie schiebt die Frage beiseite, konzentriert sich aufs eigentliche Problem: Warum zeigt das System für einen Wimpernschlag verfallene Fassaden an, bevor wieder auf Hochglanz umgeschaltet wird? Vielleicht ein Bug in der Latenzkorrektur, denkt sie. Ein altes Backup-Bildmaterial, das kurz durchschimmert, bevor die aktuellen Overlays greifen. Könnte sein. Solche Artefakte sind selten, aber nicht unmöglich.

Um sicherzugehen, checkt sie die Metadaten der Frames. Dort steht, welche Filter angewendet wurden, welche

Rendering-Regeln greifen. Normalerweise findet Leyla dort einfache Vorgaben: Zeige Gebäude im Stil X, Werbung Y, Farben Z. Aber sie stößt auf eine ganze Liste von Filterregeln, die komplexer sind als erwartet. Stichworte wie „Segment_A0", „LevelAdjust", „UserGroupFactor" tauchen auf. Leyla runzelt die Stirn. Klar, es gibt Mechanismen, die unterschiedliche Darstellungen für verschiedene Bevölkerungssegmente ermöglichen – schließlich haben Kinder andere Infos als Erwachsene, Touristen andere als Einheimische. Aber hier wirkt es, als würden mehrere Schichten übereinander liegen, so als gäbe es eine Variante mit perfekten Fassaden und eine andere, die den realen, ungefilterten Zustand zeigt.

Kann das sein, dass es zwei Overlay-Versionen gibt, von denen eine deutlich unschöner ist, und ein Fehler dafür sorgt, dass diese hässliche Version kurz aufflackert? Leyla fühlt sich unbehaglich. Sie ist Technikerin, sie weiß, dass es verschiedene Darstellungsmodi gibt. Doch warum würde man absichtlich verfallene Fassaden im Code behalten, wenn man sie den Nutzern nie zeigen will? Vielleicht sind das historische Referenzbilder, um Veränderungen über die Zeit zu tracken? Sie zieht die Schultern hoch, murmelt leise „Nur ein alter Datensatz, ganz sicher."

Gerade als sie tiefer gehen will, erscheint ein Kollege, Malek, an ihrem Tisch. Sein Avatar blinkt in ihrem Sichtfeld, obwohl Malek real keine Miene verzieht. Er sendet ihr stumm eine Nachricht: „Hey, irgendwas gefunden?"

Leyla murmelt, diesmal hörbar: „Ich hab ein paar seltsame Frames gesehen. Kurz schmutzige Fassaden, dann weg. Könnte ein Rendering-Fehler sein. Hast du was mitbekommen?"

Malek hebt eine Augenbraue, dann hebt er die Hand, um schnell über sein eigenes Interface zu scrollen. „Nein", sagt er schließlich leise. „Wahrscheinlich ein Glitch. Das passiert manchmal, wenn alte Texturen im Cache hängenbleiben. Mach dir keinen Kopf, wir haben doch letztens eine Datenbereinigung gemacht." Er klingt, als wolle er Leyla beruhigen. Nichts Ungewöhnliches, Kollegen spielen so was oft runter. Niemand will Panik wegen Kleinigkeiten. Malek tippt ein paar Befehle, wirft einen Blick auf ihr Holo-Panel und meint: „Versuch einfach, den Cache zu leeren, dann nochmal zu prüfen."

Leyla nickt. „Werd ich tun." Sie lässt Malek weiterziehen, doch sie ist nicht zufrieden. Sie leert den Cache, wiederholt den Test. Diesmal tauchen die verfallenen Fassaden nicht wieder auf. Alles läuft glatt, als gäbe es kein Problem. Allerdings, so hat Leyla gelernt, verschwinden Probleme selten einfach so. Sie will Gewissheit.

Sie schaltet einen erweiterten Ansichtsmodus frei. Dank ihres Status als Technikerin kann sie in gewisse Log-Dateien blicken, die normalen Mitarbeitern verschlossen sind. Hier stößt sie auf Codepassagen, die bestimmte Filterregeln definieren. Sie liest Zeilen wie:

IF UserGroup = "U1" THEN Apply FilterSet A (polished facade)
IF UserGroup = "U2" THEN Apply FilterSet B (degraded facade)

Das ist seltsam. Nutzergruppen, die unterschiedliche Overlays bekommen? Sie kennt die Idee, dass Kinder keine Werbung für Alkohol sehen oder Touristen Wegweiser in

Englisch statt in der lokalen Sprache. Aber unterschiedliche Fassadenqualitäten? Wozu soll das gut sein?

Sie zoomt tiefer in den Code, ihr Puls etwas erhöht. Ein leiser Zweifel nagt an ihr: Wer wird in solche Gruppen eingeteilt, und auf welcher Basis? Es könnte ein Debug-Feature sein, eine interne Testfunktion für Vergleichsbilder. Doch warum wird das live im System belassen?

Während sie darüber nachdenkt, erhält sie eine Nachricht von Riven. Leyla freut sich kurz, unterdrückt aber ein Lächeln. Riven schreibt: „Hast du die Sache in Arianda Green schon lösen können? Hab gehört, es gab ein Flackern. Brauchst du Hilfe?" Leyla überlegt kurz, ob sie Riven von den seltsamen Filtern erzählen soll. Aber nein, noch weiß sie zu wenig. Sie antwortet knapp: „Scheint ein temporärer Glitch gewesen zu sein, checke gerade die Filter. Ich meld mich, wenn ich was brauche." Riven schickt einen Daumenhoch-Emoji, virtuell versteht sich.

Leyla richtet ihren Blick wieder auf die Code-Regeln. Sie denkt an Maleks Worte: „Mach dir keinen Kopf." Klingt nach Standardfloskel. Ist sie übermäßig skeptisch? Mitten in Auris, wo alles so reibungslos läuft, warum sollte jemand absichtlich kaputte Fassaden zeigen wollen? Vielleicht ist es nur ein Archiv alter Zustände, um Veränderungen der Stadt zu dokumentieren. Die Linsen können ja auch historische Ansichten simulieren.

Sie versucht, die Filterregeln manuell aufzurufen, um sie besser zu verstehen. Doch sie stößt auf Zugriffsbarrieren. Einige Codeabschnitte sind verschlüsselt. Sie hat zwar mehr Rechte als ein normaler User, aber nicht volle Administratorrechte. Das irritiert sie – normalerweise kann sie alle visuellen Ebenen mindestens lesen, wenn nicht schreiben.

Ein leises Schlurfen hinter ihr: Ein anderer Kollege, Jin, tritt näher. Er rümpft die Nase (oder zumindest scheint es so) und fragt halblaut: „Irgendein Problem, Leyla?"

Sie schüttelt den Kopf. „Nur eine kleine Unstimmigkeit in den Overlay-Frames. Malek meinte, es ist ein Rendering-Fehler."

Jin zuckt mit den Schultern. „Kommt vor. Wir haben viel Code geerbt von älteren Versionen. Manche Überlagerungen stammen aus frühen Tests. Nichts, worüber du dir Sorgen machen musst. Wirklich."

Leyla ahnt, dass sie keine hilfreichen Antworten bekommen wird, wenn sie weiter nachfragt. Es scheint, als sei für alle dieses Phänomen entweder normal oder unwichtig. Sie ist noch nicht alarmiert, aber... irritiert. Sie notiert sich mental die Namen der Filterregeln. Vielleicht kann sie Riven später in einer ruhigen Minute dazu befragen. Riven ist analytisch und zugleich loyal zur Firma, aber vielleicht kennt Riven interne Geschichten, die die anderen nicht teilen.

Leyla legt die Stirn in Falten. Sie testet eine andere Hypothese: Was, wenn unterschiedliche Nutzerprofile verschiedene Stadtebenen sehen? Aus Marketingsicht könnte man so bestimmte Zielgruppen an hübsche Fassaden gewöhnen, während andere, weniger privilegierte Gruppen weniger hübsche Overlays bekommen. Aber das klingt absurd. Wieso sollte man das tun? Das würde doch Konflikte schüren. Andererseits, wer würde jemals die eigene Wahrnehmung mit der anderer Leute vergleichen? Jeder glaubt, er sieht die „wahre" Stadt.

Eine Idee kommt ihr: Sie startet einen Simulationslauf, bei dem sie versucht, als User mit verschiedenen Profilen einzuloggen – soweit ihre Berechtigungen das erlauben. Selbstverständlich hat sie keinen echten Nutzerzugang, aber sie kann Testprofile laden. Das Debug-Tool lässt sie das tun. Sie wählt ein Standard-Testprofil, „Visitor_U1", und spielt die Frames ab. Alles sauber. Dann versucht sie ein anderes internes Testprofil, „Local_U2". Und tatsächlich: Für einen Sekundenbruchteil erscheinen die unschönen Fassaden wieder, bevor sie flackern und verschwinden. Diese Testprofile sind eigentlich harmlos, sollen nur dafür da sein, um sicherzustellen, dass alle Gruppen die passenden Infos bekommen. Doch es bestätigt, was sie befürchtet: Bestimmte Gruppen scheinen eine andere Version der Realität angezeigt zu bekommen. Eine schlechtere, ehrlichere, oder einfach nur anders gefilterte?

Sie schluckt. Es ist nur ein Detail, vielleicht hat es harmlose Gründe. Vielleicht sollen bestimmte Nutzergruppen auf Sanierungsprogramme hingewiesen werden, auf Probleme im Stadtbild, die sie melden sollen. Eventuell sind es Wartungsteams oder städtische Kontrollinstanzen, denen die echte Fassade gezeigt wird, um Reparaturen anzuregen. Aber warum dann verschlüsselte Codeabschnitte?

Noch bevor sie weitergrübelt, erscheint Malek erneut: „Alles gut bei dir?" Seine Stimme klingt jetzt im Raum, nicht nur als Text. Er tritt näher, um menschliche Nähe zu signalisieren, wohl weil Leyla so konzentriert wirkt.

„Ja, sicher", sagt Leyla und versucht, locker zu klingen. „Hab den Cache geleert, es sollte nicht mehr flackern. Wahrscheinlich ein Rest aus alten Testphasen."

Malek lächelt, als wäre er erleichtert, dass sie nicht weiter nachfragt. „Super. Dann ist das ja erledigt."

Leyla nickt, schweigt aber. Sie lässt Malek gehen und betrachtet noch einmal die Codefragmente. Sie nimmt sich vor, heute Abend ein paar Notizen für sich selbst zu machen. Nicht, weil sie etwas Großes wittert, aber sie will verstehen, wie dieses System tiefer funktioniert. Ihre Karriere hängt auch davon ab, dass sie die Technik durchschaut. Vielleicht beeindruckt es die Vorgesetzten, wenn sie eine Idee hat, wie man solche Glitches endgültig verhindert.

Der Arbeitstag verläuft ansonsten ruhig. Leyla erledigt noch ein paar andere Aufgaben, korrigiert ein paar Werbeoverlays im Finanzdistrikt, passt Farbfilter für ein neues Wohngebiet an. Normal. Routiniert. Doch immer wieder schweifen ihre Gedanken zu Arianda Green. Zu den seltsamen Profilregeln, die sie gesehen hat. Sie kann nicht leugnen, dass sich ein seltsames Kribbeln in ihrem Nacken breitmacht. So, als ob sie etwas Verstecktes gesehen hätte, das nicht für sie bestimmt war.

In der Mittagspause schickt sie Riven eine kurze Nachricht: „Hast du heute Zeit für einen Kaffee? Würde gern kurz über Arianda Green quatschen." Riven antwortet fast sofort: „Klar, in der Lounge in 10 Minuten?"

Leyla freut sich innerlich. Vielleicht kann sie mit Riven unverfänglicher darüber reden. Der Kaffee in der Bürolounge ist zwar durchschnittlich, aber die zwanglose Umgebung erleichtert es, Fragen zu stellen, ohne dass man gleich misstrauisch wirkt.

Zehn Minuten später sitzt sie an einem schmalen Tisch, das halbdurchsichtige Menü schwebt vor ihrem Blickfeld. Sie wählt einen leichten Kaffee, no fuss. Dann erscheint Riven, wie immer mit einer Ruhe, die Leyla bewundert. Riven trägt heute ein AR-Pattern am Revers – ein neutrales, geometrisches Muster, unisex, zeitlos. Leyla lächelt leicht.

„Hey", sagt sie leise. „Alles klar? Ich hab die Sache in Arianda Green untersucht. War ein komischer Glitch. Alte Texturen, seltsame Filterregeln."

Riven runzelt die Stirn. „Hmm. Seltsam, oder? Ich hatte mal gehört, dass in manchen Vierteln verschiedene Overlay-Sets getestet werden. Vielleicht interne Experimente. Hast du noch was Ungewöhnliches gefunden?"

Leyla zuckt mit den Schultern. „Nicht wirklich. Nur ein paar verschlüsselte Segmente. Nichts, was man so ohne Weiteres dechiffrieren kann. Malek und Jin meinten, das sei normal, bloß Altlasten. Aber... ich finde es merkwürdig, dass das System solche Unterschiede macht."

Riven nippt am Kaffee. „Die Stadt ist groß. Vielleicht werden bestimmte Gruppen anders behandelt. Touristen, Pendler, Einwohner mit speziellen Bedürfnissen. Kann viele Gründe geben." Riven klingt pragmatisch. Und doch wirkt da ein leiser Zweifel im Unterton.

Leyla lehnt sich vor, hält die Stimme gedämpft, obwohl niemand zuhört: „Aber kaputte Fassaden? Warum sollte man jemandem so etwas zeigen?"

Riven schweigt einen Moment, blickt Leyla direkt an. „Vielleicht ein Fehler oder ein Sicherheitsmechanismus, der bei falschen Parametern anspringt. Hätte auch sein können, dass du eine Art Vorher-Nachher-Darstellung erwischt hast, irgendein internes Tool, das Zustand X mit Zustand Y vergleicht." Riven lächelt dann, mild. „Solange alles läuft, wird das Management zufrieden sein."

Leyla nickt langsam. Vielleicht erwartet sie zu viel. Alles kann eine banale Erklärung haben. Sie sollte nicht paranoid werden. Doch als sie zurück an ihren Arbeitsplatz geht, lässt sie es nicht ganz los. Sie hat Codeschnipsel gesehen, die nach Nutzergruppen unterscheiden. Ohne noch genau zu verstehen, was das bedeutet, weiß sie, dass es mehr Ebenen in diesem System gibt als gedacht.

Kurz vor Feierabend zoomt sie nochmals in den Code rein, diesmal ohne viel Zeitaufwand. Nur ein kurzer Blick: Die Filterregeln scheinen wirklich nach bestimmten Kategorien zu unterscheiden. Namen wie „UG3", „UG4" tauchen auf, mit jeweils anderen Farb- und Struktursets. Leyla versteht nicht, warum man so etwas tun würde, aber sie beschließt, es erst einmal dabei zu belassen. Sie hat das Problem, das ihr aufgetragen wurde, formal gelöst: Der Glitch taucht nicht mehr auf, die Overlays in Arianda Green sind wieder makellos.

Kurz bevor sie sich abmeldet, erhält sie eine letzte Nachricht von Malek: „Danke fürs Kümmern, Leyla. Morgen neue Aufträge. Mach dir keinen Kopf wegen Arianda Green." Dieser Satz, erneut. „Mach dir keinen Kopf." Es wiederholt sich so auffällig, dass Leyla unwillkürlich die Stirn runzelt. Sie lächelt schief und denkt sich: „Ich mach mir keinen Kopf. Noch nicht."

Während sie den letzten Befehl eingibt, sieht sie in einer Codezeile erneut das Wort „UserGroupFactor". Sie versucht, es zu ignorieren. Vielleicht ist es wirklich nur ein internes Tagging-System. Sie schaltet den Arbeitsplatz in den Standby-Modus, steht auf und spürt dieses leichte

Unbehagen wieder. Ein winziger Kratzer am Weltbild, wie ein Haarriss in einer perfekt polierten Scheibe Glas. Kaum sichtbar, aber wenn man weiß, wo er ist, bekommt man ihn nicht mehr aus dem Kopf.

So endet ihr Tag. Sie geht nach Hause, so als wäre alles in Ordnung, doch sie kann die Frage nicht abschütteln: Wer sieht was in dieser Stadt, und warum?

KAPITEL 3

Leyla steht vor dem Büroausgang, noch etwas gedanken-verloren, als sie sich aufrafft. Gestern hat sie dieses selt-same Flackern gesehen, die verborgenen Filterregeln in A-rianda Green entdeckt. Heute soll sie sich vor Ort selbst ein Bild machen. Selbst wenn alle im Team diesen Vorfall als harmlosen Rendering-Fehler abtun, lässt es ihr keine Ruhe. Sie will beweisen, dass sie gründlich arbeitet, dass sie sich um jedes Detail kümmert. Vielleicht kann sie so ihre Kom-petenz unterstreichen, was ihr im laufenden Aufstiegsge-rangel sicher nicht schadet.

Sie ruft in ihrem Interface eine Routenanweisung auf: Ari-anda Green ist nicht weit, mit der Bahn etwa zehn Minuten. Das System zeigt ihr einen blauen, dezent schimmernden Wegweiser, der sie zur passenden Plattform führt. Unter-wegs grüßt sie beiläufig ein paar Kollegen. Niemand fragt, wohin sie geht. Es ist normal, dass Technikerinnen sich ge-legentlich vor Ort umschauen, um zu prüfen, ob alle Sen-soren korrekt arbeiten. Während sie in die Bahn steigt, denkt sie kurz an Riven. Riven hatte keinen Einwand.

Vielleicht kann sie nachher rapportieren, was sie gefunden hat, falls es überhaupt etwas zu rapportieren gibt.

Die Bahn gleitet sanft durch Auris. Die Overlays im Inneren sind zurückhaltend: ein Fahrplan, Wetterinfos, ein paar Werbe-Einblendungen. Leyla lenkt ihren Blick ins Freie, dort wo virtuelle Fassaden auf reale Gebäude gelegt sind. Nichts Ungewöhnliches. Einzig ihr wachsendes Misstrauen sticht heraus. Sie fragt sich, ob sie das Ganze übertreibt. Wahrscheinlich.

Als sie in Arianda Green ankommt, empfängt sie ein Viertel, das auf den ersten Blick so aussieht, wie ihr Debug-Tool es vorgab: modern, aufgeräumt, mit eleganten AR-Werbeflächen. Ein sanfter, ins Grünliche gehender Farbton dominiert hier, passend zum Namen. Manche Gebäude haben digitale Deko-Elemente: geschwungene Muster, die das Auge beruhigen. Eine Fußgängerzone ist mit schwebenden Hinweisschildern versehen, die Radwege, Cafés und Geschäfte bewerben.

Leyla schlendert langsam durch die Straßen. Offiziell ist sie hier, um die Sensorik eines bestimmten Knotenpunkts zu überprüfen, doch anstatt sich direkt an die Arbeit zu machen, nimmt sie sich einen Moment, um die Atmosphäre aufzusaugen. Alles wirkt glatt, vielleicht zu glatt. Sie konzentriert sich auf die kleinen Dinge: eine Mülltonne (hübsch digital übermalt, sodass sie fast wie eine Designer-Vase wirkt), ein Straßenschild, das laut Overlay vor ein paar Jahren erneuert wurde. Doch da ist etwas: Das Straßenschild flackert kurz. Ein kaum wahrnehmbares Zucken. Leyla runzelt die Stirn.

Sie tritt näher an den Pfosten, an dem dieses digitale Schild angebracht ist. Natürlich existiert real eine Metallstange, aber ob das Schild selbst noch physisch dort ist, kann Leyla ohne Abschalten der Linsen kaum beurteilen. Sie weiß, dass man vor geraumer Zeit echte Beschilderung fast komplett aufgegeben hat. AR macht's möglich. Doch wenn es flackert, könnte das bedeuten, dass die zugrundeliegenden Daten nicht hundertprozentig übereinstimmen. Leyla speichert eine kleine Markierung in ihrem internen Firmen-Tool, um später nachzusehen.

Dann spricht sie eine leise, fast kratzige Stimme von der Seite an: „Komisch, Ihr seht das wohl auch so schön, was?" Leyla dreht den Kopf. Ein älterer Mann steht da, vielleicht um die sechzig. Seine Kleidung ist schlicht, ohne sichtbare AR-Verbesserungen. Er blickt sie forschend an, als suche er etwas in ihrem Gesicht.

Leyla lächelt höflich. „Entschuldigen Sie?"

Der Mann schnaubt leise. „Das Viertel. So aufgeräumt, nicht wahr? Alles sauber, keine Makel." Er betont das letzte Wort leicht ironisch. Leyla hebt eine Braue. Der Mann trägt weder moderne Kontaktlinsen noch erkennbare AR-Gadgets. Wer macht so was? Ohne Linsen ist man doch orientierungslos.

„Sie tragen keine Linsen?" fragt Leyla vorsichtig.

Er zuckt mit den Schultern. „Hatte früher welche, aber die waren alt. Jetzt komm ich mit den neuen nicht zurecht. Außerdem... ich mag's nicht, wenn man mir die Welt vorschreibt. Hab meine eigene Brille, und die ist nur Glas, kein Schnickschnack." Er zeigt eine altmodische Brille, die er in der Hand hält. Ohne AR-Funktionen, nur zum Sehen. Leyla ist verblüfft. Wie kommt er dann zurecht? Bestimmt ist es schwierig, ohne digitale Wegweiser.

„Und Sie sehen... anders?" fragt Leyla. Eine vorsichtige Formulierung.

Der Mann lacht trocken. „Ah, Sie sind also eine von denen, die denken, wir sehen alle das Gleiche. Nun, Miss, ich sehe Risse in den Fassaden, Graffiti, abgeplatzte Farbe. Das hier war mal ein echtes Viertel mit echten Schildern. Da stand mal ein richtiges Metallschild, keine Projektion. Heute ist alles nur... übermalt. Für Leute wie Sie." Er deutet mit dem Kinn auf ihre Augen. Er weiß, dass sie Linsen trägt. Ist ja auch Standard.

Leyla schluckt. Sein Tonfall ist nicht aggressiv, eher müde. „Ich bin Technikerin", erklärt sie leise, „ich sorge dafür, dass die Overlays korrekt funktionieren." Ihr Satz klingt in ihren Ohren plötzlich defensiv. Als müsste sie sich rechtfertigen.

Der Mann mustert sie. „Dann wissen Sie doch sicher, wie viel gefiltert wird, oder? Wie viel man zeigt und wie viel man versteckt?" Er lächelt bitter. „Früher hing hier ein handgeschriebenes Schild. Der Wind hat es verbogen, der Regen es verblasst. Heute zeigt man euch ein perfektes, digitales Schild. Keine Mühe, kein Verschleiß. Nur ein schöner Schein. Aber manchmal, wenn ich genau hinschaue, flackern sie." Er nickt in Richtung des Pfostens. „Vielleicht sehen Sie's ja auch, wenn Sie die richtigen Augen haben."

Leyla fühlt sich unbehaglich. Sie wollte nur ein Problem lösen, kein philosophisches Gespräch führen. „Aber ist es nicht praktisch, wenn alles sauber und gut lesbar ist?" versucht sie zu relativieren.

Der Mann hebt eine Augenbraue. „Praktisch, sicher. Aber was ist, wenn das, was man Ihnen zeigt, nicht wahr ist? Nur eine Frage. Nun gut, Miss Technikerin. Ich will Sie nicht aufhalten." Er dreht sich um, geht langsam davon. Leyla bleibt zurück, nachdenklich.

Sie sieht sich erneut um. Für sie ist Arianda Green makellos – bis auf diese kleinen Flackermomente. Der Mann hat insinuiert, dass es auch eine andere Realität gibt, eine ohne die AR-Schichten, in der das Viertel durchaus Makel aufweist. Sie wusste natürlich, dass Overlays die Realität ergänzen, aber sie ging immer davon aus, dass sie weitgehend mit den echten Strukturen übereinstimmen, nur verbessert. Nicht, dass sie grundlegend anderes zeigen als die Wahrheit.

Leyla beschließt, ihren eigentlichen Auftrag auszuführen. Sie sucht den Sensorenknoten in einer Seitenstraße. Auf ihrem Interface erscheint ein Pfeil, der sie zu einer kleinen, unscheinbaren Box führt, an einer Wand montiert – echt und greifbar. Über die Linsen sieht sie diese Box markiert mit einem hellen Icon: „Sensor Node #AG-14". Sie tippt ein paar Befehle ins AR-Menü, um die Statusdaten des Sensors auszulesen. Alles im grünen Bereich.

Während sie sich über die Ergebnisse beugt, verwischt das Schild an der Straße im Hintergrund erneut für eine Millisekunde. Leyla versucht, bewusst hinzusehen, aber es ist schnell wieder stabil. Sie kann nicht verifizieren, ob hier ein Serienfehler vorliegt. Vielleicht nur eine leichte Datenlatenz.

Als sie fertig ist, beschließt sie, noch ein Stück herumzuschlendern. Niemand wird ihr das Verwehren, sie ist offiziell unterwegs. Nach einigen Schritten kommt sie an einen Platz mit einem projizierten Kunstwerk – eine virtuelle Skulptur, schwebend über dem Kopfsteinpflaster. Das

System blendet Info-Tafeln ein, die behaupten, hier stehe eine berühmte Installation. Doch Leyla erkennt, wenn sie genau hinschaut, dass die Skulptur minimal flimmert. Ganz leicht, aber genug, um ihr misstrauisches Gehirn anzuheizen.

In Gedanken geht sie die Möglichkeiten durch: Vielleicht ist der alte Mann nur ein Sonderfall, der keine Linsen mehr trägt und deshalb etwas anderes sieht – nämlich das, was wirklich da ist. Und was da ist, könnte einfach weniger gepflegt sein. Sie selbst sieht nur die geschönte Version. Bisher nahm sie an, dass die AR-Fassaden auf real existierenden Strukturen beruhen, zumindest rudimentär. Doch jetzt keimt der Verdacht, dass an manchen Stellen mehr verschleiert wird, als sie wusste.

Sie versucht eine kleine Diagnose über ihr Firmeninterface: zeigt ihr das System Hinweise auf unterschiedliche Profile? Doch hier draußen hat sie nicht dieselben Debug-Rechte wie am Schreibtisch. Sie kann nur oberflächliche Daten abrufen. Nichts Auffälliges.

Als Leyla genug gesehen hat, macht sie sich auf den Rückweg. Beim Einsteigen in die Bahn fällt ihr ein, dass sie vergessen hat, den Datenabzug des Viertels mitzunehmen. Egal, sie hat Erinnerungen, Notizen im Kopf. Die Bahn beginnt ihre Fahrt, und Leyla öffnet gedanklich ihr Debug-Tool im eingeschränkten Modus, um während der Rückfahrt ein paar Netzwerkpakete zu inspizieren. Überraschung: In diesem Bereich von Arianda Green scheinen auffallend viele Filterregeln hinterlegt zu sein. Genau wie im Büro, als sie die Codefragmente sah. Sie haben eindeutig etwas mit Nutzergruppen zu tun – das Wort

„UserGroupFactor" taucht wieder auf, nur diesmal in den Statusmeldungen, die ihr sporadisch durch den Kopf gehen.

Nutzergruppen. Der alte Mann könnte keiner bestimmten Gruppe mehr zugeordnet sein, weil er keine aktuellen Linsen hat. Und möglicherweise bekommt er ein völlig anderes Bild. Kann das sein? Sie wollte es erst nicht glauben, aber jetzt ist sie sich unsicher. Doch was soll das bedeuten? Warum sollten bestimmte Gruppen andere, schönere Overlays bekommen und andere nicht?

Am Bahnhof zur Rückfahrt steigt Leyla aus. Ihr Herz klopft ein wenig schneller, als sie erwartet hat. Sie hält kurz inne und atmet durch. Es wird ihr doch nicht mulmig, nur weil ein älterer Herr ein paar kryptische Andeutungen machte? Und weil sie ein paar Codezeilen gesehen hat?

Sie erinnert sich an Maleks Worte: „Mach dir keinen Kopf." Und an das Lächeln von Riven, die die Sache pragmatisch abgetan hat. Vielleicht würde jeder so reagieren. Niemand hat ein Interesse, sich in mögliche Schieflagen hineinzudenken. Warum sollte Leyla das ausgerechnet tun? Weil sie ein ausgeprägtes Gerechtigkeitsempfinden hat? Oder ist es einfach ihr Ehrgeiz, jedes technische Detail verstehen zu wollen?

Wieder im Büro, spätnachmittags, nimmt sie sich ein paar Minuten, um die Logs des heutigen Ausflugs in ihre interne Notizdatei (privat verschlüsselt) einzutragen. Sie schreibt stichwortartig:

- Seltsames Flackern bei realen vs. AR-Schildern.

- Älterer Mann ohne moderne Linsen sieht offenbar ein ganz anderes, heruntergekommenes Bild des Viertels.

- Wiederholt Filterregeln entdeckt, die auf Nutzergruppen basieren.

- Frage: Wer gehört zu welcher Gruppe? Warum unterschiedliche Fassaden?

Während sie tippt, wirft sie einen Seitenblick auf ihre Kollegen. Alle arbeiten normal, konzentriert, mit ausdruckslosen Gesichtern. Keiner scheint sich den Kopf über solche Feinheiten zu zerbrechen. Ist sie die Einzige, die das auffällig findet?

Sie schickt Riven eine kurze Nachricht: „War in Arianda Green. Alles okay, aber paar komische Flacker, vermutlich altmodische Infrastruktur. Können wir morgen drüber quatschen?" Riven antwortet prompt: „Klar. Hab gerade viel zu tun. Morgen früh?"

Leyla stimmt zu. Sie will Riven vorsichtig fragen, ohne zu alarmieren. Immerhin kennt Riven die internen Prozesse besser als sie. Vielleicht kann Riven erklären, dass dieses UserGroup-Ding ein alter Hut ist, irgendwas völlig Harmloses.

Als Leyla am Ende des Tages nach Hause geht, summen die Drohnen über den Straßen, die Linsen zeigen ihr einen angenehmen Heimweg. Sie sieht alles perfekt geordnet. Doch nun achtet sie auf jedes Flackern, jeden Übergang. Einmal scheint eine Hauswand für den Bruchteil einer Sekunde nackt und fleckig, bevor sie sich wieder in eine saubere, modernisierte Fassade verwandelt. Leyla ist sich nicht sicher, ob sie sich das einbildet.

Sie ertappt sich dabei, wie sie innerlich sarkastisch murmelt: „Na toll, Leyla, jetzt bist du schon paranoid." Doch das ist ihre Art, mit Stress umzugehen. Diese Ungereimtheiten nagen an ihr. Sie hat noch keine Gewissheit, nichts Handfestes, nur Indizien und Andeutungen. Sie weigert sich aber, einfach wegzuschauen.

Zuhause in ihrem Apartment lässt sie sich auf einen Stuhl fallen. Sie nimmt die Linsen nicht gleich heraus, scrollt durch News und Entertainment-Feeds. Alle wirken so normal, so beruhigend. Doch sie fragt sich, ob andere Leute dasselbe sehen. Vielleicht sind manche Nachrichten für bestimmte Gruppen anders gefiltert. Was, wenn man alles anpasst, je nachdem, wer zuschaut?

Leyla weiß, das könnte die ganze Wahrnehmung der Stadt in Frage stellen. Aber sie hat noch keine Beweise, nur Hypothesen. Ein Schritt nach dem anderen, sagt sie sich. Zuerst muss sie morgen mit Riven reden. Vielleicht auch mit jemandem, der keine aktuellen Linsen nutzt. Wie findet sie solche Leute? Der alte Mann schien nicht besonders gesprächig, aber es muss andere geben, die auf ältere Systeme zurückgreifen. Vielleicht kann sie herausfinden, ob es eine Gruppe von Menschen gibt, die dem offiziellen System misstraut.

Bevor sie die Linsen herausnimmt, fällt ihr Blick auf ein kleines digitales Icon an ihrer Wand, eine Deko, die ihr Wohnviertel als „gehobenes Areal" markieren soll. War das schon immer da? Sie findet es merkwürdig, wie subtil man den Status kommuniziert. Ein Symbol für die Sicherheit, in der sie sich wähnt. Ein Symbol dafür, dass manche Menschen wohl bessere Overlays haben als andere. „Nutzergruppen", flüstert sie. Klingt wie eine harmlose Kategorisierung. Aber vielleicht steckt mehr dahinter.

Sie nimmt die Linsen ab, die Welt ist jetzt nur ihr schlichtes, echtes Apartment. Graue Wände, wenig Dekoration. Alles andere war digital. Ein leichtes Frösteln überläuft sie, als sie realisiert, wie viel ihre Wahrnehmung vom System gesteuert wird. War ihr das nicht immer klar? Doch, natürlich, aber sie hat es nie hinterfragt. Jetzt, wo sie erste Ungereimtheiten entdeckt hat, fühlt es sich anders an, fast beklemmend.

Vor dem Schlafengehen schreibt sie ein paar Stichpunkte auf Papier – ja, echtes Papier, das sie manchmal für Notizen nutzt, um sicherzugehen, dass sie nicht alles digital hat. Sie notiert:

- „Arianda Green: Andere Realität für manchen Mann.
- Unterschiedliche Overlay-Regeln nach Nutzergruppen.
- Vielleicht kein Bug, sondern gewollt?
- Morgen Riven fragen."

Leyla legt den Zettel beiseite, atmet tief durch. Sie kämpft gegen das Gefühl an, dass sie auf etwas gestoßen ist, das niemand sehen soll. Noch ist es nur eine Ahnung. Aber die leisen Zweifel haben begonnen, ihre Sicht auf Auris zu verändern. Und sie ahnt, es wird nicht bei diesen ersten Ungereimtheiten bleiben. Es ist, als hätte sie einen Faden im perfekten Gewebe der Stadt gezogen. Nun muss sie entscheiden, ob sie ihn weiterzieht.

KAPITEL 4

Leyla sitzt am nächsten Morgen wieder an ihrem Arbeitsplatz im Büro. Der gestrige Ausflug nach Arianda Green hängt ihr noch nach. Sie hat die Nacht kaum ruhig geschlafen, immer wieder diese Gedanken an den alten Mann und die geheimnisvollen Filterregeln. Heute hat sie sich vorgenommen, ein wenig mehr Klarheit zu gewinnen. Sie hat vereinbart, mit Riven zu sprechen. Vielleicht kann ihr der Kollege oder die Kollegin (Leyla hat nie nach dem Geschlecht gefragt, es war nie wichtig) ein paar Hintergrundinfos geben, die ihr fehlen.

Doch bevor sie Riven anspricht, wirft Leyla einen Blick in ihre private Nachrichtenspalte. Zwischen den üblichen Firmenmemos ist eine persönliche Nachricht aufgetaucht, von einem Absender, den sie lange nicht gesehen hat: „Tariq". Der Name weckt Erinnerungen an ihre Studienzeit, als sie noch unter ganz anderen Umständen gelebt und gedacht hat. Damals traf sie Tariq in einer Diskussionsgruppe, die sich für den Erhalt analoger Künste interessierte. Leyla fand das damals nett, aber nicht übermäßig wichtig. Sie hatte andere Ziele, Karrierepläne, während Tariq schon damals kritischer auf die zunehmende AR-Dominanz blickte.

Sie öffnet die Nachricht. Tariq schreibt: „Hey Leyla, lange her. Weißt du noch, als wir vor Ewigkeiten über echte Straßenschilder und alte Bücher diskutiert haben? Meine Schwester hat etwas Unglaubliches gesehen. Ich glaube, das könnte dich interessieren. Hast du Zeit, dich zu treffen? Heute nach Feierabend? Ich weiß, du bist beschäftigt, aber es ist wichtig. Sie nutzt noch diese alten Linsen ohne

Upgrades, und... naja, ich kann's nicht erklären, musst du selbst hören."

Leyla hebt überrascht die Augenbrauen. Tariq meldet sich ausgerechnet jetzt, wo sie selbst Zweifel bekommt. Ein seltsamer Zufall. Oder ist es Fügung? Sie überfliegt die Nachricht nochmal. „Alte Linse ohne Upgrades" – das klingt wie beim Mann in Arianda Green. Menschen, die nicht auf dem neuesten Stand sind, scheinen andere Dinge zu sehen, authentischere? Leyla ist neugierig. Sie tippt eine schnelle Antwort: „Tariq, lange her tatsächlich. Ich bin neugierig. Heute nach Feierabend? Sagen wir 18:00 Uhr in der Cafélounge nahe der alten Bibliothek?"

Kaum abgeschickt, erhält sie eine kurze Bestätigung: „Perfekt. Bis dann." Tariq war immer jemand, der schnell reagiert. Sie erinnert sich, dass er aus einem Viertel kam, in dem viele Leute keine hochmodernen Linsen trugen, weil sie sich die neuesten Versionen nicht leisten konnten oder weil sie es schlicht nicht wollten. Leyla fand das damals etwas rückständig, aber jetzt erscheint es ihr als potenzieller Schlüssel zur Wahrheit.

Noch bevor sie sich in endlose Grübeleien verliert, taucht Riven an ihrem Tisch auf. Natürlich nicht physisch, sondern ihr Icon schwebt plötzlich am oberen Rand ihres Sichtfeldes. Mit einem schnellen Blinzeln öffnet Leyla einen leisen Audiokanal.

„Guten Morgen, Leyla", sagt Riven, die Stimme ruhig, freundlich. „Du wolltest über Arianda Green sprechen?"

„Ja, wenn du einen Moment hast?" Leyla lehnt sich zurück, schaut so, als würde sie mit leeren Händen auf ihren Schreibtisch blicken. Von außen betrachtet wirkt sie vielleicht, als würde sie nur kurz auf Datensätze schauen, doch im AR-Raum führt sie gerade ein diskretes Gespräch.

Riven erscheint nun als leicht transparentes Avatar-Hologramm neben ihr, nur für Leylas Augen sichtbar. „Sicher, schieß los."

Leyla fasst sich kurz: „Ich war gestern dort. Habe einige Flackermomente gesehen, anscheinend werden unterschiedliche Fassaden für verschiedene Nutzergruppen angezeigt. Außerdem bin ich einem älteren Herrn begegnet, der meinte, er sehe die Dinge ganz anders, ohne moderne Linsen." Sie versucht, neutral zu klingen, nicht alarmiert.

Riven nickt langsam. „Hm, unterschiedliche Profile sind nicht ungewöhnlich. Man will ja personalisieren. Aber Fassadenqualität ändern? Das ist spezieller. Vielleicht ein Pilotprojekt der Stadtverwaltungen, um bestimmte Bevölkerungsgruppen zu bestimmten Reaktionen zu animieren. Zum Beispiel, um Beschwerden oder Meldungen über beschädigte Infrastruktur zu triggern."

„Aber warum nichts Offizielles darüber?" fragt Leyla leise. „Warum so versteckt?"

Riven runzelt die Stirn. „Nicht sicher. Vielleicht ist es noch nicht ausgereift, eine Betaversion. Oder es hat politische Hintergründe. Du weißt, manche Dinge klärt man besser im Stillen."

Leyla schmeckt die Ausflucht heraus. Riven scheint nicht überrascht, sondern eher vorsichtig. „Du hast da was gehört, Riven? Irgendwelche Gerüchte?"

Eine kleine Pause. Dann sagt Riven: „Nur, dass es interne Absprachen zwischen der Stadt und den Konzernen geben soll, gezielte Overlay-Steuerungen je nach sozio-ökonomischem Profil. Nichts Konkretes, nur Flurfunk. Aber Vorsicht, Leyla. Wenn du dich da verrennst, könnte es karrierehemmend sein. Wir sollen unsere Arbeit machen, nicht alles hinterfragen."

Leyla spürt einen Stich. Ein subtiler Hinweis: Sei vorsichtig. „Schon klar", sagt sie dünn lächelnd. „Wollte nur wissen, ob du mehr weißt. Danke." Sie beendet das Gespräch, ehe Riven weiter nachhaken kann.

Der Rest des Vormittags vergeht in Pflichtroutine. Leyla bearbeitet ein paar Overlay-Optimierungen für ein Gewerbegebiet. Immer wieder schweifen ihre Gedanken ab: Tariq und seine Schwester, Riven und die verschwommenen Ausreden, der alte Mann in Arianda Green. Zu viele Puzzle-Stücke, aber noch kein klares Bild. Sie will mehr erfahren, und Tariq könnte ein Einstieg sein. Er kommt aus einer Welt, die weniger perfektioniert ist. Vielleicht hat seine Schwester etwas gesehen, was ihre eigenen Debug-Werkzeuge nicht zeigen.

Nach Feierabend macht sich Leyla auf den Weg zur vereinbarten Cafélounge nahe einer alten Bibliothek, die kaum noch genutzt wird. Das Viertel hier ist nüchterner, weniger schicke Overlays. Die Wegweiser sind schlicht, neutral graublau. Weniger Status, vermutet Leyla. Hier zählt man wohl zur Usergruppe ohne nennenswerte Privilegien. Sie macht sich Notizen im Kopf: Unterschiede in der Overlay-Gestaltung sind definitiv da. Man muss nur die Augen aufmachen.

Tariq erwartet sie schon an einem kleinen Tisch, sichtbar nervös. Er trägt Linsen, aber wahrscheinlich ältere Modelle, denn er fokussiert Leyla kurz mit den Augen, bevor er grüßt: „Hey, Leyla. Schön dich zu sehen, trotz der Jahre."

Sie lächelt warm. „Freut mich auch. Lange ist's her. Du siehst gut aus." Und das tut er auch. Immer noch dieser ernste, leicht kämpferische Blick.

„Setz dich", sagt er. „Ich hol uns zwei Kaffees, okay?" Sie nickt. Das Café wirkt altmodisch: kaum auffällige AR-Werbung, nur ein paar transparente Speisekarten. Vielleicht ein bewusster Style. Die Leute, die hier sitzen, wirken zurückhaltender, als würde man hier weniger manipulierte Overlays dulden. Ein eigener Mikrokosmos.

Tariq kehrt mit zwei schwarzen Kaffees zurück, ohne Zucker. Früher mochte Leyla ihren Kaffee milder, aber sie nimmt es hin. „Du hast geschrieben, deine Schwester habe etwas Unglaubliches gesehen. Was denn?" fragt sie leise, ohne Umschweife.

Tariq atmet durch. „Meine Schwester, Liora, nutzt noch immer ihre alten Linsen, Version 2.3 oder so. Nicht upgegradet, weil sie Probleme mit den neuen Schnittstellen hat. Sie sagt, seit ein paar Wochen gibt's seltsame Überlagerungen, die mal aufploppen, mal verschwinden. Und einmal hat sie für einen Moment einen Stadtteil komplett anders gesehen. Nicht nur ein paar Fassaden, sondern die ganze Straße, als wäre sie ungefiltert. Kaputte Mauern, herumliegender Schrott, Graffitis, die sonst von AR überblendet werden."

Leyla spürt, wie ihr Herz schneller klopft. Das passt erschreckend gut zu ihren eigenen Beobachtungen. „Und sie ist sicher, dass das kein Bug ist?" fragt sie, versucht sachlich zu klingen.

Tariq schnaubt. „Sie ist stur. Sie sagt, die neue Filtersoftware lässt keine solche Fehler zu. Wenn was flackert, dann weil es echte Unterschiede gibt. Liora meint, es gibt verschiedene Realitäten für verschiedene Leute. Und sie gehört, weil sie keine neuen Updates hat, vielleicht zu denen, die das echte Bild eher mal durchschimmern sehen."

Leyla trinkt einen Schluck Kaffee. Bitter, aber ehrlich. Kein geschönter Geschmack. „Hat sie Beweise, Screenshots, irgendwas?"

Tariq zieht eine Augenbraue hoch. „Sie versucht Screenshots zu machen, aber die neuen Versionen blockieren oft die Rohdaten. Trotzdem hat sie ein paar seltsame Bilder gespeichert. Sie würde sie dir zeigen, wenn du möchtest. Allerdings ist sie misstrauisch, mag keine Firmenleute."

Leyla versteht. Aus Tariqs Perspektive ist sie eine Firmenfrau. „Ich bin neugierig, nicht feindselig. Vielleicht kann ich ihr helfen, zu verstehen, was da passiert." Sie wählt ihre Worte vorsichtig. Sie will weder die Firma angreifen noch naiv wirken. Aber in ihr formt sich immer deutlicher der Verdacht, dass die Firma, für die sie arbeitet, Teil eines größeren Kontrollsystems ist, das nicht nur unschuldige Optimierungen vornimmt.

Tariq lehnt sich vor. „Weißt du, warum ich dich kontaktiert habe, Leyla? Weil du damals keine Fanatikerin warst. Du warst offen für die Möglichkeiten der AR, aber du hattest ein Gewissen. Ich erinnere mich, wie du mal sagtest, dass Technik ein Werkzeug ist, kein Ersatz für Realität. Wenn jemand helfen kann, dann du, als Insiderin, die noch einen Funken moralische Integrität hat."

Sie muss lächeln, leicht verlegen. „Du schmeichelst mir. Aber ich bin auch nur eine Technikerin im System. Was erwartest du von mir?"

Er zuckt mit den Schultern. „Mal sehen, was Liora dir zeigen kann. Vielleicht findest du raus, wie man diese Manipulation belegt. Denn wenn's stimmt, dass verschiedene Leute verschiedene Stadtebenen sehen, dann ist das nicht nur ein kleines Schummeleien. Das ist eine politische Waffe."

„Politische Waffe?" Sie runzelt die Stirn. Klar, wenn man gezielt Gruppen andere Bilder zeigt, kann man Ängste schüren, Ressentiments wecken oder Hoffnungen aufbauen. Sie schluckt. Ihre Zweifel werden immer konkreter.

Tariq holt ein kleines, analoges Notizbuch aus der Tasche. Ein merkwürdiger Anblick in einer digitalen Welt. Er kritzelt eine Adresse darauf. „Wenn du bereit bist, triff dich morgen Abend mit Liora hier. Das ist in einem Viertel, das wenig AR-Pflege genießt. Vielleicht siehst du dort selbst Unterschiede. Sei vorsichtig – ich weiß nicht, wie deine Firma auf solche Nachforschungen reagiert."

Leyla nimmt den Zettel zögernd entgegen. Papierzettel – ganz schön paranoid. Aber vielleicht klug, so hinterlässt man weniger digitale Spuren. „Okay, ich versuche es. Aber sag Liora, sie soll offen mit mir sein. Ich bin nicht hier, um sie zu verraten."

Tariq nickt. „Sie wird vorsichtig sein. Aber wenn du ihr zeigst, dass du ehrlich suchst, gewinnt sie vielleicht Vertrauen." Er hält inne, seine Stimme wird weicher. „Leyla, es geht nicht darum, die AR-Technik zu verteufeln. Es geht um die Wahrheit. Wir leben in einer Stadt, in der viele glauben, sie sehen dasselbe. Aber was, wenn nicht? Was, wenn manche Armut sehen, andere Wohlstand, je nachdem, was das System ihnen vorgaukelt?"

Leyla atmet tief durch. Das Wort „Armut" sticht heraus. Sie hat daran nie gedacht. Wurde sie durch ihre angenehmen Overlays nie konfrontiert mit den Schattenseiten der Stadt? Ist es möglich, dass manche Leute nur Elend sehen, andere nur Glanz, je nach Nutzergruppe?

„Ich verstehe", sagt sie leise. „Ich melde mich nach dem Treffen mit Liora. Heute Abend nicht mehr, aber morgen oder übermorgen."

Tariq wirkt erleichtert. „Danke." Sie trinken schweigend ihren Kaffee aus. Leyla spürt ein Knistern in der Luft – Spannung, Ungeduld, Hoffnung. Tariq hat ihr vertraut, trotz ihrer Firmenzugehörigkeit. Sie muss aufpassen, neutral zu bleiben, aber innerlich wankt sie schon. Wenn das alles stimmt, steht sie vor einer moralischen Entscheidung.

Als sie sich verabschieden, nickt Tariq ihr kurz zu. „Pass auf dich auf. Leute, die zu viel fragen, stoßen nicht immer auf Verständnis. Besonders, wenn an der Spitze Leute sitzen, denen Stabilität wichtiger ist als Wahrheit."

Leyla versteht. Die Eliten, über die man kaum spricht, könnten sich gestört fühlen, wenn eine einfache Technikerin unangenehme Fragen stellt. Sie ist nur ein Rad im Getriebe. Sie hat ihre Stelle, ihre Zukunftspläne. Will sie das Risiko eingehen?

Auf dem Heimweg kreisen ihre Gedanken. Sie checkt diskret ihre Firmennachrichten, um sicherzugehen, dass niemand nachfragt, wo sie war. Alles normal. Doch jetzt, da sie weiß, wie sehr das System in die Wahrnehmung eingreift, kommt ihr diese Normalität fragwürdig vor. Woher weiß sie, dass die Memos an sie nicht gefiltert werden? Dass sie nur jene Nachrichten sieht, die für ihre Nutzergruppe bestimmt sind?

Zu Hause nimmt sie die Linsen heraus, wie am Vorabend, und starrt eine Weile auf die karge Realität ihrer Wohnung. Ohne AR wirkt alles schlichter, langweiliger, aber auch ehrlicher. Sie greift zum Zettel mit der Adresse, den Tariq ihr gab. Ein analoger Beweis, eine Spur in eine andere Welt. Wenn sie Liora trifft, könnte sie Bilder sehen, die ihre Zweifel bestätigen.

Vor dem Schlafengehen notiert sie wieder ein paar Stichpunkte auf Papier:

- Tariq meldet sich, verweist auf seine Schwester Liora, die alte Linsen trägt.

- Liora sieht offenbar ungefilterte Bilder, die Armut, Verfall, echte Probleme zeigen.

- Treffen morgen Abend.

- Vorsicht: Welche Konsequenzen hat es, wenn ich tiefer grabe?

Sie legt den Stift beiseite und seufzt. Vor ein paar Tagen war ihr Leben simpler: Sie wollte einfach nur aufsteigen, eine bessere Stelle kriegen, sich in der Firma etablieren. Jetzt, nach ein paar glitchenden Overlays und Begegnungen mit Zweiflern, zweifelt sie selbst. Wo führt das hin?

Ein Motiv drängt sich auf: Alte Technik als Schlüssel zur Authentizität. Neue Linsen sind zu perfekt, zu kontrolliert. Die alte Linse von Liora könnte der Hebel sein, die Fassaden aufreißt. Leyla spürt eine Mischung aus Nervosität und

Vorfreude. Sie will es wissen, die Wahrheit, koste es, was es
wolle.

Vor dem Einschlafen geht sie noch einmal die Worte Tariqs
durch: „Was, wenn manche Armut sehen und andere Wohlstand?" Das ist kein kleiner Unterschied. Das ist eine ver-
zerrte Wirklichkeit, eine geteilte Stadt. Ein solcher Betrug
würde ihre ganze Moralvorstellung auf den Kopf stellen. Als
Technikerin hätte sie dann ungewollt am Erhalt dieser Täuschung mitgewirkt.

Und damit endet der Tag. Sie hat eine Verabredung mit der
Realität – oder zumindest mit einer anderen Version davon.
Ein erster direkter Kontakt mit Zweiflern steht an, und Leyla
weiß, dass sie danach nicht mehr dieselbe sein wird. Sie
legt sich schlafen, den Zettel mit Lioras Adresse fest in den
Gedanken. Morgen wird sie mehr erfahren. Und dann wird
sie entscheiden müssen, auf welcher Seite sie steht.

KAPITEL 5

Leyla sitzt am späten Nachmittag in einem kleinen Kaffee-
haus am Randbezirk der Stadt. Es ist ein Ort, an dem die
AR-Präsenz deutlich schwächer ist. Die Werbeprojekte
sind seltener, die Bauten weniger künstlich verschönert,
und die Leute wirken... bodenständiger. Sie hat hier mit Tariq verabredet, wie gestern vereinbart. Auf dem Weg hier-
her hatte sie wieder diese Unterschiede in den Overlays
bemerkt: Je weiter sie sich vom Zentrum entfernte, desto
schlichter wurden die eingeblendeten Grafiken. Kaum
noch elegante Fassaden, kaum noch künstlerische AR-
Skulpturen. Ein neutraler, beinahe nüchterner Stil dominiert.

Vor ihr steht ein einfacher Filterkaffee, echt, fast ohne AR-Veredelungen. Das Menü schwebt zwar noch digital vor ihr, doch es ist auf das Minimum reduziert: Preise, Sorten, keine fancy Illusionen. In diesem Randbezirk scheint die Technik auf das Notwendige beschränkt. Ob das absichtlich so gehalten wird, oder ist es ein Mangel an Investition, fragt sich Leyla.

Dann erscheint Tariq, wie immer ohne große Vorankündigung. Er setzt sich gegenüber, nickt ihr knapp zu. Er trägt heute ebenfalls ältere Linsen – sie erkennt es an der Art, wie er zweimal blinzeln muss, um das Interface zu fokussieren. Moderne Linsen reagieren geschmeidiger. Tariq wirkt angespannt, aber fokussiert.

„Hey", sagt er leise.

„Hi", antwortet Leyla, versucht locker zu klingen. Doch in ihrem Magen rumort es. Sie weiß, was ansteht: Beweise, die ihr Misstrauen rechtfertigen oder ihre Illusionen endgültig zerstören. Sie hat heute erneut mit Riven gesprochen, allerdings nur oberflächlich. Riven war vorsichtig, spielte die Sache herunter. Doch Leyla kann nicht länger wegsehen.

Tariq zögert nicht lange, er öffnet ein kleines, portable Interface – ein veralteter Projektor mit minimalen AR-Funktionen. Kein High-End-Gerät, eher ein Bastelprodukt. Er schiebt es auf dem Tisch zu Leyla: „Meine Schwester Liora hat diese Screenshots gemacht. Sie nutzt noch ihre alte Linse, du erinnerst dich. Nicht kompatibel mit den neuesten Updates. Deshalb kann sie manchmal Rohbilder abspeichern, bevor die Filter greifen."

Leyla lehnt sich vor. Die Bilder erscheinen als flache, leicht flimmernde Projektionen auf dem Tisch. Man sieht eine

Straße, laut Overlays sollte es ein gepflegtes Wohngebiet sein. Leyla erkennt die markante Kurve eines Gebäudes, das sie selbst vor ein paar Tagen als makellos wahrgenommen hatte. Doch hier im Screenshot ist das Haus schäbig, mit abgeplatztem Putz, Graffiti an den Wänden, Müllsäcke an den Ecken. Der Unterschied ist krass. Kein kleines Flackern mehr, sondern eine gänzlich andere Welt.

Sie schluckt. „Das... das sieht aus wie ein ganz anderer Ort."

Tariq nickt. „Ja. Und Liora hat diese Screenshots gemacht, als sie merkte, dass die Overlays für einen Sekundenbruchteil aussetzten. Wahrscheinlich ein Bug. Aber ein Bug, der zeigt, was wirklich dahintersteckt."

Leyla starrt auf das Bild, versucht rationale Erklärungen: „Vielleicht ein Problem mit der AR-Synchronisation? Wenn ihre alten Linsen inkompatibel sind, könnte es sein, dass sie kurz ungefilterte Rohdaten sieht. Könnten das nicht veraltete Testbilder sein, die früher mal im System lagen?" Ihre Stimme klingt schwächer, als sie wollte. Sie klammert sich an technische Ausreden.

Tariq schnaubt leise. „Ja, das könntest du behaupten. Aber es gibt mehrere solche Screenshots, aus unterschiedlichen Ecken der Stadt. Immer wieder zeigt sich derselbe Effekt: Hinter der Schönheitsmaske versteckt das System etwas anderes. Und wenn Liora stimmt, dass die ungefilterten Bilder real sind, dann manipulieren sie seit Jahren unser aller Wahrnehmung."

„Schönheitsmaske", murmelt Leyla, erinnert sich sofort an ihren Debug-Tool Vorfall, wo Fassaden kurz hässlich aufleuchteten. Damals hielt sie es für einen Zufall, einen Fehler im Code. Jetzt häufen sich die Indizien. „Vielleicht...", setzt sie an, doch Tariq unterbricht sanft.

„Leyla, du bist Technikerin. Denk doch mal nach: Warum sollte das System verfallene Fassaden im Code behalten, wenn es sie nie zeigen will? Wozu die Mühe, zweigleisige Daten zu pflegen? Es muss einen Grund geben. Vielleicht will man bestimmte Nutzergruppen von der Wahrheit fernhalten."

Leyla presst die Lippen aufeinander. Die Erkenntnis brennt in ihrem Kopf: Die Stadt ist gespalten, durch Informationsfilterung. Manche sehen gefällige, gut gepflegte Welten, andere realistische, aber hässliche Zustände, oder vielleicht sogar noch schlimmere Bilder, je nachdem, welches Profil die Leute haben. Und sie selbst? Sie hat immer nur die schönere Version gesehen. Warum ausgerechnet sie?

„Vielleicht sind die Upgrades der Linsen nicht nur technische Fortschritte", meint Leyla stockend. „Vielleicht dienen sie auch dazu, diesen Maskeneffekt zu perfektionieren, damit niemand mehr die echten Zustände erkennen kann."

Tariq nickt langsam, mit finsterer Miene. „Genau das glauben manche. Und sie behaupten, es sei Absicht. Die Eliten nutzen die Overlays, um bestimmte Stimmungen zu erzeugen, bestimmte Gruppen abzudrängen oder in Angst zu halten. Ich kenne Leute, die sagen, in einigen Vierteln werden aggressive Overlays eingespielt, um die Bewohner eingeschüchtert zu halten."

Leyla holt tief Luft. „Leute behaupten viel. Hast du Beweise dafür?"

Tariq zuckt mit den Schultern. „Beweise sind schwer zu bekommen, weil alles digital kontrolliert wird. Doch es gibt eine Untergrundszene, Hacker, Widerstandsgruppen, die versuchen, den Filter zu durchbrechen. Sie sammeln Fragmente, Screenshots, manipulieren ältere Linsen, um die wahre Stadt einzufangen. Liora hat Kontakt zu ein paar davon, flüchtig. Die sagen, wenn du mehr erfahren willst, sollst du zu einer alten Lagerhalle kommen. Dort tauschen sich Leute aus, die gegen diese AR-Manipulation sind."

Leyla schaut auf ihre Hände. Eine alte Lagerhalle? Das klingt wie ein Klischee, aber in einer Welt voller digitaler Kontrolle mag ein analoger Ort tatsächlich sicherer sein. Trotzdem zögert sie. Was, wenn es gefährlich ist? Was, wenn diese Leute radikal sind? Andererseits, sie braucht mehr Informationen. Wer würde ihr sonst die Wahrheit zeigen?

„Wo ist diese Lagerhalle?" fragt sie schließlich.

Tariq tippt ein paar Koordinaten in sein Gerät. Er projiziert ihr eine Adresse ins Sichtfeld, manuell eingetippt, ohne das Firmennetz. „Hier. Morgen Nacht. Lass deine High-End-Linsen lieber draußen oder nutz ältere Modelle, wenn du welche auftreiben kannst. Die Leute dort misstrauen modernen Devices, weil sie glauben, sie senden ständig Telemetrie an die Konzerne."

Leyla atmet scharf ein. Die Vorstellung, ihre Linsen abzunehmen und ohne sie in einem fremden Viertel herumzuirren, macht sie nervös. Sie ist es gewohnt, Wegweiser, Sicherheitswarnungen, alles digital vor sich zu haben. Doch gerade das steht ja auf dem Prüfstand. Ohne Linsen sieht sie vielleicht endlich, was wirklich da ist. Oder sie verliert sich im Chaos. „Ich weiß nicht, ob ich alte Linsen habe. Wahrscheinlich nicht." Sie klingt unsicher.

Tariq lächelt schmal. „Dann sei vorsichtig. Vielleicht reicht es, die neuen Linsen nicht mit dem Netz zu verbinden oder sie auf einen älteren Firmware-Stand zurückzusetzen. Du bist Technikerin, du weißt sicher, wie man das macht."

Leyla nickt knapp. Klar, sie hat die Skills, aber es verstößt gegen Firmenrichtlinien, private Modifikationen vorzunehmen. Noch vor einigen Tagen wäre ihr so etwas nie in den Sinn gekommen. Jetzt jedoch ist jeder Zweifel, den sie hat, ein Stachel im Fleisch ihrer Loyalität.

„Und wenn ich herausfinde, dass es wirklich absichtlich ist?" fragt Leyla leise. „Was dann?"

Tariq zuckt mit den Schultern, sein Blick ist ernst. „Dann musst du dich entscheiden, was du tust. Ich weiß, du bist nicht der Typ, sofort alles an die große Glocke zu hängen. Aber vielleicht ist es Zeit, dass Leute mit deinen Fähigkeiten ihr Wissen nutzen, um aufzudecken, was schiefläuft."

Leyla spürt einen Kloß im Hals. Als Whistleblowerin riskieren? Sie wollte doch nur aufsteigen, ein besseres Leben haben. Doch wenn sie Teil eines Betrugs ist, kann sie dann ruhigen Gewissens weitermachen?

Sie schiebt den Gedanken beiseite. Zuerst muss sie mehr wissen. „Okay, ich werde es versuchen. Aber versprich mir, dass Liora, du oder diese Leute in der Lagerhalle mir keinen Unsinn erzählen. Ich brauche Fakten."

Tariq hebt die Hände in einer beschwichtigenden Geste. „Ich kann dir nichts garantieren, außer, dass die Leute dort zumindest ehrliche Zweifel haben. Sie sind nicht bezahlt von irgendwelchen Konzernen. Sie sehen die Realität mit eigenen Augen oder zumindest weniger gefiltert. Entscheide selbst, wem du glaubst."

Leyla nippt an ihrem Kaffee. Er schmeckt bitter, ehrlich gesagt nicht besonders gut. Kein AR-Add-On, das den Geschmack verbessert. Aber vielleicht ist Ehrlichkeit gerade besser als Illusion. „Schönheitsmaske" nennt Tariq diese manipulierten Bilder. Es passt. Leyla erinnert sich an ihre Debug-Erfahrungen. Dort sah sie für einen Wimpernschlag hässliche Fassaden, dann wieder perfekte Kulissen. Natürlich kann das System solche Doppelbilder pflegen, um je nach Nutzergruppe ein anderes Bild zu zeichnen.

Sie seufzt und fährt sich durch die Haare. „Wann genau soll ich hin, morgen Nacht?"

Tariq blickt auf die Uhranzeige seines altmodischen Handgelenkdisplays – auch so ein Relikt aus früheren Zeiten, aber zumindest nicht manipulierbar durch AR. „Sagen wir um 21:00 Uhr. Es ist eine abgelegene Gegend. Nimm lieber den Weg durch die Nebenstraßen, weniger Drohnen, weniger Kontrollpunkte. Die Leute wollen keine neugierigen Blicke von Sicherheitskräften."

Leyla verzieht den Mund. „Klingt, als würdet ihr etwas Illegales tun."

„Illegal?" Tariq lacht humorlos. „Die Gesetze sind so ausgelegt, dass jede unabhängige Informationsbeschaffung misstrauisch wirkt. Wenn du ohne offizielle Filter auf Daten zugreifst, nennen sie es Hackerangriff. Wenn du Screenshots von ungefilterten Zuständen machst, sagen sie, es sei Manipulation. Dabei sind sie es, die manipulieren." Er schüttelt den Kopf. „Aber versteh mich nicht falsch, ich bin kein

Extremist. Ich will einfach wissen, wie die Stadt wirklich ist, wem sie nützt, wem nicht."

Leyla kann das nachvollziehen. Eigentlich will sie dasselbe: Wissen, woran sie ist. In ihrem Kopf formt sich ein Bild: Ein großes Netzwerk aus Filtern, ein System, das jedem genau das zeigt, was er oder sie sehen soll. Ein Werkzeug der Macht, um Klassen, Gruppen, Ideologien zu steuern. Vielleicht zeigt man gutgestellten Linsen-Nutzern immer gepflegte Viertel, damit sie glauben, alles sei in Ordnung. Und ärmeren Gruppen zeigt man heruntergekommene Szenerien, um sie in Hoffnungslosigkeit zu halten – oder umgekehrt, was auch immer den Eliten gerade dient.

Sie steht auf. „Ich muss los. Es gibt viel nachzudenken."

Tariq erhebt sich ebenfalls. „Danke, dass du dir die Zeit nimmst, Leyla. Du warst immer jemand, der Technik mit Verstand betrachtete, nicht blind. Ich hoffe, das zahlt sich jetzt aus."

Sie nickt, verabschiedet sich ohne große Geste. Auf dem Rückweg schwirren ihr die Bilder durch den Kopf: die Screenshots von Liora, die bröckelnden Fassaden, Müll auf der Straße. Ein anderes Auris, eines, von dem sie nie wusste, weil sie immer durch die Schönheitsmaske geschaut hat.

Zuhause öffnet Leyla ihre privaten Tools. Sie überlegt, ob sie ihre Linsen in einen älteren Modus versetzen kann. Vielleicht kann sie den Upgradepfad rückgängig machen, einen Debug-Channel aktivieren, der weniger Filter aktiviert. Das ist riskant, aber sie kennt die Firmware-Tools aus der Firma. Wenn jemand das kann, dann sie.

Eine Stunde lang sitzt sie an ihren virtuellen Konsolen, testet Befehle, sperrt Sensoren. Sie schafft es, einen Semi-Offline-Modus zu aktivieren, bei dem die Linsen nur lokale Basissignale anzeigen. Weniger Overlays, weniger Perfektion. Als sie fertig ist, nimmt sie die Linsen kurz heraus, setzt sie wieder ein: Die Wohnung wirkt jetzt matter, einzelne AR-Elemente fehlen. Es ist ungewohnt, aber ehrlich. Sie muss es aushalten, wenn sie morgen in diese Lagerhalle geht. Sie will nicht beobachtet werden, will selbst sehen, was sie ohne die Firmensignale erkennt.

Bevor sie schlafen geht, notiert sie sich die Adresse der Lagerhalle auf Papier. Papier, wie immer, als Rückversicherung. Sie hat angefangen, kleine unabhängige Notizen zu führen, seid ihr klar wurde, dass digitale Infos manipuliert werden können. Sie ist nervös. Wen wird sie dort treffen? Radikale Hacker, die aus Wut gegen das System vorgehen? Oder nur einfache Menschen, denen man andere Versionen der Stadt gezeigt hat?

Wenn Liora weitere Bilder hat, könnte Leyla lernen, wie die Filtermechanismen arbeiten. Vielleicht erkennt sie im Code bestimmte Muster, anhand derer die Eliten Gruppen segmentieren. Sie könnte später, wenn sie mutig genug ist, im Firmensystem nach Hinweisen suchen. Aber erstmal Vorsicht. Sie weiß nicht, wer alles diese Filter unterstützt. Möglicherweise steckt auch ihre eigene Abteilungsleitung dahinter, oder externe Auftraggeber. Die Eliten sind diskret. Und Riven? Sie kann Riven nicht trauen. Riven ist loyal, aber hat immerhin angedeutet, dass es politische Hintergründe geben könnte. Das macht Riven nicht zu einem Feind, aber auch nicht zu einem verlässlichen Verbündeten.

Der Gedanke, morgen einen Ort voller Zweifler aufzusuchen, erfüllt Leyla mit einer seltsamen Mischung aus Angst und Entschlossenheit. Sie hat die Screenshots gesehen, die unterschiedlichen Wahrheiten, die nebeneinander existieren. Sie kann es nicht mehr leugnen: Die Stadt ist nicht das, was sie vorgibt zu sein. Der Cliffhanger des heutigen Tages ist klar: In der Lagerhalle könnte sie die nächste Stufe der Erkenntnis erreichen.

Sie legt sich ins Bett, die Linsen diesmal in der alten Konfiguration, halb abgeschaltet. Alles wirkt dunkler, stiller. Kein beruhigendes AR-Nachtlicht, nur die echte Dunkelheit ihres Zimmers. Ohne die Schönheitsmaske, ohne digitale Komfortzonen. Das Licht ist hart, der Raum schlicht. Leyla muss schlucken. Wenn sie schon in ihrem eigenen Heim den Unterschied so stark spürt, wie mag es dann in den ärmeren Ecken der Stadt sein, für jene, die nie die hübsche Fassade sahen?

Die Bilder des Verfalls, die Liora eingefangen hat, brennen sich in ihre Gedanken. Es ist, als hätte sie ein zweites Paar Augen entdeckt, das zeigt, was wirklich hinter den Filtern liegt: Ein Flickwerk, eine Stadt voller Ungerechtigkeiten. Morgen, denkt sie, morgen werde ich mehr erfahren. Keine Ausreden mehr, keine leeren Worte. Sie wird wissen, ob es wirklich Absicht ist, diese Täuschung. Tariq hat es angedeutet, aber sie braucht Beweise, braucht einen Blick in den Untergrund der Information.

Mit diesem Entschluss und den bitteren Bildern im Hinterkopf schläft Leyla ein, bereit, der Realität einen weiteren Schritt näherzukommen, auch wenn sie schmerzhaft ist.

KAPITEL 6

Leyla steht in ihrem Apartment, spätabends. Sie hat den Tag über versucht, sich auf ihre Arbeit zu konzentrieren, doch es war fast unmöglich. Zu tief haben sich die Bilder der heruntergekommenen Straßenzüge in ihr Gedächtnis gebrannt, Screenshots, die Tariqs Schwester mit alten Linsen machte, Screenshots, die eindeutig belegen, dass nicht alle dieselbe Stadt sehen. Und nun soll sie morgen Nacht zu einer alten Lagerhalle gehen, um mehr zu erfahren – dabei hat sie auch von Tariq schon so einen Hinweis bekommen. Zwei Hinweise, ein Ort: Zufall? Vermutlich nicht.

Seit sie nach Hause gekommen ist, fühlt sie sich unruhig. Sie läuft durch ihr Apartment, das dank der teilweisen Deaktivierung ihrer Linsen jetzt viel karger wirkt. Keine stilvollen AR-Bilder, keine eleganten digitalen Dekorelemente, die sie sonst mit Sicherheit und Geborgenheit füllten. Stattdessen kalte, graue Wände, einfache Möbel. Es ist, als hätte sie bisher in einem schön gefilterten Traum gelebt und nun erste Risse in der Tapete entdeckt. Ein leiser Schauer läuft ihr über den Rücken. Hat sie jemals die „echte" Welt gesehen, oder immer nur das, was das System ihr vorsetzen wollte?

„Worauf hast du dich da eingelassen, Leyla?" murmelt sie sarkastisch zu sich selbst. Ihr eigener sarkastischer Kommentar macht die Stimmung nicht besser, aber es hilft, etwas Abstand zu gewinnen. Sie ist Technikerin, Ingenieurin. Sie versteht Code, Mechanismen, Filterungen. Und doch fühlt sie sich, als würde sie erst jetzt begreifen, wie ein einfacher Befehl im Backend ganze Realitäten formt.

Sie setzt sich an ihren Schreibtisch, ruft ein internes Debug-Tool auf. Die Firma überwacht zwar vieles, aber sie hat ein paar Hintertürchen, kleine Tricks aus ihrer Anfangszeit. Sie versucht, sich remote in die Datenarchive einzuloggen, will wissen, ob es öffentlich bekannte oder interne Dossiers gibt, die von Nutzergruppen und Segmentierung sprechen. Normalerweise ist das kein Problem, aber heute stößt sie auf verschlüsselte Bereiche. Einträge mit seltsamen Namen wie „PopSeg_X1", „UserGroupMatrix" und „OverlayPriorities_U3". Sie kennt solche Begriffe nur aus Legenden, Flurfunk. Nie hatte sie direkten Zugriff. Doch jetzt, wo sie halb im Offlinemodus arbeitet, sieht sie wenigstens die Namen der verschlüsselten Dateien. Keine Inhalte, aber immerhin Titel, die ihre Theorie untermauern.

„Segmentierung nach Profilgruppen aktiv", liest sie in einer Log-Datei, die offen zugänglich ist. Ein einziger Satz, trocken, wie ein technischer Statushinweis. Diese fünf Worte reichen aus, um ihr Herz schneller schlagen zu lassen. Segmentierung nach Profilgruppen. Hier steht es schwarz auf weiß: Die Filterungen, die sie gesehen hat, folgen einem Plan. Keine spontanen Bugs, keine zufälligen Altlasten. Ein System, das bewusst unterschiedliche Wahrnehmungen ausspielt. Sie kann nicht mehr leugnen, dass es Absicht ist.

Mit zitternder Hand schließt sie die Debug-Konsole. Sie hat genug gesehen, um ihren Unbehagen in echte Angst zu verwandeln. Angst davor, was es bedeutet, wenn ihr Arbeitgeber – oder die dahinterstehenden Eliten – das gesamte Stadtbild nach Nutzergruppen differenziert. Und sie, Leyla, hat all die Jahre brav daran gearbeitet, Übertragungen zu optimieren, Filter zu stabilisieren, ohne zu wissen, wessen Werkzeug sie ist.

Sie blickt sich im Raum um. Ohne die üblichen AR-Elemente fällt ihr auf, wie nüchtern ihr Apartment wirklich ist. Ein Schreibtisch, ein Bett, ein paar schlichte Regale. Ist das die wahre Realität, oder hat man ihr bisher nur eine komfortable Illusion vermittelt, um sie bei Laune zu halten? Plötzlich erscheinen ihr die Stimmen von Malek und Jin aus dem Büro, die sie beschwichtigten, wie traurige Marionetten eines Systems, das keiner hinterfragt. „Mach dir keinen Kopf", hatten sie gesagt. Eine lächerliche Empfehlung. Wie soll sie keinen Kopf machen, wenn die ganze Stadt möglicherweise auf Lügen beruht?

Ein Summen unterbricht ihre Grübelei. Ihr AR-Interface, obwohl gedrosselt, meldet eine eingehende Nachricht. Die Quelle ist anonym, kein Username, kein Firmen-Code. Nur ein blinkendes Icon in Schwarz-Weiß, schlicht und unscheinbar. Leyla öffnet es, skeptisch. Ein kurzer Text: „Wenn du mehr wissen willst, komm morgen Nacht zur alten Lagerhalle an der Ostbrücke."

Sie schnappt nach Luft. Dieselbe Lagerhalle, von der Tariq sprach? Ist das ein Trick? Woher kennen diese Leute sie? Hat sie jemand beobachtet, ihre Zugriffe registriert, ihre Treffen mit Tariq verfolgt? Oder sind das dieselben Menschen, die Liora kennt, Widerstandskreise, die jede interessierte Seele anwerben wollen?

Ihr Bauchgefühl sagt ihr, dass sie vorsichtig sein muss. Vielleicht ist es eine Falle. Vielleicht wollen die Eliten abtrünnige Techniker in eine Falle locken. Aber andererseits: Die Eliten würden kaum einen so plumpen Hinweis schicken. Die würden wohl eher still überwachen. Außerdem hat sie sich seit Tagen mit ungewöhnlichen Themen befasst. Vielleicht haben die Untergrundleute sie längst auf dem Schirm. Und sie suchen Kontakt, jetzt da sie sieht, was los ist.

Sie lehnt sich zurück, atmet flach. Innere Unruhe durchzieht sie. Ihr Apartment wirkt kälter denn je. Ohne die bequemen Overlays empfindet sie ihre private Umgebung als sachlich, distanziert – so wie ihre Kollegen im Büro, die auch nur funktionieren, nicht fragen. Alles wirkt jetzt, als sei ein Schleier gelüftet, aber nur teilweise. Sie weiß mehr, aber noch nicht genug, um klug zu handeln.

Ein Gedanke trifft sie wie ein Blitz: Was, wenn auch ihre Karrierewünsche von diesen Filtern beeinflusst waren? Was, wenn ihr die Firma absichtlich eine heile Arbeitswelt vorgaukelte, damit sie nie Zweifel bekommt, sich brav hocharbeitet, ohne zu hinterfragen, wozu sie eigentlich dient? Jeder Erfolg in ihrem Job könnte auf Manipulation beruhen. Dieser Gedanke macht sie wütend, eine leise, kalte Wut, gemischt mit Scham, dass sie so naiv war.

Leyla beschließt, die Nachricht zu bestätigen. Sie tippt ein einfaches: „Verstanden. Werde kommen." Dann zögert sie, schickt es aber ab. Keine Antwort folgt, nur Stille. Sie fragt sich, ob diese Leute ihr trauen oder ob das alles nur ein Test ist.

Morgen Nacht also. Sie wird hingehen, keine Frage. Sie ist zu weit hineingeraten, um jetzt den Kopf in den Sand zu stecken. Aber vorher muss sie noch etwas tun. Riven hat sie gewarnt, aufzupassen. Riven, deren Meinung sie schätzt, auch wenn sie Riven nicht voll vertraut. Soll sie Riven ansprechen, um Rat fragen? Wohl eher nicht. Zu gefährlich, Riven könnte sie verraten. Sie kennt Riven nicht gut genug. Gerade Riven, die im System verankert ist, könnte sie aus falscher Loyalität melden.

Tariq? Ihn kann sie nicht dauernd um Hilfe bitten. Er ist aufgeregt, idealistisch, drängt auf Enthüllungen, aber versteht er das technische Risiko? Vielleicht braucht sie noch ein Backup-Plan, etwas, um sich zu schützen. Sie könnte lokal ein paar sicher verschlüsselte Kopien der Log-Dateien anlegen, falls sie verschwinden. Aber sie hat nichts Handfestes, nur Namen, kryptische Hinweise.

Mit einem leisen Seufzen zieht sie ihre Linsen heraus. Sie will die Nacht ohne deren Beeinflussung verbringen, um einen klaren Kopf zu bekommen. Die reale Dunkelheit legt sich über den Raum, ungefiltert, roh. Es ist ungewohnt, aber sie fühlt, dass es notwendig ist. Sie muss sich an dieses Gefühl gewöhnen: ohne den Komfort künstlicher Hinweise ihren Weg zu finden.

Immer wieder kreisen ihre Gedanken um die Segmentierung der Nutzer. Vielleicht werden Menschen nach Einkommen, politischer Haltung oder anderen Merkmalen eingeteilt. Man zeigt den einen immer hübsche, problemlose Viertel, damit sie zufrieden bleiben, während andere permanente Missstände sehen, frustriert werden oder zermürbt. Oder umgekehrt. Man könnte Feindbilder schaffen, indem man bestimmten Gruppen aggressive Overlays einspielt. Ein Werkzeug der Massenmanipulation.

„Verdammt", flüstert sie, „das ist größer, als ich dachte." Ihr Ton sarkastisch: „Na, Leyla, wolltest du nicht nur ein bisschen Karriere machen? Nun findest du dich in einer Verschwörung wieder. Toll gemacht." Eine leise Ironie in der Stimme, um die Angst zu überdecken.

Sie geht in die Küche, trinkt ein Glas Wasser. Der Geschmack ist echt, kein AR-Additiv, nichts, was den Geschmack fruchtiger macht. Nur Wasser, frisch aus der Leitung. Wenigstens darauf kann sie sich verlassen. Oder etwa nicht? Gedanken wie diese erschrecken sie, aber sie sind Teil der neuen Realität, in der sie steckt.

Schließlich setzt sie sich ans Fenster und schaut hinaus. Das Viertel, in dem sie lebt, gilt als gehoben. Zumindest hat sie das immer angenommen, die Overlays wiesen darauf hin. Jetzt sieht sie draußen kaum AR-Lichter, weil sie ihre Linsen auf Offline hat. Die Straße ist dunkler als gewohnt, die Häuser weniger perfekt beleuchtet. Ein, zwei Drohnen surren in der Ferne, aber sie tun nichts weiter, als ihre vorprogrammierten Runden zu drehen.

Ihr Herz pocht. Sie weiß, dass sie morgen zur Lagerhalle gehen wird, wo man ihr mehr zeigen will. Vielleicht trifft sie dort endlich Leute, die sich auskennen, die technische Beweise haben, die erklären können, wie diese Segmentierung genau gesteuert wird. Und was ihr Ziel ist. Vielleicht ist es Zeit, die Rolle einer Whistleblowerin einzunehmen, so absurd ihr das noch vor wenigen Tagen erschienen wäre.

Doch sie hat Angst. Die Eliten, so hört man, dulden keinen Widerstand. Noch weiß sie nicht, wer genau dahintersteckt: Konzerne, Regierung oder beide zusammen. Aber wer ein so ausgeklügeltes Kontrollsystem aufbaut, wird es nicht kampflos preisgeben. Sie könnte ihre Sicherheit, ihren Job, vielleicht sogar ihre Freiheit riskieren, wenn sie weiter nachforscht. Ihr moralischer Kompass aber sagt ihr, dass sie nicht schweigen kann.

In ihrer Unruhe kann sie nicht schlafen. Sie versucht, ein paar technische Unterlagen zu lesen, längst veraltete Dokumente, die sie auf ihrem persönlichen Speicher hat. Vielleicht findet sie darin Hinweise auf ältere AR-Systeme, die transparenter waren. Früher war AR nur eine Hilfe, kein Kontrollinstrument – zumindest glaubte man das. Aber im Lauf der Jahre ist es ein politisches Werkzeug geworden. Das erkennt sie jetzt.

Die Minuten ziehen sich, die Nacht wird stiller. Hin und wieder hört sie ein Geräusch im Treppenhaus, Schritte von Nachbarn, die nach Hause kommen. Sie fragt sich, was sehen diese Nachbarn? Haben sie dieselben Overlays wie sie, oder gehören sie einer anderen Gruppe an? Erleben sie dieselbe Realität, oder eine ganz andere? Ein beängstigender Gedanke, dass jeder in einer eigenen, maßgeschneiderten Wahrheitsblase leben könnte.

Nach einer Weile rappelt sie sich auf, legt sich ins Bett. Sie zwingt sich, die Augen zu schließen. Morgen Nacht wird sie Antworten suchen. Die anonyme Nachricht in ihrem Interface beunruhigt sie, aber sie kann nicht zurück. Sie hat schon zu viel gesehen, um sich wieder blind der Firma anzuvertrauen. Ihr Leben steht an einem Wendepunkt.

Kurz bevor sie einschläft, keimt eine letzte beunruhigende Frage: Wie haben die Leute, die ihr diese Nachricht schickten, von ihr erfahren? Haben sie ihre Debug-Zugriffe bemerkt? Hat Tariq sie erwähnt? Oder spionieren Undercover-Techniker die Firmenlogs nach interessierten Personen durch, die noch Moral haben? Leyla weiß es nicht. Aber die Neugier ist stärker als die Angst.

Sie schläft unruhig, mit flachen Träumen, in denen Fassaden flackern und Linsenbilder verschwimmen. Die

Segmentierung nach Profilgruppen ist echt, die Zersplitterung der Wahrnehmung ist real. Sie ist mittendrin, ohne Schutznetz. Und morgen wartet die Lagerhalle. Vielleicht wird sie dort zum ersten Mal echte Bündnispartner finden, oder tiefer in ein gefährliches Netz geraten.

Mit dieser Unsicherheit endet ihr Tag: Leyla, allein im karg gewordenen Apartment, voller innerer Unruhe, aber entschlossen, den Weg weiterzugehen, den sie unwissentlich betreten hat.

KAPITEL 7

Leyla macht sich frühzeitig auf den Weg, lange bevor die Nacht wirklich dunkel wird. Sie hat beschlossen, der Nachricht zu folgen, zur Lagerhalle an der Ostbrücke zu gehen. Der Tag im Büro war qualvoll, jede Routineaufgabe schien sinnlos, seit sie weiß, dass die Welt, die sie sieht, getrickst ist. Nun streift sie durch die Straßen, die Linsen absichtlich in einem eingeschränkten Modus, um so wenig wie möglich gefilterte AR-Elemente zu sehen. Vieles bleibt grau, banal. Weniger komfortabel, aber ehrlicher. Sie kann keine aufdringlichen Werbe-Overlays mehr ignorieren, es gibt schlicht kaum welche. Entweder blockt sie sie ab, oder in diesem vernachlässigten Viertel gibt es tatsächlich weniger Marketinganstrengungen.

Ihr Weg führt sie von ihrem halbwegs „gehobenen" Wohnquartier hinaus in Randbereiche, wo sie seltener ist. Die Overlays wirken dort ohnehin stets minimalistischer gewesen, jetzt noch mehr. Der Übergang ist spürbar: Die Straßenbeleuchtung ist uneinheitlich, manche Gassen liegen im Halbdunkel. Doch die Orientierung ist schwierig, ohne die gewohnten Wegweiser. Leyla seufzt, murmelt sarkastisch: „Na super, Leyla, jetzt willst du die Wahrheit, und prompt verirrst du dich."

Sie versucht, dennoch ihr internes Kartenmodul zu nutzen, eine simplere Version ohne glanzvolle Icons. Ein schlichter Pfeil zeigt ihr die Richtung zur Ostbrücke. Sie folgt ihm, hält die Augen auf. Plötzlich bemerkt sie Polizeipräsenz – zwei Uniformierte stehen an einer Straßenecke, reden miteinander, während Drohnen surrend über ihnen kreisen. Leyla wirft ihnen einen flüchtigen Blick zu. In ihrer Wahrnehmung sehen sie relativ neutral aus: dunkelblaue Uniformen, ein paar leuchtende Markierungen, die wohl Autorität signalisieren sollen, aber nicht bedrohlich wirken.

Ein älterer Mann, der vor ihr geht, reagiert ganz anders. Er schreckt zusammen, duckt sich und weicht auf die andere Straßenseite aus. Leyla runzelt die Stirn. Warum so viel Angst? Vielleicht zeigen seine Linsen ihm ein ganz anderes Bild. Vielleicht sehen die Polizisten für ihn aggressiv aus, mit rotglühenden Visieren, riesigen Schlagstöcken oder anderen Einschüchterungselementen. Sie hat es ja schon vermutet: Nicht nur Gebäude, sondern auch Behörden werden je nach Profil anders dargestellt. Ein Werkzeug, um bestimmte Gruppen in Schach zu halten. Für gut situierte Bürger wirken die Beamten harmlos, vertrauenswürdig. Für andere eher wie eine paramilitärische Bedrohung. Leyla schluckt hart. Diese Erkenntnis ist widerlich, aber passt ins Puzzle.

Sie zieht den Kragen hoch, versucht, beiläufig vorbeizugehen, ohne Aufsehen zu erregen. Die Polizisten ignorieren sie oder sehen in ihr nur eine von vielen Passanten.

Entweder wurde sie als harmlose Gruppe klassifiziert oder ihr eingeschränkter Linsenmodus spielt ihr keinen bedrohlichen Overlays vor. Was auch immer der Grund: Sie kommt ungehindert durch.

Kurz darauf führt sie ein schmaler Weg an einem alten Werbehologramm vorbei. Das Ding flackert, zeigt erst ein modernes Lifestyle-Motiv, dann, für einen Sekundenbruchteil, ein wirres Bild: Eine Menschengruppe, die Schilder hochhält, offenbar ein Protest. Sie tragen analoge Plakate, eine Szene aus einer Zeit, bevor alles durch AR ersetzt wurde. Leyla weitet die Augen. Ein Glitch, wie schon in Arianda Green. Ein Protest von vor Jahren – davon hört man selten. Die Geschichte, die man ihr zeigt, ist glatter, konfliktfreier. Doch hier bricht ein winziger Splitter der Vergangenheit durch. Waren es früher offene Proteste auf der Straße, ohne Filter? Hat man diese Erinnerung digital übermalt, um die Illusion von Harmonie zu wahren?

Ein Schauer läuft ihr über den Rücken. Sie merkt, wie ihre Zweifel in Wut umschlagen. So viele Lügen, so viel verschleierte Realität. Ihr Sarkasmus hilft kaum noch, um die Angst zu dämpfen. Jetzt ist da Entschlossenheit. Sie muss wissen, wer diese Lagerhallen-Leute sind. Ob sie Beweise haben, Erklärungen.

Die Ostbrücke ist nicht mehr weit. Hier fehlen die polierten AR-Leitsymbole fast völlig. Ein diffuser orangener Schein einer veralteten Straßenlaterne beleuchtet rissigen Asphalt. Leyla vermutet, dass hier kaum jemand hoch eingestuft wird – weshalb auch die AR-Pflege minimal ist. Ein Husten in der Ferne, das Kratzen von Stuhlbeinen aus einem Hinterhof. Kein einziger Werbehinweis, keine glatten

Oberflächen, kein beruhigender Hintergrundsound. Einfach nur eine stille Ecke der Stadt, wie sie wohl echt ist.

Sie tastet sich weiter vor, folgt dem Koordinatenmarker, der stumm im oberen Sehfeld blinkt. Die Drohnen sind seltener hier, vielleicht auch weniger Überwachung. Oder ihr Linsenmodus zeigt ihr einfach nicht alle. Sie hat die Sensorik weitgehend abgeschaltet – ein Risiko, aber sie will nicht verraten, dass sie kommt. Wenn hier heimliche Widerständler agieren, beobachten sie bestimmt die Gegend. Besser, sie wirkt so unauffällig wie möglich.

Endlich sieht sie einen großen, flachen Bau: eine alte Lagerhalle, deren Dach aus Wellblech besteht. Ein verwittertes, echtes Schild hängt schräg an der Wand, ohne AR-Korrektur. Nur schäbige Lettern, kaum lesbar. Ein Zeichen, dass hier die AR-Overlays schwach sind oder kaum genutzt werden. Perfekt für ein Treffen von Zweiflern und Hackern. Leyla tritt näher, ihr Puls rast. Sie ist nervös, blickt sich um. Niemand zu sehen, keine auffälligen Hologramme. Die Luft riecht nach feuchtem Beton und altem Staub.

Im Halbdunkel, nur schwach vom Mondlicht erhellt, erkennt sie eine Gestalt, die langsam auf sie zukommt. Leyla hält den Atem an. Ist das einer von den Widerstandsleuten, oder eine Falle?

Sie presst die Lippen zusammen, überlegt, ob sie etwas sagen soll. Doch noch bevor sie Worte findet, hebt die Gestalt die Hand, als Zeichen, stehenzubleiben. Leyla bleibt stehen, das Herz klopft ihr bis zum Hals.

Wenn dieser jemand ein Widerstandskontakt ist, muss sie vorsichtig sein, vertrauenswürdige Signale senden. Sie versucht, ruhig zu atmen, kein panisches Gesicht zu machen.

Vielleicht sollte sie ihren Namen nennen, oder Tariq erwähnen? Aber was, wenn es eine andere Gruppe ist, die sie testen will?

Ein schwacher Lichtschein, vielleicht von einem tragbaren AR-Interface in Minimalfunktion, fällt kurz auf das Gesicht der Gestalt. Sie sieht eine schmale Silhouette, eher zierlich gebaut. Die Person trägt einfache Kleidung, keine auffälligen Marken, wohl absichtlich unauffällig. Ein leises Räuspern. Dann eine gedämpfte Stimme: „Du bist Leyla, richtig?"

Leyla nickt stumm. Woher kennen sie sie? Ist ihre Ankunft erwartet? Tariq hat vielleicht ihren Namen genannt, oder sie haben ihre Debugzugriffe zurückverfolgt.

„Folge mir," sagt die Stimme, leise, aber bestimmt. „Keine Angst, wir tun dir nichts, wenn du nicht für die anderen arbeitest."

Leyla schluckt. „Andere?" Wieder nur Flüsterton.

„Die, die die Filter steuern. Die Eliten. Wir wissen, dass du Fragen stellst." Ein anklagender Unterton liegt darin, aber auch eine Spur Erleichterung, als hätte die Person darauf gewartet, dass jemand wie Leyla kommt.

Sie überlegt, ob sie Tariq erwähnen soll, um zu zeigen, dass sie kein Spion ist. „Tariq... er hat mir von euch erzählt. Seine Schwester Liora hat Screenshots, die..."

Die Gestalt nickt knapp. „Liora, ja, wir kennen sie. Kommt rein. Wir sprechen drinnen." Es klingt nicht freundlich, aber auch nicht feindlich, eher distanziert, misstrauisch.

Leyla folgt zögerlich. Der Eingang der Lagerhalle ist ein rostiges Tor, offen genug, um hin durchzuschlüpfen. Innen ist es dunkel, nur vereinzelte, schwache Lichtquellen – echte Lampen, keine AR-Illumination. Der Boden ist staubig, alte Kisten stehen herum. Und irgendwo weiter hinten vielleicht weitere Personen, die sie noch nicht sehen kann.

Während sie eintreten, bemerkt Leyla, wie schwach ihre Linsen hier arbeiten. Kaum Overlays, der AR-Feed ist fast tot. Das ist gewollt, vermutet sie. Die Leute hier nutzen abgeschirmte Zonen, um nicht gescannt oder verfolgt zu werden.

Sie spürt die Anspannung in ihren Schultern, will etwas sagen, aber schweigt. Die Gestalt vor ihr macht ein Handzeichen, zwei andere Gestalten treten näher. Sie kann ihre Gesichter kaum erkennen, aber hört leises Flüstern. Dann spricht eine andere Stimme, diesmal etwas lauter, aber immer noch leise genug, um keine Aufmerksamkeit draußen zu erregen: „Also bist du die Technikerin, die im Code der Firma nach versteckten Filtern gesucht hat?"

Leyla ist überrascht. „Woher wisst ihr das?" flüstert sie zurück.

Ein leises Lachen. „Wir kennen jeden, der versucht, den Schleier zu lüften. Das System hinterlässt Spuren. Außerdem sind wir vernetzt, wir tauschen Informationen über Zugriffe, Anomalien, Debug-Versuche aus. Wenn jemand anfängt, seltsame Fragen zu stellen, kriegen wir es mit."

Leyla schnaubt leise, ironisch. „Dann bin ich wohl weder so schlau noch so vorsichtig, wie ich dachte."

Eine der Gestalten tritt näher, etwas mehr Licht fällt auf ihr Gesicht. Ein schmales Gesicht, ernste Augen. Ist das

Amina, die Hackerin, von der Tariq sprach? Sie wirkt vorsichtig, misstrauisch, aber nicht aggressiv. „Du willst wissen, wie tief die Manipulation geht, oder?"

Leyla nickt nur. Ihr Mund ist trocken. Sie ist nun eindeutig auf der Spur des Widerstands. Hier treffen sich Leute, die mehr wissen. Doch was werden sie verlangen, bevor sie ihr vertrauen? Sie ist eine Firmen-Technikerin, könnte leicht ein Spitzel sein. Sie muss vorsichtig vorgehen.

Die Person, die sie angesprochen hat, mustert sie. „Du kennst Tariq, also kennst du auch Liora und ihre Screenshots. Wir haben mehr als das. Wir haben Rohdaten aus bestimmten Segmenten, die zeigen, wie Overlays zielgerichtet verändert werden. Wir haben Beweise, dass je nach sozialem Profil andere Realitäten ausgespielt werden. Willst du sie sehen?"

Leylas Herz springt vor Neugier, aber sie zügelt sich. „Ja, natürlich. Aber wozu zeigt ihr es mir? Ich könnte immer noch eine Falle sein."

Wieder ein leichtes, bitteres Lachen. „Wir wissen, dass du Fragen gestellt hast, seit du Arianda Green untersuchen solltest. Deine Zweifel sind echt. Außerdem hat Tariq uns informiert, dass du auf diese Dinge stößt und nicht gleich wegschaust. Wir brauchen Leute wie dich, die von innen verstehen, wie der Code funktioniert."

Leyla atmet erleichtert aus. Also hat Tariq tatsächlich ihren Namen genannt. Gut, ein Vertrauensvorschuss. Sie denkt an die aggressiver wirkenden Polizisten für manche Gruppen und die Protestbilder. Sie will Beweise dafür, dass dies kein Einzelfall ist. „Zeigt es mir. Ich bin bereit."

Noch bevor sie antworten, hört sie draußen ein leises Sirenengeräusch in der Ferne. Alle zucken zusammen. Die Gestalt, die sie hereingeführt hat, flüstert: „Polizeidrohne. Wahrscheinlich Routine. Aber hier bleiben wir unter dem Radar. Keine Overlays, kein Netz. Sie glauben, diese Halle ist leer."

Leyla nickt. Diese Leute leben zwischen den Zeilen, im Schatten, wo die Filter nicht greifen. Die Luft riecht nach altem Metall, Staub, Schweiß. Kein parfümierter AR-Duft, um unangenehme Gerüche zu überdecken. Ein ungefiltertes Leben.

Sie haben den Polizisten vorhin erlebt: Für sie harmlos, für andere schockierend bedrohlich. Ein einziger Baustein in der riesigen Manipulationsmaschinerie. „Wie... wie funktioniert es genau?" fragt sie vorsichtig. „Welche Parameter entscheiden, was man sieht?"

Ein zögerliches Schweigen. Dann sagt die Stimme, die sie für Amina hält: „Das wirst du noch früh genug erfahren. Wir haben Datenlecks, Partial-Decodes, einige Tools, um Filter zu umgehen. Aber nichts ist einfach. Wir müssen sicher sein, dass du auf unserer Seite bist, bevor wir dir alles zeigen. Bist du bereit, dich gegen dein bisheriges Leben zu stellen? Gegen die Firma, die dich ernährt hat?"

Leyla schluckt schwer. Sie wusste, dass es darauf hinausläuft. Ein Punkt ohne Rückkehr. „Ich will die Wahrheit", sagt sie leise. „Ich will kein Teil dieses Betrugs sein, wenn es wirklich so ist, wie ich befürchte."

Die Gestalt im Halbdunkel neigt den Kopf. „Gut. Dann folge uns. Wir haben etwas, das dich überzeugen wird." Mit einem Wink führt sie Leyla tiefer in die Lagerhalle. Während

Leyla folgt, hört sie draußen den Wind über die Brücke wehen. Hier drinnen herrscht eine andere Welt, eine, in der kein AR-Schönheitsfilter mehr kaschiert, kein Overlaysystem sie in bequemer Sicherheit wiegt.

Kurz bevor sie um eine Ecke biegen, flackert irgendwo im Hintergrund ein dürftiges, selbstgebautes Interface. Leyla erkennt die Datafeeds, blinkende Codefragmente. Ein satter Beweis, dass sie bald tiefer in das Netz der Informationen eintauchen wird, dass die Widerstandsgruppe gesammelt hat.

Sie ist angekommen, auf der Spur des Widerstands. Morgen Nacht ist jetzt, und sie ist mittendrin. Keinen Schritt zurück. Sie atmet tief ein. Im Halbdunkel der Lagerhalle steht sie nun vor den Leuten, die mehr wissen – und sich ihr annähern. Sie ist bereit, Antworten zu bekommen, auch wenn es bedeutet, dass ihr Leben nie wieder so sein wird wie zuvor.

KAPITEL 8

Die Luft im Inneren der Lagerhalle ist stickig, der Boden staubig. Die einzigen Lichtquellen sind ein paar portable Lampen, spärliche Funzellichter, keine AR-Illuminationen, nichts, was Leyla an die sauberen, weichen Overlays aus ihrer Welt erinnert. Hier ist alles roh, echt, unbeholfen. Für Leyla wirkt es, als wäre sie in eine Zeitkapsel gestolpert, zurück in eine Epoche ohne glatte Oberflächen und digitale Verschönerungen.

Sie folgt der kleinen Gruppe ins Innere, vorbei an gestapelten Kisten und halb zerfallenen Regalen. Die Gestalten, die sie hier versammelt hat, sprechen leise, misstrauisch, aber nicht feindselig. Irgendwo klappert Metall, ein leises, murmelndes Gespräch ist zu hören, und ab und zu huscht eine dunkle Silhouette an ihr vorbei. Leyla fühlt sich wie in einem Untergrundversteck – was es vermutlich auch ist.

Dann tritt eine Frau näher, schmale Schultern, aufmerksam blickende Augen, dunkles Haar locker zusammengebunden. Sie trägt keine erkennbaren AR-Geräte, keine auffälligen Linsen. Stattdessen hält sie ein altes, kastenförmiges Gerät in der Hand – Leyla erkennt es als einen analogen Projektor, modifiziert mit ein paar primitiven AR-Interfaces. Das muss Amina sein, die Hackerin, von der Tariq sprach.

Amina mustert Leyla kühl, aber nicht unfreundlich. „Du bist also Leyla. Die Technikerin, die Fragen stellt." Ihre Stimme ist ruhig, klar, mit einem trockenen Unterton, als würde sie über ein technisches Problem reden, nicht über eine Verschwörung zur Wahrnehmungsmanipulation. Leyla nickt nur, die Worte fehlen ihr im ersten Moment.

Die Hackerin tritt näher, hält ihr das klobige Gerät hin. „Ich weiß, du hast schon Screenshots gesehen. Aber Screenshots sind nur der Anfang. Wir haben etwas Besseres." Sie fummelt an ein paar Knöpfen, und plötzlich projiziert das Gerät ein kleines, wackeliges Hologramm auf die nächste Wand. Kein schickes, glattes Bild, sondern eine raue, flackernde Darstellung. Doch Leyla erkennt, was sie sieht: Ein Straßenabschnitt in einem Viertel, das sie zu kennen glaubt – laut Overlays eigentlich eine ruhige Wohngegend mit gepflegten Fassaden. Hier aber wirkt es heruntergekommen: Risse, Müll, unleserliche Graffiti.

Amina tippt erneut auf ihrem Gerät herum, wechselt den Blickwinkel. „Mit alten Linsen und bestimmten Hacks können wir kurzzeitig auf die Rohdaten zugreifen, bevor die Filter greifen. Was wir hier sehen, sind unverfälschte Kameraaufnahmen von Sensordrohnen, die durch die Stadt fliegen – Drohnen, deren Bilder man im offiziellen System nie in dieser Form präsentiert."

Leyla schluckt. In ihrer offiziellen AR-Welt hatte sie immer saubere, moderne Gassen an dieser Stelle gesehen. Die Drohnen, die sie im Büro überwacht hat, lieferten wohl längst echte Zustände – aber jemand legt ein hochglanzpoliertes Overlay darüber. Sie kann jetzt nicht mehr daran zweifeln: Das ist absichtlich, kein Unfall.

Amina fährt fort: „Die Filter sind nicht einfach dazu da, die Stadt hübscher zu machen. Sie sind Teil eines Mechanismus, um Gruppen zu sortieren, ihnen unterschiedliche Realitäten zu zeigen. Die Eliten, Konzerne wie auch Regierungsberater, nutzen diese Technik, um Verhalten zu steuern. Du bist eine privilegiertere Nutzerin, sie zeigen dir eine angenehme Version. Andere Gruppen bekommen Angst, Bedrohungen, schmutzige Ecken, um sie gefügig zu halten oder einzuschüchtern. Das ist gezielte Manipulation, Leyla."

Leyla fühlt eine heiße Wut in ihrer Brust aufsteigen. „Das ist... widerlich", sagt sie, ihre Stimme etwas heiser. „Ich wusste, dass es Filter gibt, aber nicht in diesem Ausmaß." Eine leise Ironie in ihrer Stimme: „Habe ich dafür all die Jahre stabilere Netzwerkprotokolle entwickelt? Für so eine Lüge?"

Amina schnaubt trocken. „Jeder von uns war mal naiv. Wir alle dachten, AR sei Fortschritt, Komfort. Bis wir merkten, dass wir nur Schachfiguren auf einem Brett sind, dessen Regeln andere schreiben." Sie beugt sich zu einer Kiste, zieht ein zusammengerolltes Etwas heraus, das raschelt. Papier. Leyla staunt, als Amina es ausbreitet.

Es ist eine alte Landkarte, handgezeichnet, scheinbar vor der vollen AR-Ära entstanden. Die Stadt, in ihrer physischen Gestalt, ohne bunte Overlays. Leyla betrachtet sie mit großen Augen. Echte, unverfälschte Geografie: Straßen, Gebäude, Flussläufe, Grenzen, so wie sie wirklich sind. Keine digitalen Farbfilter, keine virtuellen Objekte, kein Index für Nutzergruppen.

Amina tippt auf einen markierten Bereich. „Siehst du dieses Viertel? Offiziell gilt es als Beispiel gelungener Modernisierung. AR-Blumenranken an den Fassaden, Kunstinstallationen, freundliche Hologramm-Schilder. Real: marode Bauten, kaum bezahlbarer Wohnraum, Spannungen zwischen Bewohnern. Die Filter zeigen den Reichen und Einflussreichen eine hübsche Fassade, damit diese glauben, alles laufe gut. Den Armen zeigt man manchmal sogar noch schlimmere Bilder, um sie in Angst zu halten, oder damit sie nie auf die Idee kommen, ihre Wohngegend für gut zu halten. Jede Gruppe kriegt ihr eigenes Theaterstück."

Leyla runzelt die Stirn. „Aber wieso keine einheitliche Täuschung? Wozu so eine komplexe Differenzierung?"

Amina lacht leise, bitter. „Weil man durch differenzierte Wahrnehmungen Gesellschaften steuern kann. Stell dir vor, ein Teil der Stadt sieht niemals wirkliche Missstände und glaubt, es herrscht allgemeiner Wohlstand. Ein anderer Teil sieht nur Elend, verliert jegliche Hoffnung oder reagiert aggressiv. So kann man Konflikte kontrollieren, Unruhen verhindern oder befeuern, wie es den Eliten passt. Politik, Wirtschaft, alles lässt sich subtil lenken, wenn keiner mehr dieselbe Realität wahrnimmt."

Leyla zittert. Diese Vorstellung ist erschreckend. Kein offener Zwang, kein sichtbarer Diktator, sondern ein stilles System der Wahrnehmungslenkung. „Ihr habt Beweise?" fragt sie, noch immer zweifelnd, aber mehr aus Hoffnung, sich an etwas Handfestes zu klammern.

Amina nickt ernst. „Wir haben Codefragmente, Logfiles, Protokolle von Testläufen. Vieles bruchstückhaft, weil wir uns mit alten Geräten einhacken, bevor die Updates alles verschlüsseln. Aber genug, um das Muster zu erkennen." Sie greift in ihre Jacke und holt einen kleinen Datenchip hervor. „Hier, ein verschlüsseltes Paket. Darin sind Filterregeln dokumentiert, die belegen, dass nach Einkommenslevel, politischer Neigung, Konsumverhalten unterschiedliche Overlays ausgespielt werden."

Leyla nimmt den Chip vorsichtig entgegen, als wäre es etwas Zerbrechliches. „Und warum gebt ihr mir das? Ihr kennt mich kaum."

Amina verschränkt die Arme. „Weil wir Leute brauchen, die das Verstehen und von innen helfen können. Du bist Technikerin, du weißt, wie die Infrastruktur aufgebaut ist. Wenn du uns glaubst, kannst du vielleicht Lücken finden, Schwachstellen im System. Aber sei dir bewusst, wenn du das entpackst, wirst du auf Ärger stoßen. Diese Daten sind nicht für neugierige Augen gedacht."

Ein innerer Konflikt tobt in Leyla. Sie hat Angst. Angst vor Konsequenzen, Verfolgung durch Sicherheitskräfte. Aber auch Entschlossenheit, denn sie will nicht Komplizin sein. „Ich verstehe. Ich werde vorsichtig sein. Habt ihr einen Plan? Irgendeine Strategie, um das aufzudecken?"

Ein kurzes Zögern in Aminas Blick. „Wir sind kein monolithischer Widerstand. Wir sind verstreut, vorsichtig. Manche sammeln Beweise, andere versuchen, unabhängige Medien zu füttern, wieder andere hacken Testbereiche. Ein einheitlicher Plan fehlt. Aber wenn genug Leute wie du verstehen, was läuft, kann irgendwann die Wahrheit durchsickern."

Leyla nickt, erneut ein bitteres Lächeln. „Ein Tropfen auf den heißen Stein. Aber besser als nichts." Ihr sarkastischer Ton verdeckt nicht, wie verletzt sie sich fühlt. Sie hat immer an Fortschritt, Technologie und Rationalität geglaubt. Jetzt erkennt sie, dass Technik missbraucht wird. Ihr moralischer Kompass schlägt Alarm.

Ein weiterer Widerständler tritt näher, ein junger Mann mit ernstem Blick. Er reicht Leyla eine kleine Mappe – echte Papierdokumente, Notizen, Diagramme. „Das hier zeigt dir, wie bestimmte Nutzergruppen definiert werden. Eine Kategorisierung nach 'UG1', 'UG2', 'UG3'... jede mit eigenen Overlay-Prioritäten. Wir haben nur Fragmente, aber du wirst das Muster erkennen." Der Mann klingt ruhig, aber im Hintergrund lauert Wut.

Leyla nimmt die Mappe an sich. Papier, wieder Papier. Eine seltsame Symbolik, dass sie in einer hochdigitalen Welt auf altmodische Mittel zurückgreift. Papier kann man nicht so leicht manipulieren. Kein Overlay kann es einfach umschreiben.

Amina mustert Leyla erneut. „Mach dich auf Ärger gefasst, wenn du das entpackst", wiederholt sie, auf den Chip zeigend. „Die Eliten überwachen. Wenn sie merken, dass jemand in diese Tiefen eindringt, werden sie reagieren. Das System duldet keine neugierigen Ingenieure, die die Spielregeln bloßlegen."

Leyla spürt, wie ihre Hände feucht werden. „Ich bin mir dessen bewusst. Aber... könnt ihr mir wenigstens sagen, wer genau dahintersteckt?"

Amina schüttelt den Kopf. „Wir wissen es nicht genau. Es ist ein Kartell aus Konzerninteressen, staatlichen Stellen und wohlhabenden Kreisen. Sie arbeiten leise, inkognito. Kein offensichtliches Signet, keine leicht angreifbare Kommandozentrale. Diese Machtstrukturen sind diffus, hinter tausend Firewalls und Tarnschichten."

Leyla fühlt sich schwindelig. Keine einfache Enthüllung, kein klarer Feind. Nur ein Netz aus verborgenen Akteuren. Sie denkt an Riven. Kann sie Riven trauen, jemandem, der das System von innen kennt? Oder ist Riven auch nur ein Rädchen im großen Getriebe?

Sie atmet durch, hebt den Kopf. „Danke, dass ihr mir das zeigt. Ich... werde es nicht leichtfertig verwenden. Aber ich kann nicht so tun, als wüsste ich nichts. Werdet ihr mich weiter kontaktieren?"

Amina zuckt mit den Schultern. „Wenn es nötig ist. Wir sind vorsichtig, jede falsche Bewegung könnte uns auffliegen lassen. Aber jetzt weißt du, dass du nicht allein bist. Es gibt andere, die die wahre Stadt sehen wollen. Und es gibt Tools, die helfen, die Filterung zu durchbrechen. Entscheide selbst, wie weit du gehen willst."

Ein Geräusch von draußen lässt alle kurz innehalten. Ein ferne Sirene oder nur der Wind? Sie wissen es nicht, aber keiner will riskieren, zu laut zu sprechen. Leyla steckt den Chip ein, drückt die Mappe fest an sich. Jeder Augenblick hier fühlt sich kostbar, aber gefährlich an.

„Noch eine Frage", flüstert sie. „Warum Papier, warum alte Geräte?"

Amina lächelt zum ersten Mal leicht. „Weil analoge Dinge nicht so leicht überschrieben werden können. Ein echtes Schild kann man nur übermalen, nicht einfach per Update austauschen. Eine alte Landkarte kann nicht in Echtzeit manipuliert werden. Sie ist ein Anker in der verlogenen Informationsflut."

Leyla nickt. Sie versteht jetzt das Symbol: Die echte Landkarte, das Papier, die alten Linsen – all das sind Inseln der Authentizität in einem Ozean aus synthetischen Bildern. Ein Motiv, das sie nicht mehr loslassen wird. „Danke", sagt sie leise. Ein einfaches Wort, aber es enthält all ihre Anerkennung und auch die Last, die nun auf ihr liegt.

Als sie sich zur Tür umdreht, spürt sie, dass sie nicht aufgehalten wird. Sie darf gehen, aber ob sie jemals wieder so naiv sein kann wie zuvor? Sicher nicht. Draußen wartet die dunkle Nacht, die Ostbrücke im schwachen Mondlicht, während ihr Bewusstsein schwer von Erkenntnissen ist. Sie hat jetzt Beweise in der Hand, Wissen im Kopf, und niemand wird ihr nehmen können, dass diese Stadt nicht so ist, wie sie scheint.

Als sie die Lagerhalle verlässt, fällt ihr Blick auf den verwitterten Schriftzug an der Wand. Kein Overlay, keine glatte Fassade – nur Rost, Schmutz, und die ehrliche Geschichte eines Orts, der nie für Glanz inszeniert wurde. Ein passendes Symbol für ihren neuen Weg: kein Filter, nur harte Realität. Sie muss vorsichtig sein. Der Ärger ist vorprogrammiert, aber es gibt keinen Weg zurück.

Mit den Dokumenten und dem verschlüsselten Chip in der Tasche tritt Leyla hinaus in die kühle Nacht, bereit, den nächsten Schritt zu tun, auch wenn sie noch nicht weiß, wohin er sie führen wird.

KAPITEL 9

Leyla steht in ihrem Apartment, kurz nach Mitternacht. Sie ist zurück von der Lagerhalle, den Chip und die Papierunterlagen sicher in ihrer Tasche. Der Weg nach Hause war unangenehm, jeder Schatten wirkte verdächtig, jede Drohne am Himmel ein Beobachter. Sie hatte die Linsen nur minimal aktiviert, um kein unnötiges Profiling zu riskieren. Jetzt ist sie endlich daheim, aber fühlt sich keineswegs sicher. Ihre kleine Wohnung erscheint plötzlich wie eine Bühne, auf der sie jede ihrer Bewegungen kalkulieren muss.

Sie setzt sich an ihren Schreibtisch, legt den Chip und die Papierdokumente vorsichtig neben sich ab. Das Licht ist gedämpft, kein AR-Hintergrundrauschen. Mit abgeschwächten Overlays wirkt ihre Wohnung kahl, nüchtern, fast kalt. Ein prickelndes Gefühl im Nacken – so, als würde jemand von hinten zusehen. Das ist natürlich irrational, aber nach den Erkenntnissen dieses Abends kann sie nicht mehr sicher sein, dass sie unbeobachtet ist. Irgendwo im System könnten Alarme losgehen, wenn sie versucht, die verschlüsselte Datei zu analysieren.

„Tief durchatmen, Leyla", murmelt sie sarkastisch. „Lad einfach die verdammten Daten in dein Firmen-Tool, was soll schon schiefgehen?" Sie weiß genau, was schiefgehen kann: Das System wurde für solche Fälle gebaut, um neugierige Mitarbeiter auszufiltern. Sie grinst humorlos, während sie ihren Firmenzugang öffnet. Alles wie immer: ein neutrales Interface, ein paar Routine-Memos, keine Auffälligkeiten. Doch heute weiß sie, dass dieses Interface sie täuschen kann.

Sie schließt die Tür, verriegelt sie doppelt. Ein lächerlicher Schutz gegen digitale Augen, aber es gibt ihr einen Hauch von Kontrolle. Dann verbindet sie den Chip mit einem Adapter, öffnet ein Debug-Panel ihrer gewohnten Arbeitssoftware. Sie versucht, die Metadaten zu lesen – nur ein simpler Check, denkt sie.

Plötzlich flackert ihr Interface, ein kurzes Rauschen überzieht ihr Sichtfeld. „Warnung: Unautorisierte Analyse erkannt", erscheint als roter Text. Die Meldung ist knapp, sachlich, aber hoch alarmierend. Keine Fehlercodes, keine Chance, sich herauszureden. Jemand oder etwas in der Firmeninfrastruktur hat ihren Zugriff als verdächtig eingestuft.

Leyla verharrt stocksteif. Ihr Herz klopft heftig. Wer hat das bemerkt? Die Firma oder die Eliten im Hintergrund? Sie tippt hastig ein paar Befehle, um den Vorgang abzubrechen. Nichts, die Warnung bleibt. Dann verschwindet sie ebenso plötzlich, aber das flaue Gefühl in ihrem Magen bleibt. Sie spürt, dass sie in einen Bereich vorgedrungen ist, der streng bewacht wird. Die Daten auf dem Chip sind eindeutig kein harmloses Informationsfragment.

Die Stille in ihrem Apartment fühlt sich nun bedrohlich an. Das Licht flackert kurz, oder bildet sie sich das nur ein? Die Linsen, auf Minimalkonfiguration, zeigen kaum noch AR-Elemente, aber dieses winzige Flackern könnte auch ein Glitch sein. Oder ein Signal, dass jemand versucht, ihre Wahrnehmung zu stören. Sie ist sich bewusst, wie paranoid das klingt, aber nach allem, was sie gesehen hat, kann sie kein Risiko mehr ignorieren.

Ihre Hände schwitzen, als sie versucht, erneut in die Dateien zu gelangen, diesmal vorsichtiger, über ein anderes Interface. Doch der Firmenzugang verweigert ihr den Lesezugriff komplett. Keine Fehlermeldung, nur ein stummes Ignorieren ihres Kommandos. Das ist noch unheimlicher als eine offene Warnung. Jemand blockiert sie gezielt. Jemand, der weiß, dass sie es versucht. Sie ist definitiv nicht mehr anonym in diesem Spiel.

„Na toll", denkt sie ironisch. „Kaum versuch ich, einen Blick hinter den Vorhang zu werfen, steht der Wachdienst vor der virtuellen Tür." Ihre sarkastische innere Stimme hilft ihr, die Panik in Schach zu halten. Aber das Unbehagen wächst. Sie fühlt sich beobachtet in den eigenen vier Wänden. Unsichtbare Augen im Code, Kameras in den Drohnen draußen.

Ein leises Piepsen ertönt, ein Geräusch, das sie nicht zuordnen kann. Ihr Interface flackert erneut. Ein Störgeräusch, ein kurzer Ton, als ob jemand versucht, ihre Verbindungen zu scannen. Leyla zieht sofort den Adapter heraus, trennt den Chip vom Firmenzugang. Sie darf nicht mehr online agieren, das ist zu gefährlich. Wer immer sie überwacht, hat bestimmt Tools, um sie zu lokalisieren.

„Also offline", sagt sie leise, um sich selbst Mut zuzusprechen. Sie hat ein altes Laptop-Modell von ihrem verstorbenen Vater, ein Relikt aus einer Zeit, als AR noch nicht allumfassend war. Das Gerät ist fast ein Museumsstück, aber es läuft autonom, ohne permanente Netzwerkverbindung. Sie muss nur hoffen, dass die alten Schnittstellen kompatibel sind, dass sie den Chip überhaupt einlesen kann.

Sie steht auf und holt den Laptop aus dem Schrank. Er ist klobig, schwer, ohne Linsenintegration. Ein echtes Display, echte Tasten. Sie schmunzelt bitter: Wer hätte gedacht, dass sie einmal dankbar für so ein antikes Teil sein würde? Es fühlt sich an wie ein Notfallschlüssel zur Wahrheit.

Während sie die Kabel anschließt, fällt ihr Blick durchs Fenster. Normalerweise blendet AR smarte Gardinen oder hübsche Lichteffekte ein, doch jetzt sieht sie nur die dunkle Nacht. Und dann ein Surren. Eine Drohne, eindeutig, schwebt vor dem Nachbargebäude. Die roten Positionslichter sind kaum zu übersehen. Schaut die Drohne herüber? Verfolgt sie ihre Wohnung?

Ihr Atem stockt. Sie weiß, Drohnen gehören zum Stadtbild, aber nach all dem kann es kein Zufall sein. Ist sie ins Visier geraten, seit der Warnmeldung vorhin? Vielleicht versuchen sie, herauszufinden, was sie tut. Sie duckt sich unwillkürlich, als könnte die Drohne sie durch die Wand sehen.

Dies ist der erste unmittelbare Beweis, dass ihre Aktionen Konsequenzen haben. Sie hat Grenzen überschritten, Fragen gestellt, die verboten sind. Sie könnte auf einer Blacklist gelandet sein. Ihre Karriere, ihre Sicherheit, alles steht auf dem Spiel.

„Komfortzone oder Wahrheit", denkt sie ironisch. Sie könnte jetzt aufhören, den Chip wegwerfen, so tun, als wäre nichts gewesen. Ihren alten Glauben an das System wiederaufnehmen, weiter AR-Netze warten, Beförderungen hoffen. Aber sie weiß, dass diese Option nur eine weitere Illusion wäre. Sie hat zu viel gesehen. Selbst wenn sie jetzt aufgibt, wird die Angst bleiben, und die Erkenntnis, dass sie nur eine Marionette war.

Sie setzt sich mit dem Laptop auf den Boden, weit weg vom Fenster, um sich weniger beobachtet zu fühlen. Mit zitternden Fingern schiebt sie den Chip in ein provisorisch angepasstes Lesegerät. Das Gerät surrt, ein flaches, altmodisches Betriebssystem erscheint auf dem Display. Keine fancy Icons, kein AR-Interface, nur Text und einfache Menüs. Ein Stück analoger Digitaltechnik, auf das die Eliten keinen direkten Zugriff haben.

„Mach dich auf Ärger gefasst, wenn du das entpackst", hatte Amina gesagt. Leyla schluckt und drückt Enter. Die Entschlüsselungsroutine beginnt, Zeilen voller Sonderzeichen flackern über den Bildschirm. Alte Kryptomodule sind installiert – zum Glück hat ihr Vater damals so etwas hinterlassen. Sie wartet, während ein Fortschrittsbalken langsam vorankriecht. Das alles ist träge, ungewohnt langsam. Aber diese Langsamkeit bedeutet Stabilität, weniger Beeinflussung von außen.

Draußen raschelt etwas an der Tür, oder sie bildet sich das ein. Jeder kleine Laut lässt sie hochschrecken. Sie presst die Lippen zusammen, konzentriert sich auf das Display. Der Fortschrittsbalken nähert sich 90%, dann 95%... Wenn sie einmal diese Dateien hat, kann sie vielleicht einen Weg finden, die Machenschaften aufzudecken. Vielleicht mit

Tariq oder Amina sprechen, ihnen helfen, die Codes zu verstehen. Oder sie sucht sich andere Verbündete, Leute in der Firma, die nicht korrupt sind. Eine gefährliche Hoffnung, aber sie klammert sich daran.

Bei 99% hört sie ein weiteres Piepsen, diesmal aus dem Laptop: „Entschlüsselung abgeschlossen." Ein Verzeichnis erscheint mit mehreren Datei-Clustern: Filterregeln, Usergroup-Definitionen, Parameterlisten. Kein hübsches Interface, nur kryptische Namen, IDs, Klassen. Leyla liest ein paar Zeilen:

IF UserGroup=UG3 THEN Show_Degraded_Facade_A
IF IncomeLevel>ThresholdX THEN Suppress_Negative_Imagery
IF PoliticalProfile=SetY THEN Insert_Subtle_Threat_Overlays

Ihr Magen dreht sich um. Diese Regellogik ist noch schlimmer, als sie befürchtet hatte. Harte Fakten. Zielgerichtete Manipulation. Sie hat jetzt den Beweis auf ihrem alten Laptop, fern der Firmennetze.

Ein letzter Blick zum Fenster. Die Drohne ist immer noch da, als stummer Wächter. Sie weiß nicht, ob sie spezifisch beobachtet wird, aber die Drohne symbolisiert die allgegenwärtige Kontrolle. Ein nervöses Zucken in ihrem linken Augenlid, ein Zeichen von Stress. Aber sie ist jetzt gewappnet. Sie hat die Datei. Sie versteht die Mechanik, kann jederzeit einen Auszug zeigen.

Gleichzeitig weiß sie, dass jedes weitere Kapitel ihres Lebens gefährlicher wird. Mit diesen Daten ist sie ein Ziel, wenn die Eliten Wind davon bekommen. Noch ist sie anonym, denkt sie, aber wer weiß, wie gut sie ihr Debugging protokolliert haben. Die Warnung im Firmenzugang war ein klares Signal: Man beobachtet ihre Handlungen genau.

Was soll sie als Nächstes tun? Direkt an die Öffentlichkeit gehen? Vielleicht naiv. Die Medien könnten ebenfalls gefiltert sein. Zu Tariq und Liora? Sie haben Kontakte, aber zu kleine Reichweite. Amina hat Kontakte, aber Amina ist selbst misstrauisch. Sie braucht einen Plan, um diese Infos so einzusetzen, dass ein größtmöglicher Effekt entsteht, ohne sich selbst auszuliefern. Zeit, darüber nachzudenken, ist begrenzt.

Die Wohnung ist voller Störgeräusche, denkt sie. Jede Kleinigkeit – ein Piepsen hier, ein Flimmern da – erinnert sie daran, dass nichts mehr sicher ist. Sie seufzt leise, schaltet den Laptop aus, versteckt ihn unter dem Bett. Dort liegen ohnehin ein paar alte Bücher. Hier kann sie es wohl am besten tarnen. Sie wird nicht jede Nacht ruhig schlafen können, aber zumindest hat sie jetzt einen Pfeil im Köcher, ein Ass im Ärmel.

Als sie sich aufrichtet, um das Licht zu dämpfen, wirft sie einen letzten Blick durch das Fenster. Die Drohne verharrt, als würde sie warten, ob Leyla etwas Verdächtiges tut. Leyla hebt kaum wahrnehmbar die Hand, ein sarkastisches kleines Winken, das nur sie selbst versteht. „Glotz nur, du Blechvogel", flüstert sie mit schmalem Lächeln. „Ich hab, was ich brauche."

Ihre Worte sind bitterernst. Sie weiß, dass jedes Lächeln im Angesicht dieser Bedrohung riskant ist, aber sie braucht den Sarkasmus, um nicht vor Angst zu vergehen. Sie ist noch lange nicht am Ziel, doch nun kennt sie die Spielregeln, zumindest teilweise. Das nächste Kapitel ihres

Kampfes hat begonnen, und sie ist bereit, wenn auch verängstigt.

Mit diesem Gedanken legt sie sich ins Bett, streckt die verkrampften Muskeln. Sie hat sich entschieden: Sie wird nicht aufgeben, wird nicht klein beigeben. Und wenn die Drohne sie beobachtet, soll sie doch sehen, dass Leyla nun kein Opfer mehr ist, sondern eine Gegnerin, die weiß, was gespielt wird.

Die Nacht wird kurz sein, der Schlaf unruhig. Aber sie hat ihre Daten, ihr Wissen, ihren nächsten Schritt – und das reicht für jetzt.

KAPITEL 10

Leyla steht am nächsten Morgen vor dem Spiegel in ihrer Wohnung. Sie hat kaum geschlafen, die Augen sind etwas gerötet, und in ihrem Nacken pocht ein leichter Kopfschmerz. Die Drohne von gestern Nacht hat sie nicht vergessen, und auch der Warnhinweis im Firmensystem geistert noch durch ihre Gedanken. Trotzdem hat sie sich entschieden: Heute nimmt sie sich einen Tag frei, unter einem fadenscheinigen Vorwand – vielleicht eine angebliche Migräne oder ein familiärer Notfall. Hauptsache, sie kann dem Firmennetz und dem überwachten Alltag entkommen, um an einem ruhigen Ort ihre nächsten Schritte zu planen.

Sie verlässt ihre Wohnung mit minimal aktivierten Linsen. Die Überwachung ist engmaschig, sie weiß es. Doch sie hofft, dass ein unauffälliger Abgang am frühen Vormittag nicht sofort Verdacht erregt. Draußen weht eine kühle Brise, die Stadt wirkt in diesem Moment fast normal, als gäbe es all diese Täuschungen nicht. Aber Leyla weiß es besser. Jeder Schritt, jede Geste könnte irgendwo registriert werden. Sie tut, als wäre sie bloß eine Angestellte, die einen Gang zum Arzt macht. Ohne Dramatik, ohne Hektik.

Der Weg führt sie in ein Viertel, das schon länger als „ruhig" gilt. Nicht schick, nicht verwahrlost, eher ein Ort, an dem die AR-Signale schwach sind, vielleicht weil niemand hier wichtig genug ist, um spezielle Overlays zu bekommen. Weniger Datenverkehr bedeutet weniger Kontrolle, hofft Leyla. Sie marschiert an ein paar einfachen Wohnhäusern vorbei, ohne die üblichen AR-Werbetafeln. Ein Café mit echten, handgeschriebenen Preistafeln überrascht sie. Keine bunt schwebenden Icons, kein flimmernder Slogan. Sie kauft sich dort einen simplen Kaffee, kaum auffällige Overlays. Ein Teil von ihr findet das fast befreiend.

In einer Seitenstraße entdeckt sie einen kleinen Park, ungepflegt, aber echt. Der Rasen ist nicht perfekt grün, sondern stellenweise kahl. Spielgeräte wirken alt. Und da steht ein Baum, ein hoher, knorriger Stamm mit rissiger Rinde. Kein virtuelles Laub, kein holografischer Schmetterling darum. Nur echte Natur. Leyla tritt näher, berührt die Rinde mit der Hand. Die raue Oberfläche, die leichte Feuchtigkeit, der Geruch von Holz. Eine seltsame Rührung erfasst sie. In einer Welt, in der sie nie sicher sein kann, ob das, was sie sieht, echt ist oder nur gefiltert, ist dieser Baum ein Anker der Wirklichkeit.

Während sie dort steht, nimmt sie den alten Laptop aus ihrem Rucksack – jenes antike Modell, mit dem sie gestern die Datei entschlüsselt hat. Kein Firmenzugang, kein ständiger Netzscan. Rein offline. Sie setzt sich auf eine Parkbank, lässt den Kaffee auf dem Boden stehen. Hier, im

Halbschatten, öffnet sie die neu entschlüsselten Dateien erneut. Sie hat jetzt Zeit und Ruhe, die Inhalte genauer zu studieren.

Zeile für Zeile liest sie die Klassifizierungen. Verschiedene Nutzergruppen, codiert als UG1, UG2, UG3, und so weiter. Politische Profile, basierend auf Suchanfragen, Konsumverhalten, bekannten Kontakten. Ein Algorithmus entscheidet, wer welche Overlays zu sehen bekommt. Ein System, das gezielt Feindbilder einstreut, um bestimmte Gruppen in Angst zu halten oder Ressentiments zu schüren. Dann wieder andere Gruppen, denen man positive, beruhigende Bilder zeigt, um sie im Glauben an die Harmonie zu halten. Es ist, als hätte man eine universelle Propagandamaschine erfunden, die für jeden Betrachter maßgeschneiderte Weltbilder liefert.

Leyla schnaubt leise. Der Sarkasmus kommt ihr fast von selbst: „Na, Leyla, und du dachtest, dein Job sei harmlos. Stattdessen bastelst du seit Jahren am perfektesten Manipulationsinstrument der Geschichte." Eine bittere Ironie. Ihre Finger ballen sich zu Fäusten, Wut mischt sich mit Trauer. Sie wollte aufsteigen, hatte an den Nutzen der AR geglaubt. Jetzt ist alles nur noch Betrug.

Der Wind raschelt in den Blättern, kein AR-Geräusch, nur echtes Laub. Sie atmet tief durch. Sie ist bereit, alles aufs Spiel zu setzen. Jetzt ist sie sicher, dass sie etwas tun muss. Schweigen heißt Mittäterschaft. Aber wie? Sie kennt Amina und den Widerstand, aber deren Ressourcen sind begrenzt. Tariq ist zu ungestüm, Riven zu unsicher. Doch sie wird einen Weg finden. Vielleicht kann sie gezielt Schwachstellen im System aufdecken, unauffällig bestimmte

Dateien durchsickern lassen. Eine stille Sabotage oder ein großes Leak?

In dem Moment blinkt ein Hinweis auf ihrer AR-Brille, die sie sparsam konfiguriert hat. Eine Nachricht von Amina, über einen versteckten Kanal. Leyla zuckt zusammen. Wie hat Amina sie gefunden? Wahrscheinlich durch vereinbarte Signalwege, minimale Broadcasts, die Leyla unbewusst erlaubt hat. Die Nachricht ist kurz und knapp: „Wir haben eine Spur, wie wir einen kurzen ungefilterten Datenstrom senden können. Treffen am alten Sendeturm."

Ein kurzer Datenstrom, ungefiltert – das könnte eine Chance sein, der Öffentlichkeit einen Blick auf die wahre Stadt zu ermöglichen. Ein Schockeffekt, ein Moment, in dem Leute gleichzeitig dieselbe unverfälschte Realität sehen. Wenn es gelingt, würden alle merken, dass ihre Welt manipulierbar ist. Ein gigantischer Aha-Effekt.

Leyla zögert. Das ist hochriskant. Die Eliten würden reagieren, versuchen, solche Enthüllungen zu unterbinden. Sie fragt sich, ob sie bereit ist, ihre Karriere und ihr Sicherheitsnetz endgültig zu opfern. Aber nach allem, was sie gesehen hat, kann sie nicht einfach zur Arbeit zurückkehren, als wäre nichts geschehen. Der Baum neben ihr, so echt, so unverfälscht, erinnert sie daran, wie wertvoll die Wahrheit ist.

Sie wischt die Meldung an, tippt eine knappe Bestätigung: „Ich bin dabei." Kurz und bündig. Ein weiterer Schritt raus aus der Komfortzone, hinein in ein unbekanntes Terrain. Sie nimmt einen Schluck von ihrem Kaffee, der schmeckt bitter, aber ehrlich. Keine AR-Süße, kein virtuelles Aroma.

Einfach Kaffee. So will sie die Welt sehen: in ihrer echten Form, nicht als selektive Illusion.

Einige Passanten gehen an ihr vorbei, kümmern sich nicht um sie. Ob sie wohl dieselbe Version des Parks sehen? Oder wurde ihre Nutzergruppe angepasst, damit sie den Park anders erleben? Der Gedanke, dass jeder in einer eigenen Realität gefangen ist, schmerzt. Eine gespaltene Gesellschaft, ohne gemeinsame Wahrheit.

„Wir müssen einen gemeinsamen Moment schaffen", murmelt sie zu sich selbst, „in dem alle dieselbe, echte Stadt sehen. Dann fällt die Maske." Das könnte der Wendepunkt sein, an dem sie arbeitet. Ein Einblick für alle, ein Kickstart des Misstrauens in die offizielle Darstellung.

Sie steckt den Laptop weg, legt die Papierunterlagen wieder in ihre Tasche. Ihre Finger streichen über die Papierränder. Papier und ein echter Baum: zwei Dinge, die sie daran erinnern, wie verlässlich physische Dinge sind, verglichen mit manipulierbarer digitaler Realität. Ob die Eliten jemals dachten, dass solche simplen Objekte ihnen gefährlich werden könnten?

Ein kleines Lächeln huscht über ihr Gesicht. Sie ist bereit, sich der Aufgabe zu stellen. Ja, sie hat Angst, aber auch Entschlossenheit. Vor wenigen Tagen wollte sie nur Karriere machen, jetzt steht sie an der Schwelle, eine Whistleblowerin zu werden, eine Verräterin aus Sicht der Eliten, aber eine Freiheitskämpferin in den Augen der Widerständler.

Als sie den Park verlässt, schaut sie zurück zum Baum. Sie berührt noch einmal die raue Rinde, als wollte sie Kraft daraus ziehen. Dann geht sie los. Ihr Tag frei von der Arbeit ist gut investiert: Sie hat weitere Teile der Datei geprüft, ihre Entschlossenheit gestärkt und einen Plan gefasst, dem alten Sendeturm zu folgen, wo Amina auf sie wartet.

Während sie zurück in die Stadt marschiert, zögert sie kurz. Vielleicht sollte sie noch einmal mit Tariq sprechen, oder Riven eine Andeutung machen, um herauszufinden, ob sie ihre Infos teilen kann. Aber Riven ist loyal zum System, wenn auch zögerlich. Ein falsches Wort könnte Riven dazu bringen, sie zu verraten. Sie schüttelt den Kopf. Zu heikel.

Tariq ist ungeduldig, zu direkt. Vielleicht ist es besser, erst Amina und den Widerstandskern zu treffen, mehr Substanz zu sammeln, bevor sie weitere Leute einweiht. Eines ist klar: Der nächste Akt ihres Lebens beginnt, wenn sie zum alten Sendeturm geht. Das wird der nächste Schritt in ihrem Kampf um die Wahrheit.

Ihr AR-Interface blinkt noch einmal. Nur ein allgemeiner Hinweis, dass ihr Fehltag registriert ist. Keine Vorwürfe, aber bestimmt eine Notiz in ihrer Personalakte. Leyla grinst sarkastisch: „Na, ich habe wohl bald ganz andere Probleme als eine schlechte Personalakte." Die eigentlichen Probleme lauern im Hintergrund, in dunklen Datennetzen, in verschlüsselten Filtern.

Mit diesem Gedanken setzt sie ihren Weg fort, den Kopf voller Pläne und Ängste. Sie hat heute einen Zwischenstopp erreicht, einen Moment, um Luft zu holen, bevor sie weiter in den Konflikt hineingezogen wird. Sie hat Wissen, Mut und Verbündete, so bruchstückhaft sie auch sein mögen.

Sie wirft einen letzten Blick auf den Park, der hinter ihr verschwindet, und denkt an die kommende Begegnung am

Sendeturm. Dort wird sich zeigen, ob sie wirklich etwas bewegen kann. Ihr Herz schlägt schneller, doch sie geht weiter, den Blick nach vorn. Sie ist bereit für den nächsten Schritt – ein Kapitel endet, das nächste beginnt.

KAPITEL 11

Leyla sitzt an einem improvisierten Tisch in einem verlassenen Seitenraum des alten Sendeturms. Hier, weit entfernt vom belebten Stadtzentrum, wirken die AR-Signale schwach und verwaschen, als hätte die Maschinerie der Wahrnehmungskontrolle es aufgegeben, diesen trostlosen Ort zu polieren. Amina hat sie hergebracht, nach einem diskreten Treffpunktwechsel, um an sicherer Stelle weitere Daten zu entschlüsseln.

Die Luft ist abgestanden, ein leichter Geruch von Rost und altem Mörtel liegt in der Nase. In der Ecke summt ein tragbares Gerät, ein eigens modifizierter AR-Filter-Jammer, den Amina mitgebracht hat. Er stört die weitreichenden Overlays so weit, dass sie hier keinen sinnvollen Eingriff mehr nehmen können. Leyla ist wieder an ihrem alten Laptop, konzentriert auf den Bildschirm, während Amina neben ihr steht, die Arme verschränkt, wachsam, als würde sie auf jede Geräuschkulisse achten.

„Du musst dir diese Tabellen ansehen", murmelt Leyla mit belegter Stimme. Sie klickt sich durch ein Verzeichnis voller Textdateien, die sie von Amina und der Widerstandsgruppe erhalten hat. „Es sind nicht nur Fassaden oder Polizeiuniformen. Hier stehen klare Regeln: UserGroup UG2 erhält reduzierte Nachrichtenfeeds, UG4 bekommt verstärkte Bedrohungssignale, UG1 dagegen freundliche, harmonische Bilder. Es ist wie ein Katalog sozialer Feinsteuerungen."

Amina nickt knapp, ihre Stimme trocken: „Wir haben lange vermutet, dass es nach Einkommens- und Bildungsniveaus segmentiert wird. Aber du siehst ja selbst: politische Präferenzen, Konsumgewohnheiten, sogar die Art von Freizeitaktivitäten fließen ein. Der Algorithmus legt für jede Person einen passenden Filtermix fest."

Leyla seufzt, versucht einen sarkastischen Ton, um den Ekel zu überdecken: „Na super, als würde man jedem Bürger ein kleines AR-Terrarium bauen. Wer genug verdient, bekommt die Blümchenversion, wer wenig hat, sieht Schrott und Verwahrlosung. Wer auf politischer Linie liegt, darf in Ruhe schlafen, wer kritisch ist, sieht Panikbilder und Drohungen."

„Genau das." Amina lehnt sich vor, zeigt auf ein Dokument mit Farbcodes. „Diese Farbskala hier, ursprünglich dachte man, sie sei eine Art Netzwerk-Grafik für Datenpakete. Tatsächlich zeigt sie das soziale Ranking einzelner Gruppen. Jede Farbe steht für eine andere ‚Güteklasse' der Wahrnehmung. Rot für problematisch Eingestufte, Grün für Angepasste, Blau für Wirtschaftselite. Ein ganzes Spektrum sozialer Segmentierung in Echtzeit."

Leyla starrt auf das virtuelle Diagramm, ein von Farbtönen durchdrungenes Konstrukt, das anfangs harmlos wirkte. Früher assoziierte sie Farben in AR mit Designästhetik, Marketingkonzepten oder simplen Lokalisierungshilfen. Jetzt steht jede Nuance für Kontrolle, Lenkung, Manipulation. Ein brennender Zorn steigt in ihr auf. So also wird gesellschaftliche Stabilität gesichert? Durch selektive Wahrheitsverzerrung?

„Das ist kein Bug, keine Panne." Leylas Stimme ist leise, aber fest. „Das ist von langer Hand geplant. Ein absichtsvolles System, das Menschen spaltet, Ängste schürt, harmonische Illusionen verleiht, je nachdem, was man mit ihnen vorhat." Ihre anfänglichen Zweifel sind hinfällig. Sie hatte anfangs geglaubt, vielleicht wäre es nur ein seltsamer Rendering-Fehler gewesen. Jetzt weiß sie: Hier agiert ein mächtiger Apparat mit Kalkül.

Amina beobachtet Leylas Reaktion aufmerksam. „Du wirkst schockiert, aber nicht überrascht. Wahrscheinlich hast du es tief drin schon geahnt, seit du die ersten Glitches sahst."

Leyla nickt, der Mund trocken. „Ja, aber Gewissheit ist etwas anderes. Ich habe dem System gedient, geglaubt, AR wäre ein Fortschritt. Jetzt fühle ich mich betrogen. All diese mühsamen Debug-Protokolle, die ich schrieb, um Overlays zu glätten, haben wahrscheinlich geholfen, die Illusionen zu perfektionieren."

Amina atmet hörbar aus. „Willkommen in der Realität, Leyla. Die meisten von uns im Widerstand hatten einst Hoffnung in die Technik. Und dann haben wir gelernt, dass Technik nur ein Werkzeug ist – wer es in der Hand hält, bestimmt den Zweck."

Eine Weile schweigen sie. Aus der Ferne dringt ein dumpfes Geräusch, vielleicht eine lose Metallklappe, die im Wind klappert. Kein AR-Overlay kaschiert es. Die Welt hier ist einfach, rau und ehrlich. In diesem Moment wünscht sich Leyla, sie könnte alles wieder auf Anfang drehen, einer Welt ohne allgegenwärtige Filter leben, in der Informationen nicht personalisiert und manipuliert sind.

„Die Frage ist", sagt Leyla schließlich, den Blick noch auf dem Bildschirm, „wer segmentiert die Leute nach all diesen Kriterien? Wer entscheidet, wer welche Farbe bekommt?"

Amina zuckt mit den Schultern. „Wir vermuten ein Kooperationsnetz aus Konzern-Machthabern, Regierungsberatern und Sicherheitsbehörden. Ein unsichtbares Gremium, das Leitlinien vorgibt. Jeder neue Patch, jedes Update der Linsen-Software wird in deren Sinne ausgerichtet. Sie nennen es vielleicht nicht ‚Gesellschaftskontrolle', sondern ‚Stabilitätsmanagement' oder ‚Harmonisierung'. Aber das Ergebnis bleibt dasselbe."

Leyla ballt die Hände zu Fäusten. „Ich muss es herausfinden. Ich muss wissen, wer diese Segmente festlegt und wie man dieses Netzwerk aushebeln kann." Ihre Stimme zittert vor Wut und Entschlossenheit. Gestern noch zögerte sie, wollte auf Nummer sicher gehen. Jetzt weiß sie, es gibt keinen halben Weg. Entweder sie akzeptiert die Lüge oder sie bekämpft sie.

Amina legt ihr eine Hand auf die Schulter, nicht gerade zärtlich, aber als Zeichen, dass sie Leylas Gefühle versteht. „Vorsicht. Das nächste Level ist gefährlich. Wer nach den Drahtziehern sucht, gerät ins Visier. Wir haben schon versucht, tiefer zu graben. Die Firewalls sind massiv, und einige, die zu neugierig wurden, sind einfach verschwunden oder wurden lächerlich gemacht. Systematische Diffamierung durch maßgeschneiderte Overlays, die sie als verrückt erscheinen lassen."

Leyla beißt die Zähne zusammen. „Verrückt erscheinen lassen, indem man ihnen andere Bilder einspielt? Unfassbar. Aber ich kann nicht aufhören. Wenn wir nichts tun, bleibt alles, wie es ist." Sie schluckt, versucht ihre Angst zu kontrollieren. Sie hat Angst, kein Zweifel. Doch die Empörung ist größer.

Wieder blickt sie auf die Farbskala, diese unheimliche Graphik. Jede Farbe steht für eine kontrollierte Wahrnehmung, für einen Platz in der Hierarchie des Scheins. Mit jedem Tag, an dem diese Mechanismen laufen, entfremden sich die Menschen mehr voneinander, weil jeder in einer anderen Welt lebt.

„Ich muss Amina erneut treffen", denkt Leyla. Aber sie ist ja schon hier. Besser wäre: Sie muss Amina auch in Zukunft treffen, um mehr herauszufinden. Sie wendet sich an die Hackerin: „Hast du Details über die Hintermänner, oder zumindest einen Ansatz, wo wir suchen könnten? Vielleicht interne Firmennetzwerke, private Archive?"

Amina schüttelt den Kopf. „Nicht direkt. Wir haben Fragmente. Einige Dateinamen, verschlüsselte Serveradressen, die wir nicht knacken konnten. Das Problem ist, dass dieses Machtgefüge kein offizielles Hauptquartier hat. Alle arbeiten diskret, über verschleierte Infrastruktur. Wir müssen tiefer in die internen Systeme eindringen, vielleicht sogar in jene Bereiche, die du in deiner Firma nie zu Gesicht bekamst."

Leyla überlegt. Ihre Firma ist ein wichtiger Anbieter der AR-Infrastruktur. Als Technikerin hat sie vielleicht Zugriffe, die andere nicht haben. Und wenn sie zielgerichtet sucht, kann sie verschlüsselte Module entdecken, Backups, wo sich Hinweise auf die Befehlskette finden lassen. Aber das ist lebensgefährlich. Offenbar haben die Eliten keine Skrupel, Kritiker auszuschalten.

Trotzdem fasst sie den Entschluss: Sie wird es versuchen. Sie möchte Amina erneut treffen, sie braucht weitere Hinweise. Vielleicht kann sie ein Rendezvous arrangieren, bei dem sie gemeinsam Strategien entwickeln. Die Widerständler haben Knowhow im Undercover-Angriff, sie selbst kennt die technische Architektur. Zusammen könnten sie Schlüsselstellen enttarnen.

Sie schaltet den Laptop aus und schaut Amina direkt in die Augen. „Ich will tiefer graben. Ich muss verstehen, wer diese Segmente einrichtet und warum. Kannst du Kontakt halten? Ich muss bald wieder an meine Arbeit, aber ich werde versuchen, unauffällig nach mehr Informationen zu suchen."

Amina hebt eine Augenbraue, ihr Blick bleibt hart, aber Leyla erkennt darin eine Spur Respekt. „Du willst wirklich weitergehen? Gut. Aber pass auf dich auf. Wir werden dich beobachten, Funksignale aufgreifen. Wenn du Hilfe brauchst, nutze den gleichen Kanal wie neulich. Wir bleiben in Verbindung. Aber erwarte keine sofortige Rettung, wenn's brenzlig wird."

Leyla seufzt, ein schiefes Lächeln: „Ich bin nicht naiv. Weißt du, ich hasse Ungerechtigkeit, und das hier ist die größte Lüge, die ich mir vorstellen kann. Ich kann nicht einfach zuschauen." Sie schiebt den Laptop in ihren Rucksack, vorsichtig wie eine Bombe, weil die Daten brisant sind.

Sie betrachtet die Aufzeichnungen nochmal. Die Klassifizierungen, die politischen Profile, die gezielten Feindbilder – es ist wie ein Lehrbuch der psychologischen

Manipulation. Ihr Kopf dröhnt von den Implikationen. Aber zugleich ist sie fest entschlossen. Keine Zweifel mehr, keine Ausreden. Sie ist bereit, alles aufs Spiel zu setzen.

Draußen, so weiß sie, tobt weiter der ganz normale Alltag. Menschen gehen ihren Tätigkeiten nach, unwissend, dass ihr Weltbild maßgeschneidert ist. Leyla denkt an Riven. Wie reagiert Riven, wenn sie davon erfährt? Oder weiß Riven schon lange Bescheid und schweigt aus Angst? Leyla weiß es nicht. Aber sie kann später versuchen, subtile Fragen zu stellen.

Als sie schließlich aufsteht und sich zum Gehen wendet, kommt ihr der Gedanke, dass dieser Moment ein Vorbote ist. Ein Zwischenstopp vor einem Wendepunkt. Sie hat die Wahrheit in Händen, nun muss sie handeln. Das nächste Mal, wenn sie zurück in die Firma geht, wird sie wissen, dass jede Wand, jeder Overlayschirm ein Teil einer Marionetten-bühne ist. Ein bittersüßer Gedanke: Sie kämpft gegen ein unsichtbares System, das sie jahrelang mit offenen Armen empfing.

Vor der Tür der alten Kammer im Sendeturm dreht sie sich nochmals zu Amina um: „Ich werde dich kontaktieren. Wir finden heraus, wer die Segmente festlegt. Und dann wer-den wir sehen, wie stabil ihre Kontrolle wirklich ist."

Amina nickt, kein freundliches Lächeln, aber eine gewisse Anerkennung. „Pass auf dich auf." Mehr muss nicht gesagt werden. Sie wissen beide, dass es jetzt ernst wird.

Leyla tritt hinaus, in das schwache, flackernde Tageslicht, das durch zerbrochene Fenster dringt. Der Kontrast zur glatten AR-Welt ist schmerzlich. Doch sie fühlt sich belebt, als hätte sie endlich ihre Augen geöffnet. Irgendwo in der

Zukunft wartet ein Wendepunkt, und sie geht entschlossen darauf zu.

Sie verlässt den Sendeturm, das Herz schwer, aber voller Tatkraft. Der nächste Schritt: untertauchen, weiterforschen, sich rüsten für den großen Wurf. Im Hinterkopf die Farbskala, jene zynische Palette sozialer Kontrolle. Bald, denkt sie, bald wird sie wissen, wer die Pinsel führt. Und wenn sie es herausfindet, wird es keine Gnade für dieses unsichtbare Regime geben.

Diese Überzeugung begleitet sie hinaus in die wirre, manipulative Stadt, in der sie sich nun mit offeneren Augen bewegt. Sie wird Amina wiedersehen, tiefer graben, und ihre Rolle als bloße Technikerin hinter sich lassen. Sie ist nun eine Suchende der Wahrheit, bereit, Grenzen zu überschreiten.

KAPITEL 12

Leyla sitzt auf einem niedrigen Hocker in einer schmalen Werkstatt, die in einer verfallenen Hintergasse liegt. Eine fast schon klischeehafte Kulisse für Verschwörer – doch hier ist nichts romantisch, nur pragmatisch. Der Raum ist klein, riecht nach Schmieröl und kaltem Metall. Im Halbdunkel summen ein paar altmodische Projektoren, die keinen Anschluss an die offiziellen Netze haben. Genau deshalb sind sie hier: Abgekoppelt von den umfassenden AR-Infrastrukturen, abseits der regulären Informationskanäle, für einen Moment frei von Überwachung.

Amina steht neben einer Werkbank, an der Regale mit seltsamem, zusammengewürfeltem technischen Gerät hängen. Sie hat ein kompaktes Holomodul in der Hand, ein älteres Modell, vorsichtig getunt, um Fremdzugriffe zu blockieren. Leyla kann nicht anders, als einen trockenen Kommentar in Gedanken zu formen: „Ein Museum der analogen Reste – so viel zum hochgelobten Futurismus der Stadt." Aber sie sagt nichts, nur ein kurzes ironisches Zucken der Mundwinkel.

„Was ich dir jetzt zeige, ist von den Eliten längst aus dem kollektiven Gedächtnis radiert worden", beginnt Amina, während sie das Holomodul an einen improvisierten Projektor anschließt. Ein leises Klicken, dann flackert eine Aufnahme an der Wand auf: verwackelte Bilder einer Straßenszene. Keine Glätte, keine polierten Overlay-Fassaden. Stattdessen sieht Leyla echte, verfallene Häuserecken, improvisierte Barrikaden, vor allem aber Menschen. Viele Menschen, die Schilder hochhalten – echte, bedruckte Pappschilder. Die Worte sind nicht ganz lesbar, aber einzelne Schlagworte erkennt Leyla: „Gerechtigkeit", „Freiheit", „Gegen die Filter".

Ein Protest, vor Jahren, als AR noch nicht allgegenwärtig war. Amina deutet auf einen bestimmten Ausschnitt: Da ist eine Gruppe junger Leute, sie scheinen wütend, entschlossen. Keiner trägt Linsen. Damals konnte man sich noch entscheiden, ob man diese Technologie nutzt. „Hier siehst du, Leyla, wie es früher aussah. Es gab Widerstand, öffentlich, auf den Straßen. Die Leute haben begriffen, dass diese Filter nicht nur bunte Spielereien sind, sondern Kontrollmechanismen. Nur…" Sie macht eine kurze Pause, ihre Stimme wird bitter. „Nur hat das System gewonnen. Es hat die Aufzeichnungen manipuliert, die Erinnerungen gelöscht oder verdreht. Heute wissen die meisten nicht einmal, dass solche Proteste je stattgefunden haben."

Leyla atmet flach. Diese Bilder, grob und unscharf, treffen sie ins Mark. Geschichte, die man ihr vorenthalten hat. Sie hatte immer angenommen, die AR-Übergänge seien ruhig verlaufen, ohne signifikanten Widerstand. Jetzt sieht sie wütende Gesichter, echte Plakate aus Papier, diese fragile Materialität, die kein Overlay fälschen kann. Sie erinnert sich an den alten Baum und das echte Papier, die Symbole für unverfälschte Information. Papier versus AR – hier ist der Gegensatz noch deutlicher. Das Plakat in der Aufnahme schreit nach Gerechtigkeit, und kein virtuelles Filter kann es übermalen, wenn man die richtige Quelle kennt.

„Sie haben also die Vergangenheit umgeschrieben", murmelt Leyla. Ihr moralischer Kompass kreist rastlos. „Nicht erst seit kurzem, sondern schon seit Jahren." Ein Knoten in ihrem Magen zieht sich zu. Sie fühlt sich betrogen, als wäre ihr die Grundlage entzogen, auf der sie ihr bisheriges Leben aufbaute.

Amina nickt. „Ja, das System ist älter, fest verwoben mit Politik und Wirtschaft. Jede Generation von Linsen brachte bessere Filter, aggressivere Parameter. Und mit jeder Weiterentwicklung verschwand ein Stück der wahren Geschichte. Die Bürger glauben, es habe nie große Proteste gegeben, dass man sich problemlos auf AR eingelassen habe. Eine angenehme Lüge zur Stabilisierung der Macht."

Leyla verschränkt die Arme, versucht, ihre Wut mit Sarkasmus zu bändigen: „Großartig, als hätte man aus der Wirklichkeit ein beliebig editierbares Dokument gemacht. Geschichte per Update gelöscht. Umso mehr muss ich verstehen, wer diese Segmente festlegt, wer entscheidet, welche Ereignisse entfernt werden." Sie spürt, wie ihr Entschluss immer fester wird, wie ein Stahlband um ihr Herz.

Die Aufnahme läuft weiter. Leute rennen, Polizisten in alter Montur – ohne AR-Uniformen, einfach nur ausgerüstet mit Helmen und Schlagstöcken. Kein zweischichtiges Täuschungsspiel, einfach brutale Realität. Damals brauchte man rohe Gewalt, heute reichen Filter, um die Massen zu steuern. Alles so viel effizienter, klinischer geworden. Leyla empfindet eine seltsame Trauer um diese schmutzige, aber ehrliche Vergangenheit.

Amina schaltet den Projektor aus. „Du verstehst jetzt, es ist kein neues Phänomen. Die Eliten verfolgen diese Strategie schon lange. Jedes Jahr werden die Filter subtiler, die Segmentierung feiner. Bist du wirklich bereit, zu handeln? Wenn ja, wir brauchen Beweise, echte interne Firmenunterlagen. Ohne Beweise glaubt uns niemand, und wir können auch keine Journalisten überzeugen, denn die meisten Medien sind ebenfalls gefiltert."

Leyla beißt sich auf die Lippe. „Du willst, dass ich interne Unterlagen besorge?" Ihre Stimme ist flach, aber nicht ablehnend. Sie kennt die Risiken: Sobald sie sich ans interne Firmensystem wagt, um solche Dokumente zu extrahieren, wird sie zur Zielscheibe. Doch was ist die Alternative? Ein Leben in einer bequem arrangierten Lüge?

Amina legt einen Datastick auf den Tisch. „Hier ist ein Satz von Scantools, die wir entwickelt haben. Wenn du die auf deine internen Konsolen im Büro spielst, kannst du vielleicht verschleierte Archive aufspüren. Wir vermuten, dass es sogenannte ‚Master-Files' gibt, in denen die Profilregeln für Nutzergruppen hinterlegt sind. Wir haben nur Fragmente, aber wenn du die Originale findest, haben wir einen Kracher, einen Beweis, den man nicht so leicht abstreiten kann."

Leyla schnaubt ironisch: „Oh, einfach so in meine Firma schleichen, ein paar Top-Secret-Files kopieren und wieder verschwinden, ohne dass jemand was merkt. Klingt kinderleicht." Aber trotz ihres sarkastischen Tons weiß sie, dass sie es tun wird. Sie kann nicht mehr zurück. Ihr moralischer Kompass hat sich fest auf Konfrontation eingestellt.

„Wir werden versuchen, dich zu decken, soweit unsere Mittel reichen", sagt Amina ruhig. „Aber die Eliten haben endlose Ressourcen. Vorsicht ist dein bester Freund. Und wenn du etwas findest, schick es uns auf denselben Kanal. Wir werden es weiterverteilen, spüren offizielle Stellen auf, notfalls ins Darknet, analoge Kopien. Irgendwas wird durchsickern, wenn wir es gut anstellen."

Leyla nickt. Ihr ist klar, dass sie auf gefährlichem Terrain tanzt. Der Gedanke, Riven einzuweihen, kommt ihr kurz in den Sinn. Riven kennt interne Prozesse, könnte helfen. Doch Riven ist loyal zum System, wenn auch zögerlich. Ein falsches Wort und Riven könnte sie verraten, oder aus Angst schweigen. Tariq ist zu emotional. Er würde es am liebsten sofort rausbrüllen, aber dann würde die Firma reagieren. Sie muss es allein tun. Eine einsame Mission im Herz der Täuschung.

Die Werkstatt ist still, das Summen des Jammers im Hintergrund. Leyla blickt Amina an: „Also gut. Ich werde es versuchen. Ich werde ins Firmennetz eindringen, ohne auffällige Spuren, und nach diesen Master-Files suchen. Aber ich kann nicht garantieren, dass ich unbemerkt bleibe."

Amina zuckt mit den Schultern. „Niemand garantiert dir das. Wir alle riskieren hier alles. Aber ohne handfeste Beweise ist jede Enthüllung nur Gerücht. Und Gerüchte kann das System leicht übertönen, indem es den Betrachter-gruppen einfach wieder passende Overlays vorsetzt, die Zweifel säen oder Spott verbreiten."

Leyla verzieht das Gesicht. Eine so perfide Kontrolle, dass nicht einmal die Wahrheit sicher wahrgenommen würde. Aber wenn sie die Originaldokumente findet, Quellcode, der eindeutig zeigt, dass bestimmte Gruppen manipuliert werden, kann man vielleicht genug Menschen alarmieren. Vielleicht brechen dann Dämme, formt sich neuer Protest.

Sie fasst den Datastick an, als wäre es ein Schlüssel zu einer geheimen Tür. „In Ordnung, ich versuche es so schnell wie möglich. Wenn ich was finde, melde ich mich."

Amina nimmt ihre Hand nicht, klopft Leyla auch nicht auf die Schulter, aber ihre Augen sagen genug: Misstrauen ist da, aber auch eine gewisse Hoffnung. Sie wird Leyla nicht mehr bequatschen. Sie hat ihren Teil gesagt, die Entschei-dung liegt nun bei der Technikerin, die zur Whistleblowerin zu werden droht.

Leyla erhebt sich, spürt erneut dieses Gefühl einer Schwelle. Gestern noch schwankte sie, jetzt hat sie Klar-heit: Sie kann das nicht ignorieren. Ihr moralischer Kom-pass rotiert nicht mehr, er zeigt nach vorn, Richtung Kon-frontation, wo ihre Angst sie nicht mehr stoppen kann.

Draußen ist es dämmerig. Die AR-Overlays sind hier schwach, aber Leyla setzt ihre Linsen minimal hoch, um wenigstens Wegweiser zu haben. Auf dem halben Weg zu-rück in sicherere Straßen sieht sie ein kleines Blumenbeet, echt, etwas verwildert, aber real. Sie hockt sich kurz hin, streicht über ein welkes Blatt. Ein winziger Augenblick des Bedauerns: In einer ehrlichen Welt wäre AR eine reine Hilfe, kein Instrument der Lüge. Doch nun ist sie bereit, diese Welt durchzuschütteln, damit sie wieder klar wird.

Bevor sie den Ort verlässt, wirft sie einen Blick auf ihre AR-Brille, die minimalen Feeds: Keine neuen Warnungen, kein Drohnenalarm. Aber sie bleibt wachsam. Die nächsten Tage werden kritisch. Sie kann nicht einfach mit einer USB-Drohne ins Büro spazieren und geheime Files kopieren. Sie muss einen Plan entwickeln, einen Moment, in dem Sicherheitsprotokolle lasch sind. Vielleicht eine Systemwartung, eine Routine, die sie kontrollieren kann.

Während sie weitergeht, formt sich in ihr eine Strategie. Ein Meeting der Abteilungsleiter steht an, bei dem sie meist alleine im Serverraum Zugriff hat, um ein Update einzuspielen. Vielleicht kann sie dabei einen Hinterweg öffnen. Ein Risiko, aber was hat sie noch zu verlieren?

Als sie den belebteren Teil der Stadt erreicht, tauchen mehr AR-Elemente auf, aber Leyla ist immun gegen ihre Illusionen geworden. Sie sieht hinter jedem glatten Overlay eine potenzielle Lüge, jede Farbnuance könnte eine Botschaft sein. Ihr moralischer Kompass schreit: Handeln. Und sie wird handeln.

Kurz bevor sie eine Bahnstation erreicht, hält sie inne, fasst den Datastick in der Tasche an. Ein kleines Gerät, und doch ein Sprengsatz für dieses Regime der Täuschung, wenn sie es richtig nutzt. Sie lächelt schmal: „Na dann, auf zum nächsten Level." Sarkastisch, aber entschlossen.

Der Cliffhanger für sie selbst ist gesetzt: Amina hat ihr neue Aufgaben gegeben, sie hat die alten Aufzeichnungen gesehen, weiß, dass das System seit Jahren manipuliert. Jetzt ist der nächste Schritt klar: Sie muss interne

Firmenunterlagen besorgen, um endgültig die Hintermänner zu entlarven. Es ist das finale Puzzle-Stück, und sie ist bereit, danach zu greifen.

Als sie in die Bahn steigt, mischt sich in ihre Angst eine kalte Wut. Sie ist kein Opfer mehr, sondern eine verdeckte Agentin der Wahrheit. Die Linsen, die Overlays – von nun an sind sie für sie nur Werkzeuge im Kampf, nicht mehr ihre ganze Welt. Die Bahn gleitet an polierten Fassaden vorbei, doch Leyla sieht nur noch den Code dahinter. Bald wird sie tiefer graben, und dann wird es kein Zurück geben.

KAPITEL 13

Leyla sitzt am nächsten Morgen in ihrem Büro, als wäre nichts geschehen. Die letzte Nacht war unruhig, der Kopf voller Pläne und Zweifel. Doch jetzt, im gedämpften Licht ihres Arbeitsraums, umgeben von leisen Summen der AR-Systemknoten, versucht sie einen kühlen Kopf zu bewahren. Ihre Firma, einst ein vertrautes Terrain, kommt ihr nun vor wie ein Minenfeld. Jeder falsche Klick könnte Alarm auslösen, jede ungewöhnliche Anfrage sie in Verdacht bringen.

Sie hat den Datastick mit Aminas Scantools dabei, verborgen in einer unscheinbaren Tasche. Ihr Plan ist einfach: Während eines routinemäßigen Wartungs-Check-ups, der ohnehin im Backend ansteht, will sie versuchen, auf sensible Dateien zuzugreifen. Es ist der einzige Moment, in dem sie halbwegs allein ist, während ihre Kollegen in Meetings sitzen, die Abteilungsleiter abgelenkt sind. Sie versucht, sich einzureden, dass es nur ein kleiner Exkurs im Code, etwas, das nicht auffällt.

Doch in ihrem Nacken kribbelt die Angst. Sie spürt, dass dies kein harmloser Hack ist. Die Eliten haben endlose Ressourcen, und das System ist extrem abgesichert. Doch Leyla hat sich entschieden. Angst oder nicht, sie wird es tun.

Um zehn Uhr beginnt der Wartungszyklus. Leyla loggt sich in die Infrastrukturkonsole ein, tut so, als ob sie nur einen Routine-Update-Check macht. Ihr Gesicht bleibt ausdruckslos, ihre Körperhaltung entspannt, als würde sie nur ihre üblichen Skripte ausführen. Gleichzeitig führt sie auf einer zweiten Ebene – über den von Amina modifizierten Tools – verdeckte Queries aus. Die Tools tarnen ihre Suchanfragen als Debug-Befehle, doch sie muss hoffen, dass niemand die ungewöhnlichen Muster bemerkt.

Sie sucht nach Hinweisen auf verschlüsselte Master-Files, die Amina erwähnt hat. Ein digitale Schloss-Symbole erscheinen immer wieder, wenn sie auf potenziell brisante Bereiche stößt. Jede Schloss-Animation ist wie ein stummer Wächter: „Stopp, hier darfst du nicht rein." Leyla fühlt ihr Herz rasen. Jeder Klick ist ein Wagnis. Sie darf nicht zu schnell aufgeben, aber auch nicht zu tief bohren. Ein falscher Move, und Warnsignale könnten losgehen.

Sie stößt auf ein Paket namens „Contract_Overlay_Consortium". Der Name lässt sie aufhorchen. Verträge? Hier im Backend, versteckt unter Codeschichten? Sie öffnet ein Metadaten-File: Verschlüsselte Verträge, die angeblich Regierungen und Konzerne verbinden, um die AR-Filter global zu koordinieren. Ein Kloß formt sich in ihrem Hals. Das System ist größer als ihre Stadt, größer als eine einzelne Firma. Eine internationale oder zumindest weitgreifende Machtstruktur. Wenn sie auch nur einen Beweis davon extrahieren kann, hätte sie einen Hammerbeleg für die Kooperation von Wirtschaft und Politik in dieser Wahrnehmungsmanipulation.

Während sie versucht, ein paar Bytes dieser Verträge zu sichern, taucht am unteren Rand ihres Interfaces ein rotes Warnsymbol auf. Kein Ton, aber ein leises Flackern. Jemand beobachtet ihre Queries. Sie beißt sich auf die Lippe, versucht, ruhig zu bleiben. Was, wenn ein Sicherheitstechniker gerade ihre Befehle scannt? Sie darf nicht in Panik geraten.

Schnell wechselt sie das Fenster, springt scheinbar zu einer harmlosen Routineprüfung. Doch ihr Herz klopft wie verrückt. Sie hat gerade versucht, ins Allerheiligste einzudringen. Einen Moment wartet sie, tut so, als würde sie Protokolle checken, ein paar unauffällige Logs analysieren. Dann geht sie erneut vorsichtig vor, dieses Mal über einen anderen Pfad.

Die Angst kriecht in ihr hoch. Dies ist das erste Mal, dass sie echte Konsequenzen spürt. Bisher waren es Warnungen, Drohnen, Drohungen. Jetzt ist sie im feindlichen System, auf frischer Tat ertappt. Doch sie bricht nicht ab, sie bleibt dran. Sie muss wenigstens eine bruchstückhafte Datei sichern, irgendwas Konkretes, das belegt, dass die Firma tief verstrickt ist.

Sie entdeckt eine Unterabteilung von Dateien, die nach Nutzergruppen sortiert scheinen. Dort stehen Kennziffern, Schlüsselwörter: „UG3: Politisch unzuverlässig. Zeige Drohkulissen." „UG2: Potenziell kritisch. Neutralisierung durch Desinformation." Leyla dreht sich beinahe der Magen um. Sie will zumindest einen Ausschnitt, einen Code-Schnipsel sichern.

Mit zitternden Fingern markiert sie einen kleinen Abschnitt, kopiert ihn in ein verschlüsseltes Textdokument, das sie vorbereitete. Doch im selben Moment flackert ihr Interface erneut. Ein gelbes Symbol taucht auf: „Anomalie erkannt." Verdammt, jemand sieht, dass sie etwas Kopierschutz umgeht. Ihr Herz rast, sie muss sofort weg, bevor sie komplett auffliegt.

Mit hastiger Ruhe schließt sie die Zugriffsfenster, löscht Spuren, soweit sie kann. Sie kann nicht komplett unsichtbar sein, aber sie versucht, die Queries aussehen zu lassen, als wären es Fehlbefehle eines Debug-Skripts. Dann checkt sie die Systemauslastung, tut so, als müsste sie einen Patch neu starten. Das Herz klopft so laut, dass sie fürchtet, es könne jemand hören.

Zwei Minuten später hat sie es geschafft, einen winzigen Datenschnipsel zu sichern. Nur eine bruchstückhafte Datei, aber sie enthält klare Hinweise, dass Nutzergruppen je nach politischem Profil mit unterschiedlichen Overlays gefüttert werden. Das ist ein Beweis, wenn auch kein großer. Immerhin etwas, denkt sie, während Schweiß in ihrem Nacken steht. Sie muss jetzt nur den Tag überstehen, ohne dass jemand sie zur Rede stellt.

Sie atmet flach und wirft einen verstohlenen Blick um sich. Der Raum ist ruhig, Kollegen tippen an ihren Konsolen. Keine alarmierte Wache, kein Chef, der reinplatzt. Doch das heißt nichts. Vielleicht sammelt die Sicherheitsabteilung gerade Beweise gegen sie. Sie muss so tun, als sei nichts passiert, ihren üblichen Tätigkeiten nachgehen, unauffällige Korrekturen im AR-Netz machen. Alles, um die nächsten Stunden heil zu überstehen.

Die digitalen Schlösser, die sie gesehen hat, brennen sich in ihr Gedächtnis. Jeder Versuch, tiefer einzudringen, stößt auf solche Barrieren. Aber sie hat es geschafft, zumindest ein kleines Stück zu erobern. Ihr moralischer Kompass schlägt Alarm, aber auch Entschlossenheit. Angst und Verantwortung ringen in ihr. Und doch ist sie stolz, einen ersten Erfolg erzielt zu haben.

Gegen Mittag kehrt sie an ihren normalen Arbeitsplatz zurück, antwortet auf ein paar interne Memos, als wäre alles normal. Ein Kollege, Malek, fragt sie, ob der Wartungs-Check gut lief. Sie nickt beiläufig, murmelt: „Ja, nur ein paar komische Fehlermeldungen, aber hab's im Griff." Ein Satz, der im Nachhinein ironisch wirkt, denn diese „Fehlermeldungen" waren Warnungen über ihr eigenes Handeln.

Die Stunden ziehen sich, jeder Klick auf ihrer Konsole fühlt sich gefährlich an, aber sie tut nichts mehr Außergewöhnliches. Sie will nicht auffallen. In einer ruhigen Minute blickt sie aus dem Fenster, unterdrückt ein schiefes Lächeln. Weiß die Drohne von gestern, was sie heute getan hat? Vermutlich nicht, aber das System ist allgegenwärtig, es könnte schon seine Fühler ausstrecken.

Mit zittrigen Händen rettet sie ihren kleinen Datenfetzen auf ein harmlos erscheinendes internes Laufwerk, von dort auf einen privaten Speicherchip. Sie verschlüsselt ihn nochmals mit Aminas Tools, so gut sie kann. Im Laufe des Nachmittags beruhigt sie sich ein wenig. Noch immer kein Alarm, keine Befragung. Vielleicht hat sie Glück, oder die Sicherheitsleute werten ihre Queries noch aus und sammeln Beweise, um sie später hochzunehmen.

Ihr Herz klopft dennoch jedes Mal schneller, wenn ein Kollege sich ihr nähert oder eine Chat-Nachricht eintrifft.

Doch bis zum Feierabend bleibt es still. Als sie das Büro verlässt, mischen sich Erleichterung und Furcht. Sie hat etwas erreicht, aber um welchen Preis?

Draußen, auf dem Weg nach Hause, flackern die Overlays wieder freundlich. Sie kann sie nur noch als trügerische Kulisse sehen. Kein hübsches Stadtbild kann sie täuschen. Sie hat hinter die Schleier geblickt, gesehen, wie brutal und raffiniert manipuliert wird. Jetzt weiß sie, dass sie die nächste Stufe gehen muss. Sie hat einen kleinen Beweis, aber um den großen Durchbruch zu erzielen, braucht sie mehr. Sie muss mehr über die Hintermänner erfahren, und dazu muss sie wieder mit Amina sprechen.

Doch sie ist unsicher: Hat man sie erwischt? Beobachten sie sie jetzt rund um die Uhr? Die Angst ist allgegenwärtig, doch sie lässt sich nicht einschüchtern. Im Gegenteil, ihre Entschlossenheit wächst. Wenn sie es so weit geschafft hat, kann sie weitergehen. Sie ist nicht mehr das naive Rädchen im System.

Am Abend, in ihrer Wohnung, entpackt sie den gesicherten Ausschnitt und liest ihn nochmals sorgfältig. Ein klarer Satz: „Bei politischen Abweichlern im Cluster UG3 negative Feindbild-Overlays erhöhen." Das ist eindeutig. Kein Zufall, kein Missverständnis. Eine Anweisung, Ungünstigen ein feindliches Umfeld vorzugaukeln, um sie einzuschüchtern oder zu frustrieren.

Ein digitales Schloss-Symbol taucht in ihrer Erinnerung auf. Das System voller Barrieren, die sie überwinden muss. Doch jetzt hat sie einen Dietrich, wenn auch einen kleinen. Sie kann damit zu Amina gehen, ihnen zeigen, dass sie ernst macht, dass sie etwas erreicht hat. Gemeinsam können sie überlegen, wie man noch tiefer bohrt oder wie man diese Informationen sicher veröffentlicht.

Als es langsam Nacht wird, steht sie am Fenster, blickt auf die dunkler werdende Stadt. Das Herz klopft in ruhigeren, aber entschlossenen Rhythmen. Sie hat Angst, aber die Angst hält sie nicht zurück, sie spornt sie an. Sie hat es geschafft, eine Datei zu sichern, trotz der Warnsignale. Vielleicht haben sie sie nicht direkt erwischt, vielleicht ist sie nur verdächtig, aber noch nicht enttarnt.

Mit diesem Gedanken geht sie schlafen, unruhig, aber nicht verzweifelt. Es ist ein Cliffhanger für sie selbst: Hat sie jemand dabei erwischt? Wird morgen ein Sicherheitsmann vor ihrem Schreibtisch stehen, oder kann sie ungestört weitermachen? Sie weiß es nicht. Aber sie würde nicht anders handeln, wenn sie die Zeit zurückdrehen könnte.

Morgen oder übermorgen will sie sich wieder mit Amina treffen. Sie hat jetzt etwas Konkretes in der Hand, auch wenn es nur ein Bruchstück ist. Ein kleines Puzzle-Teil, das beweist, dass nicht nur ihre Firma, sondern auch Regierungsstellen und andere Konzerne beteiligt sind. Sie ist kurz davor, das Gesamtbild zu sehen – und wenn sie es sieht, wird sie alles tun, um es aufzudecken.

Sie schaltet das Licht aus, legt sich hin, das Herz noch immer aufgedreht. So endet ihr Tag: Leyla, die scheinbar unauffällige Technikerin, hat die erste Bastion der Eliten angekratzt. Das digitale Schloss-Symbol wird sie begleiten, ein Symbol für die Hürden, die sie noch überwinden muss. Doch sie ist bereit. Ein kleiner Sieg heute, und morgen wird sie wieder kämpfen.

KAPITEL 14

Leyla sitzt am späten Nachmittag in einem unscheinbaren Café am Randbezirk der Stadt. Kein schickes Overlay, keine digitalen Werbeanzeigen. Das AR-System wirkt hier müde, als hätte man beschlossen, diesen Ort nicht weiter zu verzieren. Die Linsen liefern ihr zwar noch Wegweiser und Basisinfos, aber kein großer Konzern verschwendet Ressourcen, um diesen Rand Ort hübsch zu machen. Für Leyla ist das mittlerweile ein Segen: Je weniger AR, desto ehrlicher die Atmosphäre.

Tariq hat sie hierhergebeten. Er erscheint pünktlich, im ruhigen Gang, als wäre dieser Termin einer von vielen. Leyla weiß, er brennt darauf, etwas zu erzählen. Sie begrüßen sich mit einem knappen Nicken. Keine Umarmung, beide sind zu angespannt. Leyla deutet auf einen leeren Tisch in einer Ecke. Dort setzen sie sich, bestellen zwei einfache Kaffees ohne AR-Verschönerung, nur bitteren, ehrlichen Bohnenaufguss.

„Ich hab Berichte von Bekannten, aus anderen Vierteln", beginnt Tariq leise, als der Kellner weg ist. Leyla lehnt sich vor, reibt unruhig die Fingerkuppen aneinander. Sie erwartet Schlimmes. Tariq sieht ernst aus, seine Augen wirken bedrückt. „Einige Leute sehen aggressive Overlays, bedrohliche Gangs, Schmutz und Gefahr. Und das an denselben Orten, die du vielleicht als sauber und friedlich kennst." Er seufzt. „Es ist schlimmer als wir dachten. Die Filter schaffen gezielt Feindbilder."

Leyla atmet scharf ein. Sie hat es vermutet, aber es tut weh, es bestätigt zu hören. „Also werden Orte für manche gezielt in eine Art Kriegszone verwandelt? Warum? Vielleicht um diese Leute verunsichert zu halten, sie am Aufbegehren zu hindern?" Ihr sarkastischer Unterton ist bitter. „Als hätte man jedem Bürger ein eigenes, passendes Horrorszenario entworfen, wenn er unangepasst ist."

Tariq nickt. „Genau das. Manche von meinen Bekannten sind regelrecht traumatisiert. Sie gehen aus dem Haus und sehen gefährliche Gestalten, angreifende Gangs. Andere Menschen verschwimmen in aggressive Masken, obwohl sie real nicht da sind. Kein Wunder, dass sie misstrauisch werden, sich abschotten."

Leyla verspürt Wut, tief in der Brust. Diese Manipulation ist nicht nur harmlose Kosmetik. Sie ist ein Instrument, um Gruppen gegeneinander aufzubringen, Ängste zu schüren, Aggressionen zu erzeugen. „Du verstehst? Sie wollen, dass sich die Leute nie zusammentun, weil jeder in seiner eigenen Angstblase steckt oder in einer bequemen Scheinwelt lebt. So verhindert man echte Solidarität."

Tariq fischt ein kleines Objekt aus seiner Jackentasche – ein analoges Foto, echtes Papier. Selten, aber Leyla kennt das schon von ihren Treffen mit dem Widerstand. Er legt es vorsichtig vor sie auf den Tisch. Sie erkennt darauf einen Straßenkünstler, der ein buntes Mural malt. Ein farbenfrohes Bild, kreativ, voller Leben.

„Ein Künstler, der in mehreren Vierteln solche Murals gemalt hat", erklärt Tariq. „Aber für bestimmte Nutzergruppen zeigt das Overlay einfach eine neutrale, graue Wand. Man versteckt Kunst, echte Kunst, weil sie vielleicht die falsche Botschaft hat. Oder einfach, um sicherzustellen, dass die Betroffenen keinen Hoffnungsschimmer sehen, keine Freude empfinden, wo sie es nicht sollen."

Leyla schüttelt den Kopf, die Zähne fest aufeinanderge-
presst. Eine echte, positive Botschaft wird unterdrückt. Offene, kreative Zeichen in der Stadt unsichtbar gemacht.
„Das ist ein Symbol für die unterdrückte Wahrheit", sagt sie
leise. „So wie man Proteste aus der Erinnerung löscht,
löscht man auch Kunst aus dem Sichtfeld. Alles, was unangepasst ist, wird vernebelt. Jede Form von unerwünschter
Information verschwindet hinter einer neutralen oder aggressiven Kulisse."

Tariq schaut sie sorgenvoll an. „Leyla, wir müssen das aufdecken. Du hast doch etwas rausgefunden, oder? Ich
spüre, dass du mehr weißt." Seine Stimme ist drängend,
fast ungeduldig. Er will die Wahrheit ans Licht zerren, am
liebsten sofort.

Leyla holt tief Luft. „Ich habe Fragmente von Verträgen,
Hinweise, dass Regierung und Konzerne zusammenarbeiten. Aber es ist gefährlich. Das System ist extrem sensibel.
Ich habe schon Warnsignale bekommen, als ich im Firmennetz gesucht habe." Sie legt einen Finger an ihre Schläfe,
als würde sie versuchen, Kopfschmerzen zu vertreiben.
„Wir müssen klug vorgehen. Einfach so alles rauszu-
schreien, bringt nichts, wenn man die Menschen nicht
gleichzeitig mit klaren Beweisen konfrontiert."

Tariq schnauft: „Wir haben doch klare Beweise! Die
Screenshots, die Mural-Fotos, alles!" Er klingt wütend, sein
Idealismus kocht über. Doch Leyla schüttelt den Kopf. „Das
reicht nicht, Tariq. Bilder können gefälscht sein, Gerüchte
widerlegt. Wir brauchen unverfälschte Originaldokumente,
Code-Segmente, die eindeutig die Manipulation belegen.
Und wir müssen einen Moment schaffen, in dem viele Leute
gleichzeitig ungefilterte Bilder sehen, wie Amina es plant."

Tariq starrt auf sein analoges Foto. „Also wieder abwarten? Wie lange noch?" Er klingt frustriert. Leyla versteht ihn. Dieser Zustand ist unerträglich. Doch sie muss vorsichtig bleiben. „Ich arbeite dran. Amina und ich versuchen, weitere Daten zu sammeln. Wir brauchen dich, Tariq, damit die Botschaft die Leute erreicht, wenn wir so weit sind. Dann kannst du deine Kontakte nutzen, die linsenarmen Communities. Sie sind schwerer manipulierbar, weil sie weniger AR-Overlays nutzen."

Er nickt widerwillig, akzeptiert ihre Argumentation. Sie wissen beide, dass offene Hast jetzt riskant wäre. Die Stadt ist ein Pulverfass – wenn die Wahrheit unkontrolliert aufploppt, kann das Chaos ausbrechen, ohne dass die Leute verstehen, was los ist. Ihr Ziel ist nicht Chaos, sondern Befreiung von der Täuschung.

Sie trinken in schweigendem Einvernehmen ihren bitteren Kaffee aus. Leyla spürt ein Brennen in ihrer Brust, ein Gemisch aus Wut, Ekel und Entschlossenheit. Die ganze Stadt ist ein Theater, in dem jeder ein anderes Stück aufführt, je nach Nutzerprofil. Feindbilder werden nach Belieben eingespielt. Wer wollte, könnte ganze Bevölkerungsgruppen gegeneinander aufhetzen, ohne dass diese je eine echte Begegnung hätten, um Missverständnisse aufzuklären. Eine perverse Form der gesellschaftlichen Steuerung.

Als sie fertig sind, steht Leyla langsam auf. „Ich muss los. Ich kann nicht zu lange fernbleiben. Irgendwann könnte das System meine Abwesenheit interpretieren, meine Bewegungen scannen. Weniger auffallen ist jetzt wichtig."

Tariq nickt, schaut sie mit traurigen Augen an. „Pass auf dich auf, Leyla. Du bist ins Visier der Kontrolleure geraten, ich spüre es. Sei vorsichtig, bitte." Sein Ton ist leiser geworden, die Wut einem sorgenvollen Ernst gewichen.

Leyla zieht die Augenbrauen hoch, versucht ein ironisches Lächeln: „Ich fühle mich geehrt, dass man mich so ernst nimmt. Aber keine Sorge, ich habe ein dickes Fell und ein paar Tricks gelernt." In Wahrheit ist sie nervös. Doch was soll sie ihm sagen? Angst darf sie nicht lähmen.

Als sie hinausgehen, merkt Leyla, dass ihr Herzschlag wieder schneller geht. Das Surren ist da, ein leises elektronisches Summen von oben. Sie blickt nach oben, unauffällig. Eine Drohne schwebt über ihnen, bleibt kurz stehen, fast als ob sie sie anstarrt. Tariqs Blick huscht ebenfalls nach oben, sein Gesicht verzieht sich. Er kennt mittlerweile dieses Spiel.

„Wir sind beobachtet", flüstert Tariq, der nicht mehr wütend klingt, sondern alarmiert. Leyla nickt knapp. „Sie wissen, dass wir etwas ahnen. Vielleicht warten sie auf einen Fehler unsererseits, um zuzuschlagen oder uns zu diskreditieren. Vielleicht wollen sie uns einschüchtern." Sie erinnert sich an die aggressiven Overlays, die manche Menschen sehen. Vielleicht würde man ihr auch bald bedrohliche Bilder einspielen, um sie von weiteren Nachforschungen abzubringen.

Doch Leyla hat sich längst entschieden. Das moralische Unbehagen ist zu einer festen Überzeugung gereift. Sie wird nicht weichen. Ihr moralischer Kompass zeigt klar, dass sie handeln muss. Der Gedanke, dass sie nun offiziell im Visier steht, lässt sie einen Schauer spüren, aber ihre Entschlossenheit ist stärker.

Die Drohne surrt davon, verschwindet hinter einem Gebäude. Leyla atmet aus. Ein kurzer Augenblick der Stille, dann sagt sie flach: „Gut, dann bis bald, Tariq. Halte dich bereit, wenn wir den großen Schritt machen." Er nickt ernst, steckt das analoge Foto wieder ein, als wäre es ein Schatz. Ihre Wege trennen sich.

Auf dem Heimweg ist Leyla vorsichtig, wechselt ein paar Mal die Route, um sicherzugehen, dass keine Drohne sie dauerhaft verfolgt. Ihre Linsen hält sie im Minimalmodus, keine unnötigen Hinweise, kein überflüssiger Datenabgleich. Sie hat das Gefühl, dass jetzt jeder Schritt zählt.

Die Enthüllungen, die aggressiven Overlays, die verheimlichten Murals, all das hat ihr Bild der Stadt endgültig zerstört. Sie sieht klar: Die Eliten erschaffen gezielte Feindbilder, um die Gesellschaft zu fragmentieren. Jede Begegnung zwischen Gruppen, die vielleicht Verständnis füreinander haben könnten, wird durch manipulierte Bilder verhindert. Statt echter Probleme sehen manche nur Fiktion, statt echter Nachbarn nur drohende Gestalten.

In ihrer Wohnung angekommen, setzt sie sich ans Fenster. Diesmal ist keine Drohne zu sehen. Vielleicht hält man sie nur sporadisch im Auge, um sie nicht zu alarmieren. Sie muss klug bleiben, kein Aktionismus. Amina und Tariq brauchen sie, um an die zentralen Dateien heranzukommen. Sie hat bereits ein Beweisfragment. Nun muss sie mehr sammeln, um die Täuschung lückenlos nachzuweisen.

Ihr moralischer Kompass ist unverrückbar: Diese Ungerechtigkeit, diese heimliche Spaltung, all das widert sie an. Auch Riven kommt ihr in den Sinn. Soll sie versuchen, Riven einzuweihen, sanft? Sie spürt eine Faszination für Riven, eine leise Hoffnung, dass Riven ebenso Zweifel hat. Aber

Riven könnte auch ein Sicherheitsrisiko sein. Sie muss erst mehr herausfinden, bevor sie Riven traut.

Als der Abend dämmert, schaltet Leyla die Linsen fast vollständig ab. Sie betrachtet ihr Zimmer im natürlichen Dämmerlicht, ohne digitale Verfremdung. Hier ist keine perfekte Illusion, nur ihr bescheidener Raum, graue Wände, einfache Möbel. Sie lächelt bitter: Wenigstens weiß sie, was echt ist und was nicht – ein kostbares Gut in dieser Stadt.

Es ist ein weiterer Cliffhanger in ihrem Leben: Sie hat begriffen, dass gezielte Feindbilder existieren, murale Kunstwerke unsichtbar gemacht werden, Menschen gegeneinander aufgebracht werden. Und sie ahnt, dass die Kontrolleure sie im Visier haben. Doch sie hat noch nicht verloren. Die Drohnen, die Drohungen, die Warnsignale – alles nur Hindernisse auf ihrem Weg zur Wahrheit.

Sie wird weitermachen. Nicht aus blindem Heldentum, sondern weil sie es nicht mehr ertragen kann, Teil dieser Lüge zu sein. Das nächste Mal, wenn sie mit Amina spricht, wird sie mehr Material haben, oder vielleicht einen Plan, wie man die Daten der Öffentlichkeit zeigt, ohne sofort niedergewalzt zu werden.

Die Nacht kommt, und Leyla ist bereit, weiter in die Schattenwelt der Daten einzudringen. Das moralische Schwergewicht auf ihren Schultern drückt, aber sie lässt sich nicht beugen. Sie weiß jetzt, dass sie sich im Visier der Kontrolleure befindet. Doch anstatt zu kapitulieren, stählt sie ihren Willen. Die nächste Runde dieses unsichtbaren Kampfes ist eingeläutet.

KAPITEL 15

Leyla sitzt wieder an einem provisorischen Tisch, dieses Mal in einer verborgenen Nische eines alten Archivs. Hier dröhnen keine Maschinen, flimmern keine Hochglanz-Overlays. Amina hat sie an einen weiteren sicheren Ort geführt, fern von neugierigen Drohnen und allgegenwärtiger Überwachung. Der Raum ist kaum beleuchtet, eine schwache Lampe taucht alles in gelbliches Licht. Ein leichter Staubfilm liegt auf alten Regalen, in denen noch analoge Akten aus grauer Vorzeit stehen – Dokumente, die längst digitalisiert und dann verfälscht oder gelöscht wurden, falls sie störend waren.

Leyla fühlt sich hier sicherer, auch wenn sie weiß, dass jede Sicherheit trügerisch ist. Doch für den Moment reicht es. Sie hat die bruchstückhaften Dateien, die sie im Firmennetz erbeutet hat, dabei. Amina sitzt ihr gegenüber, arbeitet an einem tragbaren Holomodul. Zusammen versuchen sie, die Fragmente zu verstehen, die Leyla aus dem gefährlichen Backend gefischt hat.

Ein leises Summen von Aminas Gerät. Dann erscheinen vor ihnen kleine Textblöcke und Diagramme, die Leyla über das Holodisplay betrachtet. Ihre Linsen hält sie im Minimalmodus, um die Wahrnehmung so wenig wie möglich zu stören. „Hier, sieh dir das an", sagt Amina, ihre Stimme gedämpft. Mit einem Finger deutet sie auf ein pyramidenförmiges Schema, das langsam klarer wird, je mehr sie die Dateien entschlüsselt.

Oben, an der Spitze dieser Pyramide, stehen ein paar wenige Bezeichnungen, kryptische Kürzel: „SC-Board", „CouncilX", „KeyNodes". Darunter verzweigen sich

Ebenen, jede mit eigenen Filtern, Kategorien, Protokollen. Unten eine breite Basis, die Masse der Bevölkerung, in unzählige Nutzergruppen segmentiert. Leyla erkennt das Muster sofort. Das ist ein organisiertes System, kein Zufall, kein chaotisches Durcheinander von AR-Regeln.

„Siehst du?" sagt Amina leise. „Es gibt ein Gremium, eine Art Schattenrat. Sie geben Anweisungen, welche Viertel wie dargestellt werden, wer Feindbilder kriegt, wer friedliche Illusionen. All das fließt top-down ins System ein." Eine trockene Bitterkeit in Aminas Stimme ist unverkennbar. „Du hattest recht: Kein Unfall, keine zufällige Komplexität, sondern ein klares politisches Instrument."

Leyla atmet flach. Sie wusste, dass es Eliten gibt, aber diese Visualisierung, dieses pyramidenförmige Schaubild, macht die Machtstrukturen greifbar. Ein paar Wenige oben, die über die Wirklichkeit aller anderen entscheiden. Ihre moralische Empörung kocht hoch. Sie schnaubt sarkastisch: „Wenn ich noch einen Beweis gebraucht hätte, dass wir nicht in einer neutralen Stadt leben, sondern in einem Laborversuch, dann ist das wohl jetzt erbracht."

Amina nickt, verschränkt die Arme. „Wir im Widerstand haben lange vermutet, dass es einen solchen Rat gibt. Jetzt haben wir zumindest Hinweise, dass Entscheidungen zentral gefällt werden, um soziale Spannungen gezielt zu steuern. Sie wollen Stabilität, aber um welchen Preis? Indem sie Teile der Bevölkerung mit Angstbildern füttern und andere mit falscher Harmonie ruhigstellen."

Leyla ballt die Hände zu Fäusten. „Stabilität auf Kosten der Wahrheit. Sie halten alle in verschiedenen Wahrnehmungsblasen gefangen, damit niemand wirklich erkennt, wer der wahre Gegner ist. Man kämpft gegen Fantome, nie gegen die echten Drahtzieher."

Amina seufzt. „Es geht um Macht. Wenn Leute nicht mehr dieselbe Realität teilen, kann man Proteste verhindern, Veränderungen unterdrücken. Denn jede Gruppe lebt in einer eigenen AR-gefilterten Sphäre. Kein gemeinsamer Boden, um sich zusammenzutun."

Leyla denkt an Tariq und seine Bekannten. Sie sieht aggressive Overlays, andere friedliche Kulissen, wieder andere neutralisierte Kunst. Jede Entscheidung fließt von oben nach unten, durch diese pyramidenförmige Struktur. Oben ein paar Wenige, unten die Massen, die nichts davon wissen.

„Wir müssen diese Informationen veröffentlichen", sagt Leyla entschlossen. „Aber wir brauchen mehr. So zerstückelte Dateien können sie leicht als Fälschungen hinstellen. Wir müssen herausfinden, wer in diesem Gremium sitzt, welche Namen, welche Gesichter dahinterstecken."

Amina hebt eine Augenbraue, wirkt einen Moment zögerlich. „Das ist der schwierigste Teil. Wir haben einen Kontakt, einen ehemaligen Systemarchitekten, der damals an den ersten AR-Linsen mitgearbeitet hat. Er kennt vermutlich die Ursprünge dieses Rates, die ersten Filterprotokolle. Wenn wir ihn finden, könnte er Licht ins Dunkel bringen."

Leylas Herz schlägt schneller. Ein ehemaliger Systemarchitekt? Das klingt nach einer Schlüsselquelle, jemandem, der von Anfang an dabei war. „Wo ist er? Wie kommen wir an ihn ran?" fragt sie, mit fiebernder Neugier.

Amina verzieht den Mund zu einem schmalen Lächeln, aber ohne Freude. „Schwer zu erreichen. Er lebt angeblich im

Untergrund, wechselt oft Verstecke. Man sagt, er traue niemandem, seit er merkte, wie seine Erfindungen missbraucht wurden. Wir haben Gerüchte, dass er im industriellen Altsektor sein könnte, in einem umfunktionierten Lagerraum oder einem alten Wartungstunnel. Aber nichts Konkretes."

Leyla spürt Frustration. „Also müssen wir nach einer Nadel im Heuhaufen suchen. Aber wenn das unsere einzige Chance ist, den Kern der Sache aufzudecken, müssen wir es versuchen." Ihre Stimme klingt hart, entschlossen. Sie hat schon so viel riskiert, warum jetzt aufgeben.

Amina mustert sie aufmerksam. „Bist du sicher, dass du das Risiko eingehen willst? Je tiefer wir graben, desto gefährlicher wird es. Du stehst schon im Visier. Die Eliten lassen keinen herumschnüffeln, ohne zu reagieren."

Leyla lächelt schief. „Ich weiß. Aber seit ich diese Filtermechanismen verstanden habe, kann ich nicht mehr untätig bleiben. Ich bin nicht nur neugierig, ich bin wütend. Das ist ein gigantischer Betrug an allen Menschen in dieser Stadt. Ich kann das nicht ignorieren."

Amina nickt langsam. Der Respekt in ihren Augen ist jetzt eindeutig. Leylas anfängliche Zweifel sind verschwunden, ihre moralische Empörung hat die Oberhand gewonnen. Es ist nicht mehr nur um ihre Karriere oder ihre Zukunft, sondern um Gerechtigkeit, um eine reale Welt ohne diese perfiden Lügen.

Ein leises Summen von draußen. Beide zucken leicht zusammen, erinnern sich, dass sie immer noch vorsichtig sein müssen. Aber diesmal ist es nur ein inaktiver Lüfter, kein Drohnengeräusch. Sie entspannen sich ein wenig.

Leyla betrachtet nochmals das pyramidenförmige Diagramm auf dem Holodisplay. Dieser Gremium, dieser Schattenrat – wie könnte man sie enttarnen? Sie überlegt, ob Riven etwas darüber weiß. Riven ist tief in der technischen Struktur der Firma drin, könnte Hinweise haben, ohne es selbst zu realisieren. Aber Riven ist loyal zum System, wenn auch zweifelnd. Ein riskantes Spiel, sie ins Vertrauen zu ziehen.

Sie fragt Amina, ob die Widerstandsgruppe irgendwelche Leads hat: „Gibt es Namen, Kürzel, alte Memos, wo mal ein Entscheider erwähnt wurde?" Amina zuckt mit den Schultern. „Nur Andeutungen. ‚Der Hohe Rat', ‚Project Archon', lauter kryptische Begriffe. Keine klaren Personennamen. Vielleicht hat der Architekt, den wir suchen, mehr darüber."

Leyla fühlt sich, als ob sie an einem gigantischen Puzzle arbeitet. Jeder Erfolg zeigt, wie groß diese Verschwörung ist. Die Eliten, offiziell unsichtbar, aber allgegenwärtig. Ein politisches Instrument, das Gesellschaft durch manipulierte AR-Filter formt. „Wenn wir den Architekten finden, können wir vielleicht eine Kettenreaktion auslösen", murmelt sie. „Wenn er die Ursprünge kennt, kann er ihre Lügen aus erster Hand bezeugen."

Amina nickt. „Aber ihn zu finden, wird Zeit kosten. Und in der Zwischenzeit? Du solltest vorsichtig sein. Die Firma könnte dich im Auge behalten. Versuche, unauffällig zu bleiben. Wir werden nach Hinweisen auf den Architekten suchen, Gerüchte aus dem Untergrund sammeln. Sobald wir etwas haben, kontaktieren wir dich."

Leyla versteht. Es ist ein weiterer Cliffhanger in ihrem Leben. Gerade hat sie das pyramidenförmige Kontrollschema entdeckt, sie weiß, dass ein geheimes Gremium die Fäden zieht, und nun steht sie vor der Aufgabe, einen schwer auffindbaren Zeugen zu finden. Sie schnaubt ironisch: „War ja klar, dass es nicht einfacher wird."

Bevor sie sich trennen, fixiert sie Amina kurz mit einem Blick. „Du weißt, dass wir ein ziemliches Risiko eingehen, oder?" Amina lächelt trocken. „Seit wir angefangen haben, gegen die Filter zu arbeiten, leben wir mit Risiko. Aber je mehr wir wissen, desto größer unsere Chancen, diese Schweinerei aufzudecken."

Leyla steckt den Datastick mit den entschlüsselten Fragmenten sicher ein. Jetzt weiß sie, es ist kein persönlicher Kampf mehr, sondern ein Kampf um die gesamte gesellschaftliche Wahrheit. Dieser Moment hat ihre Wut und ihren Mut gefestigt. Sie ist längst über das Stadium der Naivität hinaus.

Als sie hinausgeht, verschwindet Amina wieder in den Schatten. Leyla tritt hinaus in die realweltlichen Abendgeräusche. Keine Drohne in Sicht, keine auffälligen Figuren. Doch sie weiß, dass die Kontrolleure überall sein könnten. Jeder weitere Schritt ist ein Balanceakt. Mit jedem neu gewonnenen Wissensfragment steigt die Gefahr.

Das pyramidenförmige Schaubild brennt sich in ihr Gedächtnis ein. Oben wenige, unten viele. Eine Metapher für diese ganze Stadt: Ein paar Eliten oben, die über die Wahrnehmung aller anderen entscheiden. Sie fragt sich, ob die Bürger je erkennen, dass sie nur Schachfiguren in einem Spiel um Macht sind.

Leyla zieht die Kapuze ihrer Jacke hoch, mischt sich unter die Passanten. Aus sicherer Distanz beobachtet sie, wie manche Straßen in harmonischen Overlays leuchten und andere in bedrohliche Schatten getaucht sind – je nachdem, wer gerade hindurchgeht. Alles wirkt jetzt noch zynischer.

Sie ballt die Hände in den Taschen zu Fäusten. Ihr moralischer Kompass zeigt klar nach vorn: Sie wird weitergraben, diesen Architekten suchen, mehr Beweise sammeln, bis sie genug hat, um die Mauer des Schweigens einzureißen. Ein unbehaglicher Gedanke huscht durch ihren Kopf: Was, wenn die Eliten es merken und sie kaltstellen, bevor sie etwas erreichen kann?

Aber sie verdrängt diese Angst. Angst darf sie nicht lahmlegen, nur wachsam machen. Sie hat ein Ziel, und sie ist entschlossen, es zu verfolgen. Die nächsten Tage werden heikel sein, doch sie ist bereit.

Als sie ein paar Blocks weiter ist, ein schwaches Summen über sich hört, schaut sie in den Himmel. Diesmal keine Drohne zu sehen, aber das heißt nichts. Vielleicht beobachten sie sie durch andere Mittel, stumme Sensoren, Datenanalysen. Leyla grinst schief: Sollen sie doch versuchen, sie aufzuhalten. Sie hat keine Angst mehr vor digitalen Schlössern. Sie wird sie knacken, einen nach dem anderen.

Mit diesem Entschluss geht sie nach Hause, den Kopf voller Pläne, das Herz voller Empörung, und die Gewissheit, dass sie jetzt wirklich verstanden hat, wie tief die Wurzeln dieser Manipulation reichen. Die Pyramide ist nur ein Startpunkt, der Architekt nur ein weiterer Schritt. Das nächste Kapitel in ihrem geheimen Kampf steht bevor.

KAPITEL 16

Leyla betritt die alte Fabriketage mit klopfendem Herzen. Amina ist an ihrer Seite, führt sie durch einen Korridor, dessen Wände grau, schmutzig und vom Zahn der Zeit zerfressen sind. Kein AR-Overlay glättet hier die Wirklichkeit, kein künstliches Licht beleuchtet Schwachstellen. Die Luft ist kühl, riecht nach abgestandenem Öl und Metallspänen. Es ist ein Ort, an dem niemand mehr freiwillig verweilt – gerade deshalb eignet er sich als geheimer Treffpunkt.

„Bist du sicher, dass er hier ist?" flüstert Leyla, ihre Stimme gedämpft, um das Hallen in den leeren Räumen zu vermeiden. Amina nickt nur, mit diesem knappen, misstrauischen Blick, den Leyla längst kennt. Kein Wort zu viel. Ein kurzer Wink, und sie biegen um eine Ecke. Dort, in einer Art Nische, sitzt eine Gestalt auf einer alten Kiste, den Kopf gesenkt, als studiere sie etwas in den Händen. Zwei portable Lampen spenden schwaches Licht. Kein Stromnetz vorhanden, alles läuft über Batterien.

Amina deutet auf den Mann: „Das ist er." Dann tritt sie einen Schritt zurück, lässt Leyla den Vortritt. Die Gestalt hebt den Kopf, ein Mann mittleren Alters, hager, tiefe Falten um die Augen, die Nase scharf, als hätte ihm der stete Druck der Vergangenheit eingeschnitten. Er trägt ein einfaches, dunkelgraues Hemd, keine sichtbaren Linsen, keine AR-Geräte. Seine Hände umklammern ein zusammengerolltes Stück Papier.

„Du bist also Leyla," sagt er leise, beinahe tonlos. Seine Stimme klingt müde, aber nicht schwach. „Amina hat gesagt, du willst wissen, wie das alles angefangen hat." Er hebt die Hand, bevor sie antworten kann. „Ich war einer der ersten Systemarchitekten für die AR-Linsen. Damals, als das Ganze noch ein Hilfsmittel sein sollte, kein Kontrollinstrument."

Leyla tritt näher, schluckt trocken. Die Aufregung mischt sich mit Wut und Neugier. Sie hat in den letzten Tagen genug gesehen, um zu begreifen, dass die AR-Systeme von langer Hand als Machtmittel gestaltet wurden. Doch aus den Andeutungen nun die Wahrheit eines Insiders zu hören, wird ihre Überzeugung weiter festigen.

Der Architekt greift in seine Tasche und zieht ein weiteres Stück Papier hervor, groß, gefaltet in mehreren Lagen. Er rollt es auf einer ausgedienten Werkbank aus, verteilt Schrauben und Metallreste darauf, um es zu beschweren. Es ist ein alter Stadtplan, vergilbt, mit handschriftlichen Notizen. Leyla tritt näher, ihr Herz schlägt schneller.

„Das ist die Stadt, wie sie einmal war", sagt der Mann. Sein Ton ist nüchtern, aber Leyla spürt den Schmerz darin. „Bevor die Filter Einzug hielten. Bevor jeder Ort in einem anderen Licht erschien, je nach Profil des Betrachters. Siehst du die Markierungen?" Er deutet auf rote Kreise auf dem Plan. „Hier, hier und hier – das waren Schauplätze von Protesten, Aufständen, Debatten. Richtige politische Versammlungen, die wir damals noch hatten, als jeder dieselbe Realität sah."

Leyla atmet flach. Amina steht still daneben, beobachtet die Szene, sagt nichts. Die rote Markierungen – Orte, an denen echte Menschen für eine gerechtere Zukunft eintraten, gegen erste Anzeichen von AR-Manipulation. Doch sie wurden übermalt, digital gelöscht, durch harmlose Overlays ersetzt. Heute weiß kaum jemand noch um diese Orte, diese Ereignisse.

„Wir haben am Anfang geglaubt, dass AR eine neutrale Technologie ist", sagt der Architekt, seine Stimme nun fester. „Wir wollten Wegweiser, Übersetzungen, Hilfen für Behinderte, mehr Informationen für alle. Doch die Eliten – Konzernführer, Regierungsberater – erkannten schnell, dass man damit nicht nur helfen, sondern steuern kann. Sie haben angefangen, Tests durchzuführen, Overlays gezielt zu verändern, um Reaktionen zu beobachten. Man wollte wissen: Wie reagieren Menschen, wenn sie Bedrohungen sehen, die gar nicht da sind? Wie verhalten sich Gruppen, wenn sie ganz andere Stadtbilder wahrnehmen, obwohl sie denselben Ort teilen?"

Leyla spürt, wie ihr moralischer Kompass jetzt nicht nur leicht ausschlägt, sondern fest in eine Richtung zeigt: Die Richtung des Widerstands. Keine Neugier mehr, keine halben Sachen. Sie ist wütend. „Ihr habt damals nichts dagegen getan?"

Der Mann lacht trocken, ein Hustenlachen voller Bitterkeit. „Ich habe es versucht. Wir – ein paar von uns – wollten Alarm schlagen. Aber die Eliten hatten bereits die Infrastruktur unter ihrer Kontrolle. Sie änderten einfach die Overlays um uns herum, machten uns lächerlich oder gefährlich erscheinen. Der öffentliche Diskurs wurde per Knopfdruck manipuliert. Wir wurden isoliert, manche wurden verschwunden. Ich untertauchte. Seitdem lebe ich im Schatten, wechsle Verstecke, halte mich fern von Linsen und Netzen."

Leyla schluckt, in ihren Augen brennt Empörung. „Also ist dieses System seit Jahren eingeführt, verbessert, ausgefeilt. Und jeder glaubt, es sei nur ein Fortschritt, ein bequemes Tool, nicht wahr?"

Amina nickt. „Genau. Die meisten kennen keine andere Realität mehr. Sie glauben, was sie sehen, egal wie verzerrt es ist. Und selbst wenn jemand misstrauisch wird, macht das System ihn schnell unglaubwürdig. Ohne gemeinsame Wahrnehmungsbasis kann keine Opposition entstehen, die stark genug wäre, die Eliten zu stürzen."

Der Architekt tippt auf einen Punkt im Plan. „Siehst du diesen Marktplatz hier? Früher ein Ort intensiver politischer Debatten. Heute zeigt das Overlay dort eine skurrile Bronzestatue und harmonische AR-Blumendekorationen. Jeder, der dort steht, glaubt, es sei immer so gewesen, kein Platz für Protest, nur eine Idylle. Die Erinnerung an Diskussionen, Redner, echte Meinungsäußerungen ist ausgelöscht."

Leyla fühlt ihr Herz schwer werden. „Das ist Wahnsinn", murmelt sie, sarkastisch: „Eine schöne neue Welt, in der niemand je unzufrieden war, weil man Unzufriedenheit einfach wegeditiert." Ihr Zorn ist tief, kein oberflächliches Wüten, sondern eine feste, moralische Empörung. Sie muss helfen, die Wahrheit ans Licht zu bringen, sonst bleibt diese Stadt ein verschlossenes Labyrinth aus Lügen.

Amina räuspert sich. „Wir haben jetzt Beweise, Indizien, Altdaten, aber wir müssen die Menschen erreichen. Wenn wir die Filter großflächig abschalten, selbst nur für einen Moment, können wir allen zeigen, was wirklich da ist. Dann verstehen sie, dass sie belogen wurden."

Leyla nickt. Sie erinnert sich an Amina und Tariq, an die Überlegungen, einen kurzen ungefilterten Datenstrom zu senden, um den Schleier für alle gleichzeitig zu lüften. Aber der Architekt hebt die Hand. „Seid gewarnt", sagt er, seine Stimme schwer. „Sobald ihr versucht, die Filter großflächig abzuschalten, werden die Eliten mit aller Macht zurück-schlagen. Sie können Panik verbreiten, euch als Terroristen darstellen, AR-Bilder so manipulieren, dass ihr wie Monster erscheint. Ihr müsst extrem vorsichtig sein."

Leyla schluckt. Ein Cliffhanger, eine Warnung. Sie will die Wahrheit ans Licht bringen, aber um welchen Preis? Ihre Entschlossenheit schwankt nicht, aber sie erkennt die Schwere der Aufgabe. Angst und Verantwortung ringen erneut in ihr. Doch sie zögert nicht. „Wir wissen, dass es gefährlich ist. Aber wir können nicht tatenlos bleiben."

Der Architekt mustert sie, als versuche er einzuschätzen, wie weit ihr Mut reicht. Dann nickt er langsam. „Gut, ich verstehe. Ich kann euch Details geben, wie die Architektur der Filter einst gedacht war. Wo die Sicherheitsprotokolle liegen, wo ihr vielleicht eine Hintertür findet. Aber erwartet keine Wunderdinge. Das System wurde über Jahre perfektioniert."

Amina atmet hörbar aus. „Jedes Detail hilft." Sie klingt erleichtert, dass Leyla nicht zurückweicht. Leyla spürt, dass sie an einem kritischen Punkt angekommen sind. Von hier an wird es kein harmloses Spiel mehr sein. Die Eliten wachen über jeden Datenstrom. Aber sie hat endlich jemanden gefunden, der die Ursprünge des Systems kennt.

Der Architekt rollt den Stadtplan wieder zusammen. „Nehmt dieses Bild in euer Gedächtnis. Früher war dies ein Ort voller echter Konflikte, ja, aber auch echter Möglichkeiten. Ohne manipulierte Wahrnehmung hätten die Menschen sich zusammenraufen, Lösungen finden können. Jetzt sind sie isoliert, jeder in seiner eigenen künstlichen Realität gefangen."

Leyla ballt die Hände. „Wir werden einen Weg finden, die Filter für einen Moment zu unterbrechen. Dann wird jeder die Realität ohne Korrekturen sehen. Das wird ein Schock, aber er zeigt ihnen, dass sie belogen wurden."

Der Architekt schweigt, aber ein Anflug von Hoffnung blitzt in seinen müden Augen auf. „Seid vorsichtig. Die Eliten sind nicht dumm. Sie haben Notfallpläne, um rebellische Aktionen zu unterdrücken. Doch euer Mut ist beeindruckend. Ich hätte nicht gedacht, dass eine Technikerin aus dem System selbst den Mut aufbringt, gegen die eigenen Auftraggeber vorzugehen."

Leyla lächelt schmal, sarkastisch: „Ich war naiv, habe geglaubt, wir bauen eine bessere Zukunft. Jetzt weiß ich, wir haben ein Kontrollinstrument gezimmert. Das kann ich nicht tolerieren." Ihre Stimme ist fest. Ihre Zweifel sind zu tiefem Entschluss geworden.

Amina räuspert sich wieder. „Danke, dass du uns triffst", sagt sie zum Architekten. „Wir werden die Informationen nutzen, um einen Angriffspunkt zu finden. Vielleicht lässt sich ein zentraler Knoten manipulieren, ein Hauptserver, der die Profile verteilt. Wenn wir den für ein paar Minuten freischalten, sehen alle dieselbe Realität – und erkennen die Täuschung."

Der Architekt drückt die Lippen aufeinander. „Ihr wagt viel. Aber wenn ihr erfolgreich seid, könnt ihr die Macht der Eliten ins Wanken bringen. Bitte, gebt Acht auf euch." Er macht eine kurze Pause, dann leiser: „Mir hat der Mut gefehlt, als ich noch in der Firma war. Ich bin geflohen, ins Exil, in die Unsichtbarkeit. Ihr habt jetzt, was ich nicht hatte: Verbündete, Entschlossenheit. Nutzt es weise."

Leyla nickt. Sie weiß, dass dieser Mann einst Teil des Systems war, aber ihn verurteilt sie nicht. Er ist jetzt eine Quelle der Wahrheit, ein Teil des Puzzles. Sie dankt ihm knapp, keine großen Worte. Die Lage ist zu gefährlich für emotionale Gesten.

Amina legt eine Hand auf Leylas Schulter, eine seltene Geste von Nähe. „Komm, wir sollten gehen, bevor uns jemand hier vermisst." Leyla versteht. Die Zeit drängt, und jede Minute in diesem Versteck erhöht das Risiko. Sie hat verstanden, was sie wissen muss.

Während sie hinaustreten, schwebt in Leylas Gedanken der alte Stadtplan, die markierten Protestorte, die unsichtbar gemachten Murals. Die Geschichte, die man gelöscht hat, lebt in diesen Fragmenten weiter. Ihr moralischer Kompass ist nicht mehr nur eine innere Stimme, sondern ein glühendes Feuer.

Als sie die Fabriketage verlassen, weiß sie: Ein nächster Schritt ist unausweichlich. Sie haben einen Hinweis darauf, wie Entscheidungen top-down fließen. Sie wissen, dass es ein geheimes Gremium gibt, das seit Jahren soziale Spannungen kontrolliert. Und sie wissen, dass ein direkter Angriff auf die Filter einen brutalen Gegenschlag provozieren wird.

Der Architekt hat sie gewarnt. Doch Leyla zögert nicht. Sie wird handeln. Mit Amina, Tariq, den Widerstandsleuten. Und vielleicht kann sie auch Riven mit den richtigen Worten aus der Reserve locken, ein Stück Zweifel in ihr säen, damit Riven nicht länger schweigt. Noch ist es unklar, wer ihr wirklich helfen wird, aber sie hat keine Wahl: Die Wahrheit muss ans Licht, auch wenn es alles kostet.

Der Abendhimmel ist grau, ohne Filter. Leyla hebt den Kopf, beobachtet eine Drohne in der Ferne, aber diese macht keine Anstalten, sie zu verfolgen. Vielleicht nur Zufall. Vielleicht auch nur ein Täuschungsmanöver. Sie kann nicht mehr unschuldig durch diese Stadt gehen, ohne Paranoia. Aber ihre Angst verwandelt sich in Willenskraft.

Cliffhanger: Der Architekt warnt, dass die Eliten zurückschlagen, sobald sie versuchen, die Filter großflächig abzuschalten. Leyla schluckt, aber sie zögert nicht. Sie hat ihren Weg gewählt. Die nächste Phase des Plans beginnt.

KAPITEL 17

Leyla sitzt an ihrem Schreibtisch im Büro, als wäre alles normal. Der Tag ist noch jung, die üblichen Statusmeldungen flimmern an ihrem Sichtfeld vorbei: einfache Overlay-Tools, Routinehinweise für Infrastrukturwartungen. Doch sie hat in den letzten Tagen so viel gesehen, dass jede Anzeige jetzt doppelt absurd wirkt. Der firmeneigene Leitspruch „Information ist Fortschritt" leuchtet halbtransparent über der Eingangswand, ein AR-Slogan, den sie sonst kaum beachtet hätte. Jetzt erscheint er Leyla wie blanker Hohn. Welche Information, welcher Fortschritt, wenn alles gezielt manipuliert wird?

Sie fährt mit den Fingern über die virtuelle Konsole, prüft ein paar technische Logs. Nichts Auffälliges. Oder doch? Manchmal glaubt sie, hinter jedem Codefragment lauert jemand, der ihre Schritte beobachtet. Vorsichtig blickt sie sich um. Die Kollegen sind an ihren Plätzen, wirken wie immer. Manche tippen konzentriert, andere flüstern ins interne Chat-Interface, jeder in seiner Filterblase, glaubt an die heile Welt des Konzerns. Aber Leyla weiß, dass manche vielleicht still Zweifel hegen, ohne es zu zeigen.

Plötzlich steht Riven vor ihrem Schreibtisch. Ganz leise, ohne Vorankündigung, wie ein Schatten. Leyla zuckt innerlich zusammen, schafft es aber, äußerlich gelassen zu bleiben. Riven, die Kolleg*in, die Leyla manchmal fasziniert. Heute wirkt Riven ernst, beinahe nachdenklich. Die AR-Konturen um Riven sind dezent, kaum zu sehen, vielleicht weil auch Riven nicht so viel Wert auf glitzernde Overlays legt.

„Morgen, Leyla", sagt Riven höflich, mit dieser ruhigen Stimme, die Leyla stets irritiert, aber auch beruhigt hat. „Alles in Ordnung bei dir? Du wirkst in letzter Zeit angespannt." Riven beugt sich leicht vor, keine Drohung, aber ein leises Interesse. Oder ist es Misstrauen? Leyla kann es nicht eindeutig deuten.

Sie räuspert sich. „Ich... habe nur etwas viel um die Ohren, private Dinge." Eine ausweichende Standardfloskel. Trotzdem fühlt sie, wie ihre Hände leicht schwitzen. Kann Riven ihr Zittern bemerken? Wahrscheinlich nicht. Sie versucht, ihre sarkastische innere Stimme stumm zu schalten: „Klar, tu einfach so, als wäre nichts."

Riven bleibt einen Moment schweigend, mustert sie mit leicht schmalen Augen. „Weißt du, ich habe bemerkt, dass du im Wartungs-Backend neulich ungewöhnliche Queries gefahren hast. Fehlersuche?" Die Frage klingt beiläufig, aber Leylas Herz stolpert für einen Schlag. Hat Riven sie beobachtet? Oder einfach nur Verdacht geschöpft?

„N-nur ein paar Debug-Versuche", stottert sie fast, fängt sich aber. „Das System hat neulich ein paar seltsame

Meldungen ausgespuckt. Wollte sichergehen, dass alles stabil läuft." Sie bemüht sich um einen möglichst beiläufigen Ton.

Riven nickt knapp, stützt sich auf die Schreibtischkante. Das Gesicht bleibt freundlich, aber Leyla kann nicht sagen, ob es echt ist oder nur Fassade. „Seltsam. Ich dachte, wir hätten all die alten Bugs längst eliminiert. Hast du was Interessantes gefunden?" Riven versucht, locker zu klingen, aber Leyla hört einen Unterton von Neugier heraus.

Leyla spürt den Druck. Wenn sie jetzt etwas Falsches sagt, könnte Riven Verdacht schöpfen oder sie gar verraten. Aber vielleicht will Riven auch nur helfen. Eine Chance, eine mögliche Verbündete? Oder eine potenzielle Verräterin, wenn Leyla zu viel ausplaudert. Sie ringt mit der Entscheidung. In ihrem Kopf taucht das Bild der manipulierten AR-Fassaden auf, die Drohung des Architekten, die Warnung von Amina. Sie muss vorsichtig sein.

„Nichts wirklich Spannendes", sagt sie schließlich, die Stimme möglichst neutral. „Ein paar alte Log-Einträge, inkonsistente Einträge, hab sie bereinigt. Nichts Großes." Sie zuckt die Schultern, als wäre es ihr egal. Ihre innere Stimme tobt: „Nicht die Wahrheit verraten, Leyla, noch nicht!"

Riven scheint nicht überzeugt, zieht die Augenbrauen leicht zusammen, sagt aber nichts weiter dazu. Stattdessen wechselt Riven das Thema mit einem gehauchten Lächeln: „Wenn du mal Hilfe brauchst, ich kenne einige interne Prozesse besser als die meisten. Manchmal führen merkwürdige Queries auf interessante Hintergründe. Und es schadet nicht, wenn man einen Partner hat, um sie zu interpretieren." Der Vorschlag klingt fast freundlich, hilfreich. Oder ist es eine Falle?

Leyla ringt mit ihrer inneren Angst. Sie spürt, dass Riven mehr weiß, als er*sie vorgibt. Vielleicht hat Riven selbst Zweifel am System. Doch wenn Leyla jetzt mehr sagt, riskiert sie alles. Riven könnte ein stiller Mitwisser sein oder eine getarnte Kontrolle. Die Firma ist extrem abgesichert, Riven gehört dazu. Zu riskant, jetzt die Karten auf den Tisch zu legen.

Sie versucht ein vages Lächeln, spielt die Rolle der Überarbeiteten: „Danke für das Angebot, Riven. Mal sehen, vielleicht komme ich darauf zurück, wenn ich wirklich nicht weiterkomme. Aber im Moment..." Sie lässt den Satz unvollendet. Soll heißen: Nicht jetzt.

Riven mustert sie erneut, als versuche er *sie zu lesen, was in Leylas Kopf vorgeht. Dann senkt Riven den Blick und richtet sich auf. „Verstehe. Sag einfach Bescheid." Ein höfliches Nicken, dann tritt Riven zurück, dreht sich um und geht langsam davon.* Leyla sieht ihr hinterher, das Herz hämmert. War das ein Test? Ein Hilfsangebot? Eine Warnung?

Ein halbtransparentes Overlay im Büro – der offizielle Leitspruch „Information ist Fortschritt" – schimmert am Rand ihres Sichtfelds. Leyla versucht nicht zu lachen. Dieser Satz wirkt jetzt wie eine bittere Ironie, eine feine Lüge, die alle schlucken. Information ist Fortschritt, aber nur dann, wenn man die Information frei wählen kann, nicht wenn sie einem manipuliert serviert wird.

Ein Kollege in der Nähe wirft Leyla einen kurzen Blick zu, dreht sich dann aber wieder um. Offiziell ist nichts Außergewöhnliches passiert. Doch in Leylas Kopf toben die Gedanken. Riven könnte wertvoll sein, wenn man ihn*sie auf die richtige Seite zieht. Doch wenn Riven zum System hält, könnte ein falsches Wort Leyla auffliegen lassen.

Sie entscheidet sich fürs Schweigen – vorerst. Lieber vorsichtig bleiben. Zu viele Unbekannte. Sollte sie merken, dass Riven wirklich Zweifel hegt, kann sie später versuchen, ihn*sie einzuweihen. Noch ist es zu früh.

Den restlichen Tag arbeitet Leyla an harmlosen Aufgaben. Ihre Finger gleiten über Befehlszeilen, korrigieren Pfade, optimieren ein paar Filterskripte. Wie absurd, dass sie an denselben Tools arbeitet, die dazu dienen, Menschen zu täuschen. Sie muss unauffällig bleiben, bis Amina oder der Architekt weitere Informationen haben. Bald wollen sie versuchen, den Filterausfall vorzubereiten, einen Moment ungefilterter Wahrheit. Dann könnte sie Riven offenbaren, was sie weiß, im richtigen Augenblick.

Gegen Abend, als sie ihre Sachen packt, versucht sie, Riven aus dem Augenwinkel zu beobachten. Der Kollege, der zwischen Nähe und Distanz schwankt, ist in ein holografisches Interface vertieft. Nichts Verdächtiges. Aber Leyla spürt, dass die Spannung zwischen ihnen gestiegen ist. Ein mögliches Bündnis oder eine mögliche Gefahr – sie kann es nicht sagen.

Vor dem Verlassen des Büros wirft sie einen letzten Blick auf den Konzernslogan. „Information ist Fortschritt." Ein Satz, der jetzt wie eine Hohnfratze grinst. Sie kann kaum glauben, wie naiv sie einst war. Trotzdem, sie hat zumindest gelernt, die Wahrheit selbst zu suchen, ohne auf offizielle Parolen zu hören.

Draußen, als sie durch die Stadt geht, erinnert sie sich an die Warnung des Architekten: Wenn sie die Filter großflächig abschalten wollen, werden die Eliten mit aller Macht zurückschlagen. Das bedeutet, dass es früher oder später zu einer offenen Konfrontation kommen wird. Dann wird es wichtig sein, auf wen sie sich verlassen kann. Vielleicht braucht sie doch einen Partner im System, jemand, der von innen helfen kann. Vielleicht ist Riven der Schlüssel. Aber jetzt ist nicht der richtige Moment, den Mund aufzumachen.

Ein sanfter Wind streicht durch die Straßen, die AR-Fassaden bleiben heute relativ ruhig, als wären sie müde, ihr Theaterstück aufzuführen. Leyla weiß, dass das nur Einbildung ist. Die Filter sind genauso aktiv wie immer, die Leute sehen, was sie sehen sollen. Sie ist nur zu sensibel geworden, durchschaut den Trick.

Im Schatten eines Gebäudes hält sie kurz an, atmet durch. Sie hat die Begegnung mit Riven überstanden, ohne zu viel preiszugeben. Sie hat sich entschieden, vorerst zu schweigen. Aber das macht die Spannung nicht geringer. Der Cliffhanger bleibt: Hat Riven sie durchschaut? Oder Riven selbst Zweifel, die durch Leylas seltsames Verhalten genährt werden? Ist Riven ein stiller Mitwisser, der nur auf ein Zeichen wartet?

Leyla fühlt sich wie auf einem Drahtseilakt. Ein Fehler, und alles bricht zusammen. Doch ihre moralische Überzeugung ist nun unerschütterlich. Sie muss handeln, muss die Wahrheit ans Licht bringen. Sich jetzt einem möglichen Verräter anzuvertrauen, wäre Leichtsinn. Aber vielleicht wird die Lage bald klarer.

Als sie die nächste Bahn nimmt, setzt sie sich in den hinteren Teil, wo weniger AR-Overlays stören. Sie denkt an

Amina, Tariq, den Architekten. Alle sind von unterschiedlicher Seite auf dasselbe Ziel fixiert: die Wahrheitsenthüllung. Ob Riven bald dazukommt? Eine attraktive Vorstellung, aber riskant. Leyla lächelt schief: romantische oder freundschaftliche Illusionen sind jetzt Luxus, den sie sich nicht leisten kann.

Die Bahn gleitet an polierten Overlays vorbei, während Leyla ihre Linsen minimal hält. Sie will so viel Echten Hintergrund sehen, wie möglich. Auch wenn die Stadt weitgehend retuschiert ist, gibt es immer noch echte Wände, echte Strukturen, die man in den Hinterhöfen erkennen kann, wenn man genau hinsieht. Sie hat gelernt, hinter die Illusion zu blicken – eine Fähigkeit, die ihr in den kommenden Wochen nützlich sein wird.

Zuhause angekommen, sperrt sie die Tür zweimal ab. Ein lächerlicher Schutz gegen digitale Augen, weiß sie, aber besser als nichts. Sie denkt über das heutige Bürogespräch nach. Riven hat bemerkt, dass sie nervös ist, stellte Fragen über ihre Debug-Queries. Vielleicht nur berufliches Interesse, vielleicht auch mehr. Sie darf sich nicht davon einschüchtern lassen. Noch ist die Zeit nicht reif, sich Riven anzuvertrauen. Sie muss warten, Informationen sammeln, sicher sein, auf welcher Seite Riven steht.

Bei gedämpftem Licht setzt sie sich auf ihr Bett, schließt die Augen. Sie hört ihren eigenen Herzschlag. Sie hat sich für Schweigen entschieden, vorerst. Diese Vorsicht ist überlebenswichtig. Der Konzernslogan spukt in ihrem Kopf herum, wie ein sarkastisches Mantra: „Information ist Fortschritt." Aber welche Information, wessen Fortschritt?

Morgen ist ein neuer Tag, ein weiterer Schritt in ihrem geheimen Kampf. Sie weiß, dass Amina weiterhin nach dem

Architekten sucht, dass Tariq ungeduldig ist und endlich Enthüllungen sehen will. Und sie weiß, dass Riven im System lauert, ein potenzieller Verbündeter oder Gefährdung, je nachdem, wie sich die Dinge entwickeln.

Ein Cliffhanger für Leylas Leben: Sie hat einen möglichen Verbündeten ignoriert, um sich nicht zu verraten. Doch das erhöht die Spannung. Wird Riven glauben, sie hätte etwas zu verbergen? Wird Riven eigene Schlüsse ziehen und sich selbst auf die Suche nach der Wahrheit machen?

Leyla kann nur abwarten und ihre nächsten Züge vorsichtig planen. Schweigen ist manchmal die beste Verteidigung, bis man stark genug ist, offen zu sprechen. Sie hofft, bald eine Gelegenheit zu finden, Rivens wahre Loyalität zu ergründen – doch bis dahin bleibt sie lieber stumm.

Mit diesen Gedanken schläft sie ein, erschöpft, aber entschlossen. Morgen wird sie wieder ins Minenfeld des Büros zurückkehren, so tun, als wäre alles normal, während unter der Oberfläche bereits der Sturm aufzieht. Sie hat eine Moral, einen Kompass, und sie zögert nicht, ihm zu folgen. Noch nicht, jedenfalls.

KAPITEL 18

Leyla steht in einer schmalen Seitengasse, irgendwo am Rand eines Viertels, in dem sie sonst nie zu tun hat. Die Luft ist abgestanden, Straßenlaternen flackern, und die AR-Overlays sind hier meist unauffällig. Perfekt für ihren heutigen Test. Amina ist bei ihr, schweigsam wie immer, konzentriert auf ein kleines, modifiziertes Interface in der Hand. Sie haben vor, in diesem abgelegenen Stadtviertel kurzzeitig die Filter zu unterbrechen – nur für ein paar Minuten. Ein kleiner Vorgeschmack, ein Test, um zu sehen, was passiert, wenn die Leute plötzlich die echte Stadt sehen.

„Bist du bereit?" fragt Leyla leise, ihr sarkastischer Humor gedämpft von der Anspannung. Amina nickt nur. Ihre Augen sind auf das Interface geheftet, Finger fliegen über virtuelle Tasten, die in der AR-Ebene eingeblendet sind. Doch hier, zwischen bröckelnden Wänden und runtergekommenen Gebäuden, ist das Signal schwach, weniger überwacht. Ein idealer Test Ort.

Die Idee ist einfach: Amina hat einen Weg gefunden, einen lokalen AR-Knoten kurzzeitig lahmzulegen. Dadurch sehen die Bewohner für ein paar Minuten keine gefilterten Overlays, sondern den realen Zustand ihrer Umgebung. Das ist ein riskantes Manöver. Zu früh, um die ganze Stadt aufzurütteln, aber genug, um zu sehen, wie die Menschen reagieren, wenn der Schleier kurz fällt.

Mit einem letzten Tippen signalisiert Amina: „Los geht's." Ein leichtes Knistern, als das Interface arbeitet. Leyla hält den Atem an. Die AR-Schichten, die die Wände hier vielleicht etwas sauberer wirken ließen, die leichten Werbebotschaften, die vorsichtigen Farbanpassungen – alles beginnt zu flackern. Dann blitzen die Overlays einmal auf und... verschwinden. Es ist, als würde man einen Vorhang wegziehen, der die triste Realität überdeckte.

Leyla späht um die Ecke auf die Hauptstraße. Ein paar Dutzend Menschen gehen dort entlang, normalerweise in ihre eigenen Wahrnehmungsblasen gefangen. Jetzt stolpern sie, bleiben überrascht stehen. Die Fassade eines vermeintlich gepflegten Gebäudes entpuppt sich als rissig, verrottet. Ein Mural, von dem sie nie etwas wussten, kommt zum Vorschein: bunte Farben, die eine Botschaft der Hoffnung schreien, zuvor unsichtbar gemacht. Die Menschen starren, manche reiben sich die Augen, als könnten sie nicht glauben, was sie sehen.

„Heilige...", murmelt Leyla, ihre Stimme kaum hörbar. Sie sieht eine Frau, die panisch den Blick schweifen lässt. Eben noch glaubte sie, in einer sicheren, halbwegs ordentlichen Gegend zu sein, jetzt sieht sie Müll, Graffitis, heruntergekommene Ecken. Ein Mann daneben schreit auf, „Was ist das? Wo ist mein Laden hin?" Er hatte wohl immer ein schickes Overlay gesehen, das einen Laden in edlem Glanz zeigte. Nun ist es nur ein verwahrloster, leerstehender Raum.

Ein junges Paar blickt auf die einst versteckte Mural-Kunst. Der Mann wirkt verwirrt, die Frau fasziniert. Ein Kind weint, irritiert, weil die Straße, die es für sicher hielt, plötzlich gefährlich und fremd erscheint. Die Reaktionen sind nicht freundlich oder dankbar. Einige geraten in Aufruhr, stoßen sich gegenseitig an, als versuchten sie herauszufinden, ob sie halluzinieren.

Leyla spürt einen Stich im Herzen. Sie hatte gehofft, vielleicht würden einige Leute erleichtert sein, endlich die Wahrheit zu sehen. Doch sie versteht nun, dass die Enthüllung schmerzhaft ist. Wenn man jahrelang an eine Illusion geglaubt hat, kann die Wahrheit erschrecken, wütend machen oder sogar hysterische Reaktionen auslösen. Der reale Anblick ist nicht schöner, nur ehrlicher. Aber Ehrlichkeit kann schockieren.

Amina beobachtet das Szenario mit zusammengekniffenen Augen. „Sieh dir das an", flüstert sie. „Nur ein paar Minuten ohne Overlays und die Leute flippen aus. Man sieht, wie fragil diese künstliche Harmonie ist." Ihre Stimme klingt nüchtern, aber Leyla meint, einen Anflug von Traurigkeit zu hören. Sie kämpfen hier für die Wahrheit, aber Wahrheit ist kein sanftes Pflaster, sondern ein rauer Stein, auf dem man stolpert.

Ein Mann hebt die Stimme, ruft: „Das ist Betrug! Wo ist meine schöne Straße? Wer hat mir das vorgespielt?" Er klingt wütend, fuchtelt mit den Armen, sucht nach einem Schuldigen. Andere schauen sich um, als würden sie Geister jagen. Ohne die beruhigende AR-Fassade wirkt die Stadt plötzlich düster, feindselig. Kein Wunder, dass die Eliten so leicht kontrollieren können: Wer nur Hässlichkeit sieht, verliert Hoffnung, wer nur Harmonie sieht, glaubt, alles sei gut. Das richtige Maß an Lügen war bisher perfekt ausbalanciert.

Leyla schluckt hart. Sie erlebt live den Effekt unverfälschter Wahrheit. Kein Instant-Effekt von Euphorie oder Erleichterung. Eher Chaos, Verwirrung. Sie weiß jetzt, dass die Enthüllung nicht nur gute Folgen hat. Die Menschen sind mental von den Filtern abhängig geworden, wie von einer Droge. Ein plötzlicher Entzug macht sie panisch.

Nach etwa drei Minuten fängt das AR-System an, sich langsam zu erholen. Amina hatte nur einen kurzen Eingriff geplant. Die Overlays flimmern wieder auf, erst fehlerhaft, dann stabiler. Wieder legt sich die Maske der Korrektur über die zerfallenen Fassaden. Die Leute reiben sich die Augen erneut, manche atmen erleichtert auf, als käme ein bekannter Trug wieder zurück, der sie wenigstens vor der harten Realität bewahrt.

„Unglaublich" zischt Leyla. „Sie sind erleichtert, dass die Lügen zurück sind. Das hätte ich nicht gedacht." Sie ist sarkastisch, aber auch bedrückt. Sie sieht, wie tief die Manipulation geht: Die Leute haben sich an die Illusion gewöhnt, sie lieber als die schmerzhafte Wahrheit. Hier zu schockieren, kann ohne Vorbereitung zu Angst und Chaos führen.

Amina nickt knapp. „Deshalb müssen wir unseren großen Enthüllungsschlag sorgfältig planen. Wir können nicht einfach von null auf hundert alles offenlegen. Die Leute müssen vorbereitet sein, müssen Hinweise bekommen, dass ihre Wahrnehmung gelenkt ist, sonst drehen sie durch."

Ein leises Summen erreicht ihre Ohren. Sirenen, nicht weit entfernt. Dann surren Drohnen am Himmel heran. Leylas Herz schlägt schneller. Offensichtlich hat jemand die Störung bemerkt. Vielleicht ist das Sicherheitspersonal auf dem Weg, um nach den Ursachen zu forschen. Sie sind entdeckt. Kein Wunder, so ein Filterausfall fällt auf.

„Wir müssen weg", zischelt Leyla, die Nervosität steigt. Sie und Amina huschen zurück in die Gasse, versuchen, einen Hinterausgang zu finden. Drohnen kreuzen über den Dächern, Sirenen werden lauter. Wahrscheinlich schickt man Polizisten, um nach Saboteuren zu suchen.

Inmitten des weglaufenden Pulks der verwirrten Bürger versuchen Leyla und Amina unterzutauchen. Doch sie müssen vorsichtig sein, nicht in die Arme einer Einheit laufen. In einer Seitengasse stoßen sie auf eine Metalltreppe, die nach oben führt. Amina zeigt wortlos nach oben, Leyla nickt. Sie klettern leise nach oben, eine dünne Feuerleiter, die zu einer Dachlandschaft führt.

Von oben sehen sie, wie Polizisten eintreffen, Drohnen Lichtkegel über die Straßen werfen. Die Bürger stehen herum, ratlos, manche immer noch verängstigt, andere irritiert. Die Ordnungshüter befragen einige Leute, zeigen ihnen beruhigende Overlays, die wieder Vertrauen schaffen sollen. Ein Beweis, wie flexibel die Manipulation ist.

Amina drückt Leylas Arm. „Sieh nur, wie schnell sie reagieren. Wir sind definitiv im Visier. Das war nur ein Test, aber schon das genügt, um Alarm auszulösen." Ihre Stimme ist nüchtern, aber Leyla erkennt die Sorge.

Leyla beißt die Zähne zusammen. Das Flackern des AR-Systems, dieser kurz gelüftete Vorhang, hat alle alarmiert. Sie haben einen winzigen Ausblick auf die ungefilterte Realität gegeben, und prompt rückt die Überwachungsmaschinerie an. „Zumindest wissen wir jetzt, wie die Leute reagieren", murmelt sie. „Wir müssen unsere große Enthüllung anders vorbereiten, mit begleitenden Informationen, damit sie verstehen, dass sie betrogen wurden. Sonst führt es nur zu Panik."

Amina nickt, presst die Lippen aufeinander. Dann deutet sie auf einen anderen Dachübergang, weg von der Hauptstraße. Sie klettern über ein paar Häuser hinweg, halten sich geduckt. Die Drohnen kreisen vor allem über der Stör Zone. Als Leyla sich kurz umdreht, sieht sie, wie ein Drohnenlichtstrahl über die Gasse fegt, in der sie eben noch standen. Zum Glück sind sie jetzt in sicherer Entfernung.

Als sie nach mehreren Minuten über Hinterhöfe und schmale Stege flüchten, schweigen beide. Erst als sie wieder in einem ruhigeren Viertel landen, abseits der Szene, kehrt etwas Ruhe ein. Leyla wischt sich den Schweiß von der Stirn. „Das war knapp", sagt sie trocken. „Ich bin mir sicher, die Polizei sucht nach Störsendern oder Saboteuren. Wir waren dumm, so ein unkoordiniertes Manöver durchzuführen."

Amina schüttelt den Kopf. „Wir mussten es testen, Leyla. Jetzt wissen wir, was wir besser machen müssen. Wir haben gesehen, wie die Leute reagieren. Das war wichtig. Ohne diese Erfahrung hätten wir beim großen Enthüllungsversuch denselben Fehler gemacht, nur mit größerer Wirkung."

Leyla atmet tief durch. Sie ist gleichzeitig erleichtert, entsetzt und irgendwie dankbar, dass sie es unbeschadet geschafft haben. Die Gefahr ist real, die Eliten halten ihre Augen offen. „Jetzt wissen sie, dass jemand an den Filtern rüttelt. Ich wette, sie verstärken die Sicherheitsmaßnahmen."

Amina zuckt die Achseln. „Wahrscheinlich. Aber wir haben ja keinen permanenten Schaden angerichtet, nur ein kurzes Flackern ausgelöst. Vielleicht halten sie es für einen technischen Zwischenfall. Doch wir müssen vorsichtiger sein. Wenn noch einmal so etwas passiert, reagieren sie vielleicht härter."

Leyla versteht. Dieser Test war ein Warnschuss. Sie sind jetzt definitiv im Visier der Kontrolleure, auch wenn noch nicht klar ist, wer genau dafür verantwortlich ist. Sie verspürt wieder diese Mischung aus Angst und Entschlossenheit. Keine halben Sachen mehr. Wenn sie die Wahrheit enthüllen wollen, müssen sie einen Plan haben, die Leute vorbereiten, ihnen zeigen, dass sie betrogen werden, ohne sie ins Chaos zu stürzen.

„Das flackernde AR-System ist wie ein Vorhang", sagt Leyla leise, für sich. „Kurz gelüftet, aber die Leute sind nicht bereit. Wir müssen ein Narrativ finden, ihnen Hinweise geben, bevor wir den Vorhang komplett wegziehen." Amina nickt zustimmend. Leyla fühlt sich bestätigt, dass sie nicht allein ist.

Als sie sich verabschieden, ist Leyla noch unschlüssiger, wie sie Riven in dieses Spiel bringen soll. Doch nach der heutigen Erfahrung weiß sie, dass jeder Schritt riskant ist. Sie muss sich Zeit lassen, mehr über Riven herausfinden, ob er*sie wirklich Zweifel hegt. Ein vorschnelles Vertrauen kann zum Verrat führen.

Mit der Erinnerung an die panischen Reaktionen der Leute in dem abgelegenen Stadtviertel kehrt Leyla nach Hause zurück. Ihr moralischer Kompass zeigt nach wie vor auf den Kampf gegen die Lügen. Aber sie ist jetzt klüger: Wahrheit kann erschrecken, wenn man sie unvorbereitet präsentiert. Sie müssen diese Enthüllung sorgfältig orchestrieren. Auf der anderen Seite weiß sie, dass die Eliten keine Skrupel haben, zurückzuschlagen.

Kurz bevor sie ihre Wohnung erreicht, hört sie in der Ferne Sirenen. Vielleicht suchen sie immer noch nach den Störern. Ein sanftes Lächeln, sarkastisch: „Tut mir leid, meine Herren, wir sind längst weg." Aber die Erkenntnis bleibt, dass ihre Zeit begrenzt ist. Die Eliten schlafen nicht, sie werden Verdacht schöpfen.

Cliffhanger: Das heutige Testhack war ein Vorgeschmack. Sie wissen, wie die Leute reagieren, sie wissen, dass die

Eliten scharf aufpassen. Leyla muss ihre nächsten Schritte doppelt überlegen. Sie hat gezeigt, dass die Filter störbar sind, aber um die Menschen wirklich aufzuwecken, braucht es mehr als einen kurzen Ausfall. Sie braucht eine Strategie, Verbündete und einen Rahmen, in dem die Wahrheitsenthüllung Sinn macht, ohne alles im Chaos versinken zu lassen.

Mit diesem Gedanken schließt sie die Wohnungstür, verriegelt einmal mehr und macht sich in Gedanken bereit für die nächste Runde dieses stillen Krieges.

KAPITEL 19

Leyla sitzt in einem stickigen Hinterzimmer einer alten Bibliothek. Der Raum ist schwach erleuchtet, ein paar wackelige Regale an den Wänden, darin alte Bücher, teils vergilbt, teils mit brüchigen Einbänden. Kein AR-Overlay flattert hier umher, keine digital aufpolierten Informationen. Hier ist alles echt, so wie es einst war. Dieser Raum ist bewusst gewählt, sagt Amina: Zwischen echten Büchern aus Papier, ohne Filter, symbolisiert er unverfälschte Information. Ein passender Ort, um über die Enthüllung der Wahrheit nachzudenken.

Tariq und Amina sind mit ihr. Drei Leute, die auf unterschiedlichsten Wegen zur selben Überzeugung gekommen sind: Die Stadt lebt in einer gigantischen Täuschung, und sie wollen das ändern. Doch wie?

„Wenn wir alle Filter auf einmal abschalten, wird es pures Chaos geben, wie bei unserem Test, nur um ein Vielfaches stärker", sagt Amina. Sie steht an einem kleinen Holztisch, auf dem ein antikes Lesepult befestigt ist. Ihre Augen sind hart, aber nicht kalt. Sie weiß, dass die Enthüllung weh tun wird. „Die Leute sind nicht bereit dafür. Wir riskieren Massenpanik, Gewalt, Zusammenbrüche."

Tariq, der unruhig an der Wand lehnt, ballt die Hände zu Fäusten. Er wirkt frustriert, fast zornig. „Aber jedes Warten stärkt doch nur die Eliten. Je länger wir zögern, desto besser rüsten sie sich gegen uns. Wir müssen so schnell wie möglich handeln! Soll die Lüge weiterwuchern?" Er ist emotional, seine Stimme etwas zu laut. Amina wirft ihm einen warnenden Blick zu. Es könnte sein, dass selbst diese versteckte Bibliothek belauscht wird.

Leyla sitzt auf einem schmalen Hocker, die Hände ineinander verschränkt, schaut erst Amina, dann Tariq an. „Wir brauchen einen kontrollierten Plan. Einfach alles offenzulegen, ohne Kontext, führt zu Chaos. Die Leute müssen verstehen, dass sie betrogen wurden, bevor wir ihnen den Betrug nehmen. Sonst bleiben sie an den Trost der Illusionen geklammert." Ihre Stimme klingt ruhiger, als sie sich fühlt. Innen tobt ein moralisches Dilemma. Sie will die Wahrheit zeigen, aber sie fürchtet die Folgen. Ist es nicht auch eine moralische Verantwortung, den Schock abzufedern?

Amina nickt, legt einen alten Folianten beiseite, den sie scheinbar provisorisch inspiziert hat. „In ein paar Wochen findet dieses große kulturelle Festival statt. Die AR-Infrastruktur wird dann massiv hochgefahren. Jeder bekommt beeindruckende Overlays, um die Kultur, die Vielfalt der Stadt zu feiern. Wenn wir genau dann eine Schwachstelle nutzen, ist die Wirkung maximal. Aber ist das gut oder schlecht?"

Leyla schnaubt leise, sarkastisch: „Die perfekte Bühne, um den Vorhang zu lüften, wenn alle zuschauen. Aber dann sind die Eliten auch besonders wachsam. Sie wissen, dass das Festival ein Schaufenster ihrer Kunst der Manipulation ist. Jeder könnte es sabotieren, also werden sie sicher besondere Sicherheitsprotokolle aktivieren."

Tariq wird ungeduldig: „Seht ihr nicht, dass wir vielleicht nicht noch weitere Wochen haben? Wer weiß, was bis dahin passiert. Der Architekt hat uns gewarnt, dass sie mit aller Macht zurückschlagen, sobald sie Verdacht schöpfen. Vielleicht wartet der perfekte Moment nie. Vielleicht müssen wir einfach zugreifen, wenn sich eine Gelegenheit ergibt."

Leyla blickt zu den Büchern. Alte, staubige Werke, voll von Geschichten, Fakten, unveränderten Erzählungen. Kein AR-Fälscher hat ihre Inhalte verschoben. Sie sind ein Symbol für unmanipulierte Geschichte, und doch kaum jemand liest sie mehr. Zwischen diesen Regalen spürt Leyla die Last ihrer Entscheidung. Ihr moralischer Kompass schreit nach Aufklärung, aber nicht um jeden Preis. Sie hat gesehen, wie Leute in Panik gerieten, als nur ein kleiner Ausschnitt der Wahrheit enthüllt wurde.

„Tariq, ich verstehe deine Ungeduld", sagt sie, und ihre Stimme ist sanft, aber bestimmt. „Aber ich habe live gesehen, was passiert, wenn wir unüberlegt handeln. Die Menschen wurden panisch, als die Filter kurz ausfielen. Ein totales Abschalten ohne Vorbereitung wird nur Verwirrung, Wut und aggressive Reaktionen auslösen. Wir würden unsere Glaubwürdigkeit verlieren, weil die Leute nicht kapieren, was los ist. Wir müssen ihnen vorab Hinweise geben, sie psychisch vorbereiten."

Tariq knirscht mit den Zähnen. „Hinweise? Wie denn? Die Eliten kontrollieren alle Informationskanäle! Wie sollen wir subtile Botschaften einfließen lassen, ohne zensiert zu werden?"

Amina hebt die Hand, als wolle sie die Spannung brechen. „Nicht alle Informationen laufen direkt über die AR-Kanäle. Es gibt alte Kommunikationsformen, analoge Flugblätter, Graffitis, die wir bewusst unverfälscht halten. Vielleicht können wir einige Gruppen im Vorfeld warnen, einzelne Viertel mit Botschaften erreichen, damit sie zweifeln, bevor wir den Vorhang lüften. Dann sind sie weniger schockiert, mehr empört und bereit, die Wahrheit anzuerkennen."

Leyla denkt an die Mural-Kunst, die unterdrückt wurde. Vielleicht kann man solche echten Kunstwerke gezielt hervorheben, an Orten, wo der Widerstand die Filter kurzfristig durchlässt. Wenn Leute schon vorher inkonsistente Bilder sehen, beginnen sie zu zweifeln. Dann ist der Schock, wenn alles offengelegt wird, nicht ganz so groß.

„Wir brauchen den richtigen Moment", sagt Leyla schließlich, das Wort wie ein Entschluss. „Das Festival könnte dieser Moment sein. Viele Menschen sind dann unterwegs, die AR-Systeme laufen auf Hochtouren, ihre Rechenzentren sind ausgelastet. Vielleicht gibt es dann Lücken für uns. Und wenn wir bis dahin Gerüchte streuen, kleine Anomalien erzeugen, dass Leute sich fragen: ‚Warum stimmt das Bild nicht?' – dann werden sie empfänglicher für die Wahrheit."

Ein langes Schweigen folgt. Tariq wirkt immer noch aufgebracht, aber Leyla kann sehen, dass er versucht, ihre Logik nachzuvollziehen. Amina mustert beide, ihr humorloser Blick wie ein Schiedsrichter in einem moralischen Spiel.

„Wir haben also noch ein paar Wochen Zeit", sagt Amina trocken. „Wir nutzen die Zeit, um mini-Anomalien einzufügen, aber ohne entdeckt zu werden. Leichte Risse in der Wahrnehmung, damit die Leute merken, dass nicht alles stimmt. Dann, beim Festival, schlagen wir zu. Aber wir müssen dann bereit sein, sofort solide Beweise vorzuzeigen, erklären, was passiert, sonst wird es als technischer Unfall abgetan."

Leyla nimmt einen tiefen Atemzug. Die Entscheidung ist gefallen: „Wir brauchen den richtigen Moment. Wir dürfen jetzt nicht hastig sein." Eine subtile Botschaft an Tariq, der am liebsten sofort herausplatzen würde. Sie versteht sein Gefühl, aber ihr moralisches Dilemma hat sich vertieft: Sie will der Stadt die Wahrheit schenken, aber nicht ins dunkle Chaos stürzen.

Tariq reibt sich die Stirn, seufzt dann kapitulierend. „Also gut. Wenn ihr meint. Aber versprich mir, Leyla, wir machen es wirklich. Kein endloses Zögern. Ich kann nicht ewig warten, während Eliten weiter lügen." Sein Ton ist verlangend, aber auch etwas fügsamer als zuvor.

Leyla nickt fest. „Wir machen es wirklich. Aber wir machen es so, dass es Wirkung zeigt, nicht einfach Panik. Wir nutzen diese Wochen, um still zu unterwandern. Dann, beim Festival, ein gezielter Schlag." Ihr Sarkasmus kommt kurz durch: „Ein Fest der Wahrheit, wenn du so willst."

Zwischen den alten Büchern wirft Amina einen Blick auf einen zerlesenen Band, ohne Titel am Rücken. Ein Symbol: Wissen, das nicht gelöscht wurde, weil es nicht digital war. „Manchmal denke ich, wir führen hier einen Krieg um die

Definition von Realität. Und um den zu gewinnen, brauchen wir Geduld."

Leyla stimmt zu. Geduld ist jetzt eine Tugend, auch wenn es wehtut, länger zu warten. Sie hat Angst, aber die Entschlossenheit wiegt schwerer. Ihre Angst ist kein Grund mehr, stillzustehen, sondern ein Antrieb, klug zu handeln.

Der Cliffhanger bleibt: Sie haben einen Plan, den richtigen Moment beim Festival. Doch die Eliten schlafen nicht. Sie werden die Sicherheitsmaßnahmen verstärken, und Leyla und ihre Verbündeten müssen erst kleine Risse ins Lügengebäude schlagen, ehe sie es einstürzen lassen. Ein Balanceakt.

Während sie das Hinterzimmer der alten Bibliothek verlassen, achtet Leyla darauf, dass niemand sie sieht. Draußen herrscht dieselbe misstrauische Ruhe wie immer. Drohnen? Vielleicht unsichtbar. Polizisten? Vielleicht an der nächsten Ecke. Sie sind vorsichtig.

Amina verschwindet zuerst, wie ein Schatten in der Nacht. Tariq geht in entgegengesetzte Richtung. Leyla tritt auf die Straße, versucht, in der Menge unterzutauchen. Ein paar Passanten, die ihre eigenen AR-Sichtweisen für bare Münze nehmen, streifen an ihr vorbei. Sie denken, sie sehen die echte Stadt. Leyla weiß es besser.

„Wir brauchen den richtigen Moment", hallt ihre eigene Stimme in ihrem Kopf nach. Ein Mantra, um nicht von Wut oder Ungeduld übermannt zu werden. Dieser Moment wird kommen, wenn das Festival die Aufmerksamkeit aller auf die AR-Kunst richtet. Dann können sie den Vorhang lüften. Dann werden die Menschen, vorbereitet durch subtile Zweifel, erkennen, dass die bunte Kulisse ein Trugbild ist.

Sie fühlt ihr Herz schlagen, während sie in Richtung ihrer Wohnung geht. Der moralische Kompass zeigt unverändert in Richtung Handlung, aber mit der Vorsicht, dass Informationen auch behutsam vermittelt werden müssen. Die alten Bücher, die echte Geschichte, haben sie daran erinnert, dass unverfälschte Information nicht nur ein Luxus ist, sondern ein Recht. Und um dieses Recht wiederherzustellen, braucht es Planung, Geduld und den richtigen Moment.

Mit dieser Überzeugung im Herzen tritt sie hinaus in die Nacht. Die Stadt ahnt nichts von den Plänen, die sie und ihre Verbündeten schmieden. Die Eliten sitzen bequem auf ihrem Thron, überzeugt, dass ihre Filter ewig halten. Doch Leyla hat gelernt, dass ein einziger gezielter Stoß eine Lawine lostreten kann – wenn man nur den perfekten Zeitpunkt kennt.

Ein Festival, ein schillerndes Ereignis im Kalender der Stadt, soll ihr Schlachtfeld werden. Noch zögert sie, ob sie auch Riven ins Boot holen soll, ob es nicht zu riskant ist. Aber diese Entscheidung kann sie vertagen. Schritt für Schritt, erst die leisen Zweifel säen, dann den Vorhang ziehen. Der Rest wird sich finden, sobald die Zeit reif ist.

KAPITEL 20

Leyla sitzt in ihrem Apartment, es ist später Abend. Vor ihr schweben die digitalisierten Baupläne der AR-Server, in die sie einst einen kurzen Blick bei der Arbeit erhaschen konnte. Eine abgespeicherte Kopie, die sie heimlich erstellt hat. Ihre Linsen sind auf Minimalbetrieb, um keine unnötigen Daten zu senden. Jede neue Sicherheitsmaßnahme der Firma hat sie noch wachsamer gemacht. Die Eliten riechen längst, dass etwas im Gange ist, auch wenn sie noch keine Namen haben. Sie verstärken Überwachung, verschärfen Zugriffsrechte, implementieren neue Protokolle – Leyla spürt die Zügel, die sich um sie legen, immer straffer.

Sie sitzt am Boden, den Rücken an die karge Wand gelehnt. Der Tisch mit ihren Tools und dem antiken Laptop ist nur eine Armlänge entfernt. Durch das Fenster leuchtet eine ferne Werbeanzeige, ein buntes AR-Poster, das wieder die perfekte, saubere Welt suggeriert. Ein idyllisches Stadtpanorama, strahlend, friedlich, so realistisch, dass die meisten glauben, es sei echt. Leyla schnaubt leise, ironisch: „Als ob", murmelt sie. Sie weiß, was für ein Zynismus dahintersteht. Diese perfekte Welt, die sie tagtäglich präsentiert bekommen, ist nur Fassade, sorgfältig komponiert von unsichtbaren Händen. Die Diskrepanz zwischen Schein und Sein treibt sie an, lässt sie nicht los.

Sie rollt die Schultern, versucht den Druck in ihrem Nacken zu lindern. Einsamkeit legt sich wie ein Gewicht auf ihre Brust. Ja, sie hat Amina, Tariq, den Architekten als entfernte Verbündete. Aber sie steht an vorderster Front. In der Firma, im Kern der Infrastruktur. Niemanden dort kann sie offen vertrauen. Riven? Zu riskant. Riven könnte ein potenzieller Verbündeter sein, doch was, wenn Riven sie verrät? Jeder Schritt ist ein Balanceakt.

Außerhalb ihres kleinen Kreises: Nichts als potenzielle Feinde oder Marionetten der Eliten. Diese Isolation macht sie entschlossener. Sie weiß, es gibt kein Zurück mehr. Entweder sie geht den ganzen Weg, setzt alles auf eine Karte, oder sie erstickt an der Lüge. Mit jedem Tag werden die Sicherheitsmaßnahmen strenger. Neue Protokolle analysieren das Benutzerverhalten der Angestellten. Wer ungewöhnliche Queries stellt, wer unregelmäßige Zugriffe unternimmt, fällt auf. Leyla muss ihre Hacks noch cleverer tarnen, ihre Neugier als banale Wartungsarbeiten maskieren.

Die Firma tauscht auch Teile der Hardware aus, installiert neue Gatekeeper-Filter, um unerlaubte Datenzugriffe zu verhindern. Leyla hatte gehofft, noch ein paar Wochen ungestört nach Schwachstellen suchen zu können, aber die Zeit verrinnt. Das Festival – ihr auserkorenes Datum für den großen Schlag – rückt näher. In ein paar Wochen wird die AR-Infrastruktur auf Maximum laufen, ein Schaulaufen der Perfektion. Ein perfekter Ort, um alle Filter für einen kurzen Moment zu stören, alle Masken fallen zu lassen. Aber um diesen Moment zu überstehen, muss sie vorbereitet sein.

Sie studiert die Pläne. Ein zentrales Knotensystem speist die Filterregeln an verschiedene AR-Knoten in der Stadt. Während des Festivals wird dieser Knoten maximal ausgelastet, da unzählige Sonderoverlays laufen. Wenn sie dort, in diesem Moment der Überlastung, ein gezieltes Störsignal einspielt, könnten die Filter kurzzeitig kollabieren. Ein paar Minuten ungefilterte Wahrheit für alle. Doch Leyla hat gesehen, wie die Menschen im kleinen Test reagiert haben – verwirrt, ängstlich. Diesmal müssen sie besser vorbereitet sein.

Amina und sie haben vereinbart, in den nächsten Tagen subtile Zweifel zu streuen, minimale Anomalien, die nicht als Sabotage auffallen, aber die Leute ins Grübeln bringen. Vielleicht ein Straßenabschnitt, der ab und zu flackert, ein

Overlay-Fehler in belebten Zonen, eine Botschaft, die kurz aufblinkt, bevor sie überschrieben wird. Nichts Großes, nur genug, um leisen Zweifel zu säen. Dann, wenn die Menschen beim Festival etwas misstrauischer sind, trifft sie der Moment der Enthüllung weniger unvorbereitet.

Tariq will am liebsten sofort loslegen, Flugblätter verteilen, ausrufen, dass die Stadt eine Lüge ist. Doch Leyla hat ihn überzeugt: das wäre zu direkt. Die Eliten würden ihn als Fanatiker dastehen lassen, indem sie seine Wahrnehmung noch aggressiver verzerren. Besser, er verbreitet vorsichtige Gerüchte unter Bekannten, fragt: „Hast du auch bemerkt, dass manchmal die Bilder verrücktspielen?" Ein Netzwerk leiser Zweifel, Stück für Stück.

In diesem stillen Apartment, während sie die Pläne studiert, denkt Leyla auch an Riven. Die Begegnung neulich lässt sie nicht los. Riven ist nicht blind. Riven bemerkte ihre Nervosität, bot Hilfe an. Ist das echte Hilfsbereitschaft oder eine Falle? Leyla kann nicht sicher sein. Ihr moralisches Dilemma spiegelt sich in Riven. Würde Riven, wenn er*sie die Wahrheit begreift, mit ihnen kämpfen oder sich an die Eliten verkaufen? Diese Frage bleibt offen, Leyla entscheidet, Riven vorerst außen vor zu lassen. Sie hat keine Zeit für Experimente.

Draußen, durch das Fenster, flackert die Werbeanzeige erneut, als passe sie sich an neue Zielgruppen an. Ein subtiler Wechsel der Farben, damit andere Betrachter ein anderes Bild sehen. Leyla weiß genau, dass neben ihr vielleicht ein Nachbar eine ganz andere Anzeige wahrnimmt, aggressiver, bedrohlicher oder einfach belangloser, je nach Profil. Diese Erkenntnis ist nun so vertraut wie atmen, doch sie regt immer noch ihren Zorn an.

Sie blickt auf die Uhranzeige in ihrer Linse. Noch ein paar Wochen bis zum Festival. Genug Zeit, um sich vorzubereiten, aber auch genug Zeit, dass die Eliten misstrauisch werden. Sie hat den Chip mit den Beweisen, Fragmente von Verträgen, Hinweise auf das geheime Gremium. Doch um das Gesamtbild zu präsentieren, muss sie den großen Enthüllungsmoment nutzen. Ein scharfer Stoß in die Magengrube der Eliten, wenn die gesamte Stadt für einige Minuten die ungefilterte Realität erlebt.

Leyla schließt die Pläne, lehnt den Kopf gegen die Wand. Einsamkeit pocht in ihrem Herzen. Ihr moralischer Kompass hat sie weit geführt, doch jetzt spürt sie die Verantwortung auf ihren Schultern. Millionen von Menschen leben in diesem kontrollierten Trugbild. Wenn sie die Wahrheit unvorsichtig offenlegt, kann sie hunderttausende verstören. Aber wenn sie es nie versucht, bleiben alle in der Lüge gefangen. Sie muss handeln, mit Fingerspitzengefühl.

Die Zeit der Naivität ist vorbei, ebenso die der bloßen Neugier. Ihr Entschluss steht fest: Am Tag des Festivals wird sie versuchen, die Filter kurz auszuschalten. Auch wenn es bedeutet, dass sie danach gejagt wird. Auch wenn es bedeutet, dass die Eliten zurückschlagen. Sie wird nicht mehr untätig bleiben. Und sie ist gewappnet, wenn auch mit zitternden Knien.

Die Firma erhöht ihre Wachsamkeit: Leyla hat es im Büro gespürt, neue Logins, mehrfache Authentifizierungen, zusätzliche Firewalls. Als Technikerin weiß sie, wie man unauffällige Hintertüren sucht, aber es wird härter. Sie muss einen Trick finden, um am Festivaltag Zugriff auf den Hauptknoten zu erhalten. Vielleicht ein scheinbares Update, eine inszenierte Störung. Sie wird etwas erfinden müssen, um in den heiligen Serverraum zu gelangen, ohne Argwohn zu wecken.

Ein kurzer Blick aus dem Fenster: Die Werbeanzeige zeigt nun eine idyllische Familienszene, lachende Menschen, perfekte Gesundheit, so als wäre das Leben in dieser Stadt ein permanenter Urlaub. Leyla verzieht das Gesicht. Sie wendet sich ab, legt die Pläne beiseite. Diese Diskrepanz ist wie ein ständiger Stachel. Das System gaukelt allen vor, dass sie im Paradies leben, während sie in Wirklichkeit in einem unsichtbaren Käfig stecken.

Sie spürt ihre Einsamkeit, aber mit dieser Einsamkeit kommt auch Entschlossenheit. Die Isolation hat ihren Willen gehärtet. Sie kann niemandem im Büro trauen, doch sie kann Amina, Tariq und dem Architekten vertrauen. Und das muss reichen. Zusammen bilden sie ein kleines, aber entschlossenes Team. Die Eliten mögen zahlreich sein, doch ein gut geplanter Schlag kann das Machtgefüge ins Wanken bringen.

Während sie ihre Gedanken ordnet, formt sich ein grober Plan: Vor dem Festival wird sie mit Amina noch einige minimale Störaktionen durchführen, um Zweifel zu säen. Tariq soll in seiner Community vorsichtig Gerüchte verbreiten. Der Architekt kann ihr weitere technische Hinweise geben, an welchen Knoten die AR-Infrastruktur am empfindlichsten ist. Und sie selbst wird am Festivaltag in der Firma versuchen, eine Lücke zu nutzen. Ein kurzer Ausfall der Filter, wenn alle Augen auf die spektakulären AR-Inszenierungen gerichtet sind. Dann fällt die Maske, und im selben Augenblick werden sie die unmanipulierten Beweise verbreiten, erklären, was wirklich läuft.

Eine gefährliche Choreografie, aber sie hat keine Wahl. Sie konnte die Verantwortung abschieben, aber ihr moralisches Gewissen lässt das nicht zu. Sie hat sich selbst versprochen, für die Wahrheit einzustehen, egal wie riskant es ist.

Ein letzter Blick auf die Uhr: Es ist spät. Sie hat genug geplant für heute. Morgen früh muss sie wieder ins Büro, einen auf unschuldig machen, ihre Arbeit erledigen, ohne dass jemand ihr Zittern bemerkt. Doch jetzt, mit diesem Entschluss, spürt sie seltsamerweise Ruhe. Sie weiß, wohin die Reise geht: In Richtung Showdown. Am Ende von Akt 2, wie in einem unsichtbaren Drehbuch ihres Lebens, hat sie ihre Entscheidung getroffen. Es ist Zeit, ins Finale überzugehen.

Bevor sie das Licht löscht, wirft sie einen letzten Blick aus dem Fenster. Die AR-Werbeanzeige strahlt noch immer Perfektion aus. Leyla lächelt sarkastisch. Bald wird dieses Perfektionsbild einen empfindlichen Riss bekommen. Sie hat den Schalter in der Hand, um den Vorhang vor aller Augen zu lüften. Den richtigen Moment wählt sie selbst.

Cliffhanger: Mit diesem Entschluss endet Akt 2. Die Leser wissen nun, dass Leyla eine feste Entscheidung getroffen hat: Am Tag des Festivals wird sie die Filter kurz ausschalten. Der Vorhang wird fallen, die Illusion enden. Ob die Stadt das verkraftet, ob die Eliten sie aufhalten, ob Riven zum Verbündeten oder Feind wird – all das ist noch ungewiss. Doch Leyla zögert nicht mehr. Sie hat ihren Weg gewählt, die Einsamkeit hat sie gestählt, die Verantwortung akzeptiert. Dem Showdown kann sie nicht entkommen.

KAPITEL 21

Leyla sitzt wieder einmal in ihrem Büro, den Blick scheinbar auf Routinearbeiten gerichtet. Doch in Wirklichkeit ist sie auf der Jagd nach Hinweisen, die ihre bisherigen Erkenntnisse bestätigen sollen. Dank Aminas Hilfsprogramme, die sie diskret in ihr System eingebunden hat, ist es ihr möglich, tiefer in die internen Datenströme einzudringen, ohne sofort Alarm auszulösen – so hofft sie jedenfalls. Während ihre Finger scheinbar harmlos über Eingabefelder gleiten, ruft sie versteckte Konsolen auf, tarnt Suchanfragen als Diagnoseroutinen, filtert durch verschlüsselte Verzeichnisse.

Die Firma hat die Sicherheitsmaßnahmen verstärkt, doch Leyla ist Technikerin. Sie versteht das System, erkennt die Muster in den Logfiles. Hier ein neuer Filter, dort ein verschärfter Zugriffsschutz. Doch sie ist vorbereitet. Amina hat ihr Tools gegeben, die ihre Queries in harmlos wirkende Befehle kodieren. Jede Aktion tarnt sich als normale Wartung. Leyla lehnt sich zurück, als hätte sie einen Krampf im Nacken, in Wirklichkeit studiert sie nun interne Mails und Protokolle, die hinter strengen Verschlüsselungsschichten lagen.

Es dauert eine Weile, bis sie auf etwas wirklich Brauchbares stößt. Viele Dateien sind uninteressant oder oberflächlich, reine Verwaltungsroutinen. Doch dann stößt sie auf ein Verzeichnis mit ungewöhnlichen Namen: „Coord_Protocols“, „InfluenceOps“, „HarmCtrl“. Sie wagt einen Versuch und öffnet „InfluenceOps“. Aminas Tool zeigt grün, kein direkter Alarm. Gut.

Was sie liest, treibt ihr die Zornesröte ins Gesicht: interne Memos zwischen Führungskräften, in denen sie offen darüber sprechen, wie bestimmte Overlays angepasst werden, um politische Stimmungen zu beeinflussen. Da ist die Rede von gezielter Filterung vor Wahlen, um bestimmte Parteien vorteilhaft oder andere als bedrohlich erscheinen zu lassen. Es werden Strategien diskutiert, wie man einzelnen Interessengruppen falsche Feindbilder zeigt, um sie von Kooperationen mit anderen Gruppen abzuhalten.

Leyla schluckt hart. Es ist noch schlimmer, als sie dachte. Nicht nur irgendein Machtspiel, sondern ein systematischer Plan, ein „Masterplan", wie sie in einer Mail lesen kann. Das Wort fällt ihr ins Auge: „Masterplan zur stabilen gesellschaftlichen Gestaltung". Ein euphemistischer Ausdruck für Manipulation. Die Mails verweisen auf ein geheim abgestimmtes Vorgehen zwischen Regierungen, Sicherheitsbehörden und Konzernen. Die Eliten sind eng verzahnt, ziehen an denselben Fäden. Kein Wunder, dass bisher jeder Protest leise im Sande verlief oder ins Leere lief. Die Filter lassen manche Proteste gar nicht erst sichtbar werden, andere Gruppen bekommen falsche Informationen, um Solidarität zu verhindern.

Leyla atmet flach, ihre Hände schwitzen. Sie liest von Konferenzen, die hinter verschlossenen Türen stattfanden. Namen werden selten genannt, aber Kürzel wie „HC-Exec", „GovRep7", „SecChiefX" tauchen auf, eindeutig Verantwortliche aus Wirtschaft, Regierung und Sicherheitsapparat. Sie haben ein Interesse daran, Stabilität zu wahren – aber auf Kosten der Freiheit und Wahrheit. Jede kritische Gruppe bekommt angepasste Overlays, um sie gefügig oder ohnmächtig zu machen.

„Das ist gigantisch", denkt Leyla, „eine Maschine der Lenkung, geschickt maskiert als technischer Fortschritt." Ihre

Wut wächst, aber auch ein Gefühl von Resignation kriecht hoch. Was kann ein einzelner Mensch gegen ein so perfekt organisiertes, über Jahre verfeinertes System ausrichten? Selbst mit Amina, Tariq und dem Architekten an ihrer Seite ist es wie David gegen Goliath.

Aber sie erinnert sich an ihren Plan, an den Festival-Tag, an die Möglichkeit, für kurze Zeit die Filter lahmzulegen und die Stadt die rohe Wahrheit sehen zu lassen. Vielleicht, wenn alle gleichzeitig erkennen, dass sie betrogen wurden, wenn sie unverfälschte Beweise sehen, kann die öffentliche Meinung kippen. Dann wären die Eliten gezwungen, sich zu erklären. Vielleicht ist das die einzige Chance, ein Riss in der mächtigen Pyramide der Kontrolle.

Sie scrollt weiter. Eine Datei namens „Cultural_Fest_Prep" fällt ihr ins Auge. Interessiert öffnet sie sie. Die Inhalte sind beunruhigend: Während des bevorstehenden Kulturfestivals soll die AR-Infrastruktur massiv hochgefahren werden. Nicht nur als hübsche Kulisse, sondern auch, um kritische Gruppen noch stärker zu isolieren. Durch besondere Overlays – subtil, aber effektiv – sollen bestimmte Viertel bedrohlicher wirken, um Missstände zu vertuschen, oder einzelne Bevölkerungsgruppen in endlose Schleifen von Ablenkung stürzen. Gleichzeitig wird man privilegierten Schichten noch schönere, optimistischere Bilder liefern, damit sie jede Kritik als lächerlich empfinden.

Leyla sieht Schaubilder, die eine Pyramide zeigen, ganz ähnlich der, die sie schon einmal gesehen hat. Eine Hierarchie, an deren Spitze dieses Gremium steht. Von dort fließen Anweisungen nach unten: welche Gruppen wie beeinflusst werden, welche Feindbilder eingestreut, welche realen Ereignisse versteckt. Dieses Schaubild ist ein

Symbol für das hierarchisch gestützte Lügengebäude. Oben ein paar Wenige, die wissen, was sie tun. Unten die Massen, die glauben, die AR-Welt sei echt.

Ein digitaler Kloß steckt in Leylas Kehle. Die Dimensionen sind gewaltig. Nicht nur ihre Stadt, vielleicht mehrere Städte, ganze Regionen sind im Griff dieses Systems. Ihr moralischer Kompass zittert, aber findet sogleich Haltung: Diese Missstände sind kein Grund, aufzugeben. Im Gegenteil, gerade weil es so groß ist, muss sie handeln. Wenn niemand es versucht, bleibt alles beim Alten.

Sie kopiert sorgfältig einige dieser Dateien, verschlüsselt sie mit Aminas Tools. Sie muss diese Beweise sichern. Mit zitternden Fingern schließt sie die gefährlichen Verzeichnisse, löscht Spuren, wechselt zurück zu harmlosen Diagnose-Protokollen. Ein Kollege kommt vorbei, fragt etwas Banales zu einem Server-Update. Leyla antwortet mechanisch, als wäre nichts. Ihr Herz schlägt wie verrückt. Sie hat gerade Feuer gespielt, aber es scheint, als sei kein Alarm losgegangen. Noch nicht.

Während der restliche Arbeitstag vergeht, kann Leyla kaum klar denken. Ihre Wut mischt sich mit Resignation. Der Feind ist so mächtig, so gut organisiert. Was kann sie tun, außer diesen einen großen Enthüllungsmoment schaffen? Aber sie erinnert sich, dass jede Kette an einem schwachen Glied brechen kann. Das Festival, die Überlastung, die vorbereiteten Zweifel, die Koordination mit Amina und Tariq – all das ist ihr Plan, ihr Weg, ein schwaches Glied zu finden.

Nach Feierabend kehrt sie heim, nicht ohne sich mehrmals umzuschauen, ob ihr jemand folgt. Die Drohnen sind stets ein mögliches Auge des Systems. Aber diesmal sieht alles normal aus. Vielleicht glaubt das System noch, es sei nur ein Zufall, dass sie tiefer in die Dateien geschaut hat. Oder es sammelt Beweise gegen sie, um im letzten Moment zuzuschlagen. Leyla weiß es nicht, aber die Unsicherheit verleiht ihrem Entschluss Schärfe. Sie muss vor ihnen zuschlagen.

Zuhause betrachtet sie durchs Fenster wieder die idyllische Werbeanzeige. Diesmal zeigt es ein sorgloses Stadtleben, lachende Kinder, bunte Ballons. Wie ein hohler Traum, in dem niemand je leidet. Sie weiß jetzt, dass im Hintergrund schon Pläne laufen, kritische Gruppen während des Festivals besonders zu isolieren, sie in noch bedrohlichere Overlays zu hüllen, damit sie sich nie formieren. Während die Privilegierten nur Jubel und Harmonie sehen werden, ertrinken andere in Angst und Verzweiflung. Eine gespaltene Gesellschaft, gesteuert von unsichtbaren Händen.

Dieses Bewusstsein treibt sie an. Sie ist alleine in ihrer Wohnung, kein vertrautes Gesicht in Reichweite. Der Architekt kann ihr technische Tipps geben, Amina Hacking-Tools, Tariq Gerüchte verbreiten. Aber in diesem Moment ist Leyla allein mit ihrem moralischen Druck. Sie spürt, dass sie keine andere Wahl hat, als das Risiko einzugehen. Angst ist da, aber sie transzendiert sie: Ein Mensch kann viel bewirken, wenn er an der richtigen Stellschraube dreht.

Sie breitet ihre Notizen aus, die Codeschnipsel, die Beweise. Einigermaßen versteckt hinter harmlosen Dateinamen, offline auf dem antiken Laptop. Sie hat jetzt eindeutige Hinweise auf die Verstrickung von Regierung, Sicherheitsbehörden und Konzernen. Auch wenn sie keine echten Namen hat, die Codes, Kürzel und internen Memos sind Belege genug, um einen Sturm der Empörung auszulösen, wenn gleichzeitig das gesamte Schwindelgebäude sichtbar wird.

Ihre Wut verfestigt sich, wird zu einem ruhigen, klaren Hass auf diese Eliten, die glauben, sie könnten die Realität nach Belieben formen. Ihre Resignation verwandelt sich in Trotz: Sie ist vielleicht ein einzelner Mensch, aber ein entschlossener Mensch, der zur richtigen Zeit am richtigen Ort handeln kann. Mit etwas Glück kann sie ein Erdbeben auslösen, das die Pyramide der Lügen zum Wanken bringt.

Sie fährt mit dem Finger über einen kleinen Notizzettel – echtes Papier, ihr Anker in einer digital verschleierten Welt. Darauf hat sie Daten und Uhrzeiten des Festivals vermerkt, technische Knotenpunkte, die sie anvisieren will. Sie murmelt leise: „Eine Woche vor dem Festival beginnen wir mit den kleinen Rissen, dann steigern wir die Zweifel, und wenn alle zuschauen, ziehen wir den Stecker." Ihre Stimme klingt, als spreche sie mit sich selbst, aber das hilft ihr, die Angst zu bannen.

Am Ende dieses Tages hat sie einen klaren Plan. Sie wird am Tag des Festivals versuchen, die Filter kurz auszuschalten. Das ist der Moment, in dem sie die Welt ohne Maske präsentieren. Sie wird die Beweise irgendwo verbreiten – über die Kanäle, die Amina findet, über Tariqs Leute, vielleicht sogar über ein paar alte Holomodule, die Leute auf der Straße verteilen können. Ein chaotischer Ansatz, aber besser als nichts. Hauptsache, die Informationen sickern durch.

In diesem Entschluss findet sie seltsame Ruhe. Auch wenn die Firma aufrüstet, die Protokolle verschärft, kann sie jetzt nicht mehr umkehren. Sie hat zu viel gesehen, weiß zu viel. Die Isolation schmerzt, aber sie akzeptiert sie. Wenn man eine Lüge dieser Größe stürzen will, muss man mit Einsamkeit rechnen. Und vielleicht, wenn alles vorbei ist, muss sie untertauchen wie der Architekt, ein Leben im Schatten führen. Aber lieber ein Leben in Wahrheit als ein bequemes in Lügen.

Ein letzter Blick durchs Fenster. Die Werbeanzeige hat das Motiv gewechselt, diesmal ein idyllisches Abendessen unter Freunden, alle lachend, ohne Sorgen. Leyla schüttelt den Kopf, ein sarkastisches Lächeln auf den Lippen: „Genießt euren Fake-Frieden, solange ihr könnt." Bald wird dieser Frieden zerspringen. Und wenn sie Glück hat, werden die Menschen verstehen, dass echter Friede nur auf Wahrheit bauen kann, nicht auf perfekt ausgesteuerten Illusionen.

Sie speichert ihre Daten an mehreren Orten, verschlüsselt alles nochmals. Sie kann nicht vorsichtig genug sein. Dann setzt sie sich auf ihr Bett, die Hände verschränkt. Der Tag war lang, der Druck hoch, aber sie hat Fortschritte gemacht. Sie weiß nun endgültig, dass ein Masterplan besteht, ein verzweigtes Netzwerk zwischen Regierung, Sicherheitsbehörden und Konzernen. Es ist kein Zufall, dass alle leise an einem Strang ziehen.

Der Cliffhanger kommt mit den Gedanken an die „Maßnahmen" während des Festivals. Sie haben einen ganz konkreten Feind vor Augen: Diese namenlosen Entscheider, die kritische Gruppen während des Festivals noch stärker isolieren wollen. Die Zeit drängt. Sie muss schneller arbeiten, die Zweifel säen, den Schlag vorbereiten. Jeder Tag, den sie wartet, erhöht die Gefahr, entdeckt zu werden, aber unüberlegt loszustürmen wäre fatal.

Mit festem Entschluss schaltet sie das Licht aus, liegt im Dunkeln, nur ihre Gedanken als Gesellschaft. Das Ende von Akt 2 hat sie bereits hinter sich gelassen, nun geht es geradewegs auf den Showdown zu. Die nächste Phase beginnt, mit einer klaren Mission:

Am Festival-Tag wird sie handeln, der Welt zeigen, dass die versprochene Harmonie auf Lügen basiert. Nichts kann sie jetzt noch umstimmen, die Würfel sind gefallen.

KAPITEL 22

Leyla wartet in einem alten Lagerraum, versteckt hinter ein paar stapelbaren Kisten, die vergessen wirken. Ein unauffälliger Treffpunkt, diesmal kein extravagantes Versteck, sondern ein banaler Ort, um ein vertrauliches Gespräch zu führen. Sie hat sich mit ihrem Kollegen, ihrem möglichen Love Interest – Riven – verabredet. Die Person, die ihr im Büro bereits angedeutet hatte, dass *sie mehr weiß, als* sie zugibt. Leyla ist angespannt, sarkastisch zu sich selbst: „Na, Leyla, was hast du diesmal zu verlieren? Vielleicht nur deine gesamte Tarnung."

Die Umstände sind riskant. Die Firma hat die Sicherheitsmaßnahmen verschärft, überall strengere Zugriffsbeschränkungen. Jeder Schritt könnte überwacht sein, Drohnen und Polizisten sind wachsamer. Riven ist spät dran. Leyla fühlt, wie ihre Nerven vibrieren. Sie denkt daran, dass sie jetzt sicher überwacht wird, aber hofft, dass dieses Lagerhaus von den Eliten als unwichtig gilt. Ein Ort, an dem es nichts aufzuhübschen gibt und damit vielleicht nicht im Fokus steht.

Dann raschelt es an der Tür. Riven tritt ein, schweigt einen Moment, als würde er*sie sich vergewissern, dass sie wirklich allein sind. Leyla hält den Atem an, dann macht sie einen Schritt aus ihrem Versteck, zeigt sich. Riven sieht sie an, die Augen ernst, keine spielerische Miene. Die sonst so höfliche, reservierte Aura ist da, aber Leyla spürt auch Spannung.

„Danke, dass du gekommen bist", sagt Leyla leise. Ihre Stimme klingt fast zu normal, als würde sie über alltägliche Arbeitsprobleme reden. Doch beide wissen, es geht um mehr. Um die Wahrheit hinter den Filtern, um die Zukunft der Stadt.

Riven nickt, kommt näher, hält aber Abstand, etwa eine Armlänge. „Ich habe bemerkt, dass du nervös warst, ungewöhnliche Abfragen im System gemacht hast", beginnt Riven sachlich, aber leise. „Ich weiß, dass es seit Langem geheime Absprachen gibt. Die Firma ist Teil eines größeren Netzes. Aber glaub mir, Leyla, es ist nicht alles böse. Wir bewahren die Gesellschaft vor Chaos."

Leyla verzieht das Gesicht, sarkastisch: „Sicher, lieber kontrollierte Illusion als grenzenloser Konflikt. Ist das die Ausrede, die sie euch geben?" Sie ist enttäuscht, hatte insgeheim gehofft, dass Riven offener für ihre Perspektive ist. Doch Riven scheint genau diese offizielle Rechtfertigung zu übernehmen.

Riven hebt die Hände, beschwichtigend: „Hör zu, ich verstehe, dass es manipulierend wirkt. Aber stell dir vor, was passieren würde, wenn alle alles wissen würden, ungefiltert. Glaubst du, es gäbe Verständnis, Einigung? Nein, es gäbe Hass, Rivalitäten, offene Gewalt. Die Filter sorgen für Stabilität. Du musst zugeben, es funktioniert. Die Stadt lebt relativ friedlich."

Leyla spürt Wut in ihrer Brust aufsteigen. „Friedlich? Ich habe gesehen, wie diese Filter gezielt Angst schüren, Feindbilder erschaffen, Leute isolieren. Das ist kein Frieden, das ist ein Zustand künstlicher Lähmung. Und du nennst das Stabilität?"

Riven blinzelt, scheint erschüttert von Leylas Leidenschaft. „Wir... wir glauben, dass die Menschen ohne diese AR-Kontrolle ins bodenlose Chaos stürzen würden. Die Stadt ist zu groß, zu komplex, die Interessen zu verschieden. Ohne Lenkung würden Hass und Vorurteile offen ausbrechen. So halten wir alle unter einem sanften, geordneten Schleier."

Leyla lacht trocken, ohne Freude: „Sanft? Erkläre das den Leuten, die aggressiven Overlays ausgesetzt sind, damit sie nie aus ihrem Elend herausfinden, oder denjenigen, denen man alle Proteste aus der Geschichte getilgt hat. Die glauben jetzt, sie leben in einer perfekten Welt, obwohl sie nur von Lügen umgeben sind. Du nennst das einen Dienst an der Gesellschaft?"

Riven senkt den Blick, wirkt bedrückt: „Es ist ein Kompromiss. Wir dachten, ein bisschen Lenkung ist besser als unkontrollierter Hass. Ich wusste, dass es Manipulation ist, aber ich glaubte, sie sei zum Schutz aller." Ein leiser Seufzer entrinnt Riven. Vielleicht zweifelt er*sie doch?

Leyla kann Mitleid empfinden. Nicht alle Antagonisten sind sadistische Puppenspieler. Einige glauben ehrlich, sie würden die Welt vor Schlimmerem bewahren. Doch für Leyla ist diese Ausrede nicht mehr tragbar. „Du sagst, es ist besser so. Aber wessen Stabilität ist das? Die der Eliten, die alles kontrollieren, die entscheiden, wer was sieht, wer welche Wahrheit bekommt? Das ist kein Schutz, sondern Unterdrückung im Samthandschuh."

Riven hebt den Kopf, blickt Leyla direkt an. Da ist Sorge in diesen Augen. „Leyla, hör zu. Du kannst diesen Weg verlassen. Ich weiß, du stellst Fragen, du schürst Verdacht. Wenn du jetzt damit aufhörst, kann ich dich decken. Ich kann sagen, es waren Fehlversuche beim Debuggen, dann ist es vergessen. Du kannst deine Karriere normal weiterführen, ohne dich selbst zu gefährden."

Leyla spürt, wie ihr Herz schmerzt. Riven bietet ihr an, alles zu vergessen, schweigend weiterzumachen, als wäre nichts. Das ist die freundliche Falle der Eliten – Schweigen und Gehorsam. Sicherheit im Austausch gegen moralische Blindheit. Und Riven meint es wahrscheinlich nicht mal bösartig, eher als Rettungsangebot für Leyla. Aber Leyla kann nicht mehr umkehren.

Sie schüttelt den Kopf, ihre Stimme hart: „Du verstehst es nicht, Riven. Ich kann nicht so tun, als wüsste ich nichts. Ich habe Beweise gesehen, habe mit Menschen gesprochen, die unter der Täuschung leiden. Diese Stadt könnte ohne die Filter vielleicht turbulenter sein, aber wenigstens ehrlich. Wir sind doch keine Kinder, denen man Märchen erzählen muss. Die Leute verdienen die Wahrheit."

Riven verzieht das Gesicht, als würde Leylas Entschlossenheit schmerzen. „Wenn du weitermachst, Leyla, riskierst du alles. Die Eliten dulden keine Aufwiegler. Sie werden dich diffamieren, verfolgen, dich als verrückt oder gefährlich darstellen." Ein Hauch von Angst zittert in Rivens Stimme. „Ich will nicht, dass du untergehst."

Leyla senkt kurz den Blick. Sie empfindet so etwas wie Zuneigung zu Riven, er*sie scheint sich um sie zu sorgen. Doch diese Sorge basiert auf der Annahme, dass das System besser ist als Anarchie. Leyla aber weiß, dass die manipulierte Harmonie nur ein fauler Frieden ist. „Danke für dein Angebot, aber nein. Ich werde nicht schweigen. Ich habe mich entschieden, am Tag des Festivals zu handeln." Ihre Stimme ist ruhig, aber fest. Ein Moment des Abschieds von Rivens vermeintlicher Sicherheit.

Riven hebt die Schultern, unglücklich: „Du wirst dich in große Gefahr begeben. Was hoffst du zu erreichen? Ein Moment ungefilterter Wahrheit, und dann? Die Leute werden schockiert sein, es könnte Unruhen geben, noch schlimmer als du glaubst." Riven klingt fast flehentlich, als wollte er*sie Leyla von einem Selbstmordkommando abbringen.

Leyla lacht bitter. „Unruhen? Vielleicht. Aber das ist der Preis für Ehrlichkeit. Wenn man ewig in einer Lüge lebt, ist der erste Atemzug echter Luft immer ein Schock. Ich kann nicht garantieren, dass alles glatt läuft. Aber weiterlügen ist noch schlimmer."

Riven schweigt. Ein halbes AR-Friedenssymbol flackert an der Wand – irgendein Restoverlay, das nicht ganz blockiert ist. Ein Symbol der offiziellen Propaganda: „Frieden durch Täuschung." Leyla sieht es nun nur noch als zynisches

Emblem, eine Karrikatur echten Friedens. Sie weiß nicht, ob Riven es auch sieht oder anders interpretiert.

Nach einer langen Stille spricht Riven leise: „Dann kann ich dir nicht helfen. Ich kann dich nur warnen. Wenn du gegen das System vorgehst, wirst du Feinde haben, mächtige Feinde. Ich hoffe, du weißt, worauf du dich einlässt."

Leyla atmet durch, die Einsamkeit kriecht noch tiefer in ihre Knochen. Riven wird sie nicht unterstützen. Er*sie bleibt loyal zur Idee, dass das System notwendig ist. Kein unerwarteter Verbündeter heute, nur eine traurige Bestätigung, dass sie auf sich gestellt ist. Sie nickt knapp: „Ich weiß es. Aber wenn ich es nicht tue, kann ich nicht mehr in den Spiegel schauen."

Riven schaut sie lange an, Schmerz und vielleicht auch ein Rest von Sympathie in den Augen. Dann sagt er*sie: „Ich werde versuchen, dich nicht aktiv zu verraten. Aber erwarte nicht, dass ich deine Aktionen decke, wenn die Chefs nachfragen. Ich kann nur so tun, als wüsste ich nichts. Mehr kann ich nicht."

Leyla versteht. Riven wird sie nicht verpfeifen, solange es geht, aber es ist kein Bündnis. Es ist ein Abschied von der Möglichkeit, gemeinsam zu kämpfen. Sie fühlt Enttäuschung, aber nicht Überraschung. Sie lehnt Riven's Angebot ab, alles zu vergessen. Ihr moralischer Kompass gibt keine Kompromisse mehr. Sie ist enttäuscht, aber entschlossen.

„Ich verstehe", sagt Leyla, ihre Stimme fast tonlos. „Danke für deine Ehrlichkeit. Dann gehen wir jetzt besser auseinander, bevor uns jemand zusammen sieht." Ihre Worte sind nüchtern, aber in ihrem Inneren tobt ein Sturm aus Wut,

Enttäuschung und einer Spur Trauer. Es hätte etwas sein können, doch Riven's Zweifel reichen nicht bis zur Rebellion.

Riven nickt, dreht sich um, geht zur Tür. Ein letzter Blick zurück, als wolle er*sie etwas sagen, doch die Worte bleiben aus. Dann ist Riven weg, und Leyla steht allein im leeren Lagerraum, das halbe Friedenssymbol flackert kurz auf, als spöttischer Kommentator der Szene, dann verschwindet es. AR-Reste, ein ironisches Echo.

Leyla atmet zitternd aus. Sie hat jetzt Gewissheit: Riven kennt die Wahrheit, hat Zweifel, aber glaubt an die Notwendigkeit der Täuschung. Ein Argument, das Leyla nicht mehr akzeptieren kann. Sie ist nun endgültig isoliert, keiner ihrer Kollegen hilft ihr. Die Firma ist ein feindliches Terrain, wo jeder Schritt ihre Enttarnung bedeuten kann.

Der Cliffhanger ist da: Leyla hat eine Chance vertan, einen Verbündeten im System anzuwerben. Stattdessen lehnt sie ab, bleibt bei ihrem Plan. Ihr moralisches Urteil ist endgültig: Man kann keinen echten Frieden auf Lügen bauen. Sie wird die Wahrheit enthüllen, egal wie groß die Gefahr. Mit dem Entschluss, beim Festival den entscheidenden Schlag zu führen, verlässt sie den Hinterraum, wieder einsam, aber ungebrochen.

Draußen weht ein kühler Wind, während sie in die Nacht taucht. Sie fühlt Angst, aber auch eine seltsame Klarheit. Der Weg ist gefährlich, aber sie kann nicht mehr zurück. Sie ist jetzt im finalen Akt ihres Kampfes, und sie wird bis zum Ende gehen.

KAPITEL 23

Leyla ist unterwegs zu einem weiteren geheimen Treffen mit Amina. Sie hat den Ort erst vor wenigen Stunden erfahren, eine möglichst zufällige Ecke am Stadtrand, die nicht unter ständiger AR-Beobachtung steht – hofft sie jedenfalls. Ihr Herz schlägt schnell. Nach dem letzten Gespräch mit Riven weiß sie, dass sie im System niemandem wirklich trauen kann. Die Eliten haben ihre Sensoren überall, ziehen die Zügel an. Jeder Tag, an dem sie noch frei agieren kann, ist ein Geschenk. Aber Geschenke sind selten in dieser Stadt, in der jede Geste, jeder Blick gefiltert ist.

Die Gassen, durch die sie sich bewegt, sind unspektakulär. Verwaschene Fassaden, ein paar halbleere Werbetafeln, deren AR-Overlays hier kaum gepflegt werden. Immer wenn Leyla nach oben schaut, sieht sie in der Ferne Drohnen schwirren oder spürt einfach nur die Ahnung ihrer Präsenz. Die Luft ist lau, doch sie fühlt eine innere Kälte. Sie trägt die Linsen auf minimalem Niveau, will so wenig Datenverkehr wie möglich erzeugen, keine unnötigen Aufmerksamkeitspunkte.

Sie soll Amina in einem kleinen Hinterraum eines alten Lagerkomplexes treffen. Ein Treffen, das wichtig ist, um die nächste Etappe ihres Plans abzustimmen. Das Festival rückt näher, die Zeit verrinnt. Doch sie spürt, wie die Schlinge sich zuzieht. Die Firma hat ihre Spur vielleicht schon aufgenommen, mit Riven hat sie kein Bündnis schmieden können, und die Sicherheitsleute haben überall die Augen offen.

Dann, gerade, als sie eine unscheinbare Kreuzung passieren will, tauchen zwei Sicherheitsbeamte aus dem

Schatten auf. Offiziell sind sie in dieser Gegend selten präsent – zu wenig von Wert, denken viele. Aber jetzt stehen sie da, als hätten sie auf jemanden gewartet. Leylas Herzschlag stockt. Die Uniformen sind AR-optimiert, ihre Helme mit Visieren versehen, die in Leylas Wahrnehmung bedrohlich schimmern. Sie weiß, dass andere Personen diese Beamten vielleicht als hilfsbereite Ordnungswächter sehen würden. Für Leyla sind sie eine Mahnung: Die uniformierte Wahrnehmung ist nur eine weitere Maske, ein weiterer Filter.

Die Beamten treten vor, versperren ihr den Weg. „Guten Abend, Routinekontrolle", sagt der eine, seine Stimme fast neutral, doch Leyla hört einen scharfen Unterton heraus. Wie ein Test, ob sie nervös wird. „Dürfen wir um Ihren I-dent-Scan bitten?" fragt er. Leyla nickt brav, zieht ihre offizielle Firmen-Identifikation hervor, die Linsen projizieren es als standardisiertes Hologramm. Äußerlich ruhig, innerlich zitternd.

„Haben Sie etwas zu verbergen?" fragt der zweite Beamte scheinbar beiläufig. Ein harmloser Satz, aber Leyla merkt, wie sein Vokabular darauf abzielt, sie aus der Reserve zu locken. Sie antwortet sarkastisch in ihrem Kopf: „Nur die Wahrheit über euer ganzes Lügengerüst", aber sagt laut mit gespielter Gelassenheit: „Natürlich nicht. Bin nur auf dem Heimweg. Späte Schicht heute." Ihre Stimme klingt glaubwürdiger, als sie erwartet. Sie lügt überzeugend, gibt sich gelassen, obwohl in ihrem Innern Panik sirrt.

Die Beamten mustern sie, lassen die AR-Scanner ihre ID prüfen. Leyla ahnt, dass die Scanner mehr analysieren: ihre Pupillen, ihre Körpersprache, jede Muskelzuckung. Sie hat gelesen, dass die Sicherheitsbehörden Overlays nutzen, um mikroskopische Stresssignale auszuwerten. Kein Wunder, dass so wenige Leute sich gegen das System auflehnen – man kann ihre Nervosität sehen, bevor sie handeln.

Leyla zwingt sich, ruhig zu atmen. Sie stellt sich vor, dass sie nur ein harmloser Bauer in ihrem alltäglichen Trott ist. Wo war sie nochmal? Ach ja, abends unterwegs, nach der Arbeit, vielleicht ein kleiner Spaziergang. Nichts Auffälliges. Die Beamten nicken sich zu. Vielleicht haben sie keinen Grund, sie festzuhalten. Oder wollen sie sie einschüchtern?

„Hatten Sie in letzter Zeit ungewöhnliche Begegnungen oder technische Störungen?" fragt der erste Beamte, nur so, als wäre es Smalltalk. Doch Leyla weiß, sie suchen nach Verdächtigen, die in Manipulationen oder Hacks verwickelt sind. „Nein, nichts Besonderes", antwortet sie sachlich, zuckt mit den Schultern. „Unser System im Büro läuft rund, außer ein paar kleinen Fehlermeldungen, aber das ist normal bei den regelmäßigen Updates."

Sie macht es perfekt: eine Technikerin, die von ihrer Arbeit spricht, als sei sie banal und langweilig. Keine feindseligen Untertöne, kein Stottern. Innerlich lobt sie sich dafür, wie weit sie bereit ist zu gehen: Sie kann ruhig lügen, wenn es sein muss, um ihre Mission zu schützen.

Die Beamten schauen sie noch einige Sekunden an. Leyla hat das Gefühl, ihre Haut prickelt unter dem AR-Visier-Blick. Doch dann machen sie Platz. „Gut, gehen Sie weiter", sagt der erste, ohne weitere Erklärungen. Ein offizieller Grund, sie festzuhalten, scheint ihnen zu fehlen. Doch Leyla weiß, dass es mehr als eine Routinekontrolle war. Sie wurde unter die Lupe genommen, weil sie im Verdacht steht oder bald stehen könnte. Das System ist alarmiert, späht nach Lecks.

Leyla bedankt sich knapp, ein höfliches Nicken, dann geht sie weiter, ohne zu hastig zu wirken. Erst um die nächste Ecke beschleunigt sie ihren Schritt, will weg aus dem Sichtfeld dieser Beamten. Ihr Herz hämmert, als wäre sie gerade einem Tier entkommen, das sie packen wollte. Sie atmet flach, starrt kurz in den Nachthimmel, versucht, das Zittern in ihren Händen zu beruhigen.

Als sie in der abgelegenen Fabrikhalle ankommt, wo sie Amina treffen will, ist sie immer noch angespannt. Amina merkt es sofort, als Leyla durch einen schmalen Seiteneingang tritt. „Alles in Ordnung?" fragt Amina leise, die Augen wachsam. Leyla schüttelt den Kopf, versucht ein ironisches Lächeln: „Habe gerade eine ‚Routinekontrolle' überstanden. Ich bin im Visier, Amina. Sie testen mich, oder?"

Amina runzelt die Stirn. „Ich sagte doch, die Schlinge zieht sich zu. Wir müssen uns beeilen, aber bedacht. Hast du ihnen etwas verraten?" Leyla schnaubt: „Natürlich nicht. Ich habe gelogen, so lässig wie möglich. Aber ich spüre, dass ich nicht mehr lange unentdeckt bleibe. Wir müssen bald handeln, oder ich komme nicht weit."

Amina nickt knapp, keine Spur von Vorwürfen, eher Verständnis. Sie wissen, dass Leyla nun zum Risiko wird, aber auch zum wertvollsten Asset. Sie hat die Beweise, den Plan. Sie sind kurz vor dem Festival, der perfekte Moment naht. Nur noch ein wenig Zweifel säen, ein paar Risse in der Wahrnehmung. Dann, wenn alle Augen auf die imposanten AR-Kulissen gerichtet sind, ziehen sie den Stecker.

Während Leyla sich mit Amina abstimmt, denken beide an das, was Leyla gerade erlebt hat. Die Polizisten, ihre AR-Visiere. Auch sie sind nur Werkzeuge. Leyla versteht mehr denn je, dass selbst die Beamten Opfer der Manipulation sind. Sie folgen Befehlen, sehen, was sie sehen sollen. Ein falscher Filter, und du bist für sie ein Feind. Das ist keine stabile Gesellschaft, sondern ein Kartenhaus aus Angst und Lügen.

„Wir sind auf dem richtigen Weg", sagt Amina schließlich. „Wir haben die Beweise, du hast dein Zugriffswissen aus der Firma, Tariq arbeitet an seinem Netz von Gerüchten. Der Architekt gab uns Tipps zu den Kernsystemen. Wir sind bereit, den Vorhang vor aller Augen zu lüften. Aber sei vorsichtig, Leyla, es kann jederzeit ein neuer Verdacht auf dich fallen."

Leyla nickt. Sie fühlt sich zugleich mächtig und ohnmächtig. Mächtig, weil sie ein kleines Team hat, einen Plan, echte Daten. Ohnmächtig, weil die Eliten so allgegenwärtig sind, so subtil. Sie spürt ihre Furcht um die eigene Freiheit. Beim nächsten Mal halten die Beamten sie vielleicht nicht nur kurz an, sondern nehmen sie mit. Vielleicht wachen die Eliten auf und erkennen ihre Rolle im Widerstand. Dann ist es aus.

Doch diese Angst treibt sie nur an. Ihr moralisches Kompass ist unverändert: Sie muss es versuchen. Das Risiko ist enorm, aber nicht handeln wäre schlimmer. Sie wird bald vor der großen Entscheidung stehen: ob sie tatsächlich den Filterausfall initiiert, egal was kommt. Heute hat sie wieder bestätigt bekommen, dass sie auf dem Radar des Systems ist. Lange geht das nicht mehr gut, deshalb keine halben Sachen mehr.

Nach der Besprechung mit Amina verlässt sie die Fabrikhalle getrennt, um keine Spuren zu hinterlassen. Diesmal achtet sie noch mehr darauf, ob ihr jemand folgt. Jeder

Schritt fühlt sich an, als balanciere sie über einem Abgrund. Doch sie schafft es nach Hause, sicher, unbehelligt, zumindest diesmal.

In ihrer Wohnung angekommen, lehnt sie sich an die Wand, atmet aus. Sie zittert, erst jetzt erlaubt sie sich, die Furcht zu spüren, die sie während der Kontrolle unterdrückt hat. „Lange geht das nicht mehr gut", flüstert sie, und die Leere des Zimmers gibt ihr Echo. Kein AR-Komfort, kein freundlicher Hologrammassistent. Leyla hat sich längst von diesen Illusionen befreit. Sie lebt in der nüchternen Wirklichkeit, auch wenn sie härter ist.

Ein kurzer Blick nach draußen. Die Werbeanzeige ist weg, stattdessen flimmert ein anderes Motiv. Egal, es interessiert sie nicht mehr. Alles nur Theater, ein Milliardenspiel von Wahrnehmungen. Sie hat eine Rolle in diesem Stück gewählt: Die einer Regieassistentin, die im entscheidenden Moment die Kulisse einstürzen lässt.

Mit zitternden Fingern nimmt sie ein Glas Wasser. Sie denkt an Riven, an die Polizisten, an alle, die glauben, es gehe um Stabilität. Ist es nicht Ironie, dass jene, die sich für wohlmeinend halten, die Leute aus Angst vor Chaos belügen? Leyla ist überzeugt, dass Wahrheit zwar schmerzhaft ist, aber nötig. Sonst bleibt man ewig im Käfig, ohne es zu wissen.

Der Cliffhanger für diesen Tag: Leyla hat erfahren, dass sie im Auge des Systems ist. Die Beamten haben sie geprüft, wahrscheinlich eine Warnung der Eliten, dass sie die Fühler ausstrecken. Sie hat gelogen, um freizukommen, und ist dabei erstaunlich ruhig geblieben. Doch sie weiß, dass diese Taktik nicht ewig funktioniert. Bald wird ein offener Showdown kommen.

Ihr moralisches Dilemma ist entschärft: Sie hat sich entschieden, die Enthüllung beim Festival zu wagen. Jetzt muss sie nur noch die Vorbereitungen abschließen, ihre Zweifel säen, und dann den finalen Schritt gehen. Die Einsamkeit ist groß, aber sie hat keine Zeit, darüber nachzugrübeln. Der Kampf um die Wahrheit duldet kein Zaudern mehr.

So endet dieser Tag: Leyla, zitternd vor Angst, aber fester, denn je in ihrem Entschluss. Lange geht das nicht mehr gut – also besser bald handeln, bevor die Eliten ihr den Wind aus den Segeln nehmen. Die nächste Phase wartet. Sie ist bereit, so bereit man in einem ungleichen Kampf eben sein kann.

KAPITEL 24

Leyla steht in einer düsteren Halle, weit entfernt von den glänzenden Fassaden der Stadtmitte. Es ist ein Untergrundversteck, ein Ort, an dem die Widerständler sich zusammenfinden, um Informationen zu tauschen. Kein auffälliges AR, keine Kameras, die sie erkennen kann. Hinter Metallregalen, Kisten voller alter Geräte und staubiger Werkbänke hocken sie in Gruppen zusammen, leise murmelnd, gedämpfte Stimmen. Ein flackernder Scheinwerfer wirft schwaches Licht, genug, um ein Dutzend Gesichter zu erkennen – darunter Amina, Tariq und einige weitere, die Leyla noch nicht kennt.

Zwischen ihnen hängen an den Wänden alte Poster von Zeitungsartikeln, vergilbte Dokumente, ein Relikt aus einer Zeit, als Informationen nicht zentral gesteuert wurden. Leyla betrachtet sie, ihre Augen gleiten über Schlagzeilen in verblassender Druckerschwärze. Eine seltsame Hoffnung keimt in ihr auf: Diese Relikte sind Beweis dafür, dass es einmal eine Welt gab, in der man frei drucken und lesen konnte, ohne Filter. Ein moralischer Anker, der sie daran erinnert, dass unverfälschte Information möglich war und daher wieder möglich werden kann.

Amina tritt neben sie, deutet stumm auf einen grob zusammengezimmerten Tisch in der Hallenmitte. Dort liegen die neu gewonnenen Datenschnipsel aus Leylas riskanten Systemzugriffen: Memos, Protokolle, Dateien voller interner Richtlinien. Einige Fragmente hat der Architekt ergänzt, andere stammen von Aminas Hacks. Gemeinsam formen sie ein verstörendes Mosaik: Die Eliten orchestrieren ganze Weltbilder, nicht nur für diese Stadt, sondern auch für andere Metropolen, internationale Beziehungen, Wirtschaftsabkommen. Nichts ist lokal begrenzt, die Manipulation ist global. Filter nicht nur für Fassaden und Polizeiuniformen, sondern auch für die Wahrnehmung fremder Länder, entfernter Konflikte. Eine Welt, in der man nicht weiß, was jenseits des eigenen Viertels wirklich geschieht.

Tariq steht gegenüber, seine Miene dunkel. Er wirkt angespannt und wütend, knetet die Finger, als wolle er jede Sekunde auf die Straße rennen und schreien. Einige andere Widerständler – Leyla erkennt zwei Männer, eine Frau und eine weitere Person, deren Äußerlichkeiten sie schlecht erkennen kann – flüstern miteinander. Sie alle haben die Daten gesichtet. Leyla spürt die Unruhe im Raum, ein Knistern der Empörung.

„Es ist also größer, als wir dachten", sagt Amina nüchtern. Ihr Ton ist knapp, doch Leyla hört den Zorn, der unter der

Oberfläche lauert. „Nicht nur unsere Stadt, ganze Regionen werden so gesteuert. Man manipuliert Konflikte, schürt mal hier, beruhigt dort, alles über die Wahrnehmungssteuerung. Ein globales Netzwerk der Manipulation."

Tariq stößt ein heiseres Lachen aus, ohne Freude. „Dann ist alles noch sinnloser. Jede Bemühung, jeder Protest war von Anfang an sabotiert. Und wir sitzen hier mit ein paar Datenfetzen und hoffen, die Welt zu retten?" Er schüttelt den Kopf, die Verzweiflung in seiner Stimme ist fast greifbar.

Leyla antwortet mit einer leisen, aber festen Stimme: „Wir haben schon weit mehr als Datenfetzen. Wir haben ein klares Bild: Die Eliten sitzen oben auf einer Pyramide, geben Anweisungen, wie Overlays gestrickt werden, um Gruppen gegeneinander auszuspielen. Unsere Stadt ist nur ein Knoten in ihrem globalen Lügengeflecht." Das Wort „Pyramide" fällt ihr ein, sie hat es oft gesehen in den Schaubildern der Dateien. Ein Symbol für hierarchisch gestützte Kontrolle.

Ein anderer Widerständler, einer der Neuen, hebt die Hand: „Warum warten wir dann? Lass uns sofort handeln, alle Filter lahmlegen! Soll die Welt doch mal die Realität sehen!" Seine Stimme ist drängend, voller Ungeduld. Er klingt wie Tariq, nur noch ungeduldiger. „Jedes Zögern macht uns schwächer!"

Eine Widerständlerin schüttelt heftig den Kopf: „Hast du vergessen, was beim Testversuch passierte? Die Leute gerieten in Panik. Wenn wir jetzt alles lahmlegen, ohne Vorwarnung, stürzen wir sie ins Chaos. Das hilft nur den Eliten, uns als Terroristen darzustellen."

Leyla nickt zustimmend. „Wir haben gesehen, wie die Menschen reagieren, wenn man ihnen die Illusion abrupt wegnimmt. Sie verstehen nicht, was passiert, sie haben keine Zeit, die Lügen zu begreifen. Wir müssen den richtigen Moment wählen, vorbereitet sein, ihnen gleichzeitig Beweise vorlegen, erklären, warum sie plötzlich andere Bilder sehen. Sonst wird es ein Blutbad, und die Eliten nutzen die Verwirrung, um uns auszulöschen."

Tariq schnaubt, zerrissen zwischen Wut und Einsicht. Er versteht Leyla, aber es frustriert ihn. Andere im Raum tuscheln, stöhnen, manchen ist die Geduld beinahe unzumutbar. Doch Leyla spürt, dass sie sie jetzt überzeugen muss: „Der Tag des Festivals ist unsere Chance. Dann sind die AR-Systeme maximal belastet, alle Augen schauen auf die glitzernden Overlays. Wenn wir dann kurz die Filter aussetzen, wird es unmöglich sein, unsere Aktion als ‚technischen Unfall' abzuweisen. Die Leute sehen die echte Welt, gleichzeitig verbreiten wir unsere Beweise. Sie werden erkennen, dass es nicht nur ein Ausrutscher ist, sondern gezielter Betrug."

Ein Raunen geht durch die Gruppe. Einige nicken, andere schauen skeptisch. Die internationale Dimension der Manipulation hat sie tief erschüttert. Sie begreifen, dass sie nicht nur gegen lokale Herrscher, sondern gegen ein globales Komplott antreten. Kann ein kleiner Widerstand so etwas stemmen?

Amina tritt vor, ihre Stimme ruhig: „Wir sind klein, aber wir haben einen Plan. Wir haben Beweise und wissen, wie die Eliten funktionieren. Wir haben Leute wie Leyla, die im Herz des Systems arbeiten und Schwachstellen kennen. Wir haben Tariqs Netzwerk, um Gerüchte und Zweifel zu säen.

Wir müssen aufeinander hören, strategisch vorgehen, nicht blind hineinstürmen."

Die Gruppe hört schweigend zu. Leyla spürt, wie sie in ihren Augen wächst. Anfangs war sie nur eine Technikerin, die zufällig mehr wusste. Jetzt ist sie ein moralischer Pol, jemand, der die Lage durchschaut und für einen klugen Weg plädiert. Sie spürt, dass ihre innere Überzeugung die anderen überzeugt.

Ein älterer Widerständler, der bisher stumm war, legt die Hand auf eines der alten Poster an der Wand. „Seht diese Zeitungsartikel. Damals gab es noch ehrliche Debatten, kein allumfassendes Lügengebilde. Wenn wir das AR-System kurz freischalten und unsere Beweise verbreiten, könnten wir einen Funken auslösen, dass die Leute verlangen: ‚Wir wollen wieder echte Diskussionen, echte Informationen!‘ Wir bringen sie zurück an einen Punkt, an dem Wahrheit nicht komplett beherrscht wurde."

Tariq schnaubt noch einmal, aber weniger hart. „Also wieder Warten. Aber gut. Wenn der Festival-Tag unser Ziel ist, dann lasst uns dieses Warten nutzen. Wir verbreiten Hinweise, wir machen die Leute misstrauisch, ohne dass die Eliten handfeste Beweise gegen uns kriegen." Er klingt widerwillig, aber er hat sich gefügt.

Leyla ist erleichtert, aber auch bedrückt. Die Spaltung im Widerstand ist sichtbar: Manche wollen sofort alles lahmlegen, andere fürchten ein Blutbad. Und jetzt? Sie muss Position beziehen, die Gruppe auf einen Kurs bringen. Sie räuspert sich, setzt ihre sarkastische Maske ab, wird ernst: „Ich verstehe den Drang, sofort zu handeln. Aber überlegt: Wir wollen nicht nur Chaos, wir wollen einen Wandel. Dafür müssen die Menschen begreifen, dass sie belogen wurden, statt nur in Panik zu geraten. Der Festival-Tag ist unsere Bühne, unser Vorhang, wir müssen ihn geschickt lüften."

Amina nickt, ihr Blick fällt auf Leyla, als wäre sie froh, dass Leyla so klar spricht. Die anderen hören zu, schweigend. Dann sagt einer der Skeptiker: „Okay, wir vertrauen deinem Urteil. Aber wir setzen auf dich, Leyla. Wenn du versagst oder dich zu lange zögerst, ist unsere Chance vertan."

Leyla schluckt. Eine schwere Verantwortung. Doch sie ist moralisch gefestigt, hat keine Angst vor Verantwortung, nur Respekt. Sie antwortet mit fester Stimme: „Ich weiß, und ich werde nicht zurückweichen. Ich habe mich entschieden, etwas zu tun, obwohl ich Angst habe. Aber besser mit Angst handeln als ewig in Schweigen leben."

Der Raum bleibt still, dann murmeln einige zustimmend. Die alten Poster an den Wänden, stumme Zeugen einer Zeit ohne allgegenwärtige Filter, scheinen die Gruppe anzufeuern. Leyla spürt Hoffnung. Trotz ihrer geringen Größe könnte dieser Widerstand ein Fünkchen Feuer in die kontrollierte Welt werfen.

Der Cliffhanger am Ende dieses Kapitels: Obwohl die Gruppe gespalten ist – einige wollen sofort handeln, andere fürchten die Konsequenzen – hat Leyla sich eindeutig positioniert. Ihr Plan, das Festival als Schlüsselereignis zu nutzen, setzt sich durch. Sie haben nun ein gemeinsames Ziel: gezielt Zweifel säen, die Leute vorbereiten, dann beim Festival die Filter kurz ausschalten und die Beweise streuen. Ein riskanter Balanceakt, aber ihr moralisches Urteil steht fest: lieber eine komplexe, schmerzliche Wahrheit als ewige Lüge.

Als sie die düstere Halle verlässt, mit Amina und Tariq an ihrer Seite, flackert irgendwo im Hintergrund ein altes, halb zerfleddertes Plakat. Eine Schlagzeile von vor Jahrzehnten, als Informationen nicht manipuliert wurden. Leyla lächelt bitter: Diese Relikte geben ihr Hoffnung, dass die Leute, wenn sie die Wahrheit erkennen, nach ehrlicher Information verlangen. Dann kann vielleicht wieder eine Zeit anbrechen, in der man nicht alles filtern muss, um Stabilität zu wahren.

Ihr Entschluss ist gefestigt, und die Gruppe hat einen Kurs. Das Festival wartet, und mit ihm der entscheidende Schritt in den Showdown.

Kapitel 25

Leyla erhält am frühen Nachmittag eine anonyme Nachricht auf ihrem internen Firmen-Kanal. Kein Absender, kein erkennbarer Code, nur ein kurzer Text: „Ein hochrangiger Vertreter will Sie treffen. Allein. Heute Abend, im Park hinter dem alten Kulturzentrum. Machen Sie sich bereit." Leyla liest diese Zeilen zweimal, dreimal. Ihr Herz klopft schneller. Ist es eine Falle? Wahrscheinlich. Aber wenn eine hochrangige Person sie sprechen will, dann bedeutet das, dass sie als Faktor erkannt wurde, als mögliche Gefahr. Oder als jemand, den man umstimmen kann.

Sie sitzt an ihrem Bürotisch, starrt auf die Worte. Draußen im Flur murmeln Kollegen, entfernter Büroalltag, während sie mit ihrer privaten Schlacht ringt. Leyla weiß, dass sie im Visier ist, die Sicherheitsbeamten neulich haben es signalisiert. Warum dieses Treffen? Vielleicht glauben die Eliten, sie abschrecken oder umdrehen zu können. Sie ahnt, dass dieser Kontakt wichtig ist. Ein Moment der Wahrheit, der vielleicht ihre Überzeugungen noch einmal auf die Probe stellt.

Am Abend, kurz nach Dienstschluss, macht sie sich auf den Weg. Sie hat niemandem von diesem Treffen erzählt, nicht einmal Amina oder Tariq. Es ist zu riskant, sie würden sie wahrscheinlich warnen, nicht zu gehen. Aber Leyla muss verstehen, wie die Eliten denken, wie sie ihre Taten rechtfertigen. Vielleicht findet sie dabei einen Schwachpunkt für ihren finalen Plan. Sie fühlt Angst, aber unterdrückt sie. Ein sarkastischer Gedanke: „Wer hätte gedacht, dass ich mich mal mit einem großen Tier aus dem Lügenapparat treffe?"

Der Park hinter dem alten Kulturzentrum ist eher ein heruntergekommenes Areal. Früher war es ein belebter Ort, nun wirken die AR-Overlays hier müde, halbherzig. Wen kümmert ein Park in der Peripherie? Leyla sieht vereinzelte holografische Blumen, die flackern, als hätten die Designer keine Energie, diesen Ort perfekt zu schminken. Eine AR-Skulptur in der Mitte, die Harmonie symbolisieren soll, schimmert unruhig. Sie flackert manchmal, als wolle sie sagen: „Achtung, dies ist nur eine Fassade."

Leyla bleibt unter einem Baum stehen, der real, knorrig und alt aussieht. Das Licht ist dämmrig, keine Drohne in Sicht, aber das heißt nichts. Jede freie Fläche könnte überwacht sein. Dann hört sie Schritte. Eine Person tritt aus dem Schatten. Fein gekleidete Silhouette, ein ruhiges Auftreten. Kein Name, aber Leyla vermutet einen Regierungsberater oder einen Konzernchef, jedenfalls ein Vertreter der Elite. Ein Mann mittleren Alters, glatte Haare, dezentes Lächeln, aber die Augen hart wie Stahl.

„Guten Abend, Leyla", sagt er mit ruhiger Stimme, als würde er sie seit Jahren kennen. Sie spürt sein Charisma, die kühle Selbstsicherheit. „Sie fragen sich sicher, warum ich Sie um dieses Treffen gebeten habe." Er tritt ein paar Schritte näher, respektiert aber ihren Raum. Kein abruptes Eindringen, sondern freundliche Distanz, eine perfekt einstudierte Gestik.

Leyla verschränkt die Arme, versucht sarkastisch zu klingen, um ihre Angst zu überdecken: „Oh, nur ein bisschen neugierig. Treffen mit einem anonymen Spitzenmann aus dem System, das ich angeblich nicht hinterfragen soll. Wie aufregend." Ihre Stimme ist leise, aber klar.

Ein schwaches Lächeln huscht über sein Gesicht. „Ich verstehe Ihren Zynismus. Aber glauben Sie mir, wir sind nicht Ihre Feinde in dem Sinne, den Sie sich vorstellen. Wir sind Beschützer, wir halten die Gesellschaft stabil." Er hebt die Hand, als ob er einen unsichtbaren Ball trägt: „Ohne unsere Filter würden Vorurteile, Hass und Chaos offen ausbrechen. Glauben Sie wirklich, die Menschen wären reif für die volle, ungeschönte Wahrheit?"

Leyla lacht trocken, ohne Humor: „Sie glauben also, ohne Ihre Manipulation versinken wir in Barbarei? Wie schmeichelhaft. Die Massen sind so unreif, dass man ihnen die Realität vorenthalten muss, um sie zivilisiert zu halten?"

Er nickt ernst, als wäre es eine traurige Tatsache: „Nun, sehen Sie es realistisch. Menschen sind tribal, emotional, leicht in Rage zu versetzen. Unterschiede in Einkommen, Kultur, Ansichten – ohne lenkende Hand würden diese Unterschiede zu Gewalt führen. Wir geben ihnen maßgeschneiderte Wahrnehmungen, damit sie sich sicher fühlen, damit Spannungen geregelt sind. Stabilität ist unser oberstes Ziel."

Leyla spürt, wie ihr Zorn aufsteigt, aber sie behält Fassung. „Und was ist mit den Menschen, die durch aggressive Overlays in Angst gehalten werden, oder denen man Proteste vorenthält, damit sie nicht auf die Idee kommen, Missstände anzuklagen? Ist das auch ein wohlmeinender Schutz?"

Der Mann seufzt, als würde er mit einem widerspenstigen Kind reden: „Es gibt Kompromisse. Nicht alle erhalten die gleiche beruhigende Illusion. Manche Gruppen muss man mit bestimmten Darstellungen in Schach halten, um größere Unruhen zu vermeiden. Eine strenge Hand ist manchmal nötig, um den Gesamtschaden gering zu halten."

Leyla schüttelt den Kopf, ihr Herz schmerzt bei so viel Zynismus. „Sie nennen das ‚Gesamtschaden gering halten'? Das ist nichts anderes als autoritäre Kontrolle. Sie rauben den Menschen ihre Fähigkeit, echte Urteile zu fällen, echte Debatten zu führen. Sie machen aus ihnen Schachfiguren."

Er betrachtet die flackernde AR-Skulptur im Hintergrund, ein Symbol für Harmonie. Sie leuchtet in unruhigen Rhythmen, als könne sie die Spannung spüren. Er lächelt schmal: „Harmonie erfordert manchmal unsichtbare Fäden. Sie haben ein romantisches Bild, Leyla. Glauben Sie, ohne uns würden Menschen besser miteinander auskommen? Nein, sie würden sich an die Kehle gehen. Wir sind nur ein notwendiges Regulativ, eine stille Ordnungskraft."

Leyla merkt, dass dieser Mann seine Rolle ernsthaft als Schutzpatron sieht. Eine kranke Logik, aber für ihn schlüssig. Für Leyla ist diese Ausrede nicht mehr tragbar. Sie hat genug gelesen, gesehen. Die Eliten halten sich für Helden in einem unsichtbaren Krieg gegen die menschliche Natur. Ein Krieg, in dem Freiheit und Wahrheit auf der Strecke bleiben.

„Und warum wollen Sie dann mit mir sprechen?" fragt Leyla, ihren Sarkasmus zügelnd. „Wollen Sie mich warnen? Drohen? Oder umstimmen?"

Er lächelt kühl, und Leyla fühlt eine subtile Bedrohung in der Luft: „Ich biete Ihnen einen Ausweg, Leyla. Ich weiß, dass Sie Fragen gestellt haben, tiefer im System gewühlt haben. Sie sind talentiert, ein wertvolles Mitglied unserer Technologieabteilung. Ich kann arrangieren, dass man Ihre ‚Irrwege' übersieht, wenn Sie jetzt aufhören. Sie könnten aufsteigen, im System etwas bewirken – auf die gute Art."

Leyla spürt Ekel. Er bietet ihr an, alles zu vergessen, wie Riven es auch tat, aber auf einer anderen Ebene – die Ebene des Machtkartells. Ein Deal mit dem Teufel, bei dem sie ihre Seele für Sicherheit verkauft. Sie sieht die AR-Skulptur flackern: Die Harmonie ist nur eine Fassade, hinter der ein grausames Kontrollregime lauert.

„Danke, aber nein danke", sagt Leyla kühl. „Ich werde nicht schweigen. Sie können mich nicht mit Karriereversprechen kaufen. Ich weiß, was hier läuft, und ich kann nicht so tun, als wäre es unwichtig." Ihre Stimme bebt leicht vor Zorn, aber sie hält Stand.

Er atmet hörbar aus, leicht genervt, aber immer noch ruhig: „Sie verstehen, was das bedeutet? Sie werden verfolgt, diskreditiert, möglicherweise eingesperrt, wenn Sie zu gefährlich werden. Wir dulden keine unkontrollierte

Enthüllung. Das führt zu Anarchie, Leiden. Wollen Sie wirklich die Welt ins Chaos stürzen?"

Leyla lächelt bitter: „Ich wage zu behaupten, dass die Welt bereits im Chaos steckt, nur merkt es niemand, weil Sie alle Sinneseindrücke manipulieren. Ein besseres Chaos ist eines, in dem Menschen zumindest wissen, woran sie sind, statt in einer bequemen Illusion zu leben, die aus Lügen besteht."

Ein kurzes Schweigen. Der Mann mustert sie, fast mitleidig: „Naiv. Aber entschlossen. Gut, dann werden wir wohl sehen, wer Recht behält." Er tritt einen Schritt zurück, wechselt den Ton, fast freundlich: „Ich wollte Ihnen die Chance geben, umzukehren. Sie haben abgelehnt. Sie sind jetzt offiziell eine Gefahr. Man wird Sie beobachten, Leyla. Tun Sie nichts Unüberlegtes."

Sie spürt, wie sich ihr Herz zusammenzieht. Dies ist ihr Wendepunkt. Die Eliten haben ihre Logik dargelegt: Sie glauben wirklich, Menschen würden ohne Filter in Barbarei verfallen. Leyla hat erkannt, dass diese Logik auf einer zynischen Menschenfeindlichkeit basiert. Die Eliten sehen keine Fähigkeit zur selbstbestimmten Koexistenz, nur eine Horde gefährlicher Kinder, die erzogen werden müssen.

Für Leyla ist klar: Sie entscheidet sich endgültig dagegen. Kein Zurück. Auch wenn es weh tut, auch wenn sie Angst hat. Sie wird die Wahrheit enthüllen, den Leuten einen Blick auf die Wirklichkeit geben. Vielleicht gibt es danach Unruhen, aber das ist besser als ewige Lügen.

Sie wendet sich zum Gehen, sagt kein Wort mehr. Der Mann schaut ihr nach, ruhig, sicher in seiner Überzeugung, dass er recht hat. Doch Leyla spürt ihre eigene moralische

Stärke: Sie muss es versuchen, wenigstens einmal den Vorhang lüften, damit die Menschen sehen, dass sie in einer inszenierten Harmonie leben.

Die AR-Skulptur im Hintergrund flackert wieder, als Leyla den Park verlässt. Ein Symbol für Harmoniesimulation, die flackernde Fassade, jetzt klar als Täuschung entlarvt. Leyla formt in Gedanken einen Satz: „Genug gesehen, genug gehört. Ich werde meinen Teil tun."

Sie geht durch die stillen Straßen zurück. Sie weiß nun, dass die Eliten wachsamer denn je sind. Sie hat den feindseligen Kern der Macht direkt konfrontiert. Kein Nebel von Unwissenheit mehr, sie kennt ihre Gegner. Aus Neugier wurde Empörung, aus Empörung ein fester Entschluss. Sie wird nicht umkehren, egal welche Drohungen auf sie warten.

Als sie in der Dunkelheit verschwindet, fühlt sie die Schwere ihrer Entscheidung. Aber auch eine seltsame Leichtigkeit: Jetzt gibt es kein Zurück. Sie hat das Angebot der Eliten ausgeschlagen, hat Rivens stille Warnung ignoriert. Sie folgt ihrem moralischen Kompass, der ihr sagt, dass eine schmerzhafte Wahrheit besser ist als ein perfekter Betrug.

KAPITEL 26

Leyla ist unterwegs durch ein Viertel, das für sie bisher wenig Bedeutung hatte. Ein Ort, in dem sie nie zu tun hatte, da er angeblich „uninteressant" war, wo die Overlays meist minimal gehalten wurden. Diesmal hat sie aber gehört, dass dort etwas Seltsames passiert: Die Filter stören. Nicht durch ihre Hand oder Aminas Eingriffe, sondern ein technisches Problem, ein Glitch, wer weiß. Und wie durch einen spontanen Zufall – oder ein böses Omen – sind Teile der Wahrheit dort sichtbar geworden.

Es ist spätnachmittags, die Sonne taucht die Straßen in müdes Licht. Normalerweise würde AR helfen, die Ecken bunter, die Fassaden makelloser erscheinen zu lassen. Doch hier flackern die Overlays: mal erscheinen sie, mal flackern sie wild, mal verschwinden sie. Leyla merkt an den Gesichtern der Menschen, die sie passiert, dass etwas nicht stimmt: Leute blicken verwirrt umher, einige schreien auf, andere pressen die Hände vor die Augen, als könnten sie so die unwillkommene Wirklichkeit ausblenden.

Leyla fragt sich, was genau hier los ist. Eine spontane Störung in der AR-Infrastruktur? Ein Codefehler, ein Test, oder gar ein Sabotageakt von anderen Widerstandszellen, von denen sie nichts weiß? Sie bleibt vorsichtig, hält sich am Rand der Straße. In der Ferne hört sie aufgeregte Stimmen, ein Wummern, das von einer größeren Menschenmenge zu kommen scheint.

Je weiter sie geht, desto deutlicher wird es: Die Overlays sind hier teilweise komplett ausgefallen. Keine perfekten Fassaden, keine sanften Farbanpassungen, kein beruhigendes Stadtbild. Stattdessen: Risse im Putz, schmuddelige Ecken, Müll, echte Graffitis, die zuvor überblendet waren. Und dazwischen auch echte Kunstwerke, Murals, die bisher keiner kannte, weil sie unsichtbar gemacht wurden. Doch statt Bewunderung sieht Leyla vor allem Bestürzung. Die Leute haben sich an die Illusion gewöhnt, nun ist ihr gewohntes Bild futsch. Was sie sehen, ist roh und ungeschönt, und sie kommen damit nicht klar.

Sie beobachtet, wie einige Bürger aggressiv aufeinander losgehen, ohne klaren Grund. Vielleicht sehen sie plötzlich anstelle friedlicher Passanten bedrohliche Gestalten, die zuvor harmlos übermalt waren. Sie haben gelernt, ihrer AR-Ansicht zu vertrauen, nun ist sie kaputt – ein Sinnverlust, der Wut schürt. Andere rennen panisch die Straße entlang, als hätten sie ein Monstrum entdeckt. Wieder andere starren entsetzt auf ihre Umgebung, als wäre diese nie so heruntergekommen gewesen. Dabei war sie es immer, nur verborgen hinter digitalen Masken.

Leyla bleibt im Schatten einer Hausecke. Ihr Herz zieht sich zusammen bei dem Anblick. Sie hatte geahnt, dass ein plötzlicher Filterausfall für Verwirrung sorgen würde, aber dass es so heftig wird, dass Leute gewalttätig werden? Sie sieht einen Mann, der einen fremden Passanten anschreit, weil er glaubt, er habe ihn getäuscht. Eine Frau weint, weil ihr Lieblingscafé, das in perfektem Glanz erschien, eigentlich ein verrotteter Schuppen ist. Die Illusion war ihr Trost, nun ist sie brutal verschwunden.

Ein weiteres Geräusch lockt ihre Aufmerksamkeit: zerbrechendes Glas, Schreie. Ein paar Jugendliche, verunsichert und wütend, fangen an, aufeinander loszugehen, Zäune umzuwerfen. Drohnen surren heran, aber ihre Overlays sind ebenfalls gestört – sie projizieren wirre Signale, die die Lage kaum beruhigen. Ein Polizist in der Nähe versucht einzugreifen, aber sein AR-Visier flackert. Er sieht vielleicht andere Szenen, versteht die Situation nicht. Auch er ist Opfer der visuellen Unordnung. Verwirrung und Missverständnisse eskalieren.

Leyla ist schockiert. Sie erkennt jetzt mehr denn je, dass die ungefilterte Wahrheit nicht automatisch Freiheit bedeutet.

Wenn Menschen jahrelang an kuratierte Wahrnehmungen gewöhnt sind, kann die nackte Realität ein traumatischer Schock sein. Sie erinnert sich an die Entscheidungen, die sie mit Amina und Tariq besprochen hat: Sie wollen beim Festival die Filter kurz abschalten. Doch dieses Szenario hier zeigt, wie riskant das ist. Wenn sie einfach nur den Schleier wegziehen, könnten sie Massenpanik auslösen, Gewalt und Chaos. Das wäre kontraproduktiv. Sie wollen doch, dass die Menschen die Wahrheit begreifen, nicht im Wahn aufeinander losgehen.

Sie atmet flach, beobachtet, wie ein paar Bürger verzweifelten versuchen, ihre Linsen neu zu kalibrieren, auf der Suche nach dem gewohnten, beruhigenden Bild. Aber die Module spinnen, flackern, manche sind heruntergefallen und auf der Straße zertrümmert – zerbrochene AR-Module, die wie symbolische Splitter einer bröckelnden Welt liegen. Diese Trümmer sind ein starkes Bild: Sobald die virtuelle Welt bröckelt, kommt die rohe, unverarbeitete Realität hervor, und die Menschen kommen damit nicht zurecht.

Leyla spürt ihr moralisches Dilemma stärker denn je. Sie ist wütend auf die Eliten, die dieses Manipulationssystem geschaffen haben. Doch jetzt begreift sie auch: Jahrzehntelange Indoktrination hat die Leute abhängig von den Illusionen gemacht. Eine abrupte Enthüllung ist wie ein kalter Entzug, der Aggressionen freisetzt. Ist es wirklich wert, den Schleier zu lüften, wenn es zu solchem Chaos führt?

Andererseits weiß sie, dass jede schrittweise Offenlegung die Eliten alarmiert. Sie hat nicht die Mittel, eine sanfte, jahrelange Entwöhnung zu orchestrieren. Ihr Angriff auf die Filter beim Festival wird ein kurzer Moment sein, eine einmalige Chance. Wenn sie ihn nicht nutzt, bleibt der Schleier ewig.

Sie sieht, wie Polizisten versuchen, die Situation zu kontrollieren. Doch ihre Kommandos wirken hohl, weil ihre Overlays ebenfalls spinnen. Manche Bürger wenden sich wütend gegen die Polizisten, glauben, sie hätten sie absichtlich getäuscht. Ein paar Steine fliegen, ein improvisierter Wurf. Leyla zuckt zusammen. Gewalt ist nie ihr Ziel gewesen.

Im Hinterkopf erinnert sie sich an die Worte des Architekten, an die Warnungen von Amina. Alle haben gesagt, dass die Wahrheit gefährlich sein kann, wenn die Leute nicht vorbereitet sind. Dieses Viertel hier ist ein unfreiwilliges Experiment, das zeigt, wie verwundbar die Gesellschaft ist. Leyla fühlt Angst um ihren großen Plan. Sie muss einen Weg finden, die Enthüllung so zu gestalten, dass die Menschen nicht explodieren, sondern nachdenken. Dass sie sich nicht gegenseitig bekämpfen, sondern erkennen, dass sie alle Opfer einer Täuschung sind.

Der Gedanke bestärkt ihren Willen, Zweifel zu säen, bevor sie den Vorhang hebt. Die Leute müssen schon vor dem Festival merken, dass etwas nicht stimmt, minimal vorbereitet sein. Wenn sie im Hinterkopf schon Fragen haben, wird der Schock geringer, wenn die Filter ausfallen. Vielleicht ist das der Schlüssel: nicht ein brutaler Schnitt, sondern ein orchestrierter Zweifel, eine leichte Verunsicherung, bevor der Vorhang fällt.

Kurz überlegt Leyla, ob sie eingreifen soll, den Menschen hier helfen, etwas erklären. Aber das wäre Wahnsinn. Sie kennt niemanden hier, würde sich selbst nur exponieren, die Aufmerksamkeit der Polizisten auf sich ziehen. Sie muss unauffällig bleiben, weiterhin im Schatten agieren. So hart es ist: Sie kann dieses lokale Chaos nicht stoppen, nicht jetzt. Sie kann es nur als Lehre mitnehmen: Unvorbereitete Wahrheitsenthüllung führt zu Panik.

Im Hintergrund heulen Sirenen. Drohnen versuchen, sich neu zu kalibrieren. Die AR-Kulissen kehren langsam zurück, aber fehlerhaft. Man versucht, das vertrauenerweckende Bild wiederherzustellen. Einige Bürger wirken erleichtert, als wieder farbenfrohe, beruhigende Overlays aufblitzen. Andere sind noch wütend, verstört. Die Stadt versucht, ihre Lügenmaske schnell wieder aufzusetzen, als hätte es nie ein Flackern gegeben. Doch ein Rest Zweifel bleibt in den Köpfen derer, die den Abgrund kurz gesehen haben.

Leyla beobachtet diesen Abschluss: Das System reagiert schnell, übermalt die Realität erneut. Doch wer einmal den Bruch gesehen hat, vergisst ihn nicht so leicht. Vielleicht etwas Positives? Vielleicht sind einige von ihnen nun empfänglich für Erklärungen, wenn die große Enthüllung kommt.

Zittrig wendet sie sich ab und schlüpft in eine schmale Gasse. Ihr moralisches Kompassnadel zittert. Sie weiß, dass sie einen Weg finden muss, die Wahrheit so zu zeigen, dass kein kollektives Blutbad entsteht. Vielleicht Gespräche mit Amina, Tariq. Vielleicht Ideen, wie man Informationsfragmente vor dem Festival streut, damit die Leute sich fragen: „Ist wirklich alles echt?" So vorbereitet sind sie vielleicht nicht mehr vollständig abhängig von der Illusion, sondern bereit, die echte Welt zu akzeptieren.

Leyla hat eine weitere Lektion gelernt. Die ungefilterte Wahrheit kann Ängste und Gewalt entfachen, wenn sie nicht vorbereitet ist. Sie sieht zerbrochene AR-Module auf der Straße, Symbole für die bröckelnde Welt. Nun ist ihr klar, dass sie einen Weg finden muss, die Wahrheit kontrolliert zu zeigen. Sie kann nicht einfach den Stecker ziehen – sie muss vorher Zweifel säen, Kontext liefern. Sonst stürzt sie die Menschen ins Chaos.

Mit diesem Gedanken verlässt sie das Viertel, noch immer geschockt, aber auch entschlossener, ihren Plan anzupassen. Sie wird nicht einfach brutal die Filter abschalten. Sie muss einen Weg finden, den Schock abzufedern, sonst endet alles in Wahnsinn und Gewalt. Nur so kann ihr moralisches Ziel – Befreiung durch Wahrheit – auch wirklich zum Guten führen.

KAPITEL 27

Leyla kehrt ins Widerstandslager zurück, noch erschüttert von den Unruhen im Viertel, die sie beobachtet hat. Sie wusste, dass eine ungefilterte Wahrheit Chaos stiften kann, doch jetzt hat sie es mit eigenen Augen gesehen. Die Halle ist voll von gespannten Gesichtern, flackerndem Licht und unsicheren Stimmen. Eine kaputte AR-Lampe an der Decke flackert immer wieder auf, als wäre sie eine Mahnung für die Zerbrechlichkeit all dessen, was sie planen. Jedes Mal, wenn das Licht flackert, huschen Schatten über die alten Metallregale und die improvisierten Sitzgelegenheiten aus Kisten und Holzplatten.

Tariq ist bereits da, aufgebracht wie immer, wettert gegen das Zögern und die Vorsicht der anderen. „Wir können nicht mehr warten! Habt ihr die Zustände da draußen gesehen? Die Leute wissen nicht, was echt ist! Wir sollten sofort die Filter abschalten, alle, für immer, damit sie begreifen, was los ist!"

Amina steht ein paar Schritte entfernt, die Arme verschränkt, ihr Blick kühl. „Und dann? Glaubst du, sie werden dich feiern, weil du ihnen die Lüge genommen hast? Sie werden panisch, aggressiv, es wird noch schlimmer als in dem Viertel, das Leyla gesehen hat. Wir dürfen sie nicht überfallen wie Räuber in der Nacht. Sie brauchen Vorbereitung, Hinweise, damit sie verstehen, was geschieht."

Einige Widerständler murmeln zustimmend, andere stöhnen ungeduldig. Leyla tritt näher. Sie spürt, wie der Raum in zwei Lager geteilt ist: Tariqs Fraktion, die sofort alles bloßlegen will, und die vorsichtigeren unter Aminas Einfluss, die für einen langsamen, geplanten Schlag eintreten. Leyla hebt die Stimme, versucht einen trockenen, aber überzeugenden Ton: „Hört mir zu. Wir haben gesehen, wie plötzliche, ungefilterte Wahrheit zu Panik und Gewalt führt. Ihr wollt das nicht wirklich, oder? Wir wollen doch, dass die Menschen verstehen, nicht im Wahnsinn versinken."

Tariq funkelt sie an, aber sagt nichts. Er ist innerlich zerrissen. Leyla nutzt den Moment: „Wenn wir am Tag des Festivals handeln, haben wir einen Vorteil. Dann ist die AR-Infrastruktur auf ihrem Höhepunkt. Alle Augen werden auf die grandiosen Overlays gerichtet sein. Wenn wir dann, nur für ein paar Minuten, die Filter deaktivieren, sehen die Menschen, was wirklich ist. Aber diese Minuten müssen wir nutzen, um ihnen zugleich Beweise zu präsentieren. Keine plötzliche, endlose Enthüllung, sondern ein kontrollierter Einblick, der sie wachrüttelt, ohne sie dauerhaft im Dunkeln zu lassen."

Jemand aus Tariqs Ecke ruft: „Aber warum nicht länger ausschalten, damit sie alles sehen?" Leyla antwortet geduldig: „Weil sie nicht darauf vorbereitet sind. Wir riskieren, dass sie sich gegenseitig zerfleischen, anstatt zu begreifen, dass sie gemeinsam betrogen wurden. Ein kurzer Ausfall, ein Schock, reicht, um sie aus ihrer bequemen Illusion zu reißen. Danach können wir die Filter vielleicht wieder hochfahren – aber nicht mehr so, wie die Eliten wollen. Vielleicht können wir dann neue Debatten anstoßen, echte Informationen streuen, Schritt für Schritt mehr Wahrheit einführen."

Amina nickt. „Ein Mittelweg. Wir erschaffen einen Moment, der Zweifel sät, sie dazu bringt, Fragen zu stellen, ohne sie ins absolute Chaos zu stürzen." Sie klingt zufrieden, dass Leyla ihren Gedanken aufnimmt. „Danach können wir systematisch mehr Lücken öffnen, mehr echte Daten einschleusen. Wenn einmal der Funke gezündet ist, lassen sich die Menschen nicht mehr so leicht beruhigen. Sie werden Antworten fordern."

Tariq schweigt, ringt mit seinem Groll. Ein anderer Widerständler wirft ein: „Aber ist das nicht noch immer eine Art Manipulation? Wir zeigen ihnen nur kurz die Realität und dann wieder nicht?"

Leyla zuckt mit den Schultern: „Vielleicht kann man es so nennen. Aber wir haben keine idealen Mittel. Die Eliten halten alle Fäden in der Hand. Wir müssen eine Inszenierung gegen die Inszenierung nutzen. Dieser kurze Ausfall ist ein taktischer Schachzug, um Misstrauen zu säen. Danach liegt es an der Öffentlichkeit, sich einzubringen, mehr zu verlangen. Wir wollen kein ewiges Versteckspiel. Wir wollen den Stein ins Rollen bringen."

Die kaputte AR-Lampe flackert erneut, ihr Lichtspiel erinnert Leyla an die Zerbrechlichkeit ihres Plans. Jede kleine Störung kann alles verändern. Sie weiß, dass man sie beobachtet, vielleicht wird man die Sicherheitsmaßnahmen zum Festival noch weiter erhöhen. Doch sie hat bereits entschieden, dass sie handeln wird, egal wie riskant es ist.

Tariq atmet tief aus, senkt den Kopf kurz, dann blickt Leyla direkt an: „Du meinst also, ein begrenzter Zeitraum beim Festival – ein paar Minuten ohne Filter, genug, um die Leute wachzurütteln, aber nicht lang genug, um sie völlig durchdrehen zu lassen." Sein Ton ist zynisch, aber er scheint ihre Idee zu akzeptieren. „Na schön, Leyla, du hast deine Chance. Aber wenn wir es tun, dann richtig. Wir müssen dafür sorgen, dass die Menschen genau in diesen Minuten unsere Beweise sehen, verstehen, dass sie belogen wurden."

Amina greift diesen Faden auf: „Genau. Wir streuen kurz zuvor subtile Zweifel, kleine Anomalien, damit die Leute merken, nicht alles ist stimmig. Dann, beim Festival, wenn die Filter fallen, haben wir verteilte Knoten, um Beweise auszuspielen: Screenshots, Mails, Verträge. Vielleicht sogar analoge Flugblätter, für diejenigen, die schnell handeln können. Alles, damit niemand denkt, es sei nur ein technischer Aussetzer. Wir wollen, dass sie erkennen, dass ein Plan dahinersteckt."

Ein zustimmendes Murmeln geht durch den Raum. Die anfängliche Spaltung scheint sich zu glätten. Die sofortige, radikale Enthüllung würde Chaos bringen, der endlose Aufschub feige wirken. Leylas Mittelweg bietet Hoffnung auf ein gezieltes, kontrolliertes Aufbrechen der Illusion.

Ein Widerständler tippt gegen die Wände: „Dann brauchen wir jetzt einen technischen Plan. Wie schleusen wir unsere Nachrichten ein, wie koordinieren wir die Serverausfälle? Wie verhindern wir, dass die Eliten die Filter sofort wieder hochfahren oder unsere Beweise löschen?"

Leyla atmet flach, aber entschlossen. „Ich kenne die AR-Infrastruktur. Während des Festivals gibt es Datenüberlastung. Wir können einen Engpass künstlich verstärken, eine Art Timer einstellen, der kurz die Filtersysteme lahmlegt. In diesen paar Minuten lenken wir die Ressourcen um, um unsere Informationen auszuspielen. Wir müssen sicherstellen, dass wir schnell sind, bevor sie den Knoten isolieren."

Amina lächelt trocken: „Eine koordinierte Hackeraktion, ein kleines Datentheater. Auf jeden Fall brauchen wir deine Zugänge, Leyla, deine Skripte, deine Passwörter. Wir müssen tarnen, als seien es Routine-Updates. Tariq kümmert sich darum, vor dem Festival Zweifel zu streuen, Gerüchte, seltsame Flackern, um die Menschen aufzumuntern, selbst nachzudenken."

Tariq nickt langsam, nicht ganz glücklich über das langsame Vorgehen, aber er akzeptiert es. Er weiß, dass in diesen Krisenzeiten ein ausgeklügelter Plan besser ist als blindes Handeln. „Also gut. Ich rede mit meinen Kontakten, verspreche ihnen, dass bald etwas Großes passiert. Ich sage nicht was, nur dass sie sich nicht aufregen sollen, wenn ihnen etwas Komisches auffällt. Vielleicht verbreiten wir anonym Botschaften, die sagen: ‚Seid bereit, eure Augen zu öffnen.'"

Die Gruppe stimmt leise zu. Die Stimmung hat sich verändert, vom hitzigen Streit zu einer konzentrierten

Arbeitsatmosphäre. Alle haben begriffen, dass sie nur eine Chance haben, und die muss sitzen.

Die AR-Lampe flackert noch einmal, als ob sie an die Fragilität des Plans erinnern will. Leyla sieht darin kein Omen mehr, sondern ein Zeichen, dass sie in einer Welt voller brüchiger Fassaden leben. Die Lampe ist wie ihr Plan: riskant, aber noch am Leben. Wenn sie vorsichtig sind, können sie diesen kleinen Funken nutzen, um die Illusionen der Eliten aufzufächern, ohne die Menschen in die totale Verzweiflung zu stürzen.

Langsam lösen sich einige aus der Gruppe, um Details zu besprechen, technische Machbarkeitsstudien, mögliche Backup-Pläne für den Ernstfall. Leyla fühlt eine seltsame Ruhe in sich wachsen. Sie hat endlich eine Strategie: ein begrenzter Zeitraum beim Festival, in dem die Filter ausfallen, genug, um die Leute wachzurütteln, aber nicht für immer. So schafft sie Bewusstsein, ohne totale Anarchie zu stiften.

Während die anderen weiterdiskutieren, tritt Amina zu Leyla, flüstert: „Gute Arbeit. Du hast sie überzeugt. Wir haben jetzt einen umsetzbaren Plan. Wir sollten bald mit der konkreten Vorbereitung beginnen." Leyla nickt dankbar. Aminas kühle Intelligenz gibt ihr Sicherheit. Tariqs Leidenschaft treibt sie an, aber Aminas Ruhe hält sie auf Kurs.

Leyla lächelt schmal, ihr Sarkasmus leise: „Wir tanzen auf einem Drahtseil über einem Haifischbecken, aber wir haben immerhin einen Plan, nicht wahr?" Amina zieht die Augenbrauen hoch, ein winziger Anflug von Humor: „Ja, genau so kann man es sagen." Dann wird sie wieder ernst. „Bleib vorsichtig. Jeder Fehltritt könnte dich verraten, und wir brauchen dich."

Leyla atmet durch, nickt. Sie weiß, dass keine Zeit für Selbstmitleid ist. Sie ist tief drin in diesem Spiel, jetzt führt sie eine Initiative, die das ganze System ins Wanken bringen soll. Kein einfacher Schwarz-Weiß-Pfad, sondern ein moralisch komplexer Weg, der Fingerspitzengefühl erfordert. Doch sie hat ihre Entscheidung getroffen, und nun tragen die anderen ihren Kompromiss mit.

Am Ende des Tages akzeptiert der Widerstand Leylas Idee, auch wenn manche zögern. Sie erkennen, dass ihr Vorschlag ein realistischeres Vorgehen bietet, als sofort alles lahmzulegen. Nun gilt es, einen technischen Plan zu schmieden, Feinheiten auszutüfteln, Timing, Datenrouten, Backups, Fallszenarien. Eine gewaltige Aufgabe wartet auf sie, aber sie gehen sie an, Schritt für Schritt.

Das flackernde Licht der kaputten AR-Lampe lässt nochmals Schatten über die alten Zeitungsartikel wandern, diese stummen Zeugen einer unverfälschten Epoche. Leyla betrachtet sie kurz, bevor sie aufbricht. Sie fühlt sich moralisch reifer, entschlossener. Keine einfache Schwarz-Weiß-Lösung, sondern ein kompromissloser Weg, der Verständnis für die Schwäche der Menschen zeigt, ohne die Wahrheit aufzugeben.

Nun, da sich der Widerstand auf Leylas Idee einlässt, ist der Grundstein für den nächsten, entscheidenden Schritt gelegt.

KAPITEL 28

Leyla sitzt mit Amina in einem kleinen, schlecht beleuchteten Raum am Rand des Widerstandslagers. Zwischen ihnen flimmert ein Hologramm, das Amina von ihrem tragbaren Terminal abruft. Digitale Ströme von Daten, Diagramme, Netzwerkkarten. Es ist spät, die Luft abgestanden, doch beide arbeiten hochkonzentriert. Draußen sind vereinzelte Stimmen zu hören, Schritte auf Metallböden, das entfernte Summen einer defekten AR-Lampe in der Halle, doch hier im Inneren zählt nur die Technik, die sie vor sich haben.

Amina zeigt Leyla eine interaktive Karte der AR-Infrastruktur. „Beim Festival fahren sie alles hoch", erklärt sie trocken. „Versteh mich nicht falsch: Sie wollen etwas Grandioses bieten. Beeindruckende Illusionen, gigantische Projektionen. Jeder soll staunen, abgelenkt sein, die perfekte Fassade genießen. Aber genau dann ist der Datenverkehr am höchsten, die Server laufen auf Anschlag. Das ist unsere Chance."

Leyla betrachtet die Datenleitungen, die pulsierenden Knoten, an denen die Filter berechnet werden. Sie zieht die Augenbrauen hoch, sarkastisch: „Na, dann werden wir den großen Tag wohl nutzen, um ihnen ein kleines Geschenk zu machen. Ein kurzer Aussetzer und schon sehen alle, wie hässlich manche Straßenzüge wirklich sind. Unangenehm für die Eliten, vermute ich."

Amina grinst schmal. „Exakt. Während die AR-Systeme am Limit laufen, ist es schwieriger für sie, einen Hackerangriff sofort zu stoppen. Wir können einen gezielten Engpass erzwingen. Ein paar Minuten genügen, um die Filter abzuschalten. Dann haben die Leute einen unverfälschten Blick."

„Ein paar Minuten", wiederholt Leyla leise, als würde sie diese Zahl schmecken wollen. „Klingt nach nichts, aber wir wissen, wie schockierend schon ein kurzer Ausfall sein kann. Die Frage ist nur: Wie verhindern wir, dass sie in Panik verfallen wie in diesem anderen Viertel?" Sie erinnert sich an die aggressiven Ausbrüche, die verwirrten Gesichter, die Gewalt. Das darf sich nicht wiederholen.

Amina seufzt, tippt ein paar Befehle, um weitere Infos anzuzeigen. „Deshalb müssen wir vorher Zweifel säen. Wir werden kleine Störaktionen machen, minimale Anomalien, aber nicht so stark, dass Panik ausbricht. Nur genug, damit die Leute merken, dass ihr perfektes Bild nicht so perfekt ist. Wenn sie beim Festival dann den Ausfall sehen, überlegen sie vielleicht eher: ‚Ach, das war wohl kein Zufall'. Wir geben ihnen ein Manifest, ein digitales Dokument, das erklärt, was passiert. Schon bevor wir die Filter kappen, legen wir es so an, dass es zeitgleich auf Hunderten von Projektionen kurz aufblitzt."

Leyla überlegt. Ein Manifest, eine Art kurzer Erklärungstext, der in einer simplen, klaren Sprache sagt: „Ihr wurdet belogen. Das sind die Beweise. Schaut euch um, dies ist eure echte Stadt." Vielleicht nur ein paar Absätze, aber genug, um den Moment des Schocks in Erkenntnis umzuwandeln. Sie nickt langsam: „Wenn sie das sehen, haben sie einen Kontext. Sie denken nicht nur, es sei ein technischer Fehler, sondern verstehen, dass jemand die Wahrheit zeigen will. Das könnte den Panikfaktor senken und die Wut in Nachdenken verwandeln."

Tariq tritt in den Raum, verschränkt die Arme, hört zu. Er wirkt immer noch ungeduldig, aber nicht mehr so hitzköpfig wie zuvor. „Also, wir verteilen ein Manifest parallel? Gut. Wir können es vorher in verschlüsselter Form auf verschiedene Speicher verteilt haben, damit wir es bei Bedarf schnell aussenden." Er klingt fast resigniert, aber auch entschlossen, diese Strategie mitzutragen.

Amina blendet ein digitales Countdown-Overlay auf dem Hologramm ein: ein Timer, der die verbleibende Zeit bis zum Festival runterzählt. „Die Uhr tickt, Leyla. Wir müssen die Backdoors vorbereiten, die Zugriffe im Firmensystem tarnen. Wenn du am Festivaltag arbeitest, musst du einen plausiblen Vorwand haben, um Zugriff auf den Hauptknoten zu bekommen. Kannst du das?" Ihre Stimme ist sachlich, aber sie weiß, wie gefährlich es ist.

Leyla zieht die Lippen schmal. „Ich werde mir etwas ausdenken. Ein vorgetäuschter Systemfehler, ein Update, das ausgerechnet dann einen Restart erfordert. Ich kenne die Routinen, ich kann die richtigen Logfiles manipulieren, damit mein Zugriff harmlos aussieht, bis es zu spät ist. Aber danach werde ich auffliegen. Das ist mir klar." Sie sagt es, als sei es ein Preis, den sie bereit ist zu zahlen.

Tariq seufzt leise. „Wir sollten dann Fluchtrouten für dich planen, Fallszenarien. Wir wollen dich nicht verlieren. Du bist zu wertvoll. Und wir brauchen dich auch nach dem Festival, wenn wir versuchen, eine neue Informationsordnung aufzubauen."

Leyla lächelt trocken: „Wertvoll? Nett, das zu hören. Aber mach dir keine Illusionen. Die Eliten werden mich jagen. Vielleicht muss ich untertauchen wie der Architekt. Aber das ist ein Problem für später. Erstmal machen wir diesen Plan wasserdicht."

Der digitale Countdown leuchtet vor ihnen, ein stummer Mahner an den Zeitdruck. Jeder Tag vor dem Festival wird genutzt, um feine Sabotageakte vorzubereiten. Minimale Glitches, die Leute irritieren, Fragen wecken. Tariq verspricht, in seiner Community zu flüstern: „Etwas Großes passiert beim Festival, habt keine Angst, wenn ihr merkwürdige Dinge seht." So schafft er ein psychologisches Polster. Die Leute werden bei der Enthüllung nicht völlig unvorbereitet sein.

Amina bespricht mit Leyla die technischen Details. Welche Server müssen sie priorisieren, welche Datenströme kapern, welche Backup-Systeme lahmlegen? Es ist komplex, aber Leyla kennt die AR-Infrastruktur. Sie weiß, dass die Filter zentral gesteuert werden, aber lokal berechnet. Mit gezielten Überlastungen an den Hauptknoten wird sie die Filterberechnung stoppen. Nur wenige Minuten, aber ausreichend.

Während sie diese Pläne machen, fällt Leylas Blick auf einen verstaubten Holzkasten in der Ecke. Wahrscheinlich alte Hardwareteile, nutzlos in einer Welt, die auf AR vertraut. Doch in dieser staubigen Realität zieht Leyla Hoffnung: Wenn es einmal echte Hardware gab, echte Augen ohne Filter, dann kann man wieder dorthin zurückfinden, Schritt für Schritt. Das Festival wird ein Schock sein, aber hoffentlich einer, der die Menschen zum Nachdenken bringt, nicht zum gegenseitigen Vernichten.

Sie ringt innerlich mit der Verantwortung. Sie will nicht für mehr Gewalt verantwortlich sein. Doch sie hat gesehen, dass mit einer brutalen, ungeplanten Enthüllung noch mehr

Chaos droht. Mit dem Manifest und der vorbereitenden Zweifel haben sie nun ein Mittelweg: Ein kurzer, gezielter Schlag. Keine totale und dauerhafte Abschaltung, sondern ein Anstoß, der Bewusstsein schafft.

Amina bemerkt Leylas nachdenklichen Ausdruck. „Zweifelst du?" fragt sie leise. Leyla antwortet ehrlich: „Ja, ein bisschen. Ich will nicht die Person sein, die die Leute ins Unglück stürzt. Aber ich kann auch nicht zulassen, dass diese Lüge ewig weitergeht. Mit diesem Plan verhindern wir hoffentlich das Schlimmste, geben ihnen Anhaltspunkte, statt sie blind in das Chaos zu werfen."

Amina nickt anerkennend. „Das zeigt deine moralische Reife. Wir sind hier nicht in einem einfachen Held-gegen-Bösewicht-Szenario. Das ist eine Frage von tausend Nuancen. Du willst Verantwortung übernehmen, nicht nur blind enthüllen. Das respektiere ich."

Tariq lehnt an der Wand, sagt nichts mehr, doch seine Körperhaltung ist nicht mehr aggressiv angespannt. Er versteht nun den Wert dieser Strategie. Er wollte sofort alles aufdecken, aber sieht ein, dass das nur noch schlimmer wäre. Die Erkenntnis, dass Leyla nicht aus Bequemlichkeit zögert, sondern um die Menschen zu schützen, beruhigt ihn.

Der Countdown im Hologramm macht sie alle nervös. Bald wird das Festival beginnen, der Höhepunkt der AR-Inszenierungen. Die Eliten sind überzeugt, dass sie damit ihren Einfluss festigen. Doch Leyla, Amina, Tariq und die anderen Widerständler haben jetzt einen präzisen Plan: Ein paar Minuten Wahrheit, begleitet von einem Manifest, vorbereitet durch Zweifel, um die Schockwellen einzudämmen.

Leyla kennt auch die Gefahr: Die Eliten werden sofort reagieren, versuchen, die Filter schnell wieder einzuschalten. Aber mit der maximalen Auslastung während des Festivals schaffen sie vielleicht ein Zeitfenster, in dem die Eliten nicht schnell genug agieren können. Das reicht, um die Botschaft zu platzieren, die Lüge aufzudecken.

Während sie ihre letzten Notizen macht, spürt Leyla, wie die Zeit verrinnt, wie jeder Tag sie näher an den entscheidenden Moment bringt. Sie akzeptiert die Furcht, sie gehört dazu. Aber sie weiß, dass sie jetzt eine moralische Position eingenommen hat, die sie nicht mehr aufgeben wird. Sie ist bereit, diesen Schritt zu gehen, in der Hoffnung, dass die Gesellschaft nicht ins totale Chaos stürzt, sondern sich zusammenrauft, um echte Information und echten Austausch zu verlangen.

Die Halle ist still, nur das Summen einiger Geräte und das Flackern des Projektionsterminals sind zu hören. Alle haben die Rollen akzeptiert, die Leyla ihnen zugewiesen hat. Ein fragiles Einvernehmen, aber eins, das ihnen die Kraft gibt weiterzumachen.

Leyla verlässt das Lager später in dieser Nacht, den Kopf voller Pläne. Sie muss noch viele Details klären, aber die Grundidee steht. Sie nutzt die Dunkelheit, um unerkannt nach Hause zu gelangen. Im Hinterkopf hört sie den Countdown ticken, denkt an Riven, an die Eliten, an die Bürger. Alle werden Zuschauer dieses ungewöhnlichen Dramas sein, wenn beim Festival die Filter kurz ausfallen.

Als sie ihre Wohnung betritt, atmet sie tief durch. Ja, sie ist nervös. Aber sie hat nun eine klare Taktik. Kein blindes Befreien der Wahrheit, sondern ein sorgfältiger, technisch anspruchsvoller Eingriff, begleitet von einem Manifest, das

Verständnis und Nachdenken fördert. Eine hoffnungsvolle Mischung, auch wenn es wackelig ist.

Die Uhr tickt, sie hat alles auf eine Karte gesetzt. Doch sie ist bereit, diesen Preis zu zahlen.

KAPITEL 29

Leyla sitzt wieder im Büro und starrt auf eine Reihe von Statusmeldungen, als würde sie routinemäßige Updates prüfen. Doch ihre Gedanken kreisen um ganz andere Dinge. Die Vorbereitung auf das Festival läuft längst auf Hochtouren, nicht nur beim Widerstand, sondern auch auf Seiten der Eliten. Heute Morgen hat sie etwas Brisantes im internen System entdeckt: neue Filter, die scheinbar speziell für das Festival entwickelt wurden. Diese Filter sollen „aufmüpfige" Personengruppen noch stärker isolieren und in ein hässlicheres Licht rücken, um Proteste schon im Keim zu ersticken. Ein besonders niederträchtiger Schachzug, der deutlich macht, dass die Gegenseite nicht nur verteidigt, sondern offensiv aufrüstet. Sie will damit jede Abweichung von ihrer gewünschten Harmonie ersticken.

Leyla betrachtet die rote Warnanzeige, die immer wieder im System aufleuchtet. Sie ist offiziell als ein „Testerfehlermarker" getarnt, aber Leyla weiß besser: Es ist die Signatur einer neuen Sicherheitsprozedur, die jeden verdächtigen Zugriff protokolliert. Die rote Anzeige flackert im Hintergrund, wie ein stummer Vorbote drohender Eskalation. Jede Sekunde, die sie im System gräbt, wird riskanter. Doch Leyla kann nicht anders, sie muss diese Informationen an Amina und Tariq weitergeben. Zeit ist knapp, das

Festival rückt näher, und wenn die Eliten ihre neuen Filter testen wollen, müssen Leyla und ihre Verbündeten vorbereitet sein.

Nach Feierabend kehrt Leyla nicht sofort nach Hause zurück. Stattdessen nimmt sie Umwege, prüft, ob ihr jemand folgt. Die Stadt ist voll von Menschen, die ahnungslos ihrem Alltag nachgehen. Bunte Overlays an den Fassaden, sanfte Musikfetzen in der Luft, alles so perfekt inszeniert, dass man glauben könnte, man lebe in einer idealen Welt. Leyla kann dieses Schauspiel längst nicht mehr ertragen, es wirkt hohl, wie eine schlecht produzierte Show, die sie durchschaut.

In einer unauffälligen Gasse klopft sie an eine Metalltür mit einer zerkratzten Oberfläche. Ein Wink, eine leise Stimme drinnen fragt nach einem Codewort. Sie nennt es. Drinnen erwartet sie Amina, Tariq ist bereits da, mit verschränkten Armen, nervös, aber nicht mehr so ungehalten wie zuvor. Er hat verstanden, dass sie einen Weg gefunden haben, der zumindest die schlimmsten Konsequenzen mindert.

Amina blickt sie ruhig an. „Hast du etwas Neues?" Leyla nickt und teilt ihnen mit leiser Stimme mit, was sie gefunden hat: Die Eliten planen, beim Festival neue, verschärfte Filter einzusetzen, um potentielle Unruhestifter gezielt anzugreifen. Sie wollen gewissermaßen ein Vorab-Screening machen: Wer könnte zum Problem werden, wem zeigt man besonders finstere Illusionen, um ihn gleich einzuschüchtern?

Tariq stößt Luft aus, schlägt mit der Faust gegen den nächstbesten Holztisch, aber nicht zu laut. Er ist empört: „Sie nutzen das Festival also nicht nur zur Show, sondern um ihre Kontrolle weiter auszubauen. Noch mehr

Manipulation, noch härtere Gangart. Diese Schweine." Seine Stimme ist gepresst, aber Leyla sieht auch, dass er sich zusammenreißt.

Amina zieht die Stirn in Falten: „Das heißt, wenn wir nichts tun, wird das Festival die Stadt noch tiefer in die Lüge ziehen. Die Leute werden glauben, alles sei wunderschön, während kritische Gruppen ersticken in Angstbildern." Leyla nickt: „Genau deshalb müssen wir handeln. Ich weiß, ich habe beim letzten Mal dafür plädiert, nur kurz die Filter auszuschalten. Aber wir müssen sicherstellen, dass in diesen Minuten wirklich etwas rüberkommt. Wir müssen vorher noch mehr Zweifel wecken, den Boden bereiten, damit die Leute das Gesehene nicht als Spinnerei abtun."

Tariq runzelt die Stirn, versucht, seine Ungeduld im Zaum zu halten: „Also noch subtilere Aktionen vorher? Wir sind doch eh schon am Limit. Die Eliten verstärken überall die Sicherheit, wir riskieren, dass sie uns auf die Schliche kommen."

Leyla hebt die Hand, sieht ihn ruhig an: „Ich weiß, es ist riskant. Aber sieh es so: Wenn wir beim Festival einfach nur kurz die Filter killen, ohne Vorarbeit, ohne klare Botschaft, dann sehen die Leute vielleicht nur ein schockierendes Durcheinander. Dann sind wir kaum besser als rohe Saboteure. Ich will, dass sie verstehen, dass diese Täuschung politisches Kalkül ist. Das schaffen wir nur, wenn wir jetzt kleine Nadelstiche setzen."

Amina ergänzt: „Wir können vereinzelte Overlays minimal verfälschen, sodass Leute Teile echter Fassaden durchscheinen sehen. Kein kompletter Ausfall, nur kleine Widersprüche. Vielleicht an Orten, die nicht so streng überwacht sind. Tariq kann parallel Gerüchte streuen, dass sich etwas anbahnt, dass nicht alles so ist, wie es scheint. Wenn die Menschen mit Fragen ins Festival gehen, werden sie weniger panisch, wenn die Filter für kurze Zeit verschwinden. Dann sind sie vielleicht aufmerksamer, eher bereit, das Manifest zu lesen, das wir ihnen zeitgleich präsentieren."

Leyla spürt, dass ihre Entschlossenheit wächst. Nachdem sie die neuen Vorhaben der Eliten kennt, hat sie keinen Zweifel mehr: Sie muss handeln. Dieser Schritt ist unvermeidlich. Sie will kein blindes Chaos, sie will Erkenntnis. Die Eliten glauben, ohne Filter würden alle in barbarische Konflikte fallen, aber Leyla meint, dass man den Menschen zumindest einen Anstoß zur echten Debatte geben sollte, anstatt sie ewig unter einer Illusion zu halten.

Sie streicht sich durchs Haar, ein sarkastisches Lächeln: „So viel Aufwand, um ein paar Minuten Wahrheit zu zeigen. Lächerlich, oder? Aber das ist unsere Realität: Wir müssen jahrelang perfektionierte Filter mit subtilen Tricks untergraben. Alles, um den Menschen einen winzigen Moment klaren Blick zu verschaffen."

Amina hebt die Schultern. „Diese paar Minuten können alles ändern. Eine gut platzierte Information zur richtigen Zeit kann mehr bewirken als Monate stumpfer Propaganda. Wenn sie sehen, dass es geplant ist, dass wir Beweise liefern, werden sie nicht alles als Zufall abtun."

Tariq atmet tief durch, sein Ton milder als früher: „Also gut. Ich werde in meiner Community vorsichtig die Parole ausgeben, aufmerksam zu sein, nicht zu erschrecken, wenn etwas Merkwürdiges passiert. Ich sage ihnen, dass bald eine wichtige Botschaft kommt, die die Stadt für immer verändern könnte. Keine Details, nur Andeutungen."

Leyla nickt zufrieden. „Perfekt. Wir halten den Druck klein, aber spürbar. Ich überlege auch, Riven nochmal zu beobachten. Vielleicht kann ich ein kleines Detail von Riven nutzen, um den finalen Schlag noch effektiver zu machen. Aber ich werde vorsichtig sein. Riven hat mir klar gemacht, dass er*sie auf Seite des Status Quo steht, wenn auch mit Zweifeln. Ich will Riven nicht verraten, aber wenn ich ein kleines Fenster sehe, um Zweifel zu säen, nutze ich es vielleicht."

Amina warnt: „Sei vorsichtig mit Riven. Wir können es uns nicht leisten, dass du auffliegst. Deine Zugriffe während des Festivals sind entscheidend."

Leyla versteht. Sie ist jetzt entscheidende Figur in diesem Spiel, jeder Schritt muss sitzen. Sie blickt auf den kleinen, improvisierten Monitor, wo sie den Countdown zum Festival-Tag sehen. Die Uhr tickt, der Druck steigt. Sie werden die Filter kurz aus dem Takt bringen, gerade wenn die Eliten ihren neuen Filtertest an aufmüpfigen Gruppen durchführen wollen. So werden sie die angeblich sichere Harmonie zerstören, ohne einen dauerhaften Kollaps zu provozieren.

In der Halle klingt ein leises Surren der Geräte, einige Widerständler flüstern miteinander, besprechen Logistik, Speicherorte für das Manifest, Verteilerknoten für die Hackerangriffe. Ein gemeinsamer Plan formt sich, und Leyla steht im Zentrum. Sie spürt die Last, aber auch eine merkwürdige Zuversicht. Endlich ein konkreter Schritt, keine endlosen Debatten mehr.

Die rote Warnanzeige im System – die Leyla vorhin im Büro sah – brennt sich in ihr Gedächtnis. Sie symbolisiert, wie nah die Eliten ihr auf den Fersen sind. Jeder Tag kann ihr letzter im System sein. Doch gerade deshalb gibt es keinen besseren Zeitpunkt. Sie haben nur diese eine Chance, den Narrativ zu stören und Zweifel in die Massen zu tragen.

Leyla verlässt schließlich den Besprechungsraum, lässt Amina und Tariq weiter Details klären. Sie geht durch die dunklen Gänge des Lagers, denkt an das Festival: Menschen in bunter Festtagslaune, verträumte Overlays, Konzerte, Paraden. Ein Kunstgriff der Eliten, um die Leute abzulenken. Doch während sie feiern, wird Leyla im Hintergrund ein paar Kabel ziehen, ein paar Skripte laufen lassen, und für einen Moment fällt der Vorhang.

Der Gedanke macht ihr Angst, aber auch Mut. Sie hat genug gesehen, genug gelitten unter dieser Lüge. Jetzt ist die Zeit, zu handeln. Sie weiß, dass sie diese Chance beim Festival nutzen muss. Der Countdown läuft.

Als sie das Lager verlässt, zieht ein kühler Nachtwind durch die Straßen. Sie denkt an die ersten Tage ihres Erwachens, als sie noch naiv an den Nutzen der AR glaubte. Heute ist davon nichts mehr übrig. Sie kennt nun die dunkle Seite, weiß, dass die Eliten schon längst ganze Weltbilder orchestrieren. Dieses Wissen treibt sie an, lässt sie verstehen, warum es sich lohnt, das Risiko einzugehen.

Sie schreitet durch die Nacht, ihr Herz schlägt im Takt der nahenden Ereignisse. Kein Zögern mehr, nur vorbereitende Schritte. Diese wenigen Minuten beim Festival werden sie sorgfältig planen, um nicht nur Chaos zu verursachen, sondern Erkenntnis zu säen.

Die Uhr tickt, die Pläne sind in Gang gesetzt. Amina, Tariq, die anderen Widerständler vertrauen nun Leylas Kompromisslösung. Die Eliten rüsten auf, doch Leyla ist entschlossen, die Show zu stören, die sie alle so perfekt inszenieren wollen. Sie weiß, die Menschen werden verwirrt sein, aber wenigstens nicht völlig unvorbereitet. Und dann, mit dem Manifest, werden sie kapieren, dass es kein Zufall ist.

All das liegt noch vor ihr, aber sie hat schon jetzt ein beruhigendes Gefühl: Sie ist bereit, genau an diesem Tag, in diesen wenigen Minuten, das große Konstrukt zu entlarven, das die Eliten für unantastbar halten. Die Welt wird danach nicht sofort besser sein, aber sie wird nicht mehr dieselbe sein.

KAPITEL 30

Leyla sitzt in einem kleinen Raum im Widerstandslager, die Luft warm und stickig, die Beleuchtung durch eine einzelne, matte LED-Lampe eher spärlich. Vor ihr flimmert ein tragbares Terminal, dessen Oberfläche Amina mit unzähligen Skripten und Tools bestückt hat. Zwischen beiden laufen die letzten Vorbereitungen für ihren geplanten Eingriff während des Festivals. Die letzten Tage haben sie Konzepte gewälzt, Code geschrieben und wieder verworfen. Nun geht es ins Detail: Einen Prototyp des Hacks so zu perfektionieren, dass er nur für ein paar Minuten sämtliche Filter ausschaltet, danach aber wieder die Kontrolle an das System zurückgibt. Nicht dauerhaft, nur ein kurzer Moment, ein „Reality-Flash", wie sie es im Scherz nennen.

Amina sitzt neben ihr, konzentriert, trocken-humorige Kommentare, wenn Leyla einen Codeabschnitt besonders sarkastisch kommentiert. „Nur ein paar Minuten", murmelt

Amina. „Mehr brauchen wir nicht. Genug Zeit, um ihre Fassade zu zerreißen, aber nicht so lang, dass die Stadt völlig durchdreht. Danach sind sie natürlich alarmiert, aber wir haben in diesen Minuten unser Manifest verteilt." Amina führt eine Handbewegung aus, als würde sie einen digitalen Pfeil schießen: Das Manifest soll in genau diesem Intervall eingespeist werden, überall dort, wo die Menschen es sehen können, während sie die echte Stadt erblicken.

Leyla nickt, ihre Augen auf das Terminal gerichtet. „Ein Manifest, kurz und prägnant", sagt sie leise. „Ein paar Absätze, die erklären, dass all die harmonischen Bilder manipuliert sind, dass hinter den friedlichen Fassaden eine politische Absicht steht, eine soziale Lenkung. Wir sollten Beweise einbinden, Screenshots, Fragmente von Mails, irgendetwas, das man nicht so leicht als Schwindel abtun kann." Sie spricht nüchtern, aber ihr Herz schlägt schnell. Sie weiß, dass diese Minuten alles verändern können.

Tariq tritt ein, lehnt am Türrahmen, verschränkt die Arme. Er wirkt nervös, aber nicht mehr so aufgebracht wie früher. „Ihr habt also entschieden, wie ihr's macht", sagt er halblaut. „Ein kurzer Schock, gefolgt von einer Wiederherstellung. So sehen sie, was ihnen verborgen wird, und begreifen, dass es kein Zufall ist." Sein Ton klingt, als ob er damit endlich leben kann. Er hat verstanden, dass totale und permanente Enthüllung unkontrollierbares Chaos bringen würde.

Leyla dreht sich halb zu ihm um, ein sarkastisches Lächeln: „Weißt du, das hier ist wie ein chirurgischer Eingriff. Wir wollen sie nicht umbringen, sondern aufwecken. Ein Vollangriff wäre, als würde man den Patienten gleich mit der OP-Bank umwerfen. Aber wir machen einen kleinen

Schnitt, zeigen den Eiter unter der Wunde, dann nähen wir wieder zu. Sie haben gesehen, was los ist, und werden danach Fragen stellen." Eine ruppige Metapher, aber Tariq scheint sie zu verstehen.

Amina lächelt trocken, fokussiert auf den Code. „Wir müssen die Filter kurz ausschalten, dann ein verschlüsseltes Datenpaket aussenden, das sich in die Overlays einklinkt und das Manifest zeigt, bevor die Eliten reagieren können. Schwer, aber machbar, solange der Datenverkehr beim Festival maximal ist."

Leyla lauscht dem Summen des Terminals, den winzigen Klicks, wenn Amina Befehle tippt. Der technische Aufwand ist enorm, aber sie haben wenigstens einen Plan. Während Amina testet, ob sich der Timer für den Filterausfall korrekt einstellen lässt, kramt Leyla in ihrer Tasche nach einem kleinen, zerknitterten Umschlag. Darin befindet sich ein altes Foto, aus ihren Kindertagen, bevor die AR-Technologie alles überlagerte. Sie und ihre Familie stehen lachend vor einer echten Hauswand, nicht perfekt, nicht virtuell geschönt, aber eben real. Ein Stück unverfälschte Erinnerung, die ihr Mut macht. Sie seufzt leise, betrachtet das Bild. Die meisten Leute hier kennen nur AR-optimierte Familienbilder, glattgezogen, retuschiert. Dieses echte Foto ist ein Symbol dafür, was sie den Menschen zurückgeben will: unverfälschte Erinnerungen, echte Wahrnehmungen. Selbst wenn sie hässlich sind, sind sie ehrlich.

Sie steckt das Foto wieder weg, blickt Amina über die Schulter. „Also, wir haben einen Timer, der die Filter für ein paar Minuten ausknockt. Wir haben ein Manifest, das in genau diesem Zeitfenster gesendet wird. Danach versuchen wir, die Filter wieder hochzufahren, damit nicht alles komplett eskaliert. Klingt verrückt, aber vielleicht genau das, was es braucht."

Tariq tritt näher, sagt nichts, aber seine Anwesenheit ist Zustimmung. Er wird seine Kontakte informieren, Andeutungen machen, Gerüchte streuen, damit niemand beim Festival aus allen Wolken fällt. Vielleicht nicht genug, um alle Panik zu verhindern, aber genug, um zumindest einigen den Boden für Verständnis zu bereiten.

Amina führt einen Testlauf durch: eine Simulation, die in einer abgeschirmten Umgebung abläuft. Auf dem Display sieht Leyla, wie der Datenverkehr hypothetisch ansteigt, wie ihr Skript einen kurzen Engpass erzeugt, die Filterberechnung stockt, für ein paar Minuten Null Overlays – reine, unverzerrte Realbilddaten. Dann im nächsten Schritt taucht ein digitales Dokument auf, das Manifest. Amina blättert durch den Rohtext: klare, einfache Worte, keine komplizierte Theorie, sondern ein direkter Vorhalt: „Ihr wurdet belogen. Seht jetzt die echte Stadt. Hinter den perfekten Fassaden verbergen sich Mächtige, die euch manipulieren." Leyla nickt. Das ist genug, um Zweifel in Massen zu säen, ohne endlose Erklärungen. Später kann man mehr Details liefern, wenn die Debatte entbrennt.

Sie fühlt den moralischen Kompromiss nun in ihren Knochen. Sie reißt nicht alle Lügen auf einmal nieder, sondern gibt den Menschen einen Stich ins Bewusstsein, einen kurzen Blick hinter den Vorhang, damit sie später selbst nachfragen. Es ist ein riskanter Tanz zwischen Aufrütteln und Überfordern. Genau das, was sie nach den letzten Lektionen entschieden hat.

Die Uhr bis zum Festival schrumpft weiter. Leyla weiß, die Eliten schlafen nicht. Sie haben sicher schon

Vorbereitungen getroffen, um Proteste zu unterdrücken. Doch ihr Plan setzt auf den Überraschungsmoment, die maximale Auslastung. Drei bis fünf Minuten reichen. Genug, um die Leute aus der Deckung ihrer Illusionen zu holen, aber nicht so lang, dass das System in völliges Schlachtfeld ausartet.

Riven geht ihr kurz durch den Kopf. Sie erinnert sich an das Gespräch, an Rivens Argumente für Stabilität durch Täuschung. Nachdem sie die neuen Vorhaben der Eliten kennt – Leute gezielt als feindlich erscheinen zu lassen – weiß sie erst recht, dass sie handeln muss. Es gibt keine moralische Rechtfertigung, Menschen in solches Elend zu stürzen, nur um sie ruhig zu halten. Sie versteht, dass Riven und die Eliten Angst vor Chaos haben, aber Chaos ist nicht schlimmer als eine perfekt inszenierte Lüge.

Amina zoomt in ein Schema des Hauptservers: „Hier, Leyla, an diesem Tag musst du im Firmenumfeld einen plausiblen Fehler melden, der dich zwingt, den Hauptknoten neu zu starten. Sobald du das tust, läuft unser Timer-Skript, schaltet die Filter aus. Wir haben ein paar Sekunden, um die Manifest Daten einzuspeisen. Dann lässt du die Filter wieder hochfahren, aber die Leute haben bereits gesehen, was wirklich ist. Wir hoffen, dass sie das Gesehene nicht vergessen."

Leyla nickt, ihr Gehirn arbeitet schon an Ausreden: ein kaputter Dienst, ein Update, das schiefgeht, irgendetwas, das ihre Rolle als Technikerin glaubwürdig nutzen lässt. Sie kennt die Logfiles und kann Protokolle fälschen, damit es aussieht wie ein technischer Zwischenfall. Solange es schnell geht, werden die Eliten nicht sofort stutzig.

Tariq murmelt: „Gut, gut. Wenn ihr das so hinkriegt... ich werde jedenfalls sicherstellen, dass mein Umfeld weiß, dass es kein Zufall war, wenn etwas Seltsames passiert. Ich sage ihnen: ‚Nehmt an, ihr seht für ein paar Momente die Welt ohne Maske. Glaubt nicht, es sei ein Fehler. Es ist ein Zeichen.'"

Die anderen Widerständler, die im Hintergrund lauschen, wirken entschlossen. Sie verstehen, dass dieses Ereignis ihre einzige realistische Chance ist, einen nachhaltigen Impuls zu setzen. Keiner glaubt, dass danach sofort Friede, Freude, Eierkuchen herrschen wird, aber wenigstens eine neue Debatte.

Leyla holt erneut das alte Familienfoto hervor, betrachtet es kurz. Ein Symbol für ehrliche Erinnerungen. Sie will den Menschen etwas Ähnliches ermöglichen: echte Bilder, echte Eindrücke, unbehandelt. Nur so können sie erkennen, dass ihre bisherigen Wahrnehmungen gesteuert waren. Das Bild erinnert sie an ihre Kindheit, als AR noch nicht alles überlagert hatte. Es gibt ihr Kraft, zu wissen, dass eine solche Welt einmal möglich war, also kann man sie vielleicht wieder herbeiführen – nicht plötzlich und gewaltsam, aber Schritt für Schritt.

Amina registriert Leylas Blick auf das Foto, sagt nichts, aber ihr feines Lächeln zeigt, dass sie das Symbol erkennt. Beide schweigen, aber Verständnis fließt zwischen ihnen. Diese stummen Momente sagen mehr als lange Reden: Sie wissen, was auf dem Spiel steht, akzeptieren die Gefahr, weil sie etwas Höheres anstreben.

Nun ist alles vereinbart. Der Plan steht. Das Festival ist nur noch Tage entfernt, die Uhr tickt, jeder Handgriff muss sitzen. Leyla ist bereit, das Risiko einzugehen. Sie kennt die

Gefahr: Wenn es schiefgeht, enden sie als Sündenböcke, gejagt von Polizisten und Drohnen. Wenn es klappt, bröckelt die Legitimationsgrundlage der Eliten. Die Menschen haben dann Fragen, Zweifel. Ein erster Schritt, nicht die Endlösung, aber ein Anfang.

Sie legt das Foto beiseite, blickt auf den Code, den Amina zeigt. Ein letztes Abnicken, ein stilles Einverständnis. Das Manifest ist verfasst, die Timer sind gesetzt, die Kanäle für die Verbreitung vorbereitet. In ein paar Tagen findet das große Festival statt, ein pompöses Schauspiel der Eliten, um ihre Herrschaft zu untermauern. Doch dieses Mal wird Leyla die Filter für ein paar Minuten kappen.

Die Überzeugung hat sich in ihr verfestigt: Sie kann nicht mehr nur zusehen. Sie wird den Menschen zumindest einen Blick auf die Wahrheit ermöglichen. Das ist kein einfacher, kein ungefährlicher Weg, aber der Einzige, der ihren moralischen Ansprüchen genügt. Alles andere wäre Kapitulation.

Mit diesem Gedanken verlässt sie schließlich das Lager, Amina an ihrer Seite, Tariq irgendwo im Hintergrund. Die Anspannung ist greifbar, aber auch eine seltsame Hoffnung schwebt in der Luft. Sie haben einen Plan, der weder blind zerstörerisch ist noch feige abwartend. Ein Mittelweg, der ihnen zumindest eine Chance gibt, den Menschen mehr als eine Marionettenwelt zu bieten.

Die nächsten Tage werden sie nutzen, um letzte Details zu klären, ihre Deckung aufrechtzuerhalten, keine unnötige Aufmerksamkeit auf sich zu ziehen. Und dann, am Tag des Festivals, werden sie handeln. Die Welt wird einen kurzen

Schock erleben, aber danach wird man nicht mehr so einfach zur alten Lüge zurückkehren können.

Leyla ist bereit, auch wenn ihr klar ist, dass die nächste Phase gefährlich ist. Sie macht sich auf den Heimweg, die Nacht ist still, die Stadt schläft in ihren Overlays. Doch die Zeit für einen kurzen Reality-Flash ist gekommen.

KAPITEL 31

Leyla und Amina sitzen in einem schmalen Raum, versteckt im Untergrund, den Blick auf eine projizierte Karte gerichtet. Diese Karte ist kein einfacher Stadtplan, sondern eine schematische Darstellung der technischen Infrastruktur, die das Festival bald mit beeindruckenden AR-Illusionen versorgen soll. Durch komplexe Datentunnel, Signalverstärker und Überwachungsknoten führt der Weg zu jenem zentralen AR-Knotenpunkt, den sie beim Festival für ein paar Minuten zu Fall bringen wollen. Die Atmosphäre ist still, konzentriert, im Hintergrund ein leises Summen alter Geräte.

Die projizierte Darstellung des Datenturms, in dem der entscheidende Knoten liegt, schwebt vor ihnen wie ein holografischer Baum. Die Ebenen der Datenverarbeitung wachsen von unten nach oben, verteilt über viele virtuelle „Äste", an denen die Filterpakete berechnet und verteilt werden. Amina zoomt hinein, markiert mögliche Schwachstellen, während Leyla sorgfältig Notizen macht. Beide arbeiten beinahe wortlos, eingespielt wie ein Team, das weiß, dass es kaum eine zweite Chance gibt.

„Hier" sagt Amina leise, ihre Stimme trocken wie immer. Sie zeigt auf einen Knotenpunkt, eine Art Schnittstelle, an der Daten aus verschiedenen Sektoren zusammenfließen. „Wenn wir genau hier unsere Überlastung erzeugen, ist der Hauptknoten gezwungen, Filterberechnungen zu drosseln. In diesen Sekunden können wir die Filter ausschalten, ohne dass das System sofort ausweicht."

Leyla beugt sich vor, runzelt die Stirn. Sie ist konzentriert, aber angespannt. Jeder Handgriff muss sitzen. „Wir haben dann also ein kurzes Fenster, in dem wir die Filter kappen können. Aber wir müssen auch das Manifest einspeisen und sicherstellen, dass es nicht sofort blockiert wird." Sie tippt mit dem Finger auf einen anderen Punkt in der Projektion. „Hier ist ein Überwachungsknoten. Wenn wir nicht aufpassen, stoppen die Eliten unsere Nachricht, bevor sie sich verbreitet."

Amina nickt ernst. „Wir legen ein paar falsche Fährten, ein paar Ablenkungsmanöver. Während wir den Hauptknoten überlasten, starten wir mehrere Scheinangriffe auf andere Datenrouten. Die Sicherheit wird versuchen, diese abzuwehren, denkt, dort sei die Hauptaktion. In der Zwischenzeit schleusen wir an einer anderen Stelle unser Manifest ein."

Leyla versucht, ihre Nervosität mit Sarkasmus zu überspielen: „Klingt wie ein virtuelles Katz-und-Maus-Spiel. Ich wusste nicht, dass ich mein Ingenieursstudium dafür nutze, eine digitale Houdini-Show abzuziehen." Ihre Stimme ist trocken, aber hinter dem Spott steht ernsthafte Furcht. Sie weiß, dass die Eliten längst aufgerüstet haben.

Während sie so sprechen, streift Leylas Blick über die Umgebung. Reste von ausrangierten Komponenten liegen herum, Kabel, die einst Daten übertrugen, jetzt stumm. Ein symbolischer Ort: Hier unten versuchen sie, der perfekten Maschinerie oben ein Schnippchen zu schlagen. Die Welt oben glänzt in AR-Farben, doch hier unten herrscht die rohe Wirklichkeit. In dieser unbehandelten Umgebung fühlen sich Leyla und Amina näher an der Wahrheit als je zuvor.

Tariq betritt den Raum, verschränkt die Arme, und gibt Leyla ein kurzes Nicken: „Ich habe mit meinen Kontakten gesprochen. Sie sind bereit, auf Zeichen zu achten. Ich habe ihnen nicht gesagt, was genau passieren wird, aber sie werden nicht völlig überrumpelt sein, wenn seltsame Dinge geschehen." Er scheint ruhiger als früher, vielleicht hat das Abwägen der letzten Tage ihn milder gestimmt.

Amina deutet erneut auf die Projektion des Datenturms. „Sieh dir diese Verstärker an, Leyla. Die Eliten haben hier eine zusätzliche Sicherheitsschleuse eingebaut, die in unseren letzten Plänen nicht war. Wahrscheinlich eine Reaktion auf die jüngsten Unruhen oder technische Unregelmäßigkeiten, die wir verursacht haben." Die Stimme ist kühl, doch Leyla spürt die Anspannung. Eine neue Barriere, unerwartet. Das erhöht den Schwierigkeitsgrad ihres Vorhabens.

Leyla schluckt hart. „Also haben sie aufgerüstet. War ja zu erwarten. Wir müssen einen Weg finden, diese Schleuse zu umgehen oder zumindest zu verzögern. Können wir sie mit falschen Metadaten füttern, damit sie die Dringlichkeit nicht erkennt?" Sie versucht, eine Lösung zu finden, obwohl sie genau weiß, dass jede weitere Hürde das Risiko steigert.

Amina denkt nach, tippt ein paar Befehle ins Terminal. „Vielleicht, wenn wir einige harmlose Anomalien in anderen Bereichen erzeugen, lenken wir die Schleuse ab. Sie wird ihren Prüfvorgang dort intensiver ausführen, während wir im Hauptknoten unser Ding durchziehen. Ein Balanceakt, aber vielleicht machbar." Ihre Stimme klingt abgeklärt, als hätte sie schon schlimmere Hacks orchestriert.

Tariq verfolgt das Gespräch stumm. Er kennt die Technik nicht so gut, versteht aber, dass die Lage schwieriger geworden ist. Er seufzt: „Also noch ein Trick mehr. Na, wenigstens wissen wir es jetzt. Besser vor dem Festival, als währenddessen an der neuen Schleuse zu scheitern."

Leyla nimmt einen tiefen Atemzug, atmet langsam aus. Sie denkt an das alte Foto, das sie bei sich trägt, an die unverfälschten Erinnerungen, die es symbolisiert. Der Datenturm vor ihnen ist wie ein gigantischer künstlicher Wald: Tausende von digitalen Blättern, die den Blick auf die echte Welt versperren. Sie wollen nur kurz den Baum kahl schütteln, ohne die ganze Stadt in Flammen zu setzen. Dieser neue Sicherheitsknoten ist ein dicker Ast, der ihnen im Weg steht.

„Wir schaffen das", sagt Leyla schließlich, ihre Stimme leise, aber bestimmt. „Wir müssen es schaffen. Wenn wir jetzt aufgeben oder den Plan abschwächen, werden die Eliten einfach weiter mit den neuen Filtern experimentieren, die Leute noch zielgerichteter manipulieren. Das Festival wird dann zum Triumph ihrer Kontrolle."

Amina nickt. „Dann müssen wir unsere Manöver anpassen. Mehr Ablenkungsangriffe, mehr falsche Spuren, ein ausgefeilteres Timing. Wir haben noch ein paar Tage, um den

Code um diese Sicherheitsschleuse herumzubauen." Ihre Hände fliegen bereits über die Tastatur des Terminals, sie beginnt, erste Anpassungen vorzunehmen.

Tariq lehnt sich gegen die Wand, verschränkt die Arme, sein Gesicht angespannt, aber konzentriert. Er kennt den technischen Teil nicht gut, aber er versteht die Dringlichkeit. „Ich werde die Botschaften an meine Leute intensivieren. Sie sollen in Gesprächen, bei Treffen, vorsichtig andeuten, dass beim Festival etwas Wichtiges passieren könnte, etwas, das sie aufmerksam verfolgen sollten. Dann ist der Schock kleiner, wenn plötzlich alles anders aussieht als gewohnt."

Leyla nimmt diese Worte auf, lächelt sarkastisch: „Wir spielen hier eine ganz schöne Doppelrolle. Wir verwenden ähnliche Tricks wie die Eliten, Ablenkungen und Vorbereitungen, um ein größeres Ziel zu erreichen. Aber wir tun es, um sie aus der Lüge zu befreien, nicht um sie zu vertiefen."

Amina blickt nicht auf, während sie codiert: „Das ist der feine Unterschied. Die Eliten manipulieren, um die Kontrolle zu bewahren, wir tricksen, um die Kontrolle wenigstens zeitweise aufzuheben. Hoffentlich verstehen die Leute das, wenn es so weit ist."

Leyla spürt ihre innere Unruhe. Sie weiß, dass sie keine zweite Chance bekommen. Wenn dieses Manöver scheitert, werden die Eliten so hart durchgreifen, dass jeder Versuch, die Wahrheit ans Licht zu bringen, in Zukunft noch schwieriger wird. Die Uhr tickt, und sie muss jetzt noch mehr Mut aufbringen, als sie je hatte.

Das virtuelle Modell des Datenturms steht vor ihnen wie ein stummer Feind, ein technisches Monument der

Unterdrückung. Sie planen, diesen künstlichen Wald kurzzeitig zu entlauben, die Blätter der Lüge fallen zu lassen, damit die Menschen echte Äste, echte Strukturen sehen – und begreifen, dass nichts so harmonisch ist, wie es scheint.

Leyla hat ihren moralischen Kompromiss gefunden: Nicht alles niederreißen, sondern kurz enthüllen und dann wieder zurückfahren. So bekommen die Menschen einen Vorgeschmack, ohne komplett ins Leere zu fallen. Sie kann nur hoffen, dass diese kontrollierte Schocktherapie funktioniert, dass die Leute danach nicht einfach die Augen verschließen, sondern Antworten verlangen.

Während sie diese Gedanken festigt, arbeitet Amina schweigend weiter an den Skripten, Tariq geht Datenpakete durch, andere Widerständler bringen frische Informationen, sichern Daten. Ein konzentrierter, ernster Betrieb, ohne unnötige Worte. Alle wissen, was auf dem Spiel steht.

Nach einiger Zeit schaltet Amina den Terminal ab, dreht sich zu Leyla um: „Gut, ich habe den Code so weit angepasst. Wir müssen noch ein paar Tests machen, aber es sollte klappen. Die Schleuse wird abgelenkt, der Hauptknoten überlastet, und wir schaffen unser Zeitfenster. Schwieriger, aber nicht unmöglich."

Leyla nickt, ein dünnes Lächeln: „Perfekt. Dann lassen wir uns von diesem neuen Hindernis nicht aus der Bahn werfen." Sie fühlt, wie ihre Entschlossenheit weiter gefestigt wird. Diese neue Sicherheitsschleuse ist nur ein weiterer Gegner in einem komplizierten Schachspiel, das sie führen. Keine simple Heldentat, sondern ein sorgfältig geplanter Coup.

Der Tag des Festivals rückt näher, die Uhr tickt unerbittlich. Leyla weiß, dass sie diese Chance nutzen muss. Es gibt kein Zurück, kein endloses Feilen am Plan. Bald werden sie vor der Entscheidung stehen, ihren vorbereiteten Hack auszuführen. Das Leben wird danach nicht einfacher sein, eher gefährlicher, aber wenigstens haben sie es dann versucht.

Als Leyla den Raum verlässt, das Foto ihrer Kindheit noch immer in der Tasche, denkt sie an die nahende Zukunft. Sie hat nun die technische Strategie verfeinert, trotz neuer Hürden. Sie weiß, dass sie das Risiko eingehen wird, wohlwissend, dass die nächste Phase lebensgefährlich ist.

Kapitel 32

Leyla betritt an diesem Morgen das Firmengebäude mit steifer Miene. Seit Tagen ist sie nervös, doch sie unterdrückt es gekonnt. Der großflächige AR-Leitsatz im Foyer – „Information ist Fortschritt" – springt ihr erneut ins Auge. Eine hübsche Ironie, denkt sie sarkastisch, während sie an einigen Kollegen vorbeigeht, die in ihre individuellen Overlays vertieft sind, jeder in seiner maßgeschneiderten Scheinwelt.

Heute werden sogenannte „Sicherheitsaudits" durchgeführt, angeblich nur Routineüberprüfungen. Aber Leyla weiß, was das heißt: Die Eliten wittern, dass irgendwo im System ein Saboteur lauern könnte, der beim Festival einen Zwischenfall plant. Diese Audits sind nichts als Tarnung, um Maulwürfe zu finden. Sie hat es geahnt, doch die unmittelbare Gefahr lässt ihr Herz schneller schlagen. Sie muss sehr vorsichtig sein, ihre Rolle perfekt spielen.

Ein Polizist, oder was hier als polizeiähnliche Figur fungiert – ein Angestellter der Sicherheitsabteilung in ARoptimierter Uniform – führt sie in einen separaten Raum. Die Einrichtung ist schlicht, sterile Wände, ein Tisch, zwei Stühle. An einer Ecke blinkt ein rotes Warnlicht, ein unauffälliges, aber stetiges Pulsieren, wie ein Herzschlag der Überwachung. Leyla weiß, dass jede Nuance ihres Verhaltens analysiert wird. Sie darf keine Nervosität zeigen, keine Ungereimtheiten.

Ein Mann im unauffälligen Anzug, wahrscheinlich ein Sicherheitsbeauftragter, tritt ein. Er wirkt höflich, lächelt sogar, aber seine Augen sind kühl. „Guten Tag, Leyla. Nur eine kurze Routineüberprüfung. Sie wissen, mit dem bevorstehenden Festival möchten wir sichergehen, dass alles reibungslos läuft. Ein paar Fragen zu Ihren Arbeitsabläufen."

Leyla zuckt innerlich die Schultern, zeigt äußerlich Gelassenheit. „Selbstverständlich, nur zu", sagt sie ruhig. Ihre Stimme klingt professionell, leicht sarkastische Höflichkeit schwingt mit, aber nicht so stark, dass es auffällt. Sie ist eine Technikerin, warum sollte sie sich einschüchtern lassen?

Der Mann stellt banale Fragen: Welche Systeme Leyla in letzter Zeit gewartet hat, ob ihr ungewöhnliche Meldungen aufgefallen sind, ob sie jemals versucht hat, ohne Genehmigung auf sensible Knoten zuzugreifen. Leyla antwortet routiniert, wobei sie so tut, als müsse sie überlegen, bevor sie harmlos klingende Erklärungen liefert. „Oh, neulich gab es ein kleines Problem mit einem Proxy-Server, aber das war ein normaler Bug. Ich habe ihn laut Protokoll gefixt." Alles glaubwürdig, nichts Dramatisches.

Die Fragen werden subtil persönlicher. „Hatten Sie in letzter Zeit Kontakt zu Personen außerhalb Ihres gewohnten

Kreises? Irgendwelche ungewöhnlichen Gespräche?" Leyla hält die Augen auf den Mann gerichtet, lächelt dünn: „Ich lebe recht zurückgezogen. Vielleicht mal ein paar Worte mit Kollegen aus anderen Abteilungen, aber nichts Besonderes." Sie unterdrückt die Angst, denkt an Amina, an Tariq, an die verborgenen Treffen im Untergrund. Ihr innerer Puls rast, doch nach außen bleibt sie kühl.

Das rote Warnlicht blinkt weiterhin im Hintergrund, rhythmisch, wie ein stummes Metronom, das die Spannung anheizt. Sie weiß, dass die Eliten darauf hoffen, ein Zucken, ein Flackern ihrer Pupillen zu erkennen, ein nervöses Zittern, irgendetwas, das sie verrät. Doch Leyla nutzt ihre sarkastischen Selbstgespräche im Kopf, um sich in Balance zu halten: „Also Leute, das ist euer großer Moment? Ein Mann im Anzug mit scheinheiliger Freundlichkeit, und ich soll vor Schreck einknicken? Nicht mit mir."

Nach einer Weile verschränkt der Mann die Arme, tippt auf seinem Terminal herum. „Verstehen Sie, es gibt Gerüchte über geplante Störungen am Festivaltag. Wir müssen sicher sein, dass keiner unserer Techniker in solche Dinge verwickelt ist." Sein Tonfall ist scheinbar verständnisvoll. „Sie sind eine unserer talentiertesten Kräfte. Wäre doch schade, wenn man Sie wegen eines Missverständnisses falsch einschätzt, oder?"

Leyla schluckt innerlich, hält aber ihr Gesicht neutral. „Ich verstehe. Aber ich bin loyal und fokussiert auf meine Arbeit. Mir liegt an einem reibungslosen Festival, es ist doch unser Aushängeschild. Warum sollte ich daran rütteln?" Ein sarkastischer Gedanke schießt ihr durch den Kopf: „Warum wohl? Vielleicht weil ihr alle die Welt betrügt?" Aber diese Worte bleiben unausgesprochen.

Der Mann nickt, scheint zufrieden, aber sie spürt, dass er noch nicht ganz überzeugt ist. Er fragt nach bestimmten Logs, die Leyla bearbeitet hat. Sie gibt allgemeine Antworten, erwähnt ein paar Routinechecks, erfindet kleine technische Details, die wie normaler AR-Betrieb klingen. Sie ist geübt darin, ein Teil von sich zu verraten: ihr Wissen nutzt sie nun, um glaubhaft zu lügen. Es schmerzt ein wenig, aber sie muss ihre wahre Mission verbergen.

Das rote Licht blinkt weiter, und Leyla hat das Gefühl, jede Sekunde könnte ihre Enttarnung bedeuten. Trotzdem bleibt sie professionell. Der Mann schließt schließlich seine Befragung: „Gut, ich denke, das war's erstmal. Nur eine Routinekontrolle, bitte nicht beunruhigen. Wir wollen nur sicher sein, dass wir alle an einem Strang ziehen." Er lächelt wieder dieses falsche Lächeln.

Leyla nickt, erhebt sich langsam. „Natürlich, verstehen Sie. Immer gut, vorsichtig zu sein." Sie klingt nicht verletzt oder verdächtig, sondern leicht genervt, wie es ein unschuldiger Mitarbeiter wäre, der unnötige Sicherheitsschikanen über sich ergehen lässt. Eine perfekte Tarnung.

Als sie den Raum verlässt, fühlt sie einen kalten Schweiß auf ihrem Rücken. Sie wurde entlassen, aber sie spürt, dass sie wahrscheinlich auf einer Blacklist steht. Die Eliten haben kein handfestes Material gegen sie, sonst hätten sie sie nicht einfach gehen lassen. Doch sie weiß, dass sie jetzt extra vorsichtig sein muss. Jede weitere Anomalie könnte dazu führen, dass sie härter vernommen wird. Sie muss noch subtiler und schneller agieren, bevor sie vollends ins Fadenkreuz gerät.

Draußen, im Gang, blickt sie kurz auf ihre Linse, als ob sie eine Mitteilung checkt. Nichts Besonderes, aber sie sieht die Kollegen, wie sie in ihren Overlays leben, nichts ahnend. Der Moment des Zusammentreffens rückt näher, und Leyla muss noch etliche Kleinigkeiten erledigen: kleine Skripte vorbereiten, Tarnungen verbessern, sicherstellen, dass Aminas Ablenkungsangriffe pünktlich starten, Tariqs Vorbereitungen laufen, damit die Leute beim Festival nicht völlig unvorbereitet sind.

Sie geht zum Aufzug, fährt in ihr Stockwerk, setzt sich an ihren Arbeitsplatz, als wäre nichts gewesen. Ein Techniker in der Nähe fragt, ob sie mit den neuesten Updates Probleme gehabt habe. Leyla zuckt mit den Schultern, wirft einen sarkastischen Kommentar ein: „Wahrscheinlich wieder ein typischer Patch-Day, oder? Alles völlig normal." Aus ihrem Mund klingt das glaubwürdig, ihr Ton unbeeindruckt. Innerlich kämpft sie mit der Erkenntnis, dass sie jetzt unter Beobachtung steht. Jede Geste könnte analysiert werden.

Doch sie gibt nicht auf. Ihr moralischer Kompass ist unerschütterlich: Sie muss den Menschen zumindest einen Moment echter Wahrnehmung geben. Die Eliten mögen sie auf dem Radar haben, aber Leyla hat einen Plan, ein Team und den Mut, weiterzumachen. Sie wird ihre Angst beherrschen.

Als ihr Arbeitstag endet, verlässt sie das Gebäude mit vorsichtigen Schritten. Kein eiliger Aufbruch, nichts Verdächtiges. Sie nimmt einen Umweg, beobachtet jede Drohne, jeden Polizisten, jeden Kollegen auf der Straße. Sie fühlt das Netz der Überwachung, das sich zuzieht, doch sie ist entschlossen, sich nicht verfangen zu lassen, bevor ihr großer Moment kommt.

In ihrer Wohnung angekommen, setzt sie sich auf die Bettkante, atmet langsam. Sie holt das alte Foto heraus, betrachtet es wieder. Ein Stück Erinnerung an eine einfachere Zeit, ohne AR-Scheinwelten. Sie wird den Menschen kein Paradies schenken, aber einen Funken Ehrlichkeit. Mehr kann sie nicht tun. Sie hat gesehen, wie brutal das System ist, wie skrupellos die Eliten sind. Nur dieser eine, gut gezielte Schlag kann die Mauer der Lügen ankratzen.

Sie legt das Foto beiseite, blickt ins Dunkle ihres Zimmers. Sie weiß, dass sie jetzt auf einer Blacklist steht, die Eliten haben sie vermutlich vermerkt: „Potentielle Risiko-Technikerin". Doch ohne konkreten Beweis müssen sie vorsichtig sein. Leyla will diesen Zeitpuffer nutzen, um die letzten Vorbereitungen durchzuführen.

Die nächsten Tage werden entscheidend. Sie muss noch vorsichtiger, noch cleverer agieren. Doch die Entscheidung ist gefallen, der Plan steht, das Festival rückt näher. Sie ist bereit, das Risiko einzugehen, wissend, dass die nächste Phase lebensgefährlich ist.

Entschlossen steht sie wieder auf, macht sich Notizen, plant, wie sie die neue Sicherheitsschleuse umgeht, wie sie vor dem Festival weitere subtile Zweifel sät. Alles dient dem einen Ziel: ein paar Minuten realer Wahrnehmung, begleitet von einem Manifest, das erklärt, was hier seit Jahren gespielt wird.

Sie fühlt die Angst, doch sie unterdrückt sie. Kein Zurück mehr, sie hat sich bereits moralisch festgelegt. Das rote Warnlicht, das im Verhörraum blinkte, ist aus ihren Augen, aber nicht aus ihren Gedanken verschwunden. Es steht sinnbildlich für die ständige Bedrohung. Doch Leyla hat beschlossen, trotz des Drucks weiterzugehen. Sie kann sich keinen Fehler leisten, aber sie wird es versuchen, weil es keine andere Wahl gibt, als wenigstens zu versuchen, die Illusion zu durchbrechen.

KAPITEL 33

Leyla sitzt in einem karg eingerichteten Seitenraum des Untergrundlagers. Draußen ist es still, nur das entfernte Summen einiger Terminals und leises Flüstern aus den hinteren Hallen ist zu hören. Amina ist bei ihr, konzentriert auf ein Hologramm, in dem Codeschnipsel wild durcheinander schwirren. Die Luft ist leicht stickig, ein Geruch aus Staub und Metall, aber Leyla achtet kaum darauf. Ihr Blick liegt auf den Datensequenzen, die Amina nach und nach entschlüsselt.

Amina zeigt auf ein paar ungewöhnliche Protokolle: „Ich habe neue Codes abgefangen. Die Eliten sind tatsächlich dabei, eine Spezial-Filterung vorzubereiten. Sie planen, beim Festival bestimmte kritische Gruppen noch brutaler darzustellen – ein gezielter Schritt, um Dissens zu unterdrücken. Als wäre die bisherige Manipulation nicht genug, wollen sie jetzt noch feindseligere Overlays einspielen."

Leyla starrt auf die Projektion. Ein unangenehmes Kribbeln läuft über ihren Nacken. „Also nicht nur Verteidigung, sondern ein aggressiver Zug." Sie klingt nüchtern, aber innerlich tobt in ihr ein Zorn. Die Eliten ergreifen die Offensive, nutzen die Festivalatmosphäre, um unbequeme Gruppen als noch abstoßender, gefährlicher, hassenswerter erscheinen zu lassen. Damit verhindern sie, dass sich rebellische Gedanken überhaupt bilden können, ersticken sie im Keim.

Amina zoomt hinein in die Codes, zeigt variable Parameter, die auf Profilgruppen zugeschnitten sind. „Sie wollen diese Gruppen in noch hässlicherem Licht zeigen – finsterere Hintergründe, aggressivere Schattierungen, subtile Verzerrungen, die die Betroffenen bedrohlich wirken lassen. Alles nur, um jedwede Sympathie für kritische Stimmen zu verhindern." Ihre Stimme klingt spröde, als sei jede Silbe ein Stein.

Tariq tritt ein, lehnt sich an die Wand. Er hört zu, sein Gesicht verfinstert sich. „Also gehen sie wirklich aufs Ganze. Kein Wunder, dass wir kaum vorankommen, wenn sie ständig neue Machthebel anziehen." Er klingt wütend, aber nicht mehr unkontrolliert. Er versteht jetzt, dass es kein simpler Kampf ist, sondern ein ständiges Taktieren.

Leyla steht auf, verschränkt die Arme vor der Brust. Sie spürt Wut in sich aufsteigen, eine leise, brennende Empörung. All die moralischen Bedenken, all ihre Angst – dagegen steht jetzt dieser durchsichtige Zynismus der Eliten. Sie erhöhen den Druck auf kritische Gruppen, während sie selbst mühsam versuchen, einen differenzierten Schlag zu landen.

Ein AR-Overlay, von Amina testweise aktiviert, flackert an der Wand: es soll eigentlich eine friedliche Festivalaussicht zeigen, bunte Lampions, tanzende Menschen. Doch Amina hat es gestört, um den Kontrast sichtbar zu machen. Zwischen den idyllischen Bildern blitzen düstere, militärisch anmutende Szenen auf, als Vorschau dessen, was die Eliten planmäßig inszenieren wollen. Diese Kontraste machen

Leyla klar, wie gefährlich es ist, nicht einzugreifen. Ohne ihren Eingriff wird diese AR-Welt noch perfider, noch brutaler.

Tariq ballt die Hände zu Fäusten, atmet hörbar aus. „Die glauben wirklich, sie könnten jede Abweichung unterdrücken, jede kritische Stimme als Monster erscheinen lassen. Und wir sollen zusehen?" Er klingt, als würde er am liebsten sofort losstürmen, doch Leyla hebt die Hand.

Sie spricht leise, aber bestimmt: „Wir ziehen das durch, egal wie. Wir haben unseren Plan. Ein kurzer, kontrollierter Ausfall der Filter, begleitet vom Manifest. Ein Moment, der die Leute aufrüttelt. Das ist unsere Antwort auf ihre brutalen Maßnahmen. Wir zeigen den Menschen, was die Eliten tun, und dann überlassen wir es ihnen, zu entscheiden, ob sie diese Machenschaften weiterhin hinnehmen."

Amina nickt, ist einverstanden. Sie weiß, dass diese neu entdeckten Maßnahmen der Eliten ihren Plan nicht nur rechtfertigen, sondern unerlässlich machen. Ohne ihren Eingriff verfestigen sich die Filtermechanismen noch stärker.

Leyla kämpft innerlich. Ihre Wut treibt sie an, doch sie muss cool bleiben. Ein impulsiver Ausbruch würde alles gefährden. Sie hat gelernt, dass unkontrollierte Enthüllung Chaos stiftet. Also kanalisiert sie ihre Wut in Entschlossenheit. Sie weiß, dass das Festival ihre einzige realistische Chance ist, die Öffentlichkeit mit der Wahrheit zu konfrontieren, ohne dass die Stadt völlig eskaliert.

Tariq schnaubt, versucht seinen Ärger im Zaum zu halten: „Also noch mehr Grund, jetzt nicht zu zaudern. Wir müssen diese Botschaft verbreiten, sonst werden kritische

Gruppen bald als Bestien erscheinen. Dann war jede Hoffnung vergeblich." Er versteht, dass Leylas maßvoller Ansatz ihnen auch moralische Überlegenheit gibt: Sie wollen nicht endlos inszenieren, sondern einen Ehrlichkeitsschock liefern, damit die Leute selbst urteilen.

Amina berührt das holografische Modell des Datenturms, fährt mit dem Finger über die digitalen Äste. „Okay, dann halten wir uns an den Plan. Keine zusätzlichen Änderungen, wir haben jetzt genug Hindernisse. Wir setzen genau dort an, wo wir die Schwachstelle entdeckt haben. Wir lassen uns durch diese neu entdeckten Codes nicht einschüchtern, sondern sehen sie als Bestätigung dafür, dass unser Eingriff nötig ist."

Leyla nickt, ein kurzes Lächeln, sarkastisch: „Ironisch, nicht wahr? Je mehr sie aufrüsten, desto mehr stärken sie unsere Entschlossenheit. Sie geben uns den Beweis, dass sie wirklich keine Grenzen kennen, dass ohne unseren Eingriff jede kritische Gruppe bald noch hoffnungsloser verloren ist."

Diese Worte klingen rau, aber echt. Leyla weiß, dass sie, Amina, Tariq und die anderen Widerständler keine Helden im klassischen Sinn sind. Sie sind einfach Menschen, die nicht länger zusehen wollen. Aber in dieser Stadt, in der jede Wahrnehmung getrübt ist, wird ihr Handeln zwangsläufig zu etwas Heroischem. Ein riskantes Spiel gegen ungleiche Machtverhältnisse.

Das kaputte AR-Overlay flackert erneut, wechselt zwischen idyllischer Feier-Atmosphäre und düsteren, militarisierten Straßen. Leyla beobachtet es mit grimmiger Ruhe. Dies ist die Zukunft, wenn sie nichts tun: Ein endloses

Wechselspiel von Manipulation, immer aggressiver werdende Filter, die Freiheit und Gerechtigkeit ersticken. Gerade das Flackern macht ihr klar, dass Nichtstun keine Option ist.

Sie atmet tief durch, richtet den Blick auf Amina und Tariq: „Wir haben nur noch wenige Tage. Ich muss meine Tarngeschichte im Firmenumfeld perfektionieren, damit ich am Festivaltag Zugriff auf den Hauptknoten bekomme. Tariq, du bereitest die Leute auf versteckte Weise weiter vor. Amina, du stimmst die Ablenkungsangriffe fein ab. Jede Sekunde zählt, jedes Detail."

Amina lächelt trocken, ein Zeichen von Zustimmung. Tariq nickt zähneknirschend, aber man sieht, dass er begriffen hat, dass diese konzentrierte Vorgehensweise besser ist als ein blindes Losstürmen. Alle im Raum sind sich einig: Sie ziehen es durch, egal wie. Zu viel steht auf dem Spiel, zu viel ist bereits geschehen. Die Eliten drohen mit noch brutaleren Verzerrungen, wenn niemand eingreift.

Ein paar andere Widerständler treten kurz in den Raum, lauschen, nicken nur. Die Stimmung ist ernst, aber entschlossen. Keine großen Reden, nur fokussierte Arbeit. Leyla empfindet Respekt für diese Menschen, die ihr vertrauen, ohne sie heilig zu sprechen. Sie sind Gefährten in einem harten Kampf um Informationsfreiheit.

Als sie das Lager später verlässt, trägt Leyla ihre Wut, ihre Angst, ihre Entschlossenheit eng bei sich. Im Alltag begegnet sie wieder den verwöhnten Bildern, den freundlichen Illusionen, den unbeschwerten Gesichtern der Bürger, die von nichts ahnen. Das ist das Ziel der Eliten: Die Leute sollen nicht einmal merken, was ihnen vorenthalten wird. Doch

Leyla wird ihnen einen Augenblick schenken, in dem die Maske fällt.

Sie sagt sich leise: „Wir ziehen das durch, egal wie." Es ist ihr neuer Leitsatz, ihr persönlicher Schwur. Egal welche neuen Filter die Eliten planen, egal welche Sicherheitsmaßnahmen sie noch ergreifen. Sie kennt den Code, hat die Verbündeten, hat den Plan. Natürlich kann es schiefgehen, natürlich kann es Opfer geben, aber sie kann nicht länger zusehen, wie das System die Menschen immer enger in seine Lügenwelt presst.

Der Weg zurück in ihre Wohnung ist ruhig, zu ruhig. Sie beobachtet jeden Polizisten, jede Drohne, überprüft, ob sie verfolgt wird. Die Stadt wirkt wie ein schönes Bühnenbild, aber Leyla kennt nun den Plot dahinter. Sie kann nur hoffen, dass ihr Eingriff die erste Seite eines neuen Kapitels aufschlägt, in dem ehrliche Diskussionen möglich sind.

Die Entscheidung ist längst gefallen, aber jetzt spürt sie, wie ihre Entschlossenheit durch die jüngsten Erkenntnisse noch verstärkt wurde. Keine Spur von Zweifel mehr, nur die feste Überzeugung, dass dieser temporäre Reality-Flash beim Festival die beste Chance ist, die Menschen aufzurütteln. Ein kleiner Moment echter Bilder, begleitet von einem Manifest, während die Eliten versuchen, noch grausamere Verzerrungen aufzuspielen.

In ihrer Wohnung legt sie ihr letztes Mal die finalen Pläne zurecht, checkt ihre Notizen, bereitet ein paar Skripte für den großen Tag vor. Sie weiß, dass die nächste Phase alles entscheiden wird. Und sie sagt sich immer wieder: Sie tun es nicht aus Zerstörungswut, sondern um ein Fenster der

Wahrheit zu öffnen. Ein Fenster, das die Eliten mit allen Mitteln verhindern wollen.

Draußen erstrahlt die Nacht, AR-Lichter flimmern an den Fassaden, die Stadt schläft in weichgezeichneten Träumen. Leyla lächelt bitter. Nicht mehr lange, dann werden diese Träume für ein paar Minuten unterbrochen. Dann müssen die Menschen selbst erkennen, was hier gespielt wird – und vielleicht werden sie dann den Mut finden, nach echten Informationen zu verlangen.

Sie weiß, dass sie die Sache durchziehen wird, egal wie schwer es wird.

KAPITEL 34

Leyla steht an einer schmalen Straßenecke, die Abendluft ist kühl. Sie hat den Kapuzenrand ihres einfachen Pullovers tief ins Gesicht gezogen, um nicht von den AR-Kameras erkannt zu werden, die überall lauern. Unweit von hier, in einem abgelegenen Hinterhof, hat Tariq damit begonnen, über analoge Wege Gerüchte zu streuen. Kleine Papierflugblätter, handgeschriebene Botschaften, ein paar Graffiti, die kryptische Botschaften tragen. Nichts Offensichtliches, nichts Aufsehenerregendes, aber genug, um aufmerksamen Menschen ein Rätsel ins Gehirn zu setzen.

Tariq ist in dieser Sache der Mutigere. Während Amina und Leyla im Hintergrund die Codes hacken, wagt er sich an die Front, direkt unter den Augen der Bürger. Er setzt auf Neugier, auf flüchtige Zweifel, die sich in den Köpfen der Leute einnisten sollen, noch bevor das Festival beginnt. Ein kurzer Satz auf einem Flugblatt: „Bald seht ihr mehr als ihr denkt."

Oder ein simples Symbol, überall dasselbe Graffiti, das Leute fragen lässt: „Was bedeutet das?"

Leyla beobachtet aus der Entfernung, wie Tariq vorsichtig ein paar Flugblätter hinterlässt. Er tut, als würde er einen Zettel wegwerfen, aber lässt ihn so liegen, dass jemand ihn finden kann. Dann geht er weiter, an der nächsten Ecke ein ähnliches Manöver. Die AR-Filter sind gegen Papier machtlos. Analoge Botschaften können nicht so einfach überschrieben werden, sie liegen außerhalb des digitalen Kontrollbereichs. Die Flugblätter sind wie kleine Samenkörner der Wahrheit, die in dieser künstlichen, steril gefilterten Umgebung ausgesät werden.

Sie sieht, wie ein Bürger ein solches Flugblatt aufhebt, es skeptisch mustert. Der Mann wirkt misstrauisch, als würde er überlegen, ob es ein krimineller Akt ist, einen Papierzettel zu lesen. Aber Neugier ist schwer zu unterdrücken. Vielleicht lächelt der Mann später skeptisch, zeigt es einem Freund, und schon breitet sich der Flüsterton aus: „Hast du von diesen komischen Zetteln gehört? Da steht, wir sollen beim Festival die Augen offen halten."

Nicht alle werden daran glauben, manche halten es für Spinnerei. Doch Leyla hofft, dass zumindest einige stutzig werden. Wenn es dann beim Festival wirklich zu Anomalien kommt, werden sie vorbereitet sein, nicht komplett schockiert. Genau das war ihr Ziel: Den Schock dämpfen, Verständnis fördern.

Sie dreht sich um und entdeckt ein AR-Overlay, das wie immer die Fassade verschönert. Doch es flackert leicht – Amina hat auch hier ein paar Minianomalien eingebaut. Ein Symbol: hier und dort ist eine Wand unvollkommen übermalt, so dass echte Risse durchscheinen. Ein ungewollter Blick auf die reale Substanz hinter der Fassade. Die Leute sehen es und blinzeln irritiert, unsicher, ob es ein technischer Fehler oder Absicht ist. So entsteht ein Fluss kleiner Zweifel, nichts Konkretes, aber genug, um die Mauer der Glaubhaftigkeit an die AR-Perfektion anzukratzen.

Leyla merkt, wie wichtig Teamwork ist. Sie könnte das alles nicht alleine. Sie braucht Aminas brillante Hackerfähigkeiten, Tariqs bodenständige Hartnäckigkeit und seinen Mut, direkt unter den Menschen Gerüchte zu säen. Und ihre eigene Entschlossenheit, die Codes im richtigen Moment anzupassen und den Hauptknoten beim Festival zu überlisten. Jeder von ihnen bringt etwas mit ein. Ohne dieses Zusammenspiel wäre der Plan hoffnungslos.

Sie geht langsam die Straße entlang, sieht aus den Augenwinkeln, wie eine Drohne in der Ferne über die Dächer surrt. Die Drohnen sind überall, wachsam, schweigend. Sie sammelt Daten, scannt Gesichter, vielleicht bemerkt sie auch die Flugblätter. Wird die Drohne Verdacht schöpfen? Wird sie die analogen Botschaften als harmlosen Unsinn abtun oder die Sicherheitsbehörden alarmieren?

Das ist das Risiko. Aber Leyla weiß, dass analoge Botschaften schwerer digital zu unterdrücken sind. Man kann sie einsammeln, aber nicht aus dem Gedächtnis derer löschen, die sie schon gelesen haben. Und selbst wenn die Drohne Alarm schlägt – was kann sie machen? Ein Blatt Papier ist kein Verbrechen, oder doch? In dieser Stadt kann man nicht sicher sein. Alles kann als potenzielle Subversion gelten.

Sie beobachtet, wie die Drohne langsam näherkommt, ihre Sensoren vielleicht auf die Umgebung gerichtet. Der Widerstand hat gewusst, dass es riskant ist, analoge Gerüchte zu streuen. Doch ohne dieses Vorwarnsystem wären die Leute beim Festival noch unvorbereiteter. Es ist eine Kalkulation: Ein paar werden die Botschaften sehen, ein paar werden an ein Wunder glauben, andere an einen schlechten Scherz, aber einige werden vorbereitet sein, wenn die Filter ausfallen und das Manifest aufleuchtet.

Leyla spürt, wie in ihrem Inneren die Wut über die Eliten fortbesteht, aber sie wahrt die Ruhe. Ihr moralischer Kompromiss ist gefunden. Sie will die Leute nicht ins Unbekannte stoßen, sondern ihnen einen Anker geben: einen Hinweis, dass hier etwas nicht stimmt. Das Festival wird dann nicht nur ein Schock sein, sondern ein Moment, in dem die Puzzleteile zusammenpassen.

Das AR-Overlay wechselt, zeigt jetzt eine idyllische Festival-Probe – lachende Gesichter, bunte Kostüme. Zwischen den Frames flackert ein Bruchteil eines düsteren Bildes: eine leere, kalte Straße, fast wie eine Andeutung der brutalen Filter, die die Eliten planen. Ein Kontrast, der Leyla klarmacht, wie gefährlich es wäre, nicht einzugreifen. Die Menschen würden den neuen Filtern einfach zum Opfer fallen, bestimmte Gruppen würden als Monster erscheinen, und niemand wüsste, dass es nur ein manipuliertes Bild ist.

Tariq kommt um die Ecke zurück, nickt Leyla knapp zu, flüstert: „Ich hab ein paar Zettel verteilt, genug, um Gerüchte zu streuen. Manche Leute haben es gesehen, manche ignorieren es. Wir können nicht alle überzeugen, aber das brauchen wir auch nicht. Ein bisschen Neugier reicht."

Leyla antwortet sarkastisch: „Na toll, wir machen Guerilla-Marketing für die Wahrheit." Aber sie lächelt dabei bitter. Guerilla-Marketing in einer Welt, in der Wahrheit selbst ein rares Gut ist.

Amina stößt später dazu, kontrolliert aus sicherer Distanz, ob ihre kleinen Anomalien wirken. Sie sagt leise: „Ein paar Bürger haben irritiert reagiert, andere haben sich an die Wand gelehnt, als wollten sie nach versteckten Messages suchen. Das ist ein Anfang. Wir brauchen nur eine kritische Masse von Leuten, die beim Festival nicht komplett überrascht ist."

Leyla nickt. Sie erlebt diese Vorbereitung als einen stillen, schleichenden Prozess. Kein großer Knall, sondern sanfte Risse im Gemäuer der Illusion. Ein Graffiti hier, ein Flugblatt da, ein AR-Glitch an anderer Stelle. Zusammen erzeugen sie ein Gefühl von Unsicherheit, das die absolute Macht der Filter untergräbt.

In der Ferne schwebt die Drohne noch, scheint einen Strahl auf die Straße zu werfen, als würde sie die Flugblätter scannen. Leylas Herz schlägt schneller. Wenn die Eliten merken, dass jemand analoge Botschaften verbreitet, könnten sie den Sicherheitsdruck erhöhen. Doch Leyla weiß, dass sie so oder so misstrauisch sind. Besser jetzt ein paar kleine Signale setzen, als sich am Festivaltag auf reinen Zufall zu verlassen.

Sie atmet durch, blickt kurz in den Nachthimmel, wo künstliche AR-Sterne leuchten, die so perfekt sind, dass sie jeden echte Stern vergessen lassen. Sie flüstert leise, für sich selbst: „Wir ziehen das durch, egal wie." Ein Mantra, das sie beruhigt. Sie hat Angst, aber sie kann nicht zurück. Die

Gefahr ist allgegenwärtig, aber ohne Risiko werden die Eliten niemals entlarvt.

Amina berührt Leylas Schulter, ein seltener Akt von Nähe. „Es wird gut gehen. Wir haben alles vorbereitet. Dein Plan ist ausgewogen, wir hetzen die Leute nicht blind auf. Wir geben ihnen einen Einstieg, einen Kontext. Das ist mehr, als die Eliten je erlaubt haben."

Leyla nickt stumm. Ja, sie geben den Menschen zumindest eine Chance, selbst zu urteilen. Kein omnipotenter Filter, der ihnen sagt, wie sie fühlen sollen, sondern ein kurzer Blick auf die Realität und die Hintergrundinformation, dass sie belogen wurden. Danach liegt es an den Menschen, etwas daraus zu machen.

Tariq kickt einen kleinen Stein weg, blickt zur Drohne: „Die scannen sicher schon alles, aber ohne eindeutige Beweise bleibt es bei einem mulmigen Gefühl. Sobald wir beim Festival zuschlagen, wird alles Sinn ergeben, was die Leute jetzt als vage Gerüchte wahrnehmen. Sie werden erkennen, dass dies kein dummer Scherz ist, sondern eine geplante Befreiungsaktion."

Leyla schmunzelt sarkastisch: „Befreiungsaktion, klingt ja fast heroisch. Dabei wollen wir nur die Augen öffnen, nicht gleich die Stadt stürzen." Aber sie weiß, dass es auf manche heroisch wirken könnte, auf andere wie ein Terrorakt. In dieser moralisch grauen Welt gibt es keine klare Heldenrolle.

Die Drohne entfernt sich langsam, möglicherweise haben ihre Scanner nichts direkt Verdächtiges gefunden. Oder sie melden intern etwas, was Leyla nicht sieht. Egal, zu spät, die Flugblätter sind verteilt, einige Botschaften gelesen.

Der Widerstand hat seine leisen Samen gesät. Jetzt heißt es abwarten, hoffen, dass die Leute den Wink verstehen.

Leyla spürt, dass sie als Person gewachsen ist, dass diese Erfahrung sie geformt hat. Ohne Amina's Intelligenz, ohne Tariqs Mut, ohne ihre eigene Entschlossenheit wäre dieser Plan unmöglich. Jeder bringt etwas mit ein. Teamwork ist nicht nur ein Wort, sondern das Rückgrat ihres Vorhabens.

Sie dreht sich zu den anderen um, ihr Blick fest. „Wir wissen, was zu tun ist. Wir haben nur noch ein paar Tage. Keine unnötigen Aktionen mehr, wir haben genug Zweifel gestreut. Jetzt konzentrieren wir uns auf den Festival-Tag. Dann führen wir unseren Hack aus, zeigen das Manifest, verschaffen den Leuten diesen kurzen Blick hinter die Kulissen."

Amina nickt, Tariq auch. Keine weiteren Worte nötig. Sie haben verstanden, dass jetzt die Zeit des stillen Wartens beginnt, bis zum großen Moment.

Als Leyla später den Ort verlässt, merkt sie, wie ihre Nerven angespannt sind. Doch sie hat sich geschworen: Sie ziehen das durch, egal wie. Die Drohne hat die Flugblätter vielleicht gescannt, aber zu spät. Der Keim des Zweifels ist ausgesät. Die Leute sind vielleicht nicht vorbereitet, aber immerhin vorgewarnt.

In ihrem Herzen brennt weiterhin Wut auf die Eliten, aber auch ein Gefühl von Verantwortung. Sie will nicht sinnlos zerstören, sie will einen Beitrag leisten, dass andere zumindest einen Teil der Wahrheit sehen. Ein fragiles Unterfangen, doch sie ist bereit, dieses Risiko einzugehen.

KAPITEL 35

In einer kühlen, mondlosen Nacht stehen Leyla und Amina vor einer verlassenen Antennenstation am Stadtrand. Ein unscheinbares, rostiges Gebäude, einst Teil des analogen Fernmeldewesens, jetzt nur noch eine Randnotiz in einer voll digitalisierten Welt. Genau der richtige Ort für ihren Testlauf: ein kurzer, harmloser Eingriff in die Filter, weit weg von den belebten Zonen. Hier wollen sie in kleinerem Maßstab ausprobieren, was beim Festival in großem Stil geschehen soll.

Amina hat den Rucksack mit Geräten dabei, Leyla führt ein leichtes Terminal mit. Sie haben seit Tagen an den Skripten gearbeitet. Diese Nacht soll zeigen, ob ihr Plan funktioniert: Sie wollen die Filter nur für ein, zwei Minuten aussetzen, um ein kleines Segment der Stadt ungefiltert zu zeigen. Kein großes Spektakel, eher ein stiller Test. Nur wenige Menschen werden es bemerken – vielleicht ein paar Nachtschwärmer, einzelne Nachtschicht-Arbeiter, zufällige Passanten. Aber Leyla will genau diese Reaktionen beobachten, um zu sehen, wie sie auf die unverfälschten Bilder reagieren.

Tariq ist nicht hier, er hat seine Aufgabe längst erledigt: analoge Flugblätter, Graffiti, subtile Hinweise in der Stadt verteilt, um Neugier und leise Zweifel zu wecken. Heute Nacht muss er nicht dabei sein, diese Probe ist rein technisch. Leyla lässt den Blick über die dunkle Landschaft schweifen. Ohne die üblichen AR-Verbesserungen wirkt das Umland karger, aber auch ehrlicher. Eine Erinnerung an die natürliche Welt, die es mal gab, bevor alles mit digitalen Schichten überzogen wurde.

Amina setzt das Terminal auf eine alte Metallkiste, tippt ein paar Befehle ein. Ein virtuelles Bild des Netzwerks erscheint, simpler als das Hauptknotenschema fürs Festival, aber genug, um ihren Hack zu testen. „Bereit?" fragt sie leise, ohne Dramatik, einfach eine technische Frage. Leyla nickt. Sie atmet durch, murmelt sarkastisch zu sich selbst: „Kleine Generalprobe für die Wahrheitsshow."

Amina startet den Skriptlauf. Leyla sieht, wie auf dem Display winzige Farbcodes aufleuchten, Datenpakete verschwinden, Filterberechnungen stocken. Für einen kurzen Moment geht in einem bestimmten Viertel der Stadt die AR-Fassade weg – nur ein paar Straßenzüge, nicht einmal besonders bevölkerte. Doch genau darum geht es: Ein minimaler Test. Der Timer läuft: zwei Minuten.

Leyla verfolgt über ein zweites Interface ein paar anonyme Rückmeldungen von Sensoren, die Amina in der Nähe installiert hat. Sie sehen eine Handvoll Reaktionen: Ein Nachtwächter, der normalerweise ein sauberes, idyllisches Straßenbild sieht, starrt plötzlich auf verfallene Fassaden. Er tritt einen Schritt zurück, verwirrt, aber er bricht nicht in Panik aus. Stattdessen scheint er nachzudenken, murmelt irgendetwas Unverständliches. Ein anderer Passant, der gerade nach Hause geht, blinzelt irritiert, weil ein Werbeoverlay verschwunden ist und er die echte, abgenutzte Hauswand sieht. Er ist erstaunt, aber nicht hysterisch. Leyla seufzt erleichtert.

Das Manifest spielen sie diesmal nicht ein. Es ist nur ein Test, sie wollen nicht zu früh auf sich aufmerksam machen. Aber schon jetzt ist interessant zu sehen, dass Menschen bei einem kurzen Ausfall nicht sofort Amok laufen. Vielleicht liegt es daran, dass das Gebiet ruhig ist, keine großen sozialen Spannungen. Aber es zeigt Leyla, dass ein kontrollierter, temporärer Ausfall nicht zwingend zu Chaos führt, wenn die Leute nicht komplett unvorbereitet sind. Ihre subtilen Vorbereitungen – Gerüchte, leichte Glitches – mögen bereits wirken.

Amina zählt die Sekunden runter, ein stummes Zählen im Kopf. Nach zwei Minuten setzt sie den Filter wieder in Gang, fährt das System ohne Spuren zurück. Die Overlays kehren zurück, die Menschen sehen wieder ihre gewohnte Illusion. Einige reiben sich die Augen, als wären sie aus einem seltsamen Traum aufgewacht. Doch es gab keinen Massenauflauf, keine Polizeiaktion, kein Tumult. Nur Verwirrung und Erstaunen.

Leyla beobachtet das Geschehen auf dem Bildschirm mit einer Mischung aus Erleichterung und vorsichtiger Hoffnung. Dieser Mini-Test hat bewiesen, dass ein kurzer Ausfall nicht zwangsläufig zur Katastrophe führt, vor allem wenn man ihn in einem bestimmten Kontext präsentiert. Beim Festival werden sie diesen Effekt vervielfachen, aber eben auch flankieren: mit einem Manifest und vorbereiteten Zweifeln, damit die Leute verstehen, was sie sehen.

Plötzlich bricht ein leiser Alarmton aus Aminas Rucksack. Es ist ein Warnsignal, das anzeigt, dass Sicherheitskräfte in der Nähe des Antennenstandorts aktiv geworden sind. Offenbar haben die Eliten Bewegungsdaten oder auffällige Netzwerkzugriffe registriert. Amina flucht halblaut, packt eilig ihre Sachen zusammen. Leyla versteht sofort: Sie müssen verschwinden, bevor ihnen jemand auf die Schliche kommt.

Die beiden verlassen die Antennenstation, huschen über einen verwilderten Pfad, ducken sich hinter eine Reihe von rostigen Metallplatten, die einst als Windschutz dienten. In der Ferne sehen sie durch die AR-Linse, wie sich Polizisten nähern, ihre Overlays wahrscheinlich ausgelegt, um potenzielle Störer als noch verdächtiger erscheinen zu lassen. Jede Sekunde kann entscheidend sein.

Amina schaut Leyla an, ein knappes Nicken. Sie haben den Test abgeschlossen, müssen nur noch entkommen. Leyla kontrolliert ihren Atem, sagt sarkastisch zu sich selbst: „Natürlich, ein einfacher Test reicht nicht, wir brauchen noch ein bisschen Nervenkitzel." Doch sie fühlt keine Panik, eher Entschlossenheit. Mit ruhigen Schritten schleichen sie sich zwischen Ruinen und alten Rohren hindurch, versuchen, die Polizisten zu umgehen.

Ein Scheinwerferkegel streift die Gegend, aber Leyla duckt sich, Amina folgt. Schritt für Schritt weichen sie aus, leise wie Schatten. Die Gegend ist verlassen, keine Zeugen, aber auch kein Mensch, der ihnen helfen könnte. Sie sind auf sich gestellt, doch haben sie nicht erst vor Tagen bewiesen, dass sie zusammenarbeiten können? Amina's Vorsicht, Leylas Nerven, das reicht, um unentdeckt zu bleiben.

Nach einer Weile hören sie, wie die Sicherheitskräfte sich entfernen. Vielleicht hatten sie keinen genauen Anhaltspunkt, vielleicht war es nur ein Routine-Check, ausgelöst durch ungewöhnliche Netzaktivitäten. Leyla atmet vorsichtig durch. Sie sind entkommen, und das ist ein gutes Zeichen: Wenn sie bei diesem kleinen Test schon gefasst worden wären, hätte das ihren gesamten Festivalplan gefährdet.

Jetzt weiß Leyla, dass sie noch vorsichtiger sein müssen. Die Gefahr ist real, die Eliten schlafen nicht. Aber der Test war erfolgreich, wenn auch knapp. Er hat ihnen gezeigt, dass ein kurzer, gezielter Ausfall der Filter die Menschen eher zum Nachdenken anregen kann, als sie sofort ins totale Chaos zu stürzen. Sie haben auch gesehen, wie wichtig es ist, unauffällig zu bleiben. Keine voreiligen Manöver mehr, bis zum großen Tag.

Zurück im Lager berichtet Leyla Tariq von den Beobachtungen: Kein Massenhysteriker, kein völliger Zusammenbruch, nur Irritation und Verwirrung. „Ein gutes Zeichen", sagt sie knapp. Tariq wirkt erleichtert, da er befürchtet hatte, jeder Filterausfall würde sofort alles in Flammen setzen. „Dann können wir uns auf den Festivaltag konzentrieren", murmelt er, „ohne ständige Albträume von sofortiger Anarchie."

Amina lächelt trocken, während sie ihr Terminal wieder auflädt. „Wir haben die Reaktion studiert, jetzt wissen wir, dass unser Ansatz tragbar ist. Beim Festival werden wir es natürlich komplizierter haben, weil mehr Leute zuschauen, und wir unser Manifest einspielen. Aber der Grundgedanke funktioniert."

Leyla nickt, ihr sarkastischer Humor kehrt zurück: „Natürlich funktioniert er. Wir sind schließlich ein äußerst talentierter, chaotisch-moralischer Haufen, aber trotzdem irgendwie effektiv." Ihr Ton ist bitterironisch, aber auch ein wenig stolz. Sie hat sich in diesen Wochen von einer systemkonformen Technikerin zu einer Whistleblowerin entwickelt, die bereit ist, für ein größeres Ziel Risiken einzugehen.

In einer Ecke des Lagers unterhalten sich andere Widerständler leise, sie alle wissen um die Bedeutung dieses Testlaufs. Die Analogie zu kleinen Samen, die sie gesät haben, erscheint Leyla nun deutlicher denn je. Ein paar winzige Anomalien, ein paar Flugblätter, ein kurzer Test in der Nacht – all das dient dazu, die Menschheit mit der Idee zu befruchten, dass nicht alles ist, wie es scheint. Wenn dann beim Festival das Manifest aufleuchtet und die Filter für Minuten wegfallen, wird es kein isoliertes Ereignis sein, sondern ein Puzzlestück, das die Leute zu interpretieren lernen.

Noch während Leyla diese Gedanken durchgeht, erinnert sie sich an den Alarmton von vorhin, an die Polizisten, die sie fast erwischt hätten. Die Gegenseite ist wachsam, kann jeden Tag aufrüsten, weitere Schleusen einbauen, neue Filtertests planen. Zeit ist der entscheidende Faktor. Zum Glück ist das Festival nahe, sie müssen nicht mehr ewig warten.

Bevor sie sich zur Ruhe begibt, hebt sie den Blick, blickt durch ein kleines Loch in der Wand des Lagers. Durch dieses Loch kann man echte Sterne sehen, kein AR. Ein seltener Anblick in dieser Stadt, wo meist digitales Sternenlicht dominiert. Dieses echte Sternenlicht, zart und ungefiltert, ist ein Moment ehrlicher, natürlicher Schönheit. Eine Erinnerung, dass es jenseits der künstlichen Ebenen noch eine echte Welt gibt. So wie die Menschen für ein paar Minuten die echte Stadt sehen werden, sieht sie jetzt die echten Sterne. Es gibt etwas Reales, Unmanipuliertes, das man nicht für immer verbergen kann.

Sie lächelt schwach, sagt sich leise: „Wir ziehen das durch, egal wie." Diese Worte hallen in ihrem Kopf, ein stiller

Schwur. Dann dreht sie sich um, verlässt den Raum, lässt Amina und die anderen weitertüfteln. Sie hat gesehen, dass der Plan im Kleinen funktioniert, und nun freut sie sich, dass beim großen Auftritt mehr drin ist.

Draußen im Dunkeln schläft die Stadt, ahnungslos. Bald werden sie einen kurzen, aber unvergesslichen Augenblick erleben – und Leyla ist fest entschlossen, ihnen diesen Moment zu schenken.

KAPITEL 36

Leyla sitzt spät am Abend in ihrer kleinen Wohnung, den Rücken an die kühle Wand gelehnt. Die Straßen draußen sind still, das gewohnte Summen der Drohnen lässt sich nur entfernt erahnen. Sie hat ein Hologrammterminal auf dem Schoß, ausgeschaltet, um keine Datenspuren zu hinterlassen. In den letzten Tagen hat sie alles vorbereitet, was sie für das Festival braucht. Doch nun, kurz bevor sie schlafen will, taucht plötzlich eine neue Nachricht in ihrer Linse auf. Kein Absender, keine erkennbaren Codes – nur ein anonymer Ping, eine private AR-Kommunikation, die sich nicht wegwischen lässt, ohne sie vorher aufzurufen.

Sie seufzt, rollt mit den Augen. Sarkastischer Gedanke: „Na toll, wer schickt mir um diese Uhrzeit noch geheime Liebesbriefe?" Aber sie spürt, dass es nichts Harmloses ist. Sie aktiviert vorsichtig die Nachricht, hält dabei den Atem an. Ein Hologramm flackert leise im Halbdunkel auf: ein virtueller Raum, leer, nur eine einzelne, perfekt formatierte Anzeige schwebt vor ihr. Ein Vertrag, makellos, mit Siegeln und Zertifikaten, alles digital, alles offiziell, aber anonym.

Eine Stimme ertönt, ruhig, fast sanft. „Guten Abend, Leyla. Ich weiß, wer Sie sind. Ich kenne Ihre Fähigkeiten, Ihren Einfluss. Ich schätze Ihr Talent. Wir müssen reden, wenn Ihnen Ihre Zukunft am Herzen liegt." Leyla runzelt die Stirn. Sie erkennt diese kühle Höflichkeit, diesen Unterton. Es muss jemand aus den obersten Reihen sein – ein Regierungsberater, ein Konzernchef, vielleicht sogar der hochrangige Manager, von dem sie gehört hat. Jemand, der weiß, dass sie eine Gefahr ist, aber noch keinen Beweis gegen sie in der Hand hat. Jemand, der versucht, sie ins Boot zu holen, bevor sie zuschlägt.

Sie schweigt, während die Stimme fortfährt: „Wir verstehen Ihre Zweifel. Aber überlegen Sie: Das Festival steht bevor. Die Stabilität der Gesellschaft hängt am seidenen Faden. Sie können helfen, alles friedlich zu halten, statt Chaos zu riskieren. Wir bieten Ihnen Schutz, Geld, eine sichere Karriere. Im Gegenzug lassen Sie Ihre... Bemühungen sein."

Leyla schnaubt leise, ohne dass die Stimme es hören kann. Ein sarkastisches Grinsen auf ihren Lippen: „Großartig, sie versuchen mich jetzt zu kaufen." Sie hätte damit rechnen können. Die Eliten wissen um ihren Wert – wer den Schlüssel zum Hack hat, ist gefährlich. Wenn sie Leyla für sich gewinnen, müssen sie sich keine Sorgen mehr machen. Stattdessen könnten sie ihre Fähigkeiten nutzen, um die Kontrolle noch weiter auszubauen.

Die Anzeige vor ihr verändert sich, zeigt einen Vorschlag: ein holografischer Vertrag, perfekt formatiert, ein Traumjob in einer hohen Position mit vollem Zugriff auf Ressourcen, hohe Bezahlung, Komfort, Anerkennung. Eine glänzende Karriere, wenn sie nur schweigt. Ein Traum für den alten Leyla, die einst aufsteigen wollte, an das AR-System glaubte, an seinen Nutzen. Doch diese Leyla existiert nicht mehr. Nach all den Enthüllungen ist ihr klar, dass dieser Vertrag nur eine weitere Schicht glitzernder Farbe auf eine verrottete Struktur ist.

Sie wischt mit einer knappen Geste den Vertrag weg. Keine falschen Illusionen mehr, keine leeren Versprechen, die ihre Moral untergraben. Die Stimme registriert ihre Schweigsamkeit, fährt fort: „Überlegen Sie gut. Wir wollen Sie nicht bedrohen, aber wenn Sie weiterhin versuchen, Unruhe zu stiften, müssen wir handeln. Wir sind nicht grausam, aber wir sind entschlossen, die Stabilität zu wahren. Bitte, seien Sie vernünftig."

Vernünftig? Leyla lacht innerlich. Vernunft ist in einer Welt von Manipulation eine Floskel. Sie atmet langsam, hält ihre Stimme kontrolliert. Dann antwortet sie kühl: „Ich werde Ihr Angebot ablehnen. Ihr Schutz, Ihr Geld, Ihre sichere Zukunft interessieren mich nicht. Ich weiß, was Sie tun, und ich werde nicht Teil Ihres Spiels sein."

Die Stimme zögert, dann ein leises Seufzen: „Ich verstehe. Sie werden es bereuen, Leyla. Wir geben Ihnen noch eine letzte Chance, aber wenn Sie sie ausschlagen, müssen wir dafür sorgen, dass Sie keine Gefahr mehr darstellen." Die Drohung ist unterschwellig, aber eindeutig. Ein ruhiger Tonfall, der kälter wirkt als jede offene Gewaltandrohung. Leyla spürt einen kalten Schauer über ihren Rücken, aber sie bleibt äußerlich gefasst. Sie hat keine Angst vor Schmiergeld oder Erpressung. Sie weiß, dass es jetzt um alles geht.

„Tun Sie, was Sie müssen", sagt sie sarkastisch, ihre Stimme leise und schneidend. „Ich habe meine Entscheidung getroffen." Dann trennt sie die Verbindung, schaltet die Linse ab, bevor ihr Gesprächspartner weiter reden kann.

Die Dunkelheit im Zimmer umgibt sie. Sie sitzt da, das Herz schlägt schneller, aber ihre Hände zittern nicht. Dieser Moment zeigt ihren moralischen Kern: Sie ist nicht käuflich. Sie könnte ein einfaches Leben haben, in Sicherheit, wenn sie nur ihre Prinzipien verrät. Aber sie hat längst beschlossen, dass diese Stadt eine Chance auf echte Information verdient, nicht nur AR-Manipulationen. Sie nimmt lieber die Gefahr in Kauf, als sich an der Täuschung zu beteiligen.

Kurz darauf verlässt sie ihre Wohnung, geht einen Umweg, sucht eine stille Ecke, um Amina und Tariq zu informieren. Sie findet Tariq in einer Seitenstraße, wo er gerade dabei ist, ein paar neue Flugblätter an einem unauffälligen Ort zu hinterlassen. Er sieht sie kommen, seine Augen voller Fragen: „Was ist passiert? Du siehst aus, als hättest du gerade einen Geist gesehen."

Leyla schnaubt: „Fast. Der hochrangige Manager oder irgendein Vertreter der Eliten hat versucht, mich anzuwerben. Schutz, Geld, Karriere – wenn ich meine Bemühungen aufgebe." Ihre Stimme ist ruhig, aber man hört die Verachtung. Tariqs Gesicht verzieht sich vor Wut.

„Diese Schweine", murmelt er. „Glauben sie wirklich, du wärst so billig zu haben?" Leyla zuckt mit den Schultern, sarkastisch: „Sie hoffen es. Aber nein, ich bin nicht so billig." Es klingt stoisch, aber es ist ein großer moralischer Sieg für sie selbst, diese Versuchung abzulehnen.

Amina kommt hinzu, hat offenbar den letzten Datendurchlauf überprüft. Sie erfährt schnell von Leylas Begegnung. „Also haben sie dich direkt kontaktiert. Damit zeigen sie, wie ernst sie dich nehmen. Sie sehen dich als Schlüsselfigur. Das ist gefährlich, aber auch ein Kompliment für unsere Arbeit. Wir dürfen jetzt nicht nachlassen."

Leyla nickt. Ihre Wut auf die Eliten vermischt sich mit Entschlossenheit. Dieser Vorfall bestätigt ihr, dass ihr Vorgehen im Festival nicht nur ein kleines Störmanöver ist, sondern ein ernsthaftes Druckmittel, das die Eliten fürchten. Wenn sie nichts tun, werden die neuen Filter die Leute noch weiter indoktrinieren. Ihr kurzzeitiger Reality-Flash ist wichtiger denn je.

In der Ferne hört man das Summen einer Drohne, wieder dieses allgegenwärtige Zeichen der Überwachung. Leyla kauert sich mit den anderen in einen Schatten, beobachtet, ob die Drohne weiterfliegt. Sie sehen keinen Alarm, keinen Blitzangriff. Vielleicht wissen die Eliten, dass ein öffentlicher Skandal um sie zu kompromittieren noch riskanter ist. Sie greifen lieber subtil zu Verlockungen oder drohen im Hintergrund.

Die Stadt wirkt ruhig, als wäre nichts geschehen. Aber unter der Oberfläche brodelt es. Das Festival rückt näher, die Menschen spüren vielleicht schon Unbehagen, ohne es klar benennen zu können. Die Flugblätter, die Gerüchte, die AR-Anomalien – alles bereitet einen Boden für den Tag, an dem Leyla, Amina und Tariq einen kurzen, intensiven Moment der Wahrheit liefern.

Leyla betrachtet den Nachthimmel. Wirklich Sterne sieht man selten, weil AR häufig die Sicht auf den Himmel überlagert. Doch manchmal flimmert ein echter Stern durch, wenn man Glück hat und sich an einem Ort ohne zu starke virtuelle Aufhellung befindet. Ein Stern, echtes Licht aus ferner Vergangenheit, ohne Manipulation. Eine Erinnerung daran, dass es jenseits der AR-Fassaden eine größere Welt gibt, die nicht von Eliten gesteuert wird.

Sie legt die Hand sacht auf Aminas Schulter, ein seltener Akt von Zuneigung. „Du hast recht, wir dürfen nicht nachlassen. Der Versuch, mich zu kaufen, zeigt nur, dass wir auf dem richtigen Weg sind. Sie haben Angst vor uns. Gut so."

Tariq grinst schief: „Dann machen wir ihnen noch mehr Angst. Ohne Gewalt, einfach durch Wahrheit. Irgendwie fast poetisch, oder?" Leyla lacht trocken: „Ja, fast poetisch. Der große Konzern, die große Regierung, alle Mächtigen, erzitternd vor ein paar Hackern, einem Techniker und ein paar Flugblättern auf Papier."

Amina schweigt, aber ihr leichtes Lächeln verrät Zustimmung. Dann werden sie wieder ernst. Noch ein paar Tage bis zum Festival. Jetzt gilt es, streng nach Plan vorzugehen, keine überstürzten Aktionen, keine Experimente mehr. Leyla wird ihren Hack ausführen, das Manifest einspielen, und diese Stadt wird für ein paar Minuten die echte Welt sehen. Danach werden die Eliten wüten, aber es wird zu spät sein, der Zweifel ist gepflanzt.

Ein leises Geräusch, von weither, ein Motor oder eine Drohne. Die drei ziehen sich zurück ins Lager, wissen, dass die Nacht lang ist, aber sie haben ihre Entscheidung längst getroffen. Leyla ist zufrieden, dass sie den Versuch der Eliten, sie zu korrumpieren, abgewehrt hat. Ihr moralischer Kern ist intakt, sie ist nicht käuflich. Das ist ein wichtiger Schritt, um sich selbst treu zu bleiben. Jetzt kann sie mit noch mehr Überzeugung ihren riskanten Plan durchziehen.

Als sie später alleine in ihrer Wohnung ist, denkt Leyla wieder an den holografischen Vertrag, der vor ihr schwebte. Perfekt formatiert, verlockend, eine sichere Zukunft – wenn sie sich den Eliten unterwerfen würde. Sie hat ihn weggewischt, wie ein AR-Phantom. Keine falschen Illusionen mehr. Sie wird ihren Weg gehen, egal wie gefährlich es wird.

In ihren Gedanken klingt die letzte Drohung des Antagonisten nach: „Du wirst es bereuen." Vielleicht wird sie es bereuen, aber lieber bereut sie einen Kampf um die Wahrheit, als in bequemer Lüge zu leben. Sie akzeptiert die Gefahr. Sie hat nichts mehr zu verlieren, außer ihre Prinzipien. Und die gibt sie nicht preis.

Die Nacht vergeht, sie kann nicht gut schlafen, aber sie ist entschlossen. Bald ist das Festival, bald kommt ihr Moment. Sie weiß, die Eliten sind alarmiert, aber sie hat einen Plan, Verbündete und ihre eigene Moral. Das muss reichen.

KAPITEL 37

Leyla und Amina hocken in einem halb abgedunkelten Raum tief im Untergrundlager. Ein alter Server, der einst für analoge Kommunikation genutzt wurde, dient ihnen als Testplattform. Auf dem kleinen Monitor flackern Codezeilen, Datenpakete, virtuelle Simulationen des Netzwerks, das sie beim Festival kurz aushebeln wollen. Die Luft ist stickig, ein sachter Ölgeruch liegt in der Luft – Reste alter Maschinen. Doch all das blendet Leyla aus, sie ist nur auf die technischen Details fokussiert.

Amina sitzt am Terminal, ihr Gesicht ruhig und konzentriert. Sie hat den Testlauf vorbereitet: eine simulierte Umgebung, die den Bedingungen am Festivaltag ähnlich ist – hohe Datenlast, redundante Sicherungen, wachsam programmierte Filter. Natürlich ist es nur eine Annäherung, aber zumindest können sie so prüfen, ob ihr Skript unter Stress zuverlässig läuft. Leyla steht daneben, die Arme verschränkt, der Ausdruck in ihren Augen angespannt, aber entschlossen.

„Bereit?" fragt Amina leise. Leyla atmet flach aus, ein sarkastisches Grinsen: „Bereit wie man nur sein kann, wenn man kurz davor ist, einen Drahtseilakt vorzuführen. Leg los." Sie versucht mit Humor ihre Nerven zu beruhigen.

Amina startet den Code. Auf dem Monitor tanzen virtuelle Signale auf und ab, Diagramme flackern. Das Skript versucht jetzt, die Filter in der Simulation für ein paar Sekunden auszusetzen, genau wie sie es am Festival machen wollen: ein kontrollierter Aussetzer, kein plötzlicher Totalausfall. Leyla achtet auf jede Statusmeldung, jede Fehlermeldung. Wenn hier etwas schiefläuft, müssen sie nachbessern, bevor es ernst wird.

Die Zeit vergeht langsam, doch dann zeigt ein grünes Statuslicht auf dem Monitor an, dass der Aussetzer erfolgreich war. Leyla sieht, wie im Simulationsfenster die Overlays plötzlich verschwinden, die echte Umgebung sichtbar wird – nur eine Testumgebung, keine realen Leute, aber die Technik dahinter ist echt. Für ein paar Sekunden herrscht ungefilterte Klarheit, dann schaltet das Skript die Filter wieder ein. Alles sauber, keine Fehlermeldungen, keine Spuren, die auf den Hack hinweisen.

Leyla seufzt erleichtert. Es war nur ein Test, ein kontrollierter Dummy-Lauf, aber es zeigt, dass der Plan solide ist. Der technische Teil scheint zu funktionieren. Sie tauscht einen schnellen Blick mit Amina, die dünn lächelt, zufrieden, aber nicht euphorisch. Beide wissen, dass der echte Einsatz komplizierter wird, doch dieser Erfolg schenkt ihnen Zuversicht.

„Ich hätte nicht gedacht, dass wir so weit kommen", sagt Leyla leise. „Aber es zahlt sich aus, dass wir so sorgfältig geplant haben." Amina nickt. „Ohne gründliche Vorbereitung wäre das alles nur ein wilder Schuss ins Blaue. Jetzt haben wir zumindest ein gutes Gefühl, dass unser Code tut, was er soll."

Leyla fühlt eine neue Hoffnung in sich aufsteigen. Das Risiko bleibt enorm, aber sie hat gelernt, dass sorgfältige Vorbereitung entscheidend ist. Sie sind keine Amateure, die blind ins Feuer rennen, sondern ein Team, das seine Schritte durchdenkt. Sie denkt an Tariqs Flugblätter, an die kleinen AR-Anomalien, die schon vorbereitet sind, an das Manifest, das sie beim Festival verteilen werden. Alles Teile eines Puzzles, das die Menschen auf den Moment vorbereitet.

Während sie die Ergebnisse sichern, tritt Tariq in den Raum. Er wirft einen neugierigen Blick auf das grüne Statuslicht, das am Testserver aufleuchtet, ein stilles Symbol für Erfolg und Hoffnung. „Also hat's geklappt?" fragt er, die Stimme ein bisschen heiser vor Spannung. Amina nickt knapp. „Ja, im Test hat es funktioniert."

Tariq lächelt erleichtert. Er hat oft an diesem Plan gezweifelt, wollte sofort radikaler vorgehen. Doch jetzt sieht er, dass die sorgfältige Strategie die bessere Wahl sein könnte. „Wenn es beim Festival ähnlich reibungslos läuft, werden wir den Leuten diesen einen klaren Moment schenken. Kein Dauerzustand, aber genug, um die Fassade zu durchbrechen."

Leyla nickt. Doch sie weiß, dass in der echten Aktion vieles anders sein wird. Der Druck ist höher, die Eliten wachsamer, das Chaos potenziell größer. Dennoch ist dieser Test ein Zeichen, dass sie auf dem richtigen Weg sind. Ein Funken Zuversicht glüht in ihr auf, treibt sie weiter an.

Plötzlich werden sie aufgeschreckt: Ein entferntes Summen, diesmal lauter. Amina schaltet rasch das Hologramm ab, Tariq löscht auf dem Terminal sämtliche Spuren. Sie lauschen, und Leyla erkennt das Geräusch von Sicherheitsdrohnen. Die Eliten patrouillieren häufiger in letzter Zeit, vielleicht haben sie eine vage Spur oder sind einfach misstrauisch. Dieser nervende Präsenz erinnert sie daran, dass sie nie sicher sind, dass jeden Moment ein Zugriff erfolgen kann.

Leyla flucht im Flüsterton: „Wir hatten doch nur einen Simulationstest, verdammt! Wie sensibel ist ihr Überwachungssystem?" Amina zuckt die Schultern, leise: „Vielleicht haben sie irgendeine Anomalie gespürt, oder einfach Zufall. Wir dürfen nichts riskieren." Sie packt ihr Terminal zusammen, Tariq hilft, alle Kabel verschwinden zu lassen, kein Funke darf zurückbleiben.

Die drei schleichen zum Ausgang, geduckt, jeder Schritt vorsichtig. Das Summen der Drohnen nähert sich, als ob sie eine ungewöhnliche Aktivität wittern. Leyla atmet flach, ihr Herz pocht. Sie haben gerade ihren Erfolg gefeiert, jetzt müssen sie sich wieder in den Schatten verkriechen. Die

Drohnen symbolisieren die ständige Gefahr, die über ihnen schwebt.

Um eine Kiste herum, durch einen schmalen Hinterausgang, entkommen sie knapp. Die Drohnen kreisen über dem Gelände, suchen vielleicht nach Funksignalen, die jedoch schon längst gelöscht sind. Die Gruppe entfernt sich in geduckter Haltung, leise wie Schatten. Erst nach ein paar hundert Metern wagen sie wieder normal zu atmen.

Tariq ärgert sich: „Das zeigt, wie dicht sie auf uns sitzen. Wir machen einen Test im kleinen Rahmen, schon rücken Drohnen an." Leyla sarkastisch: „Freu dich, wir sind offensichtlich sehr wichtig." Aber sie versteht den Ernst der Lage: Der Test mag gelungen sein, aber sie haben jetzt auch gesehen, wie alarmiert das System reagiert. Beim Festival wird es kein Spaziergang.

Amina klopft Leyla leicht auf den Arm: „Trotzdem, wir haben gesehen, dass unser Ansatz funktioniert. Das ist mehr als wir vor ein paar Wochen hatten. Wir waren unsicher, ob die Leute sofort durchdrehen, ob der Code zuverlässig läuft. Jetzt wissen wir, dass es klappen kann, wenn wir es richtig machen." Ihre Stimme ist nüchtern, aber Leyla hört einen Hauch von Stolz darin.

Leyla lächelt zum ersten Mal seit Langem entspannt. Ein echtes Lächeln, kein bitteres Grinsen. Sie fühlt sich gestärkt. Die nächsten Tage bis zum Festival werden sie nutzen, um jede Kleinigkeit zu perfektionieren, ihre Tarnung zu halten, und dann... dann werden sie genau das tun, wofür sie so lange gekämpft haben.

Doch als sie auf die nächtliche Stadt blicken, sehen sie am Horizont schwebende Drohnen, patrouillierende Lichter.

Die Eliten sind überall, jederzeit bereit, Verdächtige zu jagen. Leyla weiß, dass es keinen Raum für Fehler gibt, dass jeder Schritt kalkuliert sein muss.

Tariq lehnt sich an eine Wand, Amina sichert den Weg, Leyla atmet langsam ein und aus. Trotz der Drohnen, trotz der angespannten Lage, hat sie jetzt etwas, an dem sie sich festhalten kann: Der Test hat funktioniert, der Code läuft, ihr Plan ist realistisch. Sie haben bewiesen, dass ein kurzer Filterausfall nicht in einem totalen Desaster endet, wenn sie es klug anstellen.

Während sie in die Dunkelheit hinaustreten, denkt Leyla an diesen Moment am Festival. Nur wenige Minuten echte Realität, begleitet von einem Manifest, vorbereitet durch Zweifel, um die Stadt mit der Wahrheit zu konfrontieren. Sie spürt, wie ihre Entschlossenheit durchs Herz pumpt. „Wir ziehen das durch, egal wie", hat sie sich geschworen, und nun hat sie noch mehr Gründe, daran festzuhalten.

Die Stadt schläft in ihrer virtuellen Harmonie, doch unter der Oberfläche haben Leyla und ihre Verbündeten einen kleinen Funken echtem Bewusstseins entzündet. Diesen Funken werden sie zum Festival zu einem kurzen Feuer machen, ein Licht, das die Fassade durchbricht.

Leyla blickt in den Himmel, vielleicht sieht sie einen echten Stern durch die AR-Schichten. Das grüne Statuslicht am Testserver war ein Symbol für Erfolg und Hoffnung. Jetzt, in der echten Welt, ist das Grün verschwunden, aber die Hoffnung bleibt. Sie muss wachsam sein, denn die Drohnen können jeden Moment zuschlagen. Aber sie hat keine Wahl. Sie hat sich entschieden, für diesen kurzen Moment der Wahrheit zu kämpfen, egal was kommt.

KAPITEL 38

Leyla steht am nächsten Morgen an einem Kontrollposten in der Firma, die Stimmung ist angespannt. Für das Festival, das in wenigen Tagen beginnt, haben die Eliten neue Sicherheitsmaßnahmen angeordnet. Sie sehen jetzt vor den Eingängen verschärfte Kontrollen: zusätzliche Drohnen schweben über den Köpfen der Mitarbeiter, personalisierte Scanchecks sind Pflicht. Jeder Mitarbeiterausweis wird zweimal geprüft, jeder Blick ist misstrauisch. Leyla weiß, dass sie jeden Moment auffliegen kann, wenn sie einen Fehltritt macht.

Sie hat sich mit Amina und Tariq abgesprochen, aber heute ist sie allein unterwegs. Kein Widerständler steht neben ihr, um ihr moralische Stütze zu geben. Doch sie trägt ihre Entschlossenheit wie eine unsichtbare Rüstung. Die Firma ist ihr täglicher Arbeitsplatz, doch jetzt gleicht sie einer Festung. Was für die Massen draußen ein harmloses, buntes Festival wird, in dem die AR-Technologie ihre höchste Kunst entfaltet, ist für Leyla ein Schlachtfeld. Jede Drohne, jeder Sicherheitsmann, jede Kamera könnte sie enttarnen.

Leyla tritt vor den Scanner. Ein Polizist in AR-getunter Uniform beobachtet sie, ein Kollege aus der Technikabteilung steht hinter ihr und wartet ebenfalls ungeduldig. Leyla hebt die Linse, lässt den personalisierten Scancheck über sich ergehen. Ihre Identität wird überprüft, ihre letzten Logins, ihre Arbeitsstunden, angeblich nur Routine. Sie lächelt sarkastisch in Gedanken: „Sicher, Routine... Wie oft wollt ihr mich noch scannen?"

Der Polizist mustert sie genau, nickt schließlich, lässt sie passieren. Leyla atmet unauffällig aus und geht weiter in

Richtung ihres Büros. Die Anspannung im Firmengebäude ist spürbar. Techniker tuscheln, warum die Kontrollen so streng sind. Man sagt, es seien Sicherheitsvorkehrungen, um Sabotage am Festival zu verhindern. Ein schöner Vorwand, um jeden potenziell aufmüpfigen Mitarbeiter einzuschüchtern.

Während Leyla ihren Arbeitsplatz ansteuert, blickt sie aus dem Fenster, wo draußen ein gigantisches AR-Banner über der Hauptstraße schwebt. Es zeigt lachende Gesichter, bunte Farben, ein Versprechen von Harmonie und Freude, die das Festival bringen soll. Leyla betrachtet dieses Banner mit kalter Distanz. Alles Lüge, denkt sie. Eine gigantische Inszenierung, um die Leute in bequemer Unwissenheit zu halten. Bald, in wenigen Tagen, wird sie dieses Trugbild kurz durchbrechen.

In den Fluren der Firma herrscht ein ungewöhnliches Schweigen. Die Leute scheinen nervös, vielleicht ahnen sie, dass die Eliten etwas Großes vorhaben. Riven kommt ihr auf halbem Wege entgegen, nickt höflich. Leyla spürt den inneren Zwiespalt, den Riven verkörpert: loyal zum System, aber nicht ohne Zweifel. Leyla fragt sich, ob Riven etwas ahnt. Aber Riven hält sich zurück, fragt nur: „Alles in Ordnung, Leyla? Du wirkst angespannt." Leyla zuckt die Schultern: „Ist das nicht jeder in diesen Tagen? Sicherheitstheater überall." Ihre Stimme klingt beiläufig, aber sie weiß, dass Riven jedes Wort wägt.

Riven hebt leicht die Augenbrauen, zieht dann weiter. Kein Verdacht erkennbar. Leyla ist erleichtert, doch sie weiß, dass die Eliten vielleicht schon Riven beauftragt haben, auf sie aufzupassen. Wer weiß das schon. Sie muss mit jedem rechnen. Doch sie hat sich entschieden. Angst ja, aber sie zieht es durch.

In ihrem Büro setzt sie sich an die Konsole, beginnt scheinbar routinemäßig Daten zu prüfen. Sie führt winzige Testbefehle aus, nichts Verdächtiges, aber in Wirklichkeit überprüft sie, ob noch alle Hintertüren für den Festival-Hack intakt sind. Alles scheint unverändert, die Backdoors stehen, das Manifest ist vorbereitet. Amina hat signalisiert, dass sie neue Ablenkungsangriffe plant, um die zusätzliche Sicherheitsschleuse zu überlisten.

Jeder Tag, den sie hier im Unternehmen verbringt, fühlt sich an wie ein Gang über dünnes Eis. Leyla ringt mit Angst, aber auch mit Verantwortung. Sie hat gesehen, wie wichtig Vorbereitung ist, wie ihr Testlauf erfolgreich verlief, wie sie Angebote der Eliten ausschlug. Jetzt ist der Moment, sich mental auf das Finale einzustellen. Kein Zurück mehr, nur nach vorne.

In der Mittagspause wagt sie einen kurzen Blick aus dem Fenster. Das riesige AR-Banner ist noch da, jetzt wechseln die Szenen: lächelnde Familien, freundliche Gesichter, alle genießen angeblich schon im Vorfeld die Vorfreude auf das Festival. Leyla empfindet bittere Ironie: Diese Gesichter wissen nicht, dass sie manipuliert werden. Doch bald, für ein paar Minuten, werden sie die echte Stadt sehen. Und hoffentlich verstehen, was seit Jahren gespielt wird.

Tariq hat gemeldet, dass die Gerüchte Wirkung zeigen. Einige Leute sprechen von einem seltsamen Ereignis, das beim Festival kommen soll. Manche glauben an einen Streich, andere an eine mysteriöse Enthüllung. Das reicht. Sie müssen nicht alle überzeugen, nur genug, um beim

Ausfall der Filter nicht in blanke Panik zu verfallen. Wer Fragen im Kopf hat, wird weniger panisch reagieren, eher neugierig. Das ist Leylas Hoffnung.

Das Sicherheitsniveau ist inzwischen unerträglich hoch. Drohnen patrouillieren nicht nur auf den Straßen, sondern streifen auch über die Firmengelände, untersuchen die Umgebung, als würde ein unsichtbarer Feind überall lauern. Leyla kann sich nur noch besser tarnen, unauffällig wie ein normaler, leicht genervter Mitarbeiter, der von all diesen Kontrollen nur genervt ist. Ihre sarkastischen Selbstgespräche im Kopf helfen ihr dabei, die Fassade zu wahren.

Am Abend, nach Feierabend, tritt Leyla auf die Straße. Der Himmel ist grau, AR könnte ihm Farbe verleihen, aber Leyla hat ihre Linse auf minimal gestellt. Sie will so wenig Ablenkung wie möglich, eine Art persönlicher Akt des Widerstands. Echtes, unverfälschtes Licht ist ihr lieber, auch wenn es trostlos wirkt. Sie weiß, dass dieses Grau ehrlicher ist als jede bunte AR-Illusion.

Sie macht einen Umweg nach Hause, vorbei an einer Gasse, in der letzte Woche ein Graffiti aufgetaucht war, ein Symbol des Widerstands. Es ist übermalt worden, doch nicht perfekt. Ein kleiner Farbfleck unter der AR-Korrektur bleibt sichtbar, eine Erinnerung daran, dass sich nicht alles vollständig verstecken lässt.

Zu Hause angekommen, schaltet sie alle Geräte in den Tarnmodus, prüft, ob sie irgendwelche Spuren hinterlassen hat. Nichts. Sie ist vorsichtig, seitdem klar ist, dass die Eliten ihr nachstellen. Sie denkt an die Drohung des Antagonisten, an das Angebot, sie freizukaufen. Sie hat abgelehnt, und sie bereut es nicht.

Die Uhr tickt, das Festival rückt näher. Leyla spürt, wie die Anspannung in ihr wächst, aber auch die Entschlossenheit, es durchzuziehen. Sie zieht ihren Pullover aus, setzt sich auf die Bettkante, und denkt an das alte Foto in ihrer Tasche. Diesmal schaut sie es nicht an, sie weiß, was es bedeutet: Erinnerung an ehrliche Zeiten. Bald gibt sie den Menschen ihre eigene Chance auf ehrliche Bilder, auch wenn nur für Minuten. Manchmal reichen Minuten, um einen Lebensweg zu ändern.

Draußen flimmert ein AR-Spot am Himmel, projiziert von einer Drohne, vielleicht ein Test für das Festival-Feuerwerk. Alles soll glitzernd und perfekt sein, aber Leyla weiß, dass darunter Misstrauen und Angst liegen. Ihr Hack wird dieses glitzernde Spektakel kurz enthüllen, als das, was es ist: eine große Täuschung, ein Gemälde auf unsichtbarer Leinwand, von Mächtigen in Auftrag gegeben.

Sie lehnt sich zurück, schließt kurz die Augen. Sie stellt sich vor, wie es sein wird: Der Moment, in dem die Filter fallen. Die Menschen sehen die echte Stadt, bröckelnde Fassaden, echte Gesichter ohne Weichzeichner. Dann ihr Manifest: ein kurzer Text, der erklärt, dass sie manipuliert wurden. Sie erwartet nicht, dass danach alle jubeln. Viele werden schockiert, verärgert sein. Aber sie werden Fragen stellen, Debatten starten. Das ist bereits ein Sieg.

Ein seltsames Gefühl von Ruhe überkommt sie. Trotz aller Gefahr hat sie einen Plan, ein Team, und die Technik funktioniert. Sie hat bewiesen, dass sie moralisch nicht bestechlich ist. Jetzt liegt es an ihr, ihre Rolle beim Festival zu spielen, unbemerkt den Hauptknoten neu zu starten, den Code laufen zu lassen und dann wieder auszusteigen, bevor die Eliten reagieren.

Im Hinterkopf hört sie die Worte des Antagonisten: „Du wirst es bereuen." Vielleicht, aber bereuen kann man vieles. Wichtig ist, dass sie einmal versucht hat, diesen Traum von ewiger Harmonie zu durchbrechen. Wenn sie nichts täte, würde sie sich ewig fragen, ob es nicht doch eine Chance gab, die Menschen aufzuwecken.

Im Zimmer ist es still, nur ihr leiser Atem. Sie denkt an Amina, Tariq, sogar an Riven. Jeder hat seine Rolle. Riven, der zweifelt, aber loyal zum System ist – was wird Riven denken, wenn die Filter ausfallen? Wird Riven erkennen, dass Leyla dahintersteckt? Wird Riven entsetzt oder befreit sein? Leyla weiß es nicht, aber es interessiert sie, mehr als sie zugeben möchte. Doch sie darf sich nicht von solchen Gefühlen ablenken lassen.

Die Drohnen patrouillieren, die Eliten rüsten auf, der Druck ist maximal. Doch Leyla hat sich entschieden. Sie will, dass die Menschen zumindest einen Augenblick sehen, was wirklich ist. Ihr Ziel ist, diese makellose, bunte AR-Fassade zu entlarven. Das riesige AR-Banner, das sie so oft gesehen hat, ist nur ein Vorhang. Bald fällt er – zumindest kurz.

„Wir ziehen das durch, egal wie." Leyla flüstert die Worte erneut, diesmal leiser, entschlossener. Das ist ihr persönliches Credo geworden. Während draußen die Stadt ihren künstlichen Frieden pflegt, bereitet sich Leyla auf den Tag vor, an dem sie diesen Frieden kurz brechen wird, um eine tiefere Wahrheit zu offenbaren.

Es bleibt nur noch, die restlichen Tage bis zum Festival zu überstehen, keine verräterischen Bewegungen zu machen und dann zuschlagen. Sie atmet, sie weiß, die nächste Phase wird riskant, doch ohne Risiko kein Fortschritt.

Sie lächelt bitter. Dieser Traum von ewiger Harmonie, den die Eliten bieten, ist eine Lüge. Bald wird sie, eine einfache Technikerin, diese Lüge zumindest kurz aufdecken. Und wenn es sie den Kopf kostet, dann soll es so sein.

KAPITEL 39

Es ist der letzte Vorabend des Festivals. Leyla sitzt auf dem Boden in ihrer kleinen Wohnung, umgeben von Dunkelheit, nur das schwache Licht ihres Handgelenkterminals beleuchtet ihr Gesicht. Draußen ist die Stadt in gespanntem Warten erstarrt – bunt geschmückte AR-Banner, patrouillierende Drohnen, neue Sicherheitskorridore. Morgen soll das große Fest beginnen, ein Ereignis, das die Eliten als Triumph ihrer heilen AR-Welt darstellen wollen. Leyla weiß, dass diese Illusion morgen einen Riss bekommen soll, wenn alles nach Plan läuft.

Vor ihr schwebt ein holografisches Dokument: das Manifest, an dem sie gerade schreibt. Anders als die technisch-kühlen Codes, die sie sonst bearbeitet, ist dieses Dokument etwas Persönliches, beinahe Intimes. Hier wählt sie Worte sorgfältig, mit einem sarkastischen, aber dennoch klaren Ton. Sie will den Menschen erklären, was wirklich vor sich geht. Keine trockene Enthüllung, sondern ein Appell an ihren Verstand und ihre Moral. Die Leute sollen nicht nur sehen, dass sie manipuliert werden, sie sollen verstehen, warum und wie sie sich dem widersetzen können.

„An alle, die dies lesen", tippt Leyla mit leisen Fingerbewegungen, „ihr habt soeben die echte Stadt gesehen, unverfälscht. Ihr habt bemerkt, dass die bisherige Perfektion nur ein Trugbild war. Versteht: Die Eliten nutzen AR-Filter, um eure Wahrnehmung zu steuern. Nicht, um euer Leben zu verbessern, sondern um euch gefügig zu halten. Wir haben diesen kurzen Ausfall orchestriert, um euch die Wahrheit zu zeigen. Wir wollen nicht, dass ihr in Panik verfallt, sondern dass ihr fragt: Warum werden wir belogen? Wer profitiert davon? Und wie können wir echte Diskussion, echte Information wiederherstellen?"

Leyla hält einen Moment inne, überlegt die nächsten Sätze. Sie möchte auch aufrufen, ruhig zu bleiben. „Bitte bleibt besonnen. Nutzt diesen Moment, um die Dinge zu hinterfragen. Ihr seid keine hilflosen Marionetten. Wenn ihr gemeinsam fragt, verlangt, fordert, dann müssen die Eliten reagieren. Nutzt euren Verstand, eure Fähigkeit, selbst zu urteilen. Wir glauben an eure Reife, obwohl man euch wie Kinder behandelt."

Während sie schreibt, reflektiert Leyla ihre eigene Reise. Einst war sie eine naiv-gläubige Technikerin, fasziniert von der AR-Perfektion, dem Komfort des Systems. Sie wollte aufsteigen, Teil des großen Ganzen sein. Dann hat sie die Risse gesehen, die Manipulationen, die gezielten Verzerrungen. Sie hat Angst erlebt, Verantwortungsgefühl, moralische Empörung. Jetzt sitzt sie hier, schreibt ein Manifest, bereit, alles zu riskieren. Morgen, beim Festival, wird ihr Hack kurz alle Filter kippen, ihre Botschaft anzeigen. Danach könnte sie gejagt werden, aber sie nimmt es in Kauf.

Ihr Manifest ist wie ein handgeschriebenes Dokument, auch wenn sie es digital verfasst. Es soll ein Gegenstück sein zu all den AR-Illusionen, die die Eliten auf die Menschen loslassen. Eine ehrliche Botschaft unter all der geschönten

Kunst. In einer Welt, in der jedes Bild bearbeitet ist, ist ein ehrliches Wort wertvoller als Gold.

Sie ergänzt noch ein paar Zeilen: „Seid bereit, nachzufragen. Erkundigt euch bei Freunden, Nachbarn. Tauscht euch aus. Wenn die AR-Welt nicht mehr vollkommen ist, bedeutet das nicht, dass ihr euch bekämpfen müsst. Sondern dass ihr frei darüber diskutieren könnt, wie ihr wirklich leben wollt." Sie versucht, ihnen einen Weg zu zeigen, nicht in blinde Wut auszubrechen, sondern Neugier zu entfalten. Das ist ihre Hoffnung: dass Wahrheit nicht nur schockiert, sondern zum Denken anregt.

Fertig. Leyla liest das Manifest noch einmal durch. Es ist nicht perfekt, aber echt. Kein überschäumender Pathos, sondern nüchterne Fakten, ein leicht ironischer Ton, der der Umgebung angepasst ist. Sie speichert es in mehrfach verschlüsselter Form, bereit, es morgen während des Hacks einzuspielen. Ein Moment, in dem AR kurz fällt, die Leute die echte Stadt sehen, und dann ihr Manifest erscheint. Einige werden es ignorieren, andere fürchten, manche verstehen. Aber es wird ein Anfang sein.

Plötzlich klopft es an ihrer Tür. Ein leises, aber bestimmtes Pochen. Leylas Herz schlägt sofort höher. Wer um diese Zeit? Drohnen? Sicherheitsleute? Oder vielleicht Amina oder Tariq, die eine letzte Abstimmung wollen? Sie verflucht ihre Nervosität, löscht schnell das Hologramm, versteckt die Datei in einer tiefen Verzeichnisebene, verschlüsselt sie zusätzlich. Dann steht sie auf, geht zur Tür, der Puls rast.

Mit leiser Stimme: „Wer ist da?" Keine Antwort. Sie hört nur leises Atmen, oder bildet sie sich das ein? Ihr Kopf spielt

Szenarien durch: Wenn es ein Freund wäre, würde er sich melden. Amina kennt Codes, Tariq würde vielleicht leise ihren Namen sagen. Dass niemand antwortet, macht sie nervös. Vielleicht ein Feind, der sie um diese Zeit abfangen will.

Sie überlegt, ob sie einen Spalt öffnet. Das Risiko ist enorm. Sie hat kein Waffenarsenal, nur ihren Verstand. Aber nicht öffnen kann auch auffällig sein. Sie schluckt, versucht, ihre Stimme ruhig zu halten, fragt noch einmal: „Hallo? Ist da jemand?"

Wieder keine Antwort. Sie lauscht, meint Schritte zu hören, die sich wieder entfernen. War es eine Probe, jemand, der ihre Reaktion testen will? Oder nur ein verwirrter Nachbar, der sich an der falschen Tür vergriffen hat? Sie wird es nicht erfahren. Die Drohnen draußen, die erhöhte Sicherheit, all das hat die Stimmung elektrisiert. Jeder fremde Laut ist bedrohlich.

Nach einigen endlosen Sekunden entfernt sich das Geräusch, es scheint, als ginge die unbekannte Person fort. Leyla atmet langsam aus. Ihr Puls rast noch immer, doch sie ist froh, dass sie das Manifest versteckt hat. Hätte sie es offen gelassen, wer weiß, was dann passiert wäre?

Dieser kurze Vorfall zeigt ihr, wie hoch die Spannung ist. Jede Nacht kann etwas passieren. Die Eliten könnten jetzt schon versuchen, sie einzuschüchtern. Doch sie bleibt standhaft, sie hat ihr Manifest geschrieben, der Plan steht. Es ist zu spät, um noch zurückzuweichen.

Sie setzt sich wieder auf den Boden, diesmal ohne Hologramm. Betrachtet die dunklen Wände, denkt an Amina, an Tariq, an alle, die ihr vertrauen. Sie werden morgen ihren Teil tun. Nur ein paar Minuten, dann ist alles vorbei, einerseits. Doch in diesen Minuten steckt eine Kraft, die monatelange Propaganda erschüttern kann. Leyla ist entschlossen, diesen Traum von ewiger Harmonie zu durchbrechen, auch wenn es sie den Kopf kostet.

Sie schließt die Augen, sammelt ihre Kraft. Noch eine Nacht schlafen, dann wird das Festival beginnen, die Stadt wird strahlen wie nie zuvor, und dann, mitten in der schönsten Illusion, reißt sie den Vorhang herunter. Ein kurzer Augenblick, aber genug, um die Saat der Wahrheit auszustreuen.

Die Unbekannte an der Tür hat sie gewarnt, wie gefährlich es ist. Doch sie lässt sich nicht einschüchtern. Der Tag kommt, die Zeit ist reif, und sie hat ihr Manifest, ihre Vorbereitung, ihre Verbündeten. Alles, um der Stadt zu zeigen, dass diese glitzernde Maske nichts als ein aufwendiger Schwindel ist.

Draußen summen Drohnen, drinnen herrscht Stille. Leyla bleibt sitzen, bis ihr Herzschlag sich beruhigt. Dann legt sie sich auf ihr schmales Bett, die Augen offen in die Dunkelheit gerichtet. Keine falschen Illusionen mehr, kein Zurück. Die Drohung der Eliten hallt nach, aber sie ignoriert sie. Sie hat ihr moralisches Urteil längst gefällt. Im Kopf formt sie die Worte aus dem Manifest noch einmal, leise flüsternd, als Übung, um sich an die Formulierungen zu erinnern. Beim Festival muss alles flüssig, rasch und präzise laufen.

Sie denkt an Riven, fragt sich kurz, ob Riven morgen überrascht oder verletzt sein wird. Aber diese Sorge ist ein Luxus, den sie sich nicht leisten kann. Vorrang hat die Mission. Vielleicht wird Riven später verstehen, vielleicht auch nicht. Es kann nicht Leylas Priorität sein, jetzt so kurz vor dem entscheidenden Schritt.

Ein leichter Nachtwind streicht durch ein offenes Fenster. Sie spürt die Kühle, unverfälscht, ohne digitale Filter, die den Temperaturunterschied glätten würden. Ein echter Windhauch, ehrlich wie das Sternenlicht, das sie neulich erblickt hat. Dieser Hauch ist ein Versprechen: Auch die Menschen werden bald etwas Echtes spüren, wenn auch nur für einen Moment.

Ihr Entschluss steht fest, ihr Weg ist klar. Der nächste Tag wird anbrechen, und mit ihm die Stunde der Wahrheit. Sie hat sich darauf vorbereitet, hat alle Optionen abgewogen, alle Skripte getestet, alle Zweifel in Schach gehalten. Nun muss sie nur noch durchhalten, bis es soweit ist.

Leyla schließt die Augen, versucht, etwas Schlaf zu finden. Der Morgen wird kommen, die Feierlichkeiten werden beginnen, und dann wird sie handeln. Ohne Rückweg, aber mit voller Überzeugung. Nach allem, was sie durchgemacht hat, ist sie bereit, diesen Schritt zu gehen.

KAPITEL 40

Es ist Festivaltag. Die Stadt strahlt in einem visuellen Rausch, wie ein digitales Gemälde aus hunderttausend Pinselstrichen. Überall laufen festliche AR-Bilder: tanzende Gestalten, farbenfrohe Ornamente, lächelnde Gesichter, die nie müde werden. Die Eliten haben ganze Arbeit geleistet, um diese Illusion perfekter denn je wirken zu lassen. Auf den Hauptstraßen schweben holografische Banner, in den Parks schimmern künstliche Blumen, deren Farben intensiver leuchten, als es die Natur je könnte. Auch der Himmel ist nicht mehr bloß grau, sondern von virtuellen

Lichtern durchzogen, die wie Feuerwerke wirken, bevor sie explodieren.

Leyla steht in einer Seitengasse, fern vom größten Trubel. Sie trägt eine schlichte, dunkle Jacke, die ihr Gesicht nicht übermäßig verbirgt, aber genug, um nicht aufzufallen. Jeder trägt heute bunte Overlays, wieso nicht auch sie – doch sie hält ihre Linsen auf ein Minimum, will die echte Struktur darunter spüren. Amina ist bei ihr, im Schatten versteckt, überprüft letzte Datenpakete. Tariq bewegt sich irgendwo in der Nähe, verteilt weiterhin subtile Hinweise, murmelt an passenden Stellen zu neugierigen Bürgern: „Achtet auf Unregelmäßigkeiten. Man sagt, heute könnte etwas Besonderes geschehen." Er klingt, als würde er eine spannende Legende erzählen. Manche Bürger reagieren mit skeptischem Lächeln, andere horchen auf.

Leyla atmet tief durch. Sie spürt keine panische Angst mehr, eher eine kühle Entschlossenheit. Sie ist fokussiert, beinahe ruhig. Es ist jetzt oder nie. Die Monate des Planens, die Testläufe, die moralischen Zweifel – alles führt zu diesem Moment. Die Eliten glauben, an diesem Tag ihren Triumph zu feiern, die perfekte AR-Inszenierung, die jedwede Kritik unter bunten Schleiern erstickt. Doch Leyla wird ihnen einen Strich durch die Rechnung machen. Wenige Minuten, ein kurzer Reality-Flash, begleitet von ihrem Manifest. Mehr braucht es nicht, um das Narrativ zu erschüttern.

Amina dreht sich zu ihr um, die Stimme leise, nüchtern: „Die Sicherheitsmaßnahmen sind enorm. Drohnen kreisen, Polizisten sind nervös, überall zusätzliche Kontrollen. Sie scheinen einen Sabotageakt zu fürchten. Aber wir haben unsere Backdoors, unsere Ablenkungen. Sei vorsichtig. Ein falscher Klick, und sie haben dich." Ihre Stimme klingt nicht ängstlich, sondern sachlich, als würde sie Leyla an eine technische Vorschrift erinnern.

Leyla lächelt sarkastisch: „Immer diese Vorschriften. Keine Sorge, ich kenn den Plan. Ich gehe rein, tu so, als ob ich einen Routinedienst am Datenturm erledigen muss. Ein kleiner angeblicher Bug, der einen Reboot erfordert. Dann läuft unser Skript, die Filter setzen aus, das Manifest blinkt auf, und wir ziehen uns zurück. Easy." Ihr Ton ist trocken, aber beide wissen, dass es kein Kinderspiel ist. Doch was soll's, jetzt ist nicht die Zeit für Zweifel.

In der Ferne hört man Musik, AR-Konzerte, die virtuelle Instrumente einspielen. Die Menschen lachen, tanzen, viele glauben fest, in einer besseren Welt zu leben. Leyla betrachtet diese harmlosen Gesichter mit einer Mischung aus Mitleid und Entschlossenheit: sie wissen nicht, dass sie aufgezeichnet, gesteuert, durch Filter gelenkt werden. Bald werden sie es merken, zumindest kurz.

Vor ihr taucht ein AR-Timer auf, nicht von ihr erzeugt, sondern Teil der Festivalausstattung: eine rückwärtslaufende Uhr, die den Countdown bis zum Höhepunkt des Festivals anzeigt. Noch ein paar Stunden. Leyla sieht darin ein Symbol: nicht nur ein Countdown zum Fest, sondern auch zu ihrer Enthüllungsaktion. Die Uhrzeit-Overlays, die überall eingeblendet sind, ticken herunter, als würde die Stadt selbst die letzte Zeit bis zum Reality-Flash herunterzählen.

Tariq kommt zurück, die Hände in den Taschen, tut so, als wäre er ein normaler Besucher, wirft Leyla einen kurzen Blick zu, ein stummes Nicken. Er hat sein Werk getan, genug Gerüchte gestreut, genug Papierflugblätter verteilt.

Die Menschen haben jetzt ein paar Rätsel im Kopf, sind nicht völlig naiv, wenn es gleich Ernst wird.

Amina überprüft noch einmal ihre Skripte, zeigt Leyla auf dem Terminal ein letztes Mal den Code. Kein technischer Infodump jetzt, alles ist durchdacht, Leyla weiß, welche Befehle sie beim Datenturm auslösen muss. Sie fühlt sich vorbereitet. Keine hundertprozentige Sicherheit, aber genug, um das Risiko einzugehen.

Leyla streicht eine Haarsträhne aus dem Gesicht, holt tief Luft und macht sich auf den Weg. Der Datenturm liegt ein paar Straßenecken entfernt. Sie läuft durch die Menge, unauffällig. Während sie geht, bemerkt sie die erhöhte Polizeipräsenz. Drohnen summen über ihr, Polizisten an den Straßenecken, doch alle sind von der glitzernden AR-Show abgelenkt. Wären sie nicht so fixiert auf ihre Illusion der perfekten Sicherheit, würden sie vielleicht ihre Absichten erahnen. Aber sie sieht nur routiniertes Misstrauen, kein gezieltes Auge auf sie.

Im Hintergrund schimmert das gigantische, festliche AR-Banner über der Hauptstraße: lachende Gesichter, bunte Farben, eine perfekte Scheinwelt. Leyla erkennt: Alles Lüge, aber bald wird die Maske fallen. Dieser Gedanke treibt sie an. Sie hat kein schlechtes Gewissen, den Leuten den Vorhang zu lüften. Sie will, dass sie verstehen, dass sie selbst denken können. Sie hat ein Manifest, klare Worte, um ihr Tun zu erklären.

Als sie näher zum Datenturm kommt, sieht sie, wie der Sicherheitslevel steigt. Kontrollpunkte, Scanner, aber sie hat ihre offizielle Mitarbeiter-ID, ihr Anliegen als Technikerin, die einen vermeintlichen Fehler debuggen muss. Ein

Polizist fragt sie nach ihrem Zweck. Leyla liefert eine glaubwürdige Erklärung: „Ein kleiner Bug im Filter-Rendering, muss schnell gefixt werden, sonst beeinträchtigt es die Show." Der Polizist nickt, lässt sie durch, denn niemand will das perfekte Festival stören – ironisch, dass genau diese Einstellung ihr nun hilft.

Hinter ihr summen Drohnen, Leyla spürt den Druck, aber sie ist fokussiert und ruhig. Sie denkt an all die Vorbereitungen, an Amina und Tariq, an ihr Manifest. Sie kennt ihre moralische Position, hat keine Angst mehr, sie kann es nicht jedem recht machen, aber muss es auch nicht. Sie will nur, dass die Leute eine Chance haben, die Wahrheit zu sehen.

Nun steht sie vor dem Eingang zum Datenturm. Ein nüchternes, technisches Bauwerk, unscheinbar, aber das Herzstück der AR-Infrastruktur an diesem Tag. Hier wird sie den entscheidenden Eingriff vornehmen. Ihr Interface zeigt: „Zugriffspunkt gefunden." Ein leises Hologramm, das ihr Amina installiert hat, leitet sie zu der versteckten Konsole im Inneren.

Sie blickt sich um, Drohnen summen im Hintergrund, Polizisten patrouillieren. Vor ihr liegt die Entscheidung. Nächster Halt: Die Enthüllung. Sie hat den Weg bis hierhergeschafft, alle Zweifel beiseitegeräumt, alle moralischen Kompromisse gefunden. Jetzt ist nur noch Aktion gefragt. Keine Reden mehr, kein Zaudern.

Im Kopf wiederholt sie ihr Mantra: „Wir ziehen das durch, egal wie." Der Countdown zum Festival läuft, die Eliten glauben, alles im Griff zu haben. Doch Leyla ist hier, bereit, ihren Hack auszulösen, das Manifest einzuspielen, den Vorhang für einen Augenblick wegzuziehen.

Sie wagt ein sarkastisches Lächeln: „Also, dann wollen wir mal sehen, ob eure perfekte Scheinwelt einem kurzen Moment der Ehrlichkeit standhält." Sie spürt keine panische Angst mehr, sondern eine klare, eiskalte Entschlossenheit. Wenn sie es nicht jetzt tut, wird sie es nie tun. Und dann bleibt die Stadt in ewigem Schlaf.

Leyla atmet aus, macht den nächsten Schritt ins Innere des Datenturms, wo die Leitungen und Knotenpunkte auf sie warten. Draußen tobt die Inszenierung, doch sie ist jetzt drinnen, am Nervenzentrum, wo sie die Strippen kurz lösen wird. Ein letztes Mal blickt sie über die Schulter, sieht die Drohnen in der Ferne. Ein mulmiges Gefühl, aber sie lässt sich nicht beirren.

Sie hat alles vorbereitet. Wenn sie jetzt versagt, hat sie es zumindest versucht. Wenn sie es schafft, wird die Stadt nie wieder dieselbe sein. Keine leichte Aufgabe, aber sie ist bereit. Der Festivaltag ist da, die Zeit ist reif, und sie steht an der Schwelle zum finalen Akt.

KAPITEL 41

Leyla steht im Datenturm, umgeben von surrenden Maschinen, schwach summenden Kabelsträngen und leise blinkenden Kontrolllampen. Draußen, hinter soliden Wänden und AR-geschwängerten Straßen, tobt das Festival bereits auf Hochtouren. Sie kann es hören, selbst hier drinnen: Musikfetzen, gelegentliches Jubeln, ein Summen, als läge die ganze Stadt unter einem Schleier aus Euphorie. Aber Leyla weiß, dass diese Euphorie sorgfältig choreografiert ist. Jede Parade, jede Farbe, jedes freundliche Gesicht

– alles durch Filter verfeinert, geglättet, harmlos gemacht. Heute will sie diesen Schleier kurz lüften.

An ihrem Ohr ein winziges Headset, kaum sichtbar. Amina hält über einen versteckten Kanal Kontakt zu ihr. „Leyla, hörst du mich?" Aminas Stimme ist leise, trocken, aber es schwingt Anspannung mit. „Ja, klar und deutlich", murmelt Leyla zurück. Sie steht vor einer Konsole, der Zugangspunkt, den sie identifiziert hat. Das ist die Stelle, an der sie ihren Hack auslösen kann.

Sie spürt ihr Herz schneller schlagen. Dieser Moment, für den sie alles riskiert hat, ist gekommen. Noch ein paar Tastendrücke, ein paar Kommandos, und die Filterberechnung bricht für einige Minuten zusammen. Amina hat ihre Ablenkungsangriffe vorbereitet, um Sicherheitsroutinen zu verwirren. Tariq hat draußen Gerüchte gestreut, damit die Leute nicht völlig aus allen Wolken fallen. Und Leyla hat ihr Manifest geschrieben, das sie gleich zusammen mit dem Reality-Flash einspeisen wird.

Draußen herrscht ein wahres Spektakel: AR-Paraden in allen Farben, holografische Figuren tanzen in der Luft, Musik dröhnt aus virtuellen Lautsprechern, die es physisch nicht gibt. Die Sicherheitskräfte konzentrieren sich auf die Menge, auf mögliche Störenfriede dort draußen. Wer würde ahnen, dass die eigentliche Gefahr in diesem stillen Turm lauert, wo eine unscheinbare Technikerin vor einem Terminal steht?

Leyla lächelt sarkastisch. Genau das ist der Trick: Alle Augen sind auf das Spektakel gerichtet, niemand rechnet damit, dass sie hier im Datenturm die Strippen zieht. Sie war immer ein Zahnrad im System, unscheinbar, jetzt nutzt sie diese Unscheinbarkeit, um die Wahrheit ans Licht zu bringen.

Amina flüstert durch den Kanal: „In Ordnung, ich starte jetzt die Ablenkungen. Die Sicherheitsschranken werden gleich beschäftigt sein. Dann hast du ein kleines Fenster, um den Hauptknoten neuzustarten. Bist du soweit?" Leyla atmet tief durch. Sie ist angespannt, ja, aber auch klar im Kopf. Keine Panik mehr, nur konzentrierte Entschlossenheit.

Ein leuchtender AR-Festivallogo schwebt in der Ecke des Raums, eine Art Corporate-Mascot, die überall im Gebäude verteilt ist, um auch die Mitarbeiter in Feststimmung zu bringen. Leyla betrachtet es kurz, runzelt die Stirn. Ein Symbol der Lüge, dieses fröhliche Logo, das die perfekte Welt vorgaukelt, während draußen Drohnen patrouillieren. Sie deaktiviert die lokalen Overlays mit einer beiläufigen Geste, ein symbolischer Schritt, sich von der Illusion zu lösen. Jetzt sieht sie nur noch den echten Raum: nüchtern, grau, ehrlich.

Amina meldet: „Meine Ablenkungsangriffe laufen. Sie reagieren bereits, versuchen die falschen Fährten zu verfolgen. Drohnen leiten ihre Ressourcen um. Jetzt oder nie, Leyla."
Leyla hebt die Hände zur Konsole, tippt die vorbereiteten Befehle ein. Jeder Tastendruck ist durchdacht, kein Tippfehler erlaubt. Sie muss einen vermeintlichen Bug simulieren, der einen Neustart des Hauptknotens erfordert. Ein virtuelles Fenster öffnet sich, sie bestätigt die Protokolle, alles wirkt wie ein legitimer Wartungsvorgang.

Ihr Herz pocht. Gleich wird sie für wenige Minuten alle Filter kappen. Die Leute draußen werden die echte Stadt sehen, die ungeschönten Fassaden, vielleicht auch die schmutzigen Ecken, die verwitterten Mauern, die vernachlässigten Viertel. Doch sie werden es nicht nur sehen, sie werden auch ihr Manifest lesen, das an tausend Projektionen kurz aufblinken wird. Wenn alles nach Plan läuft.

Amina fragt: „Bereit?" Leyla atmet tief ein. Keine Angst mehr, kein Zögern. „Ja. Legen wir los." Sie drückt Enter, bestätigt den Neustart, die Skripte laufen. Das rote Warnlicht auf dem Terminal flackert kurz, dann schaltet es auf neutral. Nun muss sie nur warten, bis die Filter kurz offline sind. In diesen Sekunden spielt Amina ihr Manifest ein, verteilt es an mehrere Zielpunkte, so dass die Eliten es nicht sofort löschen können.

Draußen sieht Leyla in ihrer Linse den Countdown des Festivals: nur noch Sekunden bis zum Höhepunkt, an dem eine große virtuelle Show starten soll. Perfektes Timing. Wenn die Filter jetzt wegbrechen, werden die Leute mitten in der schönsten Illusion ins reale Bild geworfen. Schockierend, ja, aber eben nicht ohne Kontext. Das Manifest wird erklären, was sie sehen, warum es so ist, und dass sie selbst über ihr Schicksal nachdenken sollten.

Sie hört Amina leise jubeln: „Es funktioniert! Die Filter sind weg, ich spiele das Manifest ein..." Leyla spürt Erleichterung. Doch sie bleibt fokussiert, muss bereit sein, den Filter in wenigen Minuten wieder hochzufahren, um nicht totales Chaos zu provozieren.

In den nächsten Sekunden herrscht Stille im Raum, aber draußen muss es drunter und drüber gehen. Die Leute sehen plötzlich eine ganz andere Stadt, werfen erstaunte

Blicke auf triste Realfassaden, kaputte Straßenschilder, die vorher durch bunte Overlays ersetzt waren. Sie sind sicher schockiert, aber nicht alle schreien, manche sind vorbereitet durch Gerüchte, andere lesen das Manifest, versuchen es zu verstehen.

Amina informiert: „Das Manifest wird angezeigt. Ich sehe eingehende Reaktionen, manche Leute machen Fotos, fragen andere: ‚Hast du das auch gesehen?' Noch keine Panik, nur Verwirrung. Das ist gut." Leyla atmet auf. Ihr Plan scheint zu wirken, keine massenhafte Hysterie, sondern Erstaunen und Nachdenken.

Doch sie darf nicht vergessen, dass die Eliten nicht tatenlos zusehen werden. Leyla hält den Finger über den Befehl, um die Filter wiederherzustellen. Ein paar Minuten echter Wahrheit müssen reichen. Länger, und die Sicherheitskräfte werden gegensteuern, das Manifest löschen, Jagd auf Verdächtige machen.

Amina: „In ein paar Sekunden solltest du die Filter wieder hochfahren. Wir haben genug gesendet, die Botschaft ist draußen. Die Leute haben gesehen, was abgeht. Zu lang warten ist riskant." Leyla nickt, drückt die nötigen Tasten. Die Filterberechnung startet erneut, die Illusion kehrt zurück, aber jetzt ist nichts mehr wie vorher. Die Leute werden sich fragen, ob das eben ein technischer Fehler war, oder ob jemand ihnen die Wahrheit gezeigt hat. Sie haben das Manifest, sie haben Zweifel, sie werden Fragen stellen.

Leyla lächelt zum ersten Mal inmitten dieser Extremsituation. Es hat geklappt. Kein totaler Kollaps, keine unkontrollierte Gewalt, zumindest nicht sofort. Sie haben die Stadt aus ihrem perfekten Traum geweckt, auch wenn es nur ein

Anstoß war. Jetzt wird nichts mehr sein wie zuvor, denn Zweifel lässt sich nicht einfach durch einen Klick löschen.

Plötzlich vernimmt sie draußen hektische Geräusche, Drohnen, die heranfliegen, Alarmtöne. Die Eliten sind alarmiert, natürlich. Sie haben bemerkt, dass jemand die Filter manipuliert hat. Leyla muss hier raus, bevor sie enttarnt wird. Sie schnappt ihr Terminal, deaktiviert alle verräterischen Logs, wie sie es geübt hat. Jeder Hinweis, der auf sie führen könnte, muss verschwinden.

Amina warnt sie über den Kopfhörer: „Drohen rücken an, sie haben etwas gemerkt, aber noch keinen Namen. Beeil dich." Leyla verlässt den Datenturm ruhig, aber zügig. Sie tut so, als wäre sie mit einer kleinen Reparatur beschäftigt gewesen. Ein Polizist fragt: „Haben Sie das Problem behoben?" Leyla nickt, sarkastisch in Gedanken: „Ja, ich habe es ‚behoben‘." Laut sagt sie: „Ja, nur ein kleiner Bug, alles wieder okay." Der Polizist scheint unter Zeitdruck, lässt sie weiter. Die Sicherheitskräfte eilen woanders hin, wo sie mutmaßen, dass Saboteure sein könnten.

Leyla mischt sich unter die Leute, taucht in der Menge unter. Tariq hat bereits seine Botschaften verteilt, Amina überwacht die digitalen Spuren aus sicherer Entfernung, und Leyla verlässt die unmittelbare Gefahr. Sie schaut zur Stadt hinauf, sieht wieder die gleichen bunten Overlays, aber nun weiß sie, dass unzählige Bürger eben noch echte Mauern gesehen haben. Eine Erinnerung, die nicht so schnell verblassen wird.

Sie spürt Genugtuung, aber auch Vorsicht. Die Drohnen summen noch, die Polizeipräsenz wird weiter steigen, man wird nach Verantwortlichen suchen. Sie muss die nächsten Tage untertauchen, aufpassen, keine auffälligen

Bewegungen machen. Aber ihr primäres Ziel ist erreicht: Die Menschen haben die Wahrheit gesehen, selbst wenn nur für kurze Zeit. Ihr Manifest wird in vielen Köpfen rumoren, die Leute werden darüber sprechen. Nicht jeder wird klug oder ruhig reagieren, aber das war nie garantierbar. Wichtig ist, dass die perfekte Lügenfassade einen Riss hat.

An einer Hauptstraße hängt nach wie vor das große AR-Banner, lächelnde Gesichter in künstlicher Harmonie. Leyla betrachtet es von Weitem, ein bitteres Lächeln auf den Lippen. Dieses Banner war ein Symbol für den absurden Glauben an ewige Harmonie durch Täuschung. Jetzt hat sie diesen Traum kurz durchbrochen. Ob die Leute nun selbst denken, ob sie Veränderung fordern, bleibt abzuwarten. Aber Leyla hat ihren Beitrag geleistet.

Sie schreitet davon, lässt das Festival hinter sich. Die Stadt feiert weiter, tut so, als wäre nichts passiert. Aber Leyla weiß, dass unter dieser Fassade Unruhe gärt. Fragen werden gestellt, Gerüchte kursieren, das Manifest macht die Runde. Sie hat ein Fenster zur Wahrheit geöffnet, auch wenn nur für Minuten.

In dieser Welt, wo AR das Bewusstsein formt, hat Leyla den Menschen bewiesen, dass sie nicht alles glauben müssen, was sie sehen. Dieser Gedanke wird sie weiter motivieren. Jetzt muss sie sich erst einmal in Sicherheit bringen, hoffen, dass die Eliten sie nicht sofort fassen. Doch selbst wenn sie sie finden, kann niemand die Erinnerung an den Reality-Flash aus den Köpfen der Menschen löschen.

Ein letztes Mal atmet Leyla tief durch, spürt die Erleichterung und die Anspannung, die nachlassen. Sie hat es getan, das Unmögliche: Die Wahrheit in einer Welt der Illusionen gezeigt. Ob sie bereuen wird, weiß sie nicht, aber sie hat ihren moralischen Pfad gewählt und ist ihn unbeirrt gegangen.

KAPITEL 42

Leyla steht am innersten Kontrollpult des Datenturms, ihre Finger schweben über virtuellen Schaltflächen, während sie die letzten Befehle ausführt. Im Kopfhörer flüstert Amina nervös: „Jetzt, Leyla, jetzt!" Draußen tobt das Festival, das perfekte Bühnenstück der Eliten, doch sie ist bereit, das Skript zu zerreißen. Sie hat die Sequenz so programmiert, dass für ein paar Sekunden die AR-Filter nur flackern – ein warnendes Zittern im Fundament der Illusion – und dann gänzlich verschwinden. Die Stadt wird dann sehen, was wirklich ist, ohne Schablonen, ohne digitale Farbkorrektur.

Sie tippt die letzten Kommandos ein, drückt Enter. Der Hack startet. Auf den Monitoren sieht sie, wie die Filterberechnung stolpert, dann abrupt stoppt. Ein Rauschen im Datenstrom, ein Zittern, wie ein Seufzer des Systems, bevor die Fassade kippt.

Draußen muss es jetzt losgehen. Amina gibt flüsternd Feedback: „Es flackert schon. Die Overlays schwanken." Leyla atmet flach aus. Sie stellt sich die Szene vor: Die Leute, die eben noch farbenfrohe Paraden sahen, bemerken, dass die Bilder zuckend verschwinden. Kurz flackernde Doppelkonturen, als würde jemand an einem Vorhang ziehen. Dann ist es vorbei. Die Filter sind weg, die Overlays tot, die nackte Wahrheit springt hervor.

Sie hört über das Mikrofon, das Amina im Hintergrund eingeschaltet hat, entfernte Geräusche von draußen: Geschrei, erstaunte Rufe, ein Murmeln wie ein aufgeregtes Summen. Die gesamte Stadt sieht nun den echten Zustand: verfallene Fassaden, Risse in Mauern, verwahrloste Ecken. Wo zuvor glatte, perfekte Flächen waren, sind nun Schmutz, Graffiti, abgenutzte Schilder. Die Leute reagieren unterschiedlich: Manche schreien auf, wütend, weil man ihnen etwas vorenthalten hat. Andere weinen, tief berührt, als hätten sie ein lang verlorenes Stück Welt gefunden. Wieder andere starren stumm, verarbeiten schockiert, dass ihre Wirklichkeit doch nur ein gemaltes Bild war.

Leyla kämpft mit Tränen. Sie hat diesen Moment herbeigeführt, war darauf vorbereitet, aber jetzt, wo es geschieht, ist es überwältigend. Sie hat die Wahrheit enthüllt, aber diese Wahrheit tut weh. Die Menschen sind verwirrt, manche geraten aneinander, weil sie nicht verstehen, was passiert. Doch durch die Gerüchte, die Tariq streute, und die kleinen Hinweise, sind einige nicht völlig unvorbereitet. Sie erinnern sich an die Flugblätter, an die seltsamen Andeutungen. Das Manifest, das jetzt zeitgleich eingeblendet wird, erklärt in einfachen Worten, was sie sehen: kein Systemfehler, sondern ein vorsätzlicher Blick hinter die Kulisse.

Amina meldet: „Die Leute lesen das Manifest. Manche rufen ihre Freunde, zeigen auf die Mauern. Andere debattieren lautstark. Ja, es gibt Aufruhr, aber nicht unkontrolliert. Viele wollen verstehen, nicht nur schreien." Leyla nickt stumm, Tränen steigen in ihre Augen, aber sie hält sie zurück. Sie wusste, dass dieser Moment schmerzlich, aber notwendig sein würde.

Ein Motiv aus der Realität ergreift ihre Aufmerksamkeit: Durch eine Überwachungskamera, die Amina gehackt hat, sieht sie auf einer einst makellosen Mauer ein echtes Graffiti auftauchen. „Freiheit ist die Wahrheit" steht da, in aufgewühlten, kräftigen Buchstaben. Dieses Kunstwerk war zuvor unsichtbar gemacht, überblendet von AR-Optimierungen. Nun leuchtet es in all seiner rauen Echtheit. Ein perfektes Sinnbild dieses Moments: Die pure, ungefilterte Aussage, die endlich gesehen werden kann.

Leyla lächelt bitter, sarkastisch: Ausgerechnet in diesem Moment wird ein zuvor unterdrücktes Graffiti zum Leitspruch. Sie hat kein Weinen aus Freude, aber es ist ein Lächeln der Erleichterung, dass sie es geschafft hat, den Menschen zumindest einen Funken echter Information zu schenken.

Plötzlich heulen Alarmglocken durch ihre Kopfhörer. Amina warnt: „Die Eliten versuchen, die Filter wieder hochzufahren. Sie haben unsere Ablenkungsangriffe teilweise durchschaut. Wir haben nur ein paar Minuten gewonnen." Leyla wusste, dass es so kommen würde. Es war nie ihr Plan, die Filter für immer abzuschalten. Ein paar Minuten sollten reichen, um Zweifel zu säen, die Erinnerung an diesen Anblick bleibt.

Sie atmet zittrig aus, löscht nun alle Spuren ihrer Manipulation im Datenturm. Kein Log soll auf sie zurückführen. Sie verschwindet schnell aus dem Kontrollraum, duckt sich in den Schatten des Turms, hält Ausschau nach Drohnen oder Polizisten. Draußen nimmt sie entfernt Sirenen wahr, wahrscheinlich versucht man, die Lage unter Kontrolle zu bringen. Bald werden die Overlays wieder aktiv sein, versuchen, die Illusion zu reparieren. Aber der Schaden ist angerichtet, die Erinnerung nicht mehr löschbar.

Die Menschen haben die echte Stadt gesehen. Für ein paar Minuten war die Welt unverfälscht. Nun tragen sie diese Erfahrung im Kopf. Einige werden nachforschen, andere werden nur wütend sein, manche werden die Schuldigen suchen. Leyla kann das Ergebnis nicht kontrollieren, aber sie hat ihre moralische Verantwortung erfüllt.

Während sie sich in die Menge mischt, erkennt sie hier und da flüsternde Stimmen: „Hast du das gesehen? Das war doch kein Fehler. Da stand etwas von Manipulation." Ein Bürger hebt ein Stück Papier auf, ein Flugblatt, das Tariq hinterlassen hat. Er vergleicht es mit dem, was er eben sah, versucht Sinn darin zu finden. Eine Frau berührt eine Wand, die eben noch makellos glänzte, jetzt rau und fleckig ist, als wollte sie überprüfen, ob die Realität real ist.

Leyla selbst ist nun ein Teil dieser Menge, versucht, unauffällig zu bleiben. Sie hat Tränen in den Augen, nicht aus Schwäche, sondern aus der Intensität des Erlebten. Sie hat sich monatelang darauf vorbereitet, jetzt ist der Moment vorbei. Es ist ihr gelungen, kurz die Wahrheit zu zeigen. Sie fühlt Erleichterung, aber auch Schwere: Welche Konsequenzen wird das haben? Wird sie verfolgt, gejagt? Ja, wahrscheinlich. Doch sie akzeptiert das.

Das Graffiti „Freiheit ist die Wahrheit" brennt sich in ihr Gedächtnis. Ein Kunstwerk, das ohne sie nie jemand wieder gesehen hätte. Vielleicht wird es zum Symbol einer neuen Bewegung, vielleicht auch nicht. Doch der Gedanke, dass echte, unverfälschte Kunst jetzt wahrgenommen wird, gibt ihr Trost.

Hinter ihr heulen immer noch die Alarmglocken, Drohnen fliegen tiefer, Polizisten stellen Fragen, versuchen, Leute zu beruhigen oder einzuschüchtern. Das Festival ging von einer sorglosen Feier in ein irritiertes Nachspiel über. Die Eliten sind gezwungen, Erklärungen zu finden, Ausreden. Vielleicht behaupten sie, es sei ein technischer Defekt, aber das Manifest widerspricht ihrer Version. Die Leute werden ihnen nicht mehr so leicht vertrauen.

Amina meldet sich kurz über das Headset: „Leyla, bist du okay?" Leyla nickt, obwohl Amina sie nicht sehen kann. „Ja, ich entkomme gerade, versuche unterzutauchen. Und du?" Amina klingt erleichtert: „Ich hab meine Spuren auch verwischt, ich bin sicher. Wir sollten uns die nächsten Tage stillhalten. Tariq ist auch untergetaucht, er sagt, die Leute diskutieren überall. Es funktioniert." Leyla lächelt, ein müdes, aber zufriedenstellendes Lächeln. Es ist ein Erfolg, so oder so.

Noch immer flackern vereinzelte AR-Bilder, die nicht ganz stabil sind. Die Eliten haben die Filter wieder hochgefahren, aber Leyla merkt, dass die Qualität nicht perfekt ist. Ein Zeichen, dass der Schock zu tief saß, dass sie ihre Infrastruktur kurz erschüttert hat. Ob sie schnell wieder alles glätten werden, weiß sie nicht. Doch der mentaler Riss ist da.

Sie bahnt sich ihren Weg durch die Menge, hört wütende Stimmen, verwirrte Fragen, aber auch neugierige Diskussionen. Manche wollen wissen, wer diesen Reality-Flash verursacht hat, andere vermuten eine geheime Gruppe von Rebellen. Leyla hofft, dass die Leute eigene Schlussfolgerungen ziehen, dass sie sich organisieren, Fragen stellen, Debatten anstoßen.

In einem schmalen Hinterhof hält sie an, lauscht, ob man sie verfolgt. Niemand scheint ihr auf den Fersen. Die Eliten haben überall Krisenherde, sie können nicht jeden Einzelnen sofort fassen. Leyla bleibt vorsichtig, aber sie ist jetzt etwas sicherer. Sie hat ihre Rolle gespielt, die Wahrheit für einen Moment sichtbar gemacht.

Die Filter sind zurück, doch die Erinnerung an deren Ausfall bleibt lebendig. Sie hat den Menschen etwas gegeben, das ihnen niemand mehr nehmen kann: das Wissen, dass nicht alles echt ist, dass sie belogen wurden. Was sie daraus machen, liegt bei ihnen.

Leyla kämpft mit Tränen, nicht aus Trauer, sondern aus Erleichterung und Erschöpfung. Die Verantwortung war immens, jetzt spürt sie den Nachhall in ihren Knochen. Sie hat etwas Ungeheuerliches vollbracht – in einer perfekt kontrollierten Gesellschaft hat sie einen Moment unkontrollierter Wahrheit geschaffen. Vielleicht ist es nur ein erster Schritt, aber ohne erste Schritte kommt man nie ans Ziel.

Die Alarmglocken klingen in der Ferne leiser, die Stadt bemüht sich, zu ihrem vorigen Gleichklang zurückzufinden, doch Leyla weiß, dass es niemals mehr ganz so sein wird wie zuvor. Sie hat eine Saat gesät, die in den Köpfen der Menschen wachsen wird.

Bevor sie den Hinterhof verlässt, blickt sie noch einmal zum Himmel. Kein AR-Feuerwerk, kein künstlicher Stern, nur der echte, wolkenverhangene Nachthimmel. Ein ehrliches Bild, so unspektakulär und doch so wertvoll. Sie hat diesen Moment für alle geschaffen, für ein paar Minuten, und hofft, dass diese Minuten zählen.

In Gedanken wiederholt sie, was sie sich geschworen hat: Sie hat diesen Traum von ewiger Harmonie durchbrochen, auch wenn es sie den Kopf kosten könnte. Doch statt Reue fühlt sie Befriedigung. Nun bleibt ihr nur, sich zu verstecken, die Entwicklung abzuwarten. Mit etwas Glück werden die Menschen nun erwachen.

KAPITEL 43

Leyla duckt sich in einem stillen Hinterhof, kaum eine halbe Straße vom Datenturm entfernt. Das eben orchestrierte Chaos ebbt nicht einfach ab, es gärt in der Stadt. Sie hört von fern aufgeregte Stimmen, verwirrte Rufe, vereinzelte Schreie. Die Leute haben gerade die echte Stadt gesehen, unverfälscht, und nun versuchen die Eliten hastig, die Filter wieder hochzufahren. Doch Leyla hat ihre nächste Karte schon in der Hand. Mit zitternden Fingern aktiviert sie ein winziges Interface am Handgelenk. Es ist Zeit, das Manifest zu verbreiten – nicht nur innerhalb des kurzen Fensters, sondern jetzt, da die Systeme noch nicht ganz stabil sind, auf allen verfügbaren Datenkanälen.

Amina hat vorhin bestätigt, dass es einen kleinen Restposten offener Datenports gibt, bedingt durch den Hack, die Ablenkungsangriffe. Ein paar Schlupflöcher, bevor die Eliten wieder volle Kontrolle haben. Genau dafür hat Leyla ihr Manifest geschrieben: einfache, klare Worte, ohne AR-Spielereien, ohne Hochglanz-Politur. Eine schlichte Textform, quasi roh, so wie die Wirklichkeit, die sie gerade kurz offenbart hat.

Sie tippt einen Befehl, lädt das Manifest in verschiedene Kanäle hoch, kleine Hintertüren im Netzwerk, private

Messenger-Gruppen, Foren, wo sie die Leute anonym teilhaben lässt. Sie verteilt es so breit wie möglich, damit die Eliten es nicht mit einem Schlag löschen können. Jede Minute, die sie gewinnt, ist eine Chance, dass jemand das Manifest liest, es kopiert, weiterreicht, speichert. Sie weiß, dass keine dauerhafte, universale Verbreitung garantiert ist, aber es reicht, ein paar Knoten zu infizieren, ein paar Leute, die es archivieren, bevor die Filter sie wieder in Schach halten.

Während sie sendet, lauscht sie den Stimmen hinter der Hauswand. Bürger, die verwirrt fragen: „War das gerade echt? Hast du es gesehen? Da stand etwas von Betrug, von Kontrolle!" Andere sind wütend: „Man hat uns belogen! Wie lange schon?" Wieder andere sind einfach nur stumm, müssen verdauen, was passiert ist. Sie alle sind jetzt bereit für ihre Botschaft. Leyla lächelt bitter: Wenige Minuten ohne Filter, jetzt ein Manifest voller Erklärungen. Die temporäre Störung hat die Kontrolle der Eliten kurz ausgehebelt. Für einen kostbaren Moment kann sie unzensiert sprechen.

Im Manifest steht, wer weiß wie lange es jemand online hält, sinngemäß: „Ihr habt soeben einen Blick auf die echte Stadt geworfen. Was ihr sonst seht, ist ein künstliches Konstrukt, das euch abhängig machen soll. Hinter den Kulissen entscheiden wenige Mächtige, welche Bilder ihr seht, welche Wahrheiten man euch vorenthält. Wir wollen euch nicht ins Chaos stürzen, sondern zeigen, dass ihr nicht blind vertrauen müsst. Diese paar Minuten Beweis sollen euch ermutigen, Fragen zu stellen, Informationen auszutauschen, euch nicht länger mit glatten Lügen abspeisen zu lassen."

Leyla ist verletzlich in diesem Moment. Sie hat ihren Namen nicht genannt, aber die Eliten sind nicht dumm. Wer Zugang zu Rohdaten hat, könnte sie enttarnen. Und doch scheut sie sich nicht. Sie setzt auf das Wohl der Allgemeinheit statt auf ihre eigene Sicherheit. Ihr moralischer Kern ist klar: lieber Gefahr für sich, als Mitschuld an unendlicher Lüge.

Die Stadt stöhnt auf wie ein Tier, das aus einem langen Traum erwacht ist. Das Manifest ist schlicht, ohne AR-Spielereien – reine Information, pur und unverfälscht. Ein Kontrast zur vorherigen Hochglanz-Illusion, die das Festival als heitere Scheinwelt präsentierte. Jetzt treffen echte Worte auf echte Zweifel, entzünden Diskurse, bevor man sie wieder ersticken kann.

Leyla deaktiviert ihr Interface, lauscht. Ein leises Zischen, Sirenen in der Ferne. Die Eliten bemühen sich, die Filter schnell wieder einzuspielen. Schon werden erste Fragmente hochgefahren, erste Overlays vorsichtig reaktiviert. Die Polizisten rufen in ihre Headsets, versuchen die Leute zu beruhigen: „Kein Grund zur Panik, ein technischer Defekt, alles unter Kontrolle." Die Masse ist skeptisch, glaubt nicht mehr so leicht. Sie haben einmal die echte Welt gesehen, ohne Schminke, und wissen nun, dass man sie belogen hat.

Leyla weiß, dass ihre Ruhe hier nicht von Dauer sein kann. Die Eliten sind nicht untätig. Wer auch immer für diese Enthüllung verantwortlich ist, werden sie jagen. Sie muss verschwinden, bevor sie erwischt wird. Noch ist die Aufregung groß, die Sicherheitskräfte müssen viele Brandherde löschen. Zeit für Leyla, unterzutauchen. Amina und Tariq haben Fluchtwege vorbereitet, sichere Verstecke, um sich eine Weile aus dem Verkehr zu ziehen.

Sie streicht sich eine Haarsträhne aus dem Gesicht, spürt ihren rasenden Puls. Doch ihr Entschluss ist klar. Sie hat ihre Schuldigkeit getan. Jetzt kann sie nur hoffen, dass genug Menschen das Manifest gesehen haben, genug Leute die Enthüllung ernst nehmen. Die Stadt ist nicht mehr dieselbe. Auch wenn die Eliten die Filter wiederherstellen, wird der Keim des Zweifels nicht verschwinden.

Mit vorsichtigen Schritten huscht Leyla aus dem Hinterhof, verschmilzt mit der Menge. Die Menschen wirken irritiert, diskutieren wild durcheinander. Einige sind aggressiv, beschimpfen Polizisten, werfen Fragen auf, die niemand beantworten kann. Andere versuchen, rational zu bleiben, sprechen davon, dass sie andere Quellen prüfen wollen, dass sie mehr wissen möchten. Wieder andere fliehen in Ignoranz, wollen zurück zu ihrer heilen Scheinwelt, doch es fällt ihnen schwer, nach dem Gesehenen so zu tun, als wäre nichts passiert.

Leyla sieht, wie die Eliten bereits erste Filterfragmente reaktivieren: einzelne Werbetafeln flimmern wieder, versuchen, die Wände glänzen zu lassen, aber die Leute wissen jetzt, dass es nur Fassade ist. Ein Mann zeigt auf die Overlays und lacht bitter: „Schaut, sie versuchen wieder alles schönzufärben! Wie dumm halten die uns?" Das hört Leyla, und sie fühlt Genugtuung. Nicht dumm, aber gutgläubig waren sie – nun nicht mehr.

Amina meldet sich kurz über ein abgesichertes Kanalflüstern: „Leyla, verschwinde jetzt. Sie scannen die Gegend. Ich höre verstärkte Aktivität in deiner Nähe." Leyla nickt unauffällig, schlängelt sich durch die Menschen, nimmt eine schmale Seitenstraße. Sie kennt jede Ecke, hat monatelang Fluchtwege geprüft. Bald ist sie in einem stillen Viertel, wo sie ein unauffälliges Transportmittel nutzen kann, um in einen anderen Stadtteil zu gelangen.

Sie denkt an Riven, fragt sich, wie Riven auf diese Enthüllung reagiert. Riven ist nicht hier, hat das Festival bestimmt selbst erlebt. Hat Riven die echte Stadt gesehen, versteht Riven jetzt, was Leyla meinte? Vielleicht stürzt das Riven in Zweifel, vielleicht auch nicht. Aber das ist ein späteres Problem. Jetzt muss Leyla ihre Haut retten.

Während sie sich entfernt, sirrt eine Drohne über die Hauptstraße, aber Leyla ist bereits in den dunklen Gassen, wo AR selten genutzt wird. Sie ist fast unsichtbar hier unten. Die Eliten können nicht überall sein. Sie hat ein paar Tage der Unsicherheit vor sich, aber sie hat das große Ziel erreicht.

Ihr Manifest ist draußen, ihre Botschaft gelesen, ihre Taten getan. Mit jedem Schritt entfernt sie sich vom Epizentrum der Ereignisse. Zurück bleiben Menschen, die ihre alte Sicht nicht mehr unbefangen annehmen können. Die Illusion wurde entlarvt, selbst wenn nur kurz. Die Erinnerung bleibt haften. An diesem Tag haben sie erfahren, dass nicht alles echt ist, was ihnen gezeigt wird.

Sie lächelt sarkastisch: Kein Feuerwerk für ihre Heldentat, kein Applaus, nur Sirenen und Drohnen. Aber das war nie ihr Ziel. Sie wollte nur, dass die Menschen die Wahrheit kennen. Was sie damit machen, liegt in ihrer Hand. Vielleicht formiert sich ein neuer Widerstand, vielleicht fordern die Leute mehr Transparenz, vielleicht fällt das Regime nicht sofort, aber ein Riss im Fundament ist geschaffen.

Während sie ihren Weg fortsetzt, spürt Leyla das Gewicht der Vergangenheit von ihren Schultern fallen. Sie ist nicht mehr die naive Technikerin, die einfach nur Karriere machen wollte. Jetzt ist sie eine Whistleblowerin, die ohne Gewalt, aber mit kluger Sabotage einen Funken Realismus in ein Meer aus Fiktion geworfen hat.

Die Stadt versucht, sich wieder zu beruhigen, aber die Leute können die Frage nicht ungesehen machen: „Wer hat uns das gezeigt? Warum? Was haben sie zu verbergen?" Diese Fragen werden die Eliten nicht so einfach ersticken können. Das Manifest hat sie gewarnt, Informationen gegeben, einen moralischen Kompass ausgestreut. Wer zuhört, wird etwas lernen.

Der Tag neigt sich, das Festival geht weiter, aber die Atmosphäre ist nicht mehr so unbeschwert. Die Bürger wirken wachsamer, als hätten sie gerade eine kollektive Halluzination entlarvt. Leyla weiß, dass das ihr Verdienst ist. Sie hat ihre Rolle gespielt, jetzt muss sie vorsichtig sein. Ein paar Tage abtauchen, Sicherheit prüfen, Kontakt zu Amina und Tariq halten. Vielleicht wird Riven auch nach Antworten suchen, doch Leyla kann sich darum später kümmern.

Die Eliten werden versuchen, alles herunterzuspielen, den Störfall als einen technischen Defekt darstellen. Manche werden es glauben wollen, aber nicht alle. Einmal erwachte Zweifel ist schwer zu ersticken. Vielleicht gelingt es ihnen langfristig trotzdem, doch Leyla hat ihnen gezeigt, dass ihre Kontrolle nicht unantastbar ist.

Vor ihr taucht ein kleines Transportfahrzeug auf, das sie nutzen kann, um in einen ruhigeren Bezirk zu gelangen. Sie steigt ein, hält den Kopf gesenkt, keine auffälligen

Bewegungen. Es ist still im Fahrzeug, keine AR-Propaganda dröhnt hinein. Ein angenehmer, ehrlicher Moment. In Gedanken geht sie ihre Schritte der letzten Monate durch, ihr Wachstum, ihre Entscheidungen. Sie ist stolz auf das, was sie getan hat, trotz aller Gefahren.

Als das Fahrzeug an einem verlassenen Platz hält, steigt sie aus. Die Stadt brummt noch im Hintergrund, ein bisschen unsicherer, ein bisschen realer als zuvor. Leyla zieht ihren Pullover straffer um die Schultern, tritt in die Dunkelheit. Sie hat ihre Schuldigkeit getan, jetzt muss sie warten, abwarten, was aus ihrem Funken wird. Vielleicht zündet er ein Feuer des Wandels, vielleicht glimmt er nur still. Aber er ist da.

Ein letztes Mal blickt sie zurück, in Richtung der Festivalkulisse. Die Eliten reaktivieren erste Filterfragmente, bemühen sich, wieder Normalität vorzugaukeln. Doch die Leute haben gesehen, was dahintersteckt. Leyla lächelt müde. Sie muss schnell verschwinden, bevor sie erwischt wird, aber sie trägt den Triumph im Herzen, dass sie den Menschen zumindest für kurze Zeit ihre Freiheit zurückgegeben hat – die Freiheit, selbst zu sehen, was echt ist, und selbst zu entscheiden, was sie daraus machen.

KAPITEL 44

Leyla duckt sich in einem schmalen Seitengang des Datenturms, der noch nach Metall und Schmieröl riecht. Sie hat den unmittelbaren Gefahrenbereich verlassen, hält aber eine externe Kamerafeed-Verbindung offen, um das Geschehen draußen zu verfolgen. Noch ist sie in Reichweite einer gehackten Außenkamera – Amina hat sie ihr vorhin zugespielt – sodass sie die Reaktionen der Menschen aus sicherer Entfernung beobachten kann. In ihren Ohren rauscht ein leises Knistern, sonst herrscht Stille um sie herum. Doch diese Ruhe trügt, draußen explodieren die Nachwirkungen ihres Hacks.

Sie schaut auf ein kleines, dünnes Display, kaum größer als ihre Handfläche, auf dem Amina's Feed flimmert. Die Filter kehren langsam zurück, aber noch instabil. Das System braucht Zeit, um die Kontrollen wiederherzustellen. In der Zwischenzeit versammeln sich spontan Gruppen von Menschen auf den Straßen. Sie sieht, wie Bürger teils verwirrt umherschauen, ihre AR-Linsen an- und ausschalten, als könnten sie so die Wahrheit einkreisen.

Einige diskutieren heftig miteinander. Manche schreien, andere fragen ruhig und verzweifelt, was gerade geschehen ist. Ein Mann hebt ein Papierflugblatt auf und zeigt es den Umstehenden, als würde es ein Heiligtum sein. Eine Frau versucht, das Manifest, das sie eben noch auf einem Hologramm gelesen hat, mühsam aus ihrem Gedächtnis zu rekonstruieren. Irgendwo anders stützt ein jüngerer Bürger eine ältere Dame, die offenbar mit den Nerven am Ende ist, und versucht, ihr ruhig zu erklären, dass sie nicht verrückt sind, sondern dass ihnen eben gezeigt wurde, dass die Welt nicht so ist, wie sie immer glaubten.

Leyla beobachtet mit klopfendem Herzen. Sie hatte mit Chaos gerechnet, aber sie sieht auch die andere Seite: Nicht alle schlagen um sich, nicht alle verlieren den Verstand. Viele sind einfach nur verwirrt und wollen reden, verstehen, wie es weitergeht. Ein vibrierender Hoffnungsschimmer: Die Menschen zeigen mehr Reife, als die Eliten ihnen zugetraut hätten. Statt blindem Zorn versucht mancher, Sinn aus dem Gesehenen zu ziehen. Genau darauf hatte sie spekuliert.

Tariqs Vorarbeit mit Flugblättern, Aminas subtile Anomalien, all das scheint Früchte zu tragen. Die Leute sind nicht wie hirnlose Puppen, sie wollen Erklärungen. Leyla muss bei diesem Anblick schlucken. Es rührt sie, dass sie tatsächlich etwas verändert hat. Kein plötzlicher Wandel, aber ein Riss, durch den Gespräche sprießen.

Ein Motiv fesselt ihren Blick: Eine Person in mittlerem Alter nimmt nun vorsichtig ihre AR-Linsen heraus und reibt sich die Augen. Ein stilles, fast rührendes Bild: Jemand, der genug von den Illusionen hat, der endlich klar sehen will, ohne digitale Dekoration. Dieses Bild brennt sich Leyla ins Gedächtnis. Die Linse – einst ihr Werkzeug zur Wahrnehmungssteigerung – wird nun zum Symbol der Täuschung, die man ablegen kann. Und das macht Leyla klar, dass ihr Eingriff nicht umsonst war.

Geräusche im Hintergrund. Schritte im Turmflur. Leyla reißt den Blick vom Display los. Sicherheitskräfte nähern sich ihre Position, sie hört dumpfes Klirren von Waffen oder Ausrüstung. Offensichtlich haben die Eliten bemerkt, dass der Hack aus dem Datenturm kam oder sie überprüfen zumindest routinemäßig jeden Winkel. Jetzt wird es eng.

Sie schaltet das Display aus, wischt ihre Spuren von der Konsole, an der sie noch vor Minuten gearbeitet hat. Jeder Moment ist kostbar. Sie muss fliehen, bevor sie entdeckt wird. Die Drohnen draußen, die Polizisten hier im Gebäude – alle suchen vielleicht nach dem Saboteur. Wenn sie Leyla finden, wird es kein Pardon geben. Sie hat zu viel verraten, zu viel offenbart.

Mit zusammengebissenen Zähnen lehnt sie sich an die kühle Wand, lauscht. Die Schritte kommen näher, gedämpfte Stimmen, die wahrscheinlich über Kopfhörer kommunizieren. Leyla atmet flach, versucht, einen Fluchtweg abzuschätzen. Ein Luftschacht, eine schmale Tür nach draußen? Sie hatte diese Routen vorbereitet. Jetzt muss sie sie nutzen.

Die Menschen draußen kämpfen mit ihrer neuen Erkenntnis, drinnen kämpft Leyla um ihre Freiheit. Sie würde gern noch länger die Reaktionen studieren, sehen, wie die Stadt mit diesem neuen Wissen umgeht. Aber dafür ist keine Zeit. Sie muss raus aus dem Turm, sich irgendwo verbergen, bis die erste Hatz vorüber ist. Vielleicht wird Amina sie später kontaktieren, vielleicht kann Tariq berichten, wie die Leute reagieren.

Sie schleift sich an einer Kiste vorbei, duckt sich in einen Seitengang, den nur Techniker kennen. Ein schmaler Wartungstunnel führt aus dem Hauptbereich hinaus. Sie öffnet eine Metallklappe, leise, ohne unnötiges Geräusch. Das Herz schlägt laut in ihren Ohren. Schritte näher. Eine Stimme zischt: „Checkt alle Räume, der Täter muss noch hier sein!" Leyla schaudert. Sie ist keine Heldin, die im offenen Kampf bestehen kann. Ihre Waffe ist die List, die Ungesehenheit.

Wenig später kriecht sie durch den Wartungstunnel, hört die Polizisten direkt neben ihrer Position, nur durch eine Metallwand getrennt. Ein falsches Geräusch, und sie ist erledigt. Aber sie bleibt ruhig, konzentriert. Genau so hat sie alle Schritte zuvor gemeistert – ruhig, entschlossen. Jetzt ist nicht der Moment, nervös zu werden.

Sie denkt noch einmal an das Manifest, das sie über alle Kanäle geschickt hat. Unzensiert, für einen kurzen Moment, bevor die Eliten wieder Zugriff haben. Einige Leute werden es heruntergeladen, abgespeichert, an Freunde geschickt haben, vielleicht ins Darknet, auf analoge Datenträger. Einmal verteilt, können die Eliten nicht mehr alles zurückholen. Das Wort ist draußen, die Lüge aufgedeckt. Was die Menschen daraus machen, liegt an ihnen. Leyla hat ihre Rolle gespielt, ihr Leben riskiert, um einen Denkanstoß zu geben.

Sie kriecht weiter, hört die Polizisten fluchen, weil sie nichts finden. Dann kehrt langsam wieder Stille ein. Leyla schiebt vorsichtig die Wartungsluke auf, schaut hinaus. Keine Wachen in Sicht. Sie nutzt den Augenblick, springt auf den staubigen Boden, huscht eine Treppe hinab, die in ein Kellergewölbe führt. Von dort kennt sie einen anderen Ausgang, der in eine schmale Seitenstraße mündet. Alles ist vorbereitet.

Draußen, in der Stadt, versuchen die Eliten inzwischen sicher, die Kontrolle wiederherzustellen. Die Filter flackern vielleicht schon wieder stabiler, manche Illusionen kehren zurück. Aber dieses Mal sehen die Leute die Overlays mit anderen Augen. Sie wissen, dass es nur eine digitale Malerei ist, kein unverhandelbarer Realzustand. Leyla hat ihr Ziel erreicht: Die Menschen haben einen Vergleich, kennen den Unterschied zwischen echter Mauer und AR-Fassade.

Endlich erreicht sie den Keller. Ein schwach beleuchteter Raum, voller alter Kisten, die nach feuchtem Holz riechen. Hier hat sie früher mit Amina ein kleines Versteck eingerichtet. Sie öffnet eine Kiste und findet darin Kleidung, die sie wechseln kann, eine andere Jacke, eine einfache Mütze. Verändert ihr Aussehen ein wenig, um weniger aufzufallen.

Während sie sich umzieht, reflektiert sie noch einmal ihre Gedanken: Sie hat die Wahrheit enthüllt, aber auch die Leute aufgefordert, informiert und ruhig zu bleiben, Fragen zu stellen, Dialog zu suchen. Keine blindwütige Revolte, sondern ein Beginn kritischen Denkens. Genau das wollte sie erreichen.

Von nun an ist sie ein Flüchtling, ein Name auf einer Blacklist. Doch sie ist bereit, diesen Preis zu zahlen. Die Eliten werden wüten, aber sie können die Erinnerung nicht auslöschen. Die Stadt hat einen Moment echtem Licht gesehen, hat den Geruch echter Straßen eingeatmet, hat echte Kunstwerke erblickt, die sonst verdrängt waren.

Leyla denkt an Riven, Amina, Tariq. Riven weiß nicht, was Leyla getan hat, oder doch? Vielleicht ahnt Riven es. Amina und Tariq werden untergetaucht sein, aber sie werden später Kontakt aufnehmen. Das Team hat gut funktioniert, jeder hat seine Rolle gespielt. Ohne Amina keine technische Meisterleistung, ohne Tariq keine vorbereiteten Zweifel, ohne Leyla keine taktische Ausführung. Jeder war wichtig.

Sie drückt die Mütze fester auf den Kopf, nimmt einen schlammigen Hinterausgang, der in eine Gasse führt. Draußen hört sie vereinzelt Stimmen, Leute, die noch über die seltsamen Ereignisse reden. Manche klingen verschüchtert, andere aufgeregt. Ein paar Jugendliche lachen nervös, als hätten sie gerade verstanden, dass nicht alle Regeln in Stein gemeißelt sind.

Leyla verschwindet in der Nacht, Richtung jener sicheren Unterkunft, von der Amina ihr erzählt hat. Kein Luxus, aber ein Ort, um unterzutauchen und die weitere Entwicklung abzuwarten. Dabei bleibt ihr Kopfhörer stumm, kein

Kontakt mehr, um keine Spuren zu hinterlassen. Sie weiß, dass Amina klug genug ist, erst später wieder anzurufen.

Eine Person nimmt ihre AR-Linsen heraus und reibt sich die Augen – dieses Bild hat sich in Leylas Kopf eingebrannt, ein Symbol dafür, dass manche Leute nicht mehr nur durch digitale Brillen sehen wollen. Vielleicht werden jetzt mehr ihre Linsen ablegen und selbst schauen, statt sich alles vorfiltern zu lassen.

Während sie sich entfernt, wird ihr bewusst, dass sie nur Minuten gewonnen hat. Bald werden die Eliten versuchen, jeden Hinweis auf diesen Vorfall zu revidieren. Doch der Zweifel in den Herzen der Menschen lässt sich nicht so leicht löschen. Ein karger Samen der Wahrheit ist gesät.

Hinter ihr im Turmflur hört sie Schritte, aber sie ist schon außerhalb. Die Sicherheitskräfte werden verärgert feststellen, dass der Verantwortliche entwischte. Sie werden Indizien sammeln, Protokolle wälzen, Kollegen befragen. Vielleicht erkennen sie irgendwann, dass Leyla mehr weiß, als sie sollte. Dann wird die Jagd beginnen. Doch Leyla hat Vorsichtsmaßnahmen getroffen.

Nun geht sie durch eine leere Gasse, nur das schwache Mondlicht begleitet sie. Kein AR-Feuerwerk, kein Chor lachender Hologramme. Eine ehrliche Dunkelheit, die ihr lieber ist als tausend falsche Lichter. Sie hat getan, was sie konnte. Ihr Manifest ist draußen, die Stadt weiß, dass nicht alles perfekt ist. Ob das genug ist, um langfristig etwas zu verändern, weiß sie nicht. Aber sie hat den ersten Stein ins Rollen gebracht.

Ein letztes Mal blickt sie sich um, hört in der Ferne noch vereinzelte Schreie, vielleicht Debatten, vielleicht Rufe nach mehr Informationen. Kein Weg zurück: Sie hat die Welt kurz entblößt, nun muss die Gesellschaft selbst handeln. Leyla verschwindet im Schatten, entschlossen, weiterzuleben und zu beobachten, wie sich dieser Funke entwickelt, den sie entzündet hat.

KAPITEL 45

Leyla kriecht durch einen engen Wartungsschacht, ihre Knie und Ellbogen drücken schmerzhaft gegen Metallkanten, doch sie ignoriert den Schmerz. Sie hat keine Zeit, sich zu schonen. Hinter ihr hört sie gedämpft das Summen von Drohnen und das Trappeln von schnellen Schritten. Die Sicherheitskräfte sind überall, suchen nach Hinweisen, nach einer verdächtigen Technikerin, die das Unfassbare gewagt hat. Leyla flüchtet über Serviceleitern und Wartungsschächte, wählt verschlungene Pfade, die nur Insider des Systems kennen. Früher hätte sie solche Umwege für überflüssig gehalten, jetzt sind sie ihr Rettungsanker.

In der Ferne, durch schmale Lüftungsschlitze, dringt schwacher Lärm von draußen herein. Die Filter sind wieder eingeschaltet, aber die Leute sind nicht mehr so leichtgläubig. Einige versuchen, die neu eingeschalteten Overlays schlicht zu ignorieren, als würden sie durchs Nichts blicken, um die echte Stadt dahinter zu erahnen. Andere fordern lautstark, dass die Eliten diese Manipulation endlich einstellen. Es soll sogar Videos geben, die manche während des ungefilterten Moments aufgezeichnet haben – Beweise, die nun zirkulieren, die Leute vergleichen, debattieren, mit ihren sozialen Kreisen teilen. Gerüchte vom Hack verbreiten sich wie ein digitales Lauffeuer.

Leyla schmunzelt bitter, während sie sich um eine Biegung im Schacht zwängt. Ihr Handgelenkterminals zeigt nur ein minimales Signal, kein Kontakt zu Amina oder Tariq, um kein Risiko einzugehen. Aber sie weiß, dass ihr Handeln nicht umsonst war. Selbst wenn jetzt wieder alles eingeschaltet ist, wissen die Menschen: Hinter den bunten AR-Schichten steckt eine andere Wahrheit. Das öffentliche Vertrauen in die offizielle Darstellung ist erschüttert, so wie sie es geplant hatte. Ein erster Schritt, mehr nicht, aber immerhin ein Schritt.

Sie erreicht ein kleines Treppenhaus, irgendwo im hinteren Bereich eines alten Nebentrakts. Der Boden ist staubig, die Wände kahl, keine Overlays hier. Ein echtes, altmodisches Notausgangsschild leuchtet schwach in der Dunkelheit. Leyla betrachtet dieses Schild, ein banales Relikt aus vergangenen Zeiten, bevor AR alles verschönte. Ein Symbol dafür, dass es noch reale Wege nach draußen gibt, echte Ausgänge, die kein digitales Programm diktieren kann. Sie fühlt einen Anflug von Erleichterung. Ja, es gibt immer einen Ausweg aus dem Konstrukt.

Während sie die Treppe hinabsteigt, lauscht sie. Draußen spielen sich seltsame Szenen ab: Manche Bürger starren auf ihre Linsen, nehmen sie ab, reiben sich die Augen, als wollten sie prüfen, ob sie noch klar sehen können. Andere diskutieren lautstark mit Nachbarn, zeigen auf Mauern, die vorhin noch perfekt waren und jetzt Risse zeigen. Wer hätte gedacht, dass so ein kurzer Moment ungefilterter Realität so viel Aufruhr stiften kann?

Leyla ist nervös, aber entschlossen. Ihre Aktion hat etwas bewirkt. Auch wenn die Eliten vermutlich versuchen werden, die Sache herunterzuspielen, Gerüchte als Fakes abzutun, die Menschen haben etwas gesehen, das sie nicht ignorieren können. Es wird Zeit brauchen, bis daraus eine Bewegung entsteht, aber immerhin ist der Samen gesät. Leyla erfüllt das mit einer stillen Genugtuung. Doch sie darf sich nicht in diesen Gefühlen verlieren, jetzt geht es ums nackte Überleben.

Plötzlich hört sie ein Kratzen hinter der nächsten Tür. Sie bleibt stehen, duckt sich. Schritte nähern sich von unten, schwere Stiefel auf Metallstufen. Vermutlich Soldaten oder eine Elite-Einheit, ausgestattet mit AR-Helmen, um verdächtige Signaturen zu erkennen. Leyla muss schnell denken. Kann sie ausweichen? Ist da ein Nebenschacht?

Sie wechselt den Gang, öffnet leise eine schmale Tür zu einer Art technischer Nische. Doch es ist zu spät. Ein Soldat in grauer Uniform, das Gesicht von einem AR-Helm verdeckt, steht plötzlich vor ihr, als sie um die Ecke biegt. Der Helm leuchtet schwach, versucht, ihre Merkmale zu scannen, doch Leyla hat ihre Linse auf Störmodus gestellt, eine letzte Schutzmaßnahme. Dennoch steht er da, versperrt ihren Weg, ein massiver Schatten, bewaffnet, die Haltung verunsichert, aber entschieden.

Leyla hält den Atem an. Ihr Herz rast. Ein Soldat direkt vor ihr. Kein einfacher Polizist, sondern jemand, der Befehle von ganz oben ausführt. Wahrscheinlich suchen sie intensiv nach dem Saboteur, der das Festival gestört hat. Leyla ist sich sicher, dass sie in seinem Suchmuster auftauchen wird, wenn er genug Zeit hat, sie zu analysieren. Sie muss handeln, jetzt, klug und schnell. Aufgeben ist keine Option, sie kann sich nicht einfach festnehmen lassen, das wäre das Ende.

Draußen tobt noch immer das Nachspiel des Hacks: Die Leute stellen Fragen, Zweifel nisten sich ein. In ihren Gedanken flackert das Bild des alten Notausgangsschilds: ein stiller Hinweis, dass es immer einen Weg nach draußen gibt. Leyla muss den ihren jetzt finden, ohne sich in einen aussichtslosen Kampf zu verwickeln. Gewalt ist nicht ihre Stärke, sie setzt auf Verstand und Täuschung.

In ihr regt sich sarkastischer Humor: „Na toll, ausgerechnet jetzt muss ich einen Soldaten im Weg haben." Sie zwingt sich zur Ruhe. Vielleicht kann sie ihn verwirren, vorgaukeln, sie sei nur eine einfache Technikerin, die sich verirrt hat. Sie nimmt eine unbeteiligte Körperhaltung ein, senkt den Blick leicht, als ob sie erschrocken, aber harmlos ist.

Doch sie weiß, dass es ein Bluff ist, der nur kurz wirken kann. Diese Einheiten sind auf so etwas trainiert. Einen Moment unachtsam, und er ruft Verstärkung.

Der Cliffhanger ist nahe: Leyla muss jetzt handeln, ohne zu zögern. Der Soldat steht da, sein AR-Helm reflektiert schwach das Notausgangslicht. Er sagt nichts, doch seine Haltung ist angespannt, als würde er auf einen Befehl warten. Leyla hört hinter sich weitere Schritte. Sie muss verschwinden, aber wie? Jede Sekunde zählt.

Mit zitternden Fingern tastet sie in der Jackentasche nach einem kleinen Störsender, den Amina ihr gegeben hat, ein letztes Ass im Ärmel, um Sensoren kurzzeitig zu blenden. Doch der Soldat könnte dann aggressiv reagieren. Sie wägt ab. Alternativ könnte sie einfach losrennen, hoffen, dass er zögert, weil er nicht sicher ist, wer sie ist. Oder sie könnte versuchen zu sprechen, ihn anzulügen, dass sie nur ein Opfer dieser Verwirrung ist.

Außen herrscht Chaos, innen herrscht Stille. Sie ist mittendrin, festgesetzt von einer einzelnen Person, die ihr Schicksal bestimmen könnte. Der Moment ist angespannt, jede kleine Regung wichtig.

Während sie diese Überlegungen anstellt, geht ihr durch den Kopf, was sie erreicht hat: Die Leute haben Videos des ungefilterten Moments, vielleicht kommentieren sie sie schon in verborgenen Foren. Das Vertrauen in die offizielle Darstellung ist weg, selbst wenn sie es nicht sofort zugeben. Leyla hat ihren Teil getan, jetzt muss sie überleben, um, wer weiß, ein weiteres Mal einzugreifen, oder zumindest die Entwicklung zu beobachten.

Sie spürt ihren Atem, ihre Muskeln angespannt. Der Soldat nähert sich einen Schritt, still, beobachtend. Offensichtlich analysiert er sie, vielleicht erkennt er ihre technische Uniform, überlegt, ob sie harmlos ist. Leyla kneift die Lippen zusammen. Jetzt oder nie. Leyla steht vor diesem Soldaten, der sie entdeckt hat, die Fluchtwege im Kopf, im Hintergrund die Stadt im Aufruhr, das Manifest draußen, die Overlays wackelig, die Leute aufgewühlt. Gleich muss sie handeln, doch der Moment ist eingefroren im letzten Funken Zögern.

KAPITEL 46

Leyla hält den Atem an. Der Soldat steht da, nur zwei Meter entfernt, der AR-Helm auf dem Kopf, die Waffe bereit. Jede Sekunde kann er Verstärkung rufen oder sie ergreifen. Sie weiß, dass rohes Weglaufen ein Risiko ist: Er könnte sofort reagieren, einen Warnschuss abgeben oder sie aufhalten. Sie braucht einen Trick, irgendetwas, das sie im Firmenarchiv gelernt hat.

Sie erinnert sich an einen Sicherheits-Override, ein Protokoll, das interne Tests simuliert und einem Soldaten vorgaukelt, er habe andere Befehle erhalten. Ein Befehl nur für den Notfall, einst in alten Dokumenten gefunden, die bei der Arbeit achtlos herumlagen. Leyla hatte damals interessiert gelesen, wie die AR-Kampfausrüstung der Sicherheitsleute gesteuert wird. Ein kleiner Code, ein unscheinbares Kommandoset, das unter bestimmten Umständen den Helm des Soldaten verwirren kann.

Mit zitternden Fingern ruft sie dieses Override auf ihrem Handgelenkterminal auf. Ein sarkastischer Gedanke streift durch ihren Kopf: „Nicht glauben, dass ich so billig festgenommen werde." Sie tippt den Code, schickt ihn per Nahfeld-Übertragung in die AR-Zone des Soldaten. Es ist ein gefährliches Spiel, aber besser als nichts.

Plötzlich flackert der Helm des Soldaten. Er dreht den Kopf zur Seite, als habe er etwas gesehen, das Leyla nicht sehen kann. AR-Befehle verwirren seine Wahrnehmung, die interne Anzeige zeigt ihm wohl falsche Prioritäten, vielleicht einen anderen Korridor, einen angeblichen Notfall an einem ganz anderen Ort. Der Soldat schnauft irritiert, macht einen Schritt rückwärts, als wolle er der neuen Anweisung folgen, die er über die AR-Befehle empfängt.

Leyla nutzt den Moment, schlüpft wortlos vorbei, dicht an ihm vorbei, hält den Kopf gesenkt. Er bemerkt sie, aber seine Wahrnehmung ist verzerrt – vielleicht interpretiert sein Helm sie als harmlose Technikerin, nicht als Gesuchte. Sie huscht durch den Gang, die Stiefel des Soldaten klappern hinter ihr, aber er läuft in eine andere Richtung, verwirrt von falschen Signalen. Der flackernde Helm ist wie ein Symbol: Die Autorität, die er repräsentiert, ist selbst Opfer der Filter. Auch er bekommt einseitige Bilder, Befehle, die nicht aus seiner Vernunft, sondern aus manipulierten Daten stammen.

Leyla empfindet Mitleid statt Hass. Dieser Soldat ist kein Monster, nur ein Befehlsempfänger, der im AR-Dschungel herumstolpert. Ohne Filter wäre er vielleicht ein anderer Mensch, würde anders entscheiden. Leyla sieht jetzt klarer als je zuvor: Nicht die Menschen sind das Problem, sondern das System, das ihre Wahrnehmung lenkt, ihre Entscheidungen beeinflusst. Sie versteht, warum ihr moralischer Standpunkt so wichtig ist. Sie muss nicht alle bekämpfen, nur das manipulierte Gerüst, das sie alle in bestimmte Rollen zwingt.

Der Soldat verschwindet um eine Ecke, sein Helm flackert weiter, ein chaotisches Durcheinander von falschen Anweisungen. Leyla atmet zitternd aus, dankbar, dass ihr der Trick gelungen ist. Sie hat kostbare Sekunden gewonnen. Jetzt muss sie raus aus diesem labyrinthartigen Turm, hinaus in die Stadt, wo sie untertauchen kann.

Ein entfernter Alarmton hallt durch die Korridore. Die Eliten reaktivieren nach und nach die Kontrollstrukturen, jede Sekunde kann ihre Freiheit bedrohen. Leyla rennt durch einen Seitengang, springt über ein Kabelbündel, biegt um eine Ecke, und da sieht sie ihn: einen Lüftungsschacht, offenstehend, wahrscheinlich durch ihre Aktivitäten gelockert. Ein schmaler Durchlass nach draußen oder in andere Bereiche des Gebäudes.

Der Lüftungsschacht ist eng, aber sie hat schon engere Schächte durchkrochen. Ohne zu zögern, springt sie hinein. Ein letzter Blick zurück: Drohnenlicht flackert durch entfernte Fenster, Schritte von Soldaten hallen in anderen Gängen wider. Sie muss verschwinden. Die Freiheit lockt im Dunkel des Schachts.

Während sie sich durch den schmalen Tunnel zwängt, denkt sie an die Menschen draußen. Einige versuchen bereits, die neu eingeschalteten Filter zu ignorieren, andere setzen ihre Linsen ab, um klar zu sehen. Gerüchte vom Hack machen die Runde, Videos der ungefilterten Realität sind in Umlauf. Die Eliten können nicht mehr so tun, als sei nie etwas geschehen. Die Zweifel nisten in den Köpfen, wie kleine sprießende Pflänzchen.

Leyla lächelt müde. Ihre Arbeit hat Wirkung gezeigt. Auch wenn sie jetzt kein Zeugnis davon hat, sie spürt es. Sie hat etwas angestoßen, etwas, das keiner so leicht rückgängig machen kann. Das manifestierte Graffiti „Freiheit ist die Wahrheit" gibt ihr Kraft – ein Satz, der die Essenz dessen trifft, was sie erreichen wollte. Die Leute haben ihre Linsen abgenommen, haben echte Risse gesehen, echte Graffitis, echte Narben der Stadt. Das ist nicht umkehrbar.

Die Gedankengänge versiegen, als sie merkt, wie eng der Schacht ist, wie wenig Luft. Sie muss den Weg nach draußen finden, irgendeine Klappe, die ins Freie führt. Ihr Herz pocht. Freiheit oder Falle? Sie hat keine Karte von diesen Schächten, vertraut auf ihr Gespür. Ein falscher Weg könnte sie in einen tödlichen Engpass führen.

Sarkastischer Gedanke: „Wer hätte gedacht, dass mein Leben mal von einem alten Lüftungsschacht abhängt?" Aber sie klammert sich an ihre Entschlossenheit. Sie ist weit gekommen, wird jetzt nicht aufgeben. Ihr Manifest ist geschrieben, verteilt, ihr Hack ist ausgeführt, die Wahrheit war zu sehen. Nur noch entkommen, um eines Tages weiterzumachen, wenn die Zeit reif ist.

Von Zeit zu Zeit hört sie leise Stimmen, vermutlich Sicherheitskräfte, die andere Bereiche durchsuchen. Das Rufen klingt ärgerlich, frustriert. Sie suchen, finden aber nichts. Leyla ist nicht mehr dort, wo sie vermuten, sie hat den Soldaten ausgetrickst. Sie ist nur noch ein Schatten in einem Schacht, ein Gedanke im Kopf dieser Stadt, der sich nicht fassen lässt.

Endlich spürt sie einen kühleren Lufthauch. Vielleicht führt dieser Schacht nach draußen. Sie kriecht weiter, ignoriert die Schmerzen in den Armen, bis sie an ein Gitter kommt, das in eine dunkle Gasse führt. Perfekt. Sie greift ins Gitter, rüttelt leicht. Es ist rostig, lässt sich mit etwas Kraft lösen. Ein kurzer Moment, dann springt sie hinaus, rollt sich auf dem Boden ab, atmet frische Nachtluft ein.

Sie ist frei, zumindest frei von diesem Turm. Die Stadt ist noch immer in Aufruhr, aber sie ist jetzt ein winziger Punkt im Dunkel, ein Nichts zwischen Gebäuden. Keiner kennt ihr Gesicht, keiner erwartet sie hier. Sie kann sich neu orientieren, untertauchen, vielleicht Amina und Tariq später treffen, wenn es sicher ist.

Während sie aufsteht und den Staub von den Kleidern klopft, blickt sie zurück zum Turm. Kein Zeichen, dass man sie hier vermutet. Gut so. Dann hört sie in der Ferne Stimmen von Bürgern, die diskutieren: „Hast du das gesehen? Die echte Stadt!", „Dieses Manifest... wer war das?", „Wir sind betrogen worden!". Diese Worte hallen durch die Gassen. Das ist das Echo ihres Handelns.

Leyla fühlt Erleichterung, aber auch Ernüchterung: Es ist nur ein Schritt. Die Eliten werden versuchen, die Erinnerung als Fehlinterpretation abzutun, werden Desinformation verbreiten, versuchen, die Leute wieder an die Leine zu nehmen. Doch es wird nie wieder so einfach sein wie zuvor.

Ihr moralischer Kompass ist intakt. Sie hat nicht aus blindem Zorn gehandelt, sondern versucht, Verständnis zu fördern. Das Ergebnis: Kein totaler Bürgerkrieg, sondern eine aufgewühlte Debatte. So hat sie es gewollt. Das macht sie stolz und gibt ihr Mut für die Zukunft.

Während sie die Gasse entlanggeht, hört sie in ihrem Kopf Amina's Worte von früher: „Ohne Vorbereitung wäre dies alles nur ein wilder Schuss ins Blaue." Sie haben es sorgfältig gemacht, umsichtig, und so konnten sie ein Chaos mit Sinn schaffen statt sinnlose Zerstörung.

Ein Fremder ohne AR-Linse kommt Leyla entgegen, wirkt verwirrt, fragt sie: „Haben Sie auch... dieses echte Bild gesehen? War das alles nur ein Fehler, oder Absicht?" Leyla zuckt mit den Schultern, gibt sich unwissend: „Ich weiß es nicht, aber ich glaube, wir sollten darüber reden, nicht wahr?" Der Fremde nickt langsam, setzt seinen Weg fort, denkend, grübelnd.

Leyla schmunzelt. Sie hat sich erfolgreich als unbeteiligte Passantin ausgegeben. Ein Zeichen, dass sie in der anonymen Masse untergehen kann. Das Licht der Eliten-Overlays flackert in der Ferne schon wieder stabiler, aber die Menschen wissen jetzt, dass diese Stabilität manipuliert ist. Das wird ihre Gespräche auf Dauer verändern.

Im Hintergrund brummt eine Drohne, doch Leyla verschwindet in eine dunkle Seitenstraße. Sie wählt verworrene Pfade, um nicht verfolgt zu werden. Sie ist müde, sehnt sich nach Ruhe, aber der Kampf geht weiter. Nur anders. Jetzt hat sie die erste Etappe abgeschlossen, den Keim der Wahrheit gepflanzt. Wie sich dieses Saatgut entwickelt, liegt nicht mehr allein in ihren Händen, sondern in denen der Bürger, die heute eine andere Realität erblickt haben.

Kurz bevor sie eine sichere Zone erreicht, dringt ein leises Lachen aus ihrem Mund. Ironisch, aber glücklich. Sie hat die Autorität der Eliten herausgefordert, ihr Heldenstück vollbracht. Nun heißt es abtauchen, in Deckung gehen und von außen beobachten, wie die Gesellschaft auf diesen Weckruf reagiert.

In der Ferne, im Turm, haben die Sicherheitskräfte wahrscheinlich die Eingänge verriegelt, Zorn und Unsicherheit herrschen. Der Soldat mit dem flackernden Helm – Leyla empfindet immer noch Mitleid. Auch er ist nur ein Zahnrad in diesem System, ein Opfer von Filtern und Befehlen, die er nicht versteht. Möge auch er eines Tages die Wahrheit erkennen, die er heute unbewusst hat durchschimmern lassen.

Freiheit oder Falle? Sie hat sich für die Freiheit entschieden, und heute hat sie bewiesen, dass es Wege gibt, das Filterdiktat zumindest kurz zu durchbrechen. Sie hat genug gesehen, genug getan. Jetzt wird sie sich in Sicherheit bringen, um später vielleicht wieder aufzutauchen, wenn die Zeit reif ist, um die nächste Stufe einzuläuten.

KAPITEL 47

Leyla hält sich in einem heruntergekommenen Viertel versteckt, weit weg vom glitzernden Stadtkern. Hier gibt es kaum AR-Overlays, und wenn, dann nur flackernde Reste, weil das Netz in diesen Randzonen schwach ist. Sie sitzt auf einem alten Lüftungsschachtdeckel, eine Kapuze tief ins Gesicht gezogen. Irgendwo in der Nähe müssen Amina und Tariq sein. Sie haben sich für heute verabredet, in einem abgelegenen Lagerraum, um die Lage zu besprechen.

Die Stadt hat sich beruhigt, jedenfalls oberflächlich. Die Eliten haben die Filter längst wieder stabilisiert, das Festival läuft weiter, wenn auch mit einem unbehaglichen Unterton. Die Menschen wurden kurz Zeugen einer anderen Realität, haben ihr Manifest gelesen, Videos gespeichert. Das lässt sich nicht so einfach rückgängig machen.

Ein verschlüsselter Funkkontakt über ihr Headset: Amina meldet sich. „Wir sind im alten Druckereigebäude. Komm rein." Leyla steht auf, schlängelt sich durch eine schmale Gasse, bis sie vor einer Rosttür steht. Dahinter liegt eine verlassene Zeitungsdruckerei, ein Symbol für veraltete, aber ehrliche Kommunikationswege. Früher wurden hier echte Informationen auf Papier gedruckt, ungeschönt, ohne Filter. Jetzt ist es nur noch eine Ruine, aber Amina und Tariq haben sie für ihr Treffen ausgewählt, als wäre das Gebäude selbst eine stumme Mahnung daran, dass es einmal unverfälschte Berichterstattung gab.

Drinnen begrüßen Amina und Tariq sie mit knappen Nicken. Keine großen Worte, sie müssen vorsichtig sein. Ein paar andere Widerständler sitzen um einen ausrangierten Monitor herum. Sie schauen sich Mitschnitte der ungefilterten

Minuten an, die Zeit, in der Leyla die Filter gekappt hat. Irgendjemand hat es geschafft, diese Minuten mit einer AR-Brille aufzuzeichnen, bevor die Eliten alles wieder verdeckten. Jetzt laufen diese Videos unter der Hand, wie ein verbotener Film, der die Wahrheit zeigt.

„Die Dinger gehen viral", sagt Amina trocken. „Die Leute verteilen sie über alle möglichen Kanäle. Die Eliten löschen sie so schnell sie können, aber einmal in Umlauf, lassen sie sich nicht ganz ausrotten. Jeder, der will, kann jetzt sehen, dass wir manipuliert werden." Ihre Stimme klingt zufrieden, aber nicht überheblich.

Tariq ist nervös, aber auf seltsame Weise erleichtert. „Endlich fragen die Leute nach Beweisen. Sie glauben nicht mehr blind an die Overlays. Wir hören von Diskussionen in Hinterzimmern, verschlüsselten Chats, sogar auf der Straße, flüstern sich Fremde gegenseitig zu: ‚Hast du es gesehen? Was war das wirklich?'" Er ringt mit den Händen, kann seinen Stolz kaum verbergen. „Das ist mehr, als wir je erreicht hätten, wenn wir einfach nur demonstriert hätten. Jetzt zweifelt jeder."

Leyla lehnt an einer verstaubten Druckerpresse, die einst wahre Informationen festhielt, und jetzt nur noch ein Eisenskelett ist. Sie fühlt Erleichterung. Ihr Hack, ihr Manifest, all die Vorbereitungen haben gewirkt. Die Leute hören nicht mehr nur auf die Overlays, sie fragen nach Beweisen. Genau das war das Ziel: Misstrauen säen, nicht um Chaos zu schüren, sondern um kritisches Denken zu fördern.

„Und Leyla", sagt Amina, „ich habe gehört, dass einige Bürger angefangen haben, ihre Linsen auszusetzen. Sie wollen nicht mehr jede Information durch den Filter jagen.

Manche tauschen sich analog aus, treffen sich persönlich, um zu diskutieren." Amina's Gesicht zeigt einen Anflug von Stolz. „Kein totaler Umsturz, aber ein Anfang."

Leyla kann nicht anders, als sarkastisch zu kommentieren: „Wer hätte gedacht, dass ein paar Minuten Ehrlichkeit mehr bewirken als jahrelange Propaganda? Jetzt muss man nur aufpassen, dass die Eliten nicht zu brutalen Mitteln greifen, um die Erinnerung auszulöschen." Doch sie weiß, dass allein der Versuch, diesen Vorfall aus den Köpfen der Leute zu vertreiben, schwierig sein wird.

Ein älterer Widerständler zeigt Leyla einen kurzen Ausschnitt auf dem Monitor: Die echte Stadt, wie sie aussah ohne Filter. Verblasste Farben, bröckelnde Fassaden, aber authentisch. Daneben ein Graffiti, das jemand kommentiert: „Ich dachte, das ist nur ein Gerücht, dass die AR so viel überdeckt. Jetzt habe ich es selbst gesehen." Leyla spürt, wie ihr moralischer Kompass sich erneut bestätigt: Das, was sie getan hat, war nötig.

Amina blickt sie an, ernst: „Du hast deinen Namen nicht erwähnt, aber bist du sicher, dass sie dich nicht enttarnen? Es gibt sicher Protokolle, um interne Zugriffe nachzuvollziehen." Leyla hebt die Schultern, ein trockenes Lächeln auf den Lippen: „Sicher ist nichts. Aber ich habe meine Spuren gut verwischt. Und selbst wenn sie irgendwann Verdacht schöpfen, kann ich hoffentlich lange genug untertauchen. Wichtig ist, dass ich mich nicht direkt als Heldin aufdränge. Die Idee war immer, dass die Leute selbst ihre Schlüsse ziehen."

Tariq nickt zustimmend: „Das ist der richtige Weg. Wir brauchen keine Märtyrer, wir brauchen Menschen, die jetzt

aktiv selber denken. Wir geben ihnen nur den Anlass dazu."
Seine Worte klingen stolz und erleichtert zugleich.

Auf dem Monitor wechseln die Bilder, jemand hat einen zweiten Ausschnitt hochgeladen: Bürger, die sich gegenseitig helfen, AR-Linsen abnehmen, weil sie nicht mehr sicher sind, was sie sehen. Die Verwirrung ist groß, aber auch der Wille, das Gesehene zu verstehen. Eine Frau hält ein selbstgebasteltes Schild in der Hand, auf dem steht: „Woher weiß ich, ob das echt ist?"

Leyla ringt mit ihren Emotionen. Sie ist auf der Flucht, kann nicht offen agieren. Doch zu wissen, dass ihre Tat Spuren hinterlassen hat, erfüllt sie mit einem leisen, warmen Gefühl. Sie wollte kein Chaos aus reinem Zerstörungswahn, sondern Anstöße zum Nachdenken geben. Das scheint nun zu geschehen.

Im Hintergrund hört man aus der Ferne leise Sirenen. Die Eliten sind sicher damit beschäftigt, Ruhe herzustellen. Vielleicht verhängen sie noch strengere Kontrollen, versuchen, das Manifest als Hackerfälschung darzustellen. Aber einmal gepflanzte Zweifel sind schwer auszurotten. Je mehr sie versuchen, die Erinnerung daran zu löschen, desto stärker wirken sie verdächtig.

Amina redet leise mit einem anderen Widerständler über technische Details: Backups der Videos, versteckte Archive, um sicherzugehen, dass die Beweise nicht verschwinden. Tariq diskutiert mit einer jungen Frau, die erst kürzlich zum Widerstand stieß, über Möglichkeiten, Informationsabende in analogen Räumen abzuhalten, ohne AR-Filter, damit die Leute lernen, wieder selbst zu schauen.

Leyla hört all das mit halbem Ohr, beobachtet aber hauptsächlich den Monitor. Menschen fordern nun echte Informationen, nicht nur AR-gesteuerte Illusionen. Ein kleiner, aber bedeutender Schritt. Die verlassene Zeitungsdruckerei passt dazu: Ein Ort, an dem einst echte Nachrichten gedruckt wurden, jetzt ein Treffpunkt für digitale Rebellen, die zumindest einen Hauch von Ehrlichkeit in Umlauf bringen.

Während sie so das Geschehen beobachtet, leuchtet ihr Funkempfänger auf. Eine Nachricht von Amina: „Die Leute hören nicht mehr nur auf die Overlays, sie fragen nach Beweisen." Amina schreibt es nochmal als Bestätigung. Leyla spürt ein leises Hoffnungslächeln aufsteigen, ihre Gesichtszüge weichen ein wenig auf. Ja, es hat sich gelohnt.

Der Cliffhanger am Ende: Leyla weiß, dass die Eliten nicht tatenlos bleiben werden. Sie wird vorsichtig sein müssen, in den kommenden Wochen, während die Stadt ihr neues Bewusstsein verarbeitet. Doch jetzt gerade, in diesem Moment, in der stillen Hinterkammer einer alten Druckerei, in Gesellschaft von anderen Widerständlern, fühlt sie zum ersten Mal seit Langem so etwas wie leise, vorsichtige Zuversicht.

Der Krieg um die Wahrheit ist nicht vorbei, aber sie hat die erste Schlacht geschlagen, ohne Blutvergießen, nur mit Informationen. Dieser Gedanke gibt ihr Kraft, trotz der gefährlichen Lage. Sie akzeptiert das Risiko, weil sie endlich sieht, dass ihr Handeln Spuren hinterlässt.

Kapitel 48

Leyla hockt in einer stillgelegten Fabrik, tief in einem alten Industriegebiet, das die Eliten längst abgeschrieben haben. Eisenstreben ragen aus gebrochenem Beton, und durch löchrige Wände pfeift ein kühler Wind, der nach Öl und Metall schmeckt. Hier gibt es keine glatten Overlays, keine weichgezeichneten Fassaden, nur ehrliche, harte Realität. Sie hat ihren Unterschlupf gefunden, um abzuwarten, ob die Eliten sie enttarnen können.

Seit der Enthüllungsaktion sind ein paar Tage vergangen. Die Filter laufen wieder stabil, aber die Situation ist nicht mehr dieselbe. Die Eliten haben eine erste öffentliche Stellungnahme abgegeben, eine Nachrichtensendung, die Leyla über einen kleinen, alten Monitor empfängt. Darin sprechen die Konzerne und Regierungsberater von „technischen Störungen" und „Systemfehlern". Keine Spur von Eingeständnis, nur Ausreden. Man behauptet, es sei ein seltener Ausnahmezustand gewesen, alles sei jetzt wieder unter Kontrolle. Aber Leyla spürt, dass diese Worte keinen vollen Glauben mehr finden.

Die Bürger glauben nicht mehr blind an diese Erklärungen. Zu viele haben diese ungefilterten Minuten mit eigenen Augen gesehen, haben das Manifest gelesen, haben die Videos auf ihren Geräten abgespeichert, bevor die Eliten sie löschen konnten. Nun brechen überall Diskussionen aus: In Chatrooms, die nicht offiziell zugelassen sind, auf Schwarzmärkten für alte Hardware, wo Leute versuchen, ungefilterte Inhalte auszutauschen. Sogar auf analogen Treffen in Hinterhöfen, wo man ohne Linsen darüber spricht, was man gesehen hat.

Der Diskurs hat sich verändert. Forderungen nach einer unabhängigen Prüfung der AR-Systeme werden laut. Menschen wollen wissen, wer die Filter steuert, warum bestimmte Viertel glänzen und andere verrotten. Einige verlangen Transparenz, andere wollen alternative Informationsquellen. Die Eliten können reagieren, verhaften ein paar Störer, verschärfen Kontrollen, aber die Kluft ist da. Das System ist beschädigt, die Glaubwürdigkeit angeschlagen.

Leyla sitzt zwischen verrosteten Maschinenteilen in der Fabrik, lauscht einem Nachrichtenfeed auf einem alten AR-Reciever (gefiltert, natürlich), aber parallel liest sie auch Hacker-Blogs auf ungefilterten Kanälen, die Amina ihr zugänglich macht. Dort diskutieren Leute offen, analysieren die aufgedeckten Filterroutinen. Man erkennt Muster, Beweise für Manipulation. Leyla freut sich sarkastisch: Die Eliten können noch so sehr von Systemfehlern sprechen, aber die Leute lassen sich nicht mehr so leicht abspeisen.

Diese Fabrikhalle ist ihr sicherer Ort. Zwischen verstreuten AR-Projektoren, die nicht mehr funktionieren, und stapelweise leerer Kisten, die einst Waren transportierten, findet Leyla ein Stück Ruhe. Neben ihr liegt ein kaputter AR-Projektor auf dem Boden, ein Symbol für die gescheiterte perfekte Kontrolle. Sie tritt ihn beiseite – ein kleiner, fast verächtlicher Tritt gegen eine Technik, die sie einst fasziniert hat, die aber auch benutzt wurde, um die Wahrheit zu verschleiern. Jetzt macht sie den Weg frei für echte Diskussionen, echte Argumente.

Während sie sich beruhigt, summt ihr Kommunikations-Interface leise: Amina sendet ein Signal. Ein Piratensender strahlt eine Übertragung aus, die Leyla nun empfängt. Auf dem flackernden Bildschirm sieht sie verwackelte Live-Bilder: Menschen auf der Straße stellen echte Schilder auf, diesmal nicht digital, sondern aus Papier, Holz, Farbe. „Wir wollen Wahrheit!", steht auf einem Schild in wackeligen Buchstaben, ein Stück echter Handarbeit, ohne Filter, ohne AR-Politur. Die Leute haben gelernt, dass analoge Mittel nicht einfach übermalt werden können.

Leyla lächelt, ein leises, hoffnungsvolles Lächeln. Sie hat keinen direkten Einfluss mehr auf die Ereignisse, kann sich nicht zeigen, ohne ihr Leben zu riskieren. Aber sie sieht, was ihre Tat bewirkt hat: Die Menschen greifen auf alte Mittel zurück, um ihren Willen auszudrücken, sie fordern Antworten. Kein offener Aufstand mit Waffen, sondern ein Aufstand der Worte, der Fragen, der Zweifel. Genau das wollte sie erreichen: Dass man nicht mehr alles schluckt, was man vorgesetzt bekommt.

In ihrem Kopf laufen sarkastische Selbstgespräche: „Die Eliten nennen es 'Systemfehler', aha. Mal schauen, wie sie erklären, dass die Leute nun Schilder hochhalten, statt AR-Blumen zu bestaunen." Sie weiß, dass die Eliten versuchen werden, alles herunterzuspielen, aber gegen die Kraft der vielen individuellen Erinnerungen und Aufzeichnungen ist es schwer anzukommen. Die Saat ist gesät.

Während sie in der Fabrik wartet, plant Leyla ihre nächste Schritte. Sie kann nicht ewig hier bleiben, muss weiterziehen, vielleicht noch ein paar Wochen untertauchen, bis sich die Lage beruhigt. Amina und Tariq werden sich neu formieren, weitere Verbündete finden. Es ist Zeit für den Widerstand, größer zu denken, Informationsnetzwerke jenseits der offiziellen Kanäle zu schaffen. Die AR-

Manipulationen sind entlarvt, jetzt braucht es alternative Plattformen für ehrliche Diskussionen.

Die Übertragung auf dem Piratensender zeigt auch Bilder von Riven, die im Firmengebäude steht, den Blick unruhig. Leyla erkennt Riven sofort. Hat Riven die Realität ohne Filter gesehen, war Riven beeindruckt oder schockiert? Leyla kann nur mutmaßen. Riven wirkt nachdenklich, die Stirn in Falten gelegt, als versuche er*sie, die Ereignisse zu verarbeiten. Vielleicht ist Riven auch einer, der jetzt beginnt, die AR-Bilder zu hinterfragen, die er*sie* täglich produziert. Leyla hofft es. Sie hat Riven immer als intelligent und sensibel erlebt. Vielleicht wird Riven verstehen.

Das Motiv des kaputten AR-Projektors kehrt in Leylas Gedanken zurück: Hier, in dieser ehemaligen Fabrik, liegen alte Kommunikationsgeräte herum, rostige Druckmaschinen. Einst druckten sie Nachrichten, ohne Filter. Irgendwann haben die Eliten sie durch AR-Medien ersetzt. Jetzt, nach Leylas Intervention, könnte man sagen, kehrt man mental zurück zu einer Art analogem Prüfen der Wahrheit. Ein Fortschritt rückwärts – oder einfach ein notwendiger Schritt, um den Boden für echte Diskussionen zu bereiten.

Amina meldet sich über verschlüsselte Signale: „Leyla, die Debatten kochen hoch. Manche fordern eine unabhängige Kommission zur Prüfung der AR-Systeme. Die Eliten werden sich wehren, aber sie können nicht alle Stimmen ersticken." Leyla nickt, froh, dass sie solche Nachrichten bekommt. Die Leute wollen nicht mehr nur Overlays konsumieren, sie verlangen Beweise, ungeschminkte Fakten. Ein Triumph, so klein er auch ist.

Tariq lässt ausrichten, dass er in seiner Community endlich Gehör findet. Leute, die früher über seine Warnungen gelacht haben, fragen ihn jetzt, ob er Hinweise auf echte Informationsquellen hat. Er gibt ihnen Zugang zu Archiven, die Amina angelegt hat, zeigt ihnen, wie man AR-Linsen minimal einstellt, um weniger Manipulation zuzulassen. Kleinigkeiten, aber wichtig.

Leyla versucht, ihre Emotionen unter Kontrolle zu halten. Sie ist auf der Flucht, ihr Name darf nie bekannt werden. Trotzdem ist sie glücklich, dass ihr Handeln sinnvolle Konsequenzen hat. Ihre moralische Entscheidung, alles zu riskieren, wird belohnt, zumindest moralisch. Sie hat der Stadt ein Stück Autonomie zurückgegeben.

Draußen, sagt Amina, werden immer mehr Schilder aus echter Farbe aufgestellt. Die Menschen haben begriffen, dass analoge Mittel schwieriger zu fälschen sind. „Wir wollen Wahrheit!" steht auf vielen davon. Dies ist mehr als ein Slogan, es ist ein Ausdruck ihres neu erwachten Misstrauens. Leyla fühlt sich bestätigt, dass sie den richtigen Weg gewählt hat: kein blindes Zerstören, sondern ein kurzer, präziser Reality-Flash, um das Denken in Gang zu setzen.

Leyla weiß, die Eliten werden nicht einfach aufgeben. Sie werden Strategien entwickeln, um das Vertrauen zurückzugewinnen, oder die Kritiker zu unterdrücken. Aber die Leute haben gesehen, dass man sie belügt. Das kann keiner ungeschehen machen.

In der Fabrikhalle herrscht Stille, nur das Summen des alten Monitors, die Piratenübertragung ist zu Ende. Leyla tritt den kaputten AR-Projektor noch weiter zur Seite, als symbolischen Akt. Sie räumt hindernisfreier die Bühne für echte Diskussionen. Sie muss vorsichtig bleiben, aber sie ist nicht mehr allein – die Menschen selbst sind nun Akteure in diesem Spiel, keine stummen Zuschauer.

Mit dem Wissen, dass ihr Manifest und ihre Enthüllung dauerhafte Spuren hinterlassen haben, erhebt sie sich, blickt sich um, und fragt sich, wohin die Reise geht. Die Zukunft ist ungewiss, aber voller Möglichkeiten. Sie spürt ein leises Hoffnungslächeln auf ihren Lippen, während sie in der Dunkelheit der Fabrik verschwindet, bereit, den nächsten Schritt zu planen.

KAPITEL 49

Leyla duckt sich hinter einer rostigen Metallkonstruktion in einer anderen stillgelegten Fabrikhalle, nicht weit von ihrem letzten Versteck entfernt. Tage sind vergangen seit ihrem großen Coup, der kurzen Enthüllung der ungefilterten Stadt. Sie lebt vorsichtig, im Verborgenen, meidet alle hochfrequentierten Routen. Die Eliten haben aufgerüstet, Kontrollen verschärft, doch anders als zuvor ist die Stimmung nicht mehr so leicht zu manipulieren. Die Menschen haben etwas gesehen, das sich nicht rückgängig machen lässt.

Über ein improvisiertes Terminal lauscht Leyla den Nachrichten. Offizielle Kanäle sind wieder in voller Kraft, Filter laufen stabil, doch die Berichte klingen anders. Unter internationalem Druck heißt es, haben die Eliten angekündigt, unabhängige Auditoren einzusetzen, die die AR-Systeme prüfen sollen. Offenbar sind Schnipsel der ungefilterten Videos ins Ausland gelangt, zu fremden Medien, die sich nicht so leicht kontrollieren lassen. Die Eliten können sich keine totale Isolation leisten, müssen Kompromisse eingehen.

Leyla runzelt die Stirn, ein sarkastisches Lächeln umspielt ihre Lippen. Internationale Auditoren – eine Farce oder ein erster Schritt zur Transparenz? Sie ist misstrauisch, aber zugleich ist das mehr, als man je erwartet hätte. Vor dem Hack hätten die Eliten niemals auf solche Forderungen reagiert. Jetzt müssen sie so tun, als wollten sie das Vertrauen zurückgewinnen. Der Druck der Öffentlichkeit, der Zweifel, den ihr Hack gesät hat, zeigt Wirkung.

In den Schatten des Raums hockt Amina an einer Konsole, sie analysiert noch immer verschlüsselte Kommunikation der Eliten. Sie blickt zu Leyla, hebt eine Augenbraue: „Hörst du das? Sie tun so, als hätten sie nie etwas verheimlicht, aber immerhin lassen sie Auditoren zu. Es ist ein Etappensieg." Ihre Stimme klingt nüchtern, aber Leyla erkennt den Stolz dahinter.

Tariq, der irgendwo draußen mit Bürgern redet, hat Leyla per Funksignal mitgeteilt, dass auf den Straßen die Diskussionen nicht abreißen. Viele sind enttäuscht und wütend, andere verhalten, wollen abwarten, was diese Audits bringen. Wieder andere formieren sich in kleinen Gruppen, um selbst weiter nach der Wahrheit zu suchen, ohne auf offizielle Stellen zu vertrauen.

Die Kontrolle über die Informationsverbreitung ist nicht mehr absolut. Einige Bürger haben eigene Netzwerke aufgebaut, tauschen Daten über alte Hardware aus, treffen sich in Kellerräumen, um ungefilterte Mitschnitte zu sichten. Die Eliten können nicht überall gleichzeitig sein. Dieser erste Schritt zur Transparenz ist wackelig, aber real. Ein Anfang, mehr nicht.

Leyla fühlt sich erschöpft, aber zufrieden. Sie hätte nie ein perfektes Happy End erwartet, aber dass die Eliten überhaupt Kompromisse machen, zeigt, dass der Boden unter ihren Füßen nicht mehr so fest ist. Die Gesellschaft wird nicht über Nacht befreit, aber sie hat erfahren, dass nicht alles, was sie sieht, die Wahrheit ist. Die Saat ist gesät, die Zukunft ungewiss, aber offener.

Amina wirft einen Blick durch einen Riss in der Wand. Dort draußen, in einem vernachlässigten Hinterhof, entdeckt sie etwas: eine echte Blume, die durch einen Riss im Asphalt wächst. Kein AR-Gimmick, keine digitale Fälschung, sondern ein lebendiges, organisches Gewächs, das sich durch die harten Schichten gekämpft hat. Leyla tritt neben sie, betrachtet die Blume mit einem müden, aber echten Lächeln. Eine neue Metapher für den Neuanfang: mühsam, aber möglich.

Während die Nachrichten weiterrauschen, und die Eliten versuchen, die Kontrolle zu behalten, nimmt Leyla vorsichtig ihre Linsen ab. Ein simpler Akt, der für sie jetzt eine größere Bedeutung hat. Ohne Linsen sieht sie die Dämmerung so, wie sie ist: ein fahles, aber ehrliches Licht, ohne künstliche Farbkorrektur. Sie spürt, dass die Menschen nun selbst entscheiden können, was sie glauben. Die Eliten können Overlays aufbauen, doch die Leute haben gelernt, darunter zuschauen.

Ein leichter Wind streift ihr Gesicht. Sie schiebt die Linsen in ihre Tasche, muss sie nicht mehr ständig tragen. Wenn selbst einfache Bürger ihre Linsen abnehmen, um klarer zu sehen, kann sie es auch. So betrachtet sie die Welt mit eigenen Augen, keine Algorithmen, die ihren Blick steuern.

Amina seufzt leise: „Wer weiß, was diese Audits bringen. Vielleicht sind sie nur eine Show. Aber sie müssen jetzt etwas tun, um Glaubwürdigkeit zurückzugewinnen. Du hast sie in die Defensive gedrängt, Leyla." Leyla lächelt sarkastisch: „In die Defensive? Eher minimal verschoben. Aber minimal ist besser als gar nichts."

Sie fühlt sich nicht mehr allein. Auch wenn sie untertauchen muss, sie weiß, dass da draußen Leute sind, die begriffen haben, dass sie jahrelang getäuscht wurden. Ihre Tat hat Debatten entfacht, eine Welle von Fragen losgetreten. Sie ist erleichtert, dass ihr Risiko nicht umsonst war.

Amina checkt die externe Kommunikation erneut, berichtet: „Zensur läuft auf Hochtouren, aber die Leute finden Wege. Manche Audits werden wohl medial begleitet. Ein internationales Konsortium von Prüfern soll möglicherweise Protokolle einsehen. Wenn diese Prüfer echt sind, haben die Eliten ein Problem. Wenn sie gekauft sind, fliegt es irgendwann auf. Die Leute haben jedenfalls ihren Argwohn." Leyla nickt. Skepsis ist jetzt der neue Normalzustand, ein Schritt in die richtige Richtung.

Im Hintergrund hebt Tariq, der gerade zurückkehrt, einen Daumen: „Draußen sprechen sie von Protesten ohne Linsen, bei denen die Teilnehmer AR abschalten, um echte Transparenz zu fordern. Das hätte vor Wochen keiner gewagt. Dein Reality-Flash hat ihnen Mut gemacht." Leyla runzelt die Stirn, freut sich aber insgeheim. Mut ist ein rares Gut in dieser durchmanipulierten Gesellschaft. Jetzt regen sich erste Sprossen davon.

Amina lehnt sich an eine rostige Stahlträgerstütze. „Wir haben getan, was wir konnten. Jetzt liegt es an ihnen. Und an uns, vorsichtig weiterzumachen. Wir sollten abwarten, beobachten, wie sich die Dynamik entwickelt. Keine voreiligen Aktionen mehr, sondern gezielter Support für Leute, die Informationsaustausch organisieren."

Leyla stimmt zu. Sie ist erschöpft, braucht Ruhe, aber zufrieden, dass sie in dieser Katastrophe ein wenig Licht gesät hat. In ihrer Brust lodert ein leiser Stolz, ohne Arroganz, eher Erleichterung, dass sie nicht vergeblich alles riskiert hat.

Die Fabrik, in der sie sich aufhalten, ist karg, kein überflüssiger Zierrat, wie ihre gesamte Arbeitsweise. Hier drin herrscht nur die nackte Realität. Draußen kämpfen die Eliten um ihre Deutungshoheit, doch die Masken sind angekratzt. Leyla stellt sich vor, wie Leute nun echte Fragen stellen, statt AR-beglückt in Passivität zu verharren.

Sie blickt auf den kaputten AR-Projektor am Boden, den sie beim letzten Mal beiseite getreten hat. Ein Symbol dafür, dass man sich nicht endlos verblenden lassen muss. Jetzt wachsen echte Debatten, echte Forderungen nach Beweisen. Leyla weiß, sie muss vorsichtig sein, aber die Zeit arbeitet für sie. Je mehr Menschen sich austauschen, desto weniger Platz für absolute Kontrolle.

Kurz bevor sie die Linsen wieder auf minimalen Modus schaltet, um einen sicheren Kommunikationskanal zu checken, sieht sie auf dem Piratensender, den Amina erneut aufgerufen hat, Aufnahmen von Menschen, die auf der Straße echte Schilder aus Papier und Farbe halten: „Wir wollen Wahrheit!" Diese Bilder machen Leyla glücklich. Kein Propagandafeldzug der Eliten kann diese analogen

Zeichen auslöschen, sie sind Manifestationen echten Willens, ohne Filter.

Der Cliffhanger am Ende: Leyla denkt darüber nach, wie sie in den kommenden Tagen untertauchen wird, vielleicht in einem anderen Distrikt. Doch jetzt, in diesem Moment, lässt sie den Blick in die Dämmerung schweifen, ohne Linsen, nur ihre eigenen Augen. Die Welt erscheint grauer, aber ehrlicher. Wenn die Menschen nun selbst entscheiden, was sie glauben, dann ist ihre Mission zumindest in Teilen erfüllt.

Ein vager Gedanke zieht durch ihren Kopf: Sie hat eine Brücke gebaut zwischen Illusion und Realität. Nun liegt es an den anderen, sie zu überqueren. Die Eliten werden reagieren, neue Tricks versuchen. Aber der Kern ist angekratzt. Das kommende letzte Kapitel wird zeigen, ob diese Gesellschaft bereit ist, den Weg zur Wahrheit zu gehen oder ob die Eliten doch noch einen Weg finden, alles zurückzudrehen.

Leyla lächelt müde, aber bestimmt. Sie ist bereit, den nächsten Akt aus sicherer Entfernung zu beobachten, und wenn nötig, wieder einzugreifen. Der Kampf um die Wahrheit ist noch lange nicht vorbei.

KAPITEL 50

Einige Wochen sind vergangen. Die Stadt hat sich äußerlich kaum verändert, noch immer flirren bunte AR-Overlays an den Fassaden, schweben Hologramme über den Straßen. Doch die Atmosphäre ist eine andere. Die perfekte Harmonie, die einst als selbstverständlich galt, ist einer brüchigen Spannung gewichen. Die Menschen sind nicht geheilt von der Manipulation, aber sie sind misstrauischer, wachsamer. Auf den Plätzen diskutieren kleine Gruppen hitzig, in Hinterzimmern teilen Leute Datei-Fragmenten von jenen ungefilterten Minuten, die Leyla erkämpft hat. Die Eliten können ihre allumfassende Kontrolle nicht mehr als selbstverständlich betrachten.

Leyla lebt im Untergrund, wählt ihre Wege vorsichtig, hält den Kopf gesenkt und nutzt alte, analoge Pfade, um sich fortzubewegen. Sie hat keine feste Bleibe, schläft mal in einem verschlossenen Keller, mal in einer stillgelegten Werkstatt. Immer griffbereit: ein Terminal, um Amina und Tariq zu kontaktieren, wenn es sicher ist. Doch sie meldet sich nur selten. Sie hat ihre Mission erfüllt, zumindest den ersten Schritt. Die Wahrheit ist nicht mehr unsichtbar. Jetzt können andere die Fackel tragen.

Amina arbeitet im Hintergrund weiter, unterstützt versteckte Foren, in denen offen über AR-Manipulationen debattiert wird. Sie ist vorsichtig, teilt ihr Wissen nur scheibchenweise, lässt Hinweise in verschlüsselten Blogs fallen. Tariq verteilt weiterhin analoge Zettel und hilft kleinen Bürgerinitiativen, die sich inzwischen formiert haben. Diese Initiativen tauschen Wissen über Kameras, Displays, Tablets aus, die sie jenseits der offiziellen Kanäle betreiben. Die Leute haben verstanden, dass sie nicht mehr alles glauben dürfen, was ihnen die Eliten vor die Augen projizieren.

Riven taucht manchmal in der Gerüchteküche auf – es heißt, Riven habe sich nachdenklicher gezeigt, sei unzufrieden mit den offiziellen Erklärungen. Leyla weiß nicht, ob Riven aktiv etwas unternimmt, aber allein die Vorstellung, dass sogar ein loyaler Mitarbeiter Zweifel hegt, ist ein Erfolg. Vielleicht bringt Riven sein Wissen künftig in ein unabhängiges Audit-Team ein oder legt heimlich Beweise offen. Die Zukunft ist offen.

Die Eliten versuchen, mit internationalen Auditoren zu kooperieren. Ein Schritt, der ihnen schwerfällt. Sie tun so, als seien sie stets transparent gewesen, doch jeder weiß es besser. Die Auditoren fordern Einsicht in Protokolle, Codezeilen. Die Eliten liefern nur bruchstückhaft, aber schon diese Geste ist ein Kratzer an ihrer einst so unangreifbaren Fassade. Die Leute verfolgen diese Audits mit Argwohn, doch immerhin werden Fragen gestellt, Antworten verlangt. Ein Zwischenerfolg. Leyla hat nie erwartet, dass alles über Nacht zerbricht, aber der Stein ist ins Rollen gekommen.

Die Straßen weisen neue Zeichen auf. Ein echtes Straßenschild ist aufgestellt worden, mit echter Farbe auf Metall gemalt, keine digitale Projektion. Ein Gruppe Bürger hat es dort platziert. „Infopunkt" steht darauf, und dahinter trifft man sich abends, um die Ereignisse ohne AR-Brille zu diskutieren. Ein schlichter Akt, aber von großer Symbolkraft: Man will wieder verlässliche, reale Fixpunkte haben, ohne Filter, ohne digitale Schminke.

Leyla steht in einer dunklen Gasse, lehnt an einer Hauswand, die nur minimal von Overlays bedeckt ist. Sie trägt ihre Linse auf minimaler Einstellung, um nicht von virtueller Werbung geblendet zu werden. Vor ihr, auf der anderen Straßenseite, sieht sie eine Gruppe von Jugendlichen. Sie tragen Linsen, ja, aber sie nutzen sie nicht blind. Einer von ihnen hält ein altes Tablet in den Händen. Darauf ein ungefiltertes Bild, das aus den Verteilern der Widerständler stammt. Die Jugendlichen beugen sich vor, diskutieren flüsternd, vergleichen dieses echte Bild mit dem, was ihre

Linsen zeigen. Sie wirken fasziniert, neugierig, fast aufgeregt, als hätten sie gerade einen Schatz gefunden.

Ein leises Lächeln huscht über Leylas Gesicht. Genau das wollte sie: dass die Menschen selbst hinterfragen, was ihnen präsentiert wird. Keine blindes Schlucken von perfekt polierten Illusionen mehr, sondern ein Abwägen, ein zweifelnder, aber selbstbestimmter Blick. Die Wahrheit ist nicht mehr vollständig versteckt, und die Gesellschaft hat einen Anstoß zur Selbstbestimmung bekommen. Leyla weiß, dass ihre Rolle hier nicht mit einem Triumphmarsch endet, aber sie braucht auch keinen. Der Wandel ist im Gange, wenn auch langsam.

Sie denkt an Amina und Tariq, die irgendwo da draußen helfen, diesen Wandel zu nähren. Vielleicht werden sie neue Netzwerke aufbauen, vielleicht bleiben sie im Untergrund, um den Prozess zu beobachten. Leyla selbst fühlt, dass sie ihre Hauptmission erfüllt hat: Den Keim des Zweifels in den Köpfen zu pflanzen. Der Rest ist ein kontinuierlicher Prozess, der lange dauern kann, aber sie hat ihr Bestes gegeben.

Die Eliten werden versuchen, die Erinnerung zu verdrehen, neue Erzählungen zu erfinden, aber niemals wird es so unangefochten sein wie früher. Die Menschen haben gesehen, was hinter den Vorhängen steckt, haben das Manifest gelesen, Videos gespeichert. Dieser Wissensschatz lässt sich nicht einfach ausbrennen. Wer einmal echte Freiheit geschmeckt hat, will sie nicht wieder aufgeben.

Leyla tritt einen Schritt zurück in den Schatten. Sie ist müde, aber nicht erschöpft, eher erfüllt von einer ruhigen Zufriedenheit. Kein Happy End, aber ein Aufbruch, genau wie sie es erwartet hat. In einer Welt, die jahrelang in AR-

Konformität erstarrt war, hat ihr kurzer Reality-Flash einen Prozess in Gang gesetzt, den keiner mehr stoppen kann. Die Gesellschaft hat jetzt eigene Werkzeuge gefunden: Skepsis, Analogmedien, illegale Foren, internationale Kritik.

Ein letztes Mal gleitet ihr Blick über die Jugendlichen, die immer noch vor dem Tablet stehen, flüsternd, neugierig. Dieser Anblick macht ihre Anstrengungen lohnenswert. Menschen hinterfragen nun selbst. Sie ergreift die Chance, in eine Seitengasse abzubiegen und sich in eine andere Gegend zu bewegen. Sie bleibt weiterhin auf der Hut, denn die Eliten schlafen nicht. Aber sie kennt nun ihre eigene Stärke, ihren Einfluss.

Während sie in der Abenddämmerung verschwindet, lässt sie ihre Linse ganz deaktiviert, um die Stadt ungefiltert zu sehen. Ein fahles Licht, graue Mauern, kaum Schönheit, aber ehrlich. Und da unten im Asphalt, durch einen Riss, wächst eine kleine Blume. Ein leises Symbol des Neuanfangs. Leyla lächelt. Die Zukunft mag ungewiss sein, aber sie ist nicht mehr in dunkler Unfreiheit gefangen. Die Menschen haben gesehen, dass sie die Overlays hinterfragen können, und das ist ein erster Schritt zur Befreiung.

So endet ihre Geschichte, offen, aber hoffnungsvoll. Die Welt hat keinen spontanen Umsturz erlebt, kein verordnetes Paradies ist entstanden, aber der Weg ist frei für eigenständiges Denken. Leyla hat ihren Teil beigetragen, und nun kann sie mit erhobenem Kopf zuschauen, wie andere weitermachen.